SCHEINTOT

TESS GERRITSEN

SCHEINTOT

Roman

Aus dem Amerikanischen
von Andreas Jäger

Weltbild

Die amerikanische Originalausgabe erschien 2005 unter dem Titel *Vanish*
bei Ballantine Books, a division of Random House Inc., New York.

Besuchen Sie uns im Internet:
www.weltbild.de

Genehmigte Lizenzausgabe für Verlagsgruppe Weltbild GmbH,
Steinerne Furt, 86167 Augsburg

Übersetzung: Andreas Jäger
Umschlaggestaltung: Jarzina Kommunikations-Design, Köln
Umschlagmotiv: Bridgeman Art Library, Berlin
Gesamtherstellung: Bagel Roto-Offset GmbH & Co.KG, Schleinitz
Printed in the EU

ISBN 978-3-8289-8813-2

2010 2009 2008 2007
Die letzte Jahreszahl gibt die aktuelle Lizenzausgabe an.

Für Jacob, wieder einmal

1

Ich heiße Mila, und dies ist meine Geschichte.

Es gibt so viele Orte, an denen ich die Erzählung beginnen könnte. Ich könnte in der Stadt anfangen, in der ich aufgewachsen bin, in Kryvichy am Ufer des Servach, im Bezirk Myadzyel. Ich könnte beginnen, als ich acht Jahre alt war, an dem Tag, als meine Mutter starb, oder als ich zwölf war und mein Vater vom Lastwagen des Nachbarn überrollt wurde. Aber ich glaube, ich sollte mit meiner Geschichte hier anfangen, in der Wüste Mexikos, so weit weg von meiner weißrussischen Heimat. Hier habe ich meine Unschuld verloren. Hier musste ich meine Träume begraben.

Es ist ein wolkenloser Novembertag, und große schwarze Vögel kreisen an einem Himmel, der blauer ist als alles, was ich im Leben je gesehen habe. Ich sitze in einem weißen Kleinbus. Der Fahrer und der Beifahrer kennen meinen richtigen Namen nicht, und sie scheinen sich auch nicht dafür zu interessieren. Sie lachen nur und nennen mich Red Sonja – den Namen haben sie mir in dem Moment gegeben, als sie mich in Mexiko City aus dem Flugzeug steigen sahen. Anja sagt, es sei wegen meiner Haare. *Red Sonja* ist der Titel eines Films, den ich nie gesehen habe, aber Anja kennt ihn. Sie flüstert mir zu, dass er von einer schönen Kriegerin handelt, die ihre Feinde mit dem Schwert fällt. Jetzt glaube ich, dass die Männer sich mit diesem Namen über mich lustig machen, denn ich bin nicht schön. Ich bin keine Kriegerin. Ich bin erst siebzehn, und ich habe Angst, weil ich nicht weiß, was als Nächstes passieren wird.

Wir halten uns an den Händen, Anja und ich, während der Bus uns und fünf andere Mädchen durch eine wüstenartige, mit dürren Sträuchern bestandene Landschaft fährt. Einen »Pauschalurlaub in Mexiko« – das hat die Frau in Minsk uns versprochen, aber wir wussten, was das in Wirklichkeit hieß: eine Möglichkeit zu entkommen. Eine Chance. Ihr nehmt ein Flugzeug nach Mexiko, erklärte sie uns, und am Flughafen werdet ihr von Leuten abgeholt, die euch über die Grenze bringen und euch helfen, euer neues Leben zu beginnen. »Was habt ihr denn hier für eine Zukunft?«, hat sie uns gefragt. »Hier gibt es keine guten Jobs für Mädchen wie euch, keine Wohnungen, keine anständigen Männer. Ihr habt keine Eltern, die euch unterstützen. Und du, Mila – du sprichst so gut Englisch«, sagte sie zu mir. »Du wirst dich in Amerika im Handumdrehen zurechtfinden. Nur keine Angst! Lasst euch die Gelegenheit nicht entgehen. Eure künftigen Arbeitgeber übernehmen alle Kosten – also, worauf wartet ihr beiden noch?«

Nicht auf das hier, denke ich, während die endlose Wüste an unseren Fenstern vorüberzieht. Während Anja sich eng an mich schmiegt und die anderen Mädchen im Wagen ganz still sind. Allmählich drängt sich uns allen dieselbe Frage auf: *Worauf habe ich mich da bloß eingelassen?*

Wir fahren schon den ganzen Morgen. Die zwei Männer auf den Vordersitzen reden nicht mit uns, aber der Beifahrer dreht sich immer wieder zu uns um und wirft uns merkwürdige Blicke zu. Immer wieder heften sich seine Augen auf Anja, und die Art und Weise, wie er sie anstarrt, gefällt mir ganz und gar nicht. Sie bekommt nichts davon mit, weil sie an meiner Schulter eingeschlafen ist. Das Mäuschen – so haben wir sie in der Schule immer genannt, weil sie so schüchtern ist. Sobald ein Junge sie auch nur anschaut, wird sie knallrot. Sie ist so alt wie ich, aber wenn ich in Anjas schlafendes Gesicht schaue, dann sehe ich ein Kind. Und ich denke: Ich hätte sie nicht mitnehmen sollen. Ich hätte ihr sagen müssen, dass sie in Kryvichy bleiben soll.

Endlich biegt der Bus von der Schnellstraße ab und rumpelt weiter über eine ungeteerte Piste. Die anderen Mädchen wachen auf und starren aus den Fenstern auf braune Hügel, übersät mit Felsbrocken, die wie ausgebleichte Knochen aussehen. In meiner Heimatstadt ist schon der erste Schnee gefallen, aber hier in diesem winterlosen Land gibt es nur Staub und blauen Himmel und dürre Sträucher. Wir halten an, und die beiden Männer drehen sich zu uns um.

Der Fahrer sagt auf Russisch: »Jetzt heißt's raus aus dem Auto und zu Fuß weitergehen. Das ist der einzige Weg über die Grenze.«

Sie öffnen die Schiebetür, und eine nach der anderen steigen wir aus, sieben Mädchen, die blinzeln und sich nach der langen Autofahrt recken und strecken. Trotz des strahlenden Sonnenscheins ist es kühl hier, viel kälter, als ich gedacht hatte. Anja birgt ihre Hand in meiner, und sie zittert.

»Hier entlang«, befiehlt der Fahrer und geht voran. Er biegt von der Schotterstraße ab und folgt einem Pfad, der hinauf in die Berge führt. Wir klettern um Felsbrocken herum, vorbei an Dornbüschen, die nach unseren Beinen krallen. Anja trägt offene Schuhe, und sie muss oft stehen bleiben, um die spitzen Steinchen hinauszuschütteln. Wir sind alle durstig, aber die Männer lassen uns nur einmal anhalten, um Wasser zu trinken. Dann geht es weiter; wie unbeholfene Ziegen klettern wir den steinigen Pfad hinauf. Wir erreichen den Hügelkamm und schlittern auf der anderen Seite bergab, auf eine Baumgruppe zu. Erst als wir unten ankommen, sehen wir, dass wir vor einem ausgetrockneten Flussbett stehen. Am Ufer verstreut liegen die Hinterlassenschaften derjenigen, die vor uns die Grenze überquert haben: Plastikwasserflaschen, eine schmutzige Windel und ein alter Schuh, der Kunststoff rissig vom Liegen in der prallen Sonne. An einem Ast flattert ein Fetzen einer blauen Zeltplane. So viele Träumer sind schon hier entlanggekommen, und wir sind sieben weitere, die ihren

Fußstapfen in Richtung Amerika folgen. Plötzlich verfliegt meine Angst, denn der Müll, der hier herumliegt, ist der Beweis dafür, dass es nicht mehr weit sein kann.

Die Männer winken uns weiter, und wir machen uns daran, das gegenüberliegende Ufer zu erklimmen.

Anja zieht an meinem Arm. »Mila, ich kann nicht weitergehen«, flüstert sie.

»Du musst.«

»Aber mein Fuß blutet.«

Ich blicke auf ihre wunden Zehen hinunter, sehe das Blut, das aus der zarten Haut quillt, und rufe den Männern zu: »Meine Freundin hat sich den Fuß aufgeschnitten!«

»Ist mir egal«, sagt der Fahrer. »Los, weitergehen.«

»Wir können nicht weitergehen. Sie braucht einen Verband.«

»Entweder geht ihr jetzt weiter, oder wir lassen euch beide zurück.«

»Geben Sie ihr wenigstens Zeit, sich andere Schuhe anzuziehen!«

Der Mann dreht sich um. In diesem Augenblick geht eine Verwandlung mit ihm vor. Sein Blick lässt Anja ängstlich zurückweichen. Die anderen Mädchen stehen stocksteif und mit weit aufgerissenen Augen da, wie Schafe, die sich furchtsam zusammendrängen. Er kommt langsam auf mich zu.

Der Schlag trifft mich so plötzlich, dass ich ihn nicht kommen sehe. Plötzlich knie ich auf der Erde, und ein paar Sekunden lang ist alles dunkel. Dann registriere ich den Schmerz, das Pochen in meinem Kiefer. Ich schmecke Blut. Ich sehe es in leuchtend roten Spritzern auf die Steine im Flussbett tropfen.

»Steh auf. Los, steh auf! Wir haben schon genug Zeit verloren.«

Ich rappele mich schwankend auf. Anja starrt mich entsetzt an. »Mila, gib einfach Ruhe!«, flüstert sie. »Wir müssen tun, was sie uns sagen! Meine Füße tun auch gar nicht mehr weh, ehrlich. Ich kann gehen.«

»Habt ihr's jetzt endlich kapiert?«, sagt der Mann zu mir. Er dreht sich um und mustert die anderen Mädchen mit finsterem Blick. »Habt ihr gesehen, was passiert, wenn ihr mich auf die Palme bringt? Wenn ihr mir so frech kommt? Jetzt geht endlich weiter!«

Und plötzlich haben es alle Mädchen sehr eilig, das Flussbett zu durchqueren. Anja packt meine Hand und zerrt mich weiter. Ich bin zu benommen, um mich zu wehren, und so stolpere ich hinter ihr her, schlucke das Blut hinunter. Ich kann den Pfad vor uns kaum sehen.

Es ist nur noch ein kurzes Stück. Wir erklimmen die Uferböschung auf der anderen Seite, schlängeln uns zwischen ein paar Bäumen hindurch, und plötzlich stehen wir wieder auf einer Schotterstraße.

Dort parken zwei Kleinbusse; sie haben auf uns gewartet.

»Stellt euch in einer Reihe auf«, sagt unser Fahrer. »Los, beeilt euch. Sie wollen euch in Augenschein nehmen.«

Die Aufforderung verwirrt uns, aber wir stellen uns dennoch nebeneinander auf, sieben erschöpfte Mädchen mit schmerzenden Füßen und staubigen Kleidern.

Vier Männer steigen aus den Bussen und begrüßen unseren Fahrer auf Englisch. Es sind Amerikaner. Ein korpulenter Mann schreitet langsam unsere Reihe ab und beäugt uns. Er trägt eine Baseballkappe und sieht aus wie ein sonnengebräunter Farmer, der seine Kühe inspiziert. Vor mir bleibt er stehen und betrachtet stirnrunzelnd mein Gesicht. »Was ist denn mit der hier passiert?«

»Ach, die – die ist frech geworden«, antwortet unser Fahrer. »Ist bloß ein blauer Fleck.«

»Die ist sowieso zu dürr. Wer will denn schon so eine?«

Weiß er, dass ich Englisch verstehe? Interessiert ihn das überhaupt? Ich bin vielleicht dürr, denke ich, aber du hast ein Gesicht wie ein Schwein.

Seine Augen sind schon weitergewandert, zu den anderen Mädchen neben mir. »Okay«, sagt er und grinst plötzlich übers ganze Gesicht. »Wollen mal sehen, was sie so zu bieten haben.«

Unser Fahrer sieht uns an. »Zieht euch aus!«, befiehlt er auf Russisch.

Wir starren ihn schockiert an. Bis zu diesem Moment hatte ich mir noch einen Funken Hoffnung bewahrt, dass die Frau in Minsk uns die Wahrheit gesagt hat, dass sie uns tatsächlich Jobs in Amerika besorgt hat. Dass Anja als Babysitterin für drei kleine Mädchen arbeiten wird, dass ich selbst in einem Geschäft für Brautmoden Kleider nähen werde. Selbst nachdem der Fahrer uns unsere Pässe abgenommen hatte, selbst als wir diesen steinigen Pfad entlangstolperten, dachte ich stets: Es kann immer noch alles gut werden. Es kann sich immer noch als wahr herausstellen.

Keine von uns rührt einen Finger. Wir können immer noch nicht glauben, was er da von uns verlangt hat.

»Habt ihr nicht gehört?«, sagt unser Fahrer. »Wollt ihr vielleicht alle so aussehen wie *sie*?« Er deutet auf mein verschwollenes Gesicht, das von seinem Schlag noch schmerzhaft pocht. »Los, macht schon!«

Eines der Mädchen schüttelt den Kopf und beginnt zu weinen. Das macht ihn nur noch wütender. Sein Schlag lässt ihren Kopf herumwirbeln, und sie taumelt seitwärts. Er packt sie am Arm und zerrt sie hoch, greift in ihre Bluse und reißt sie auf. Schreiend versucht sie, ihn wegzustoßen. Der zweite Schlag streckt sie zu Boden. Als ob das noch nicht genug wäre, geht er auf sie zu und versetzt ihr einen brutalen Tritt in die Rippen.

»So«, sagt er und dreht sich zu uns Übrigen um. »Wer will die Nächste sein?«

Eines der Mädchen beginnt hastig, an den Knöpfen ihrer Bluse zu nesteln. Jetzt folgen wir alle dem Befehl, streifen unsere Blusen ab, öffnen die Reißverschlüsse unserer Röcke und Hosen. Sogar Anja, die schüchterne kleine Anja, zieht folgsam ihr Top über den Kopf.

»Alles«, befiehlt unser Fahrer. »Alles ausziehen. Wieso seid ihr Schlampen bloß so lahm? Na ja, ihr werdet bald lernen, euch dabei ein bisschen mehr zu sputen.« Er geht auf ein Mädchen zu, das mit vor der Brust verschränkten Armen dasteht. Sie hat ihre Unterwäsche nicht ausgezogen. Er greift in den Bund der Unterhose, und sie zuckt zusammen, als er sie ihr vom Leib reißt.

Die vier Amerikaner beginnen, uns zu umkreisen wie Wölfe, und lassen ihre Blicke über unsere nackten Leiber wandern. Anja zittert so heftig, dass ich ihre Zähne klappern höre.

»Mit der hier werd ich mal 'ne Probefahrt machen.« Eines der Mädchen schluchzt, als sie aus der Reihe gezerrt wird. Der Mann macht sich nicht einmal die Mühe, die Vergewaltigung vor unseren Blicken zu verbergen. Er stößt das Mädchen einfach mit dem Gesicht gegen einen der Transporter, öffnet den Reißverschluss seiner Hose und dringt in sie ein. Sie stößt einen schrillen Schrei aus.

Die anderen Männer treten näher und treffen ihre Wahl. Plötzlich wird Anja von meiner Seite weggerissen. Ich will sie nicht gehen lassen, doch der Fahrer windet meine Hand von ihrer los.

»Dich will niemand haben«, sagt er. Er stößt mich in den Wagen und sperrt mich darin ein.

Durch das Fenster kann ich alles sehen und hören. Ich höre das Lachen der Männer, die Schreie der sich sträubenden Mädchen. Ich kann den Anblick nicht ertragen, aber ich kann die Augen auch nicht abwenden.

»Mila!«, schreit Anja. »Mila, hilf mir!«

Ich hämmere gegen die verschlossene Tür, versuche verzweifelt, zu ihr zu gelangen. Der Mann hat sie zu Boden gestoßen und ihre Schenkel auseinander gezwungen. Sie liegt da, die Handgelenke in den Staub gedrückt, die Augen vor

Schmerzen fest zugekniffen. Auch ich schreie, meine Fäuste trommeln an die Fensterscheibe, aber es gelingt mir nicht, aus meinem Gefängnis auszubrechen.

Als der Mann endlich von ihr ablässt, ist er mit ihrem Blut verschmiert. Er zieht seinen Reißverschluss hoch und erklärt mit lauter Stimme: »Gut. Sehr gut.«

Ich starre Anja an. Zuerst glaube ich, sie müsse tot sein, denn sie rührt sich nicht mehr. Der Mann blickt sich nicht einmal zu ihr um; stattdessen greift er in einen Rucksack und zieht eine Wasserflasche heraus. Er nimmt einen langen Schluck. Dabei sieht er nicht, wie Anja wieder zu sich kommt.

Plötzlich springt sie auf und beginnt zu laufen.

Während sie in die Wüste flieht, presse ich die Handflächen gegen die Fensterscheibe. *Lauf, Anja! Los, schneller!*

»Hey!«, ruft einer der Männer. »Da haut eine ab!«

Anja flüchtet immer noch. Sie ist barfuß, splitternackt, und die scharfkantigen Steine müssen ihr die Fußsohlen zerschneiden. Aber vor ihr liegt die offene Wüste, und sie läuft unbeirrt weiter.

Sieh dich nicht um. Lauf weiter. Lauf…

Der Schuss lässt mir das Blut in den Adern gefrieren.

Anja fällt vornüber und stürzt der Länge nach zu Boden. Aber noch ist sie nicht besiegt. Sie rappelt sich auf, wankt wie eine Betrunkene ein paar Schritte weiter und sinkt dann auf die Knie. Sie kriecht jetzt auf allen vieren, jeder Zentimeter ein Kampf, ein Triumph. Sie streckt den Arm aus, wie um nach einer helfenden Hand zu greifen, die keine von uns sehen kann.

Ein zweiter Schuss ertönt.

Diesmal fällt Anja und steht nicht wieder auf.

Der Fahrer des Busses steckt die Pistole in den Gürtel und sieht die Mädchen an. Sie weinen alle und halten sich in den Armen, während sie in die Wüste hinausstarren, wo Anja tot im Staub liegt.

»Echt schade um die Kleine«, sagt der Mann, der sie vergewaltigt hat.

»Ist zu mühsam, ihnen hinterherzurennen«, meint der Fahrer. »Sie haben ja immer noch sechs zur Auswahl.«

Sie haben die Ware getestet; jetzt machen die Männer sich ans Handeln. Als sie damit fertig sind, teilen sie uns auf wie Vieh. Drei Mädchen pro Bus. Ich habe nicht mitbekommen, wie viel sie für uns bezahlen; ich weiß nur, dass ich das Schnäppchen bin, die Dreingabe, als Teil irgendeines anderen Geschäfts.

Als wir losfahren, werfe ich einen letzten Blick zurück auf Anjas Leiche. Sie haben sich nicht die Mühe gemacht, sie zu verscharren, und sie liegt da, Sonne und Wind ausgesetzt, während über ihr in der Luft schon die hungrigen Vögel kreisen. In ein paar Wochen wird nichts mehr von ihr übrig sein. Sie wird verschwinden, genau wie ich bald verschwunden sein werde, untergetaucht in einem Land, wo niemand meinen Namen kennt. In Amerika.

Wir biegen auf eine Schnellstraße ab. Ich kann ein Schild sehen: US 94.

2

Dr. Maura Isles hatte den ganzen Tag noch keine frische Luft gerochen. Seit sieben Uhr früh atmete sie nun schon die Ausdünstungen des Todes ein, jene Gerüche, die ihr so vertraut waren, dass sie längst nicht mehr zurückzuckte, wenn ihr Skalpell die kalte Haut durchschnitt, wenn der üble Gestank von den freigelegten Organen aufstieg. Die Polizeibeamten, die gelegentlich mit ihr im Sektionssaal standen und bei den Obduktionen zusahen, waren nicht so unerschütterlich. Manchmal konnte Maura die Mentholsalbe riechen, die sie sich unter die Nase rieben, um den Gestank zu überdecken. Manchmal reichte auch die Mentholsalbe nicht aus, und dann konnte sie beobachten, wie die Jungs plötzlich weiche Knie bekamen, sich umdrehten und im nächsten Moment würgend über dem Waschbecken hingen. Die Cops waren nicht wie sie an die beißenden Formalindünste gewöhnt, an den schwefligen Geruch des verwesenden Gewebes.

Heute war diesem Cocktail von Gerüchen eine überraschend süßliche Note beigemischt – der Duft von Kokosöl, den die Haut von Mrs. Gloria Leder ausströmte, als sie vor Maura auf dem Seziertisch lag. Sie war fünfzig Jahre alt, geschieden, eine Frau mit breiten Hüften und schweren Brüsten, die Zehennägel grellrosa lackiert. Ausgeprägte Bräunungslinien markierten die Ränder des Bikinis, den sie getragen hatte, als sie am Pool ihres Apartmentblocks tot aufgefunden worden war. Ein Bikini war nicht unbedingt die vorteilhafteste Badebekleidung für einen Körper, der mit den Jahren deutlich auseinander gegangen war. Wann hatte ich das letzte Mal Gelegenheit, meine Badesachen anzuziehen?, dachte Maura und verspürte einen Anflug von absurdem Neid auf Mrs. Gloria Leder, die in den letzten Augenblicken ihres Lebens den herrlichen Sommertag hatte genießen können. Es war fast schon August, und Maura war noch kein einziges Mal am Strand oder im Schwimmbad gewesen; nicht einmal ein Sonnenbad im Garten hatte sie sich gegönnt.

»Cola-Rum«, sagte der junge Polizist, der am Fuß des Tisches stand. »Ich glaube, das war es, was sie in ihrem Glas hatte. Es stand neben ihrem Liegestuhl.«

Es war das erste Mal, dass Maura Officer Buchanan in ihrem Sektionssaal sah. Es machte sie ganz nervös, wie er unentwegt an seinem Mundschutz aus Papier herumhantierte und von einem Bein auf das andere trat. Der Kerl sah viel zu jung aus für einen Polizisten. Neuerdings sahen sie alle irgendwie zu jung aus.

»Haben Sie den Inhalt des Glases aufbewahrt?«, fragte sie ihn.

»Äh... nein, Ma'am. Ich hab aber ausgiebig dran gerochen. Sie hat ganz eindeutig Cola-Rum getrunken.«

»Um neun Uhr morgens?« Über den Tisch hinweg warf Maura ihrem Assistenten Yoshima einen Blick zu. Er war schweigsam wie immer, doch sie sah, wie eine dunkle Augenbraue dezent nach oben rutschte. Einen beredteren Kommentar würde sie von Yoshima kaum bekommen.

»Allzu viel hat sie davon nicht mehr trinken können«, sagte Officer Buchanan. »Das Glas war noch ziemlich voll.«

»Okay«, sagte Maura. »Sehen wir uns mal ihren Rücken an.«

Mit vereinten Kräften drehten sie und Yoshima die Leiche auf die Seite.

»Da ist eine Tätowierung auf der Hüfte«, bemerkte Maura. »Ein kleiner blauer Schmetterling.«

»Boah!«, meinte Buchanan. »Eine Frau in ihrem Alter?«

Maura blickte zu ihm auf. »Sie meinen wohl, mit fünfzig ist man schon steinalt, wie?«

»Ich meine – na ja, meine *Mutter* ist so alt.«

Vorsicht, Bürschchen. Ich bin nur zehn Jahre jünger.

Sie nahm das Skalpell zur Hand und begann zu schneiden. Es war ihre fünfte Obduktion für heute, und sie arbeitete zügig. Dr. Costas hatte Urlaub, und nach einer Massenkarambolage in der vergangenen Nacht hatte sie den Kühlraum am Morgen voller frischer Leichensäcke vorgefunden. Noch während sie damit beschäftigt gewesen war, den Rückstand aufzuholen, waren zwei weitere Leichen in die Kühlkammer eingeliefert worden. Die beiden würden bis morgen warten müssen. Das Verwaltungspersonal des Rechtsmedizinischen Instituts hatte schon Feierabend gemacht, und Yoshima sah immer wieder auf die Uhr – offensichtlich konnte er es kaum erwarten, sich endlich auf den Heimweg zu machen.

Sie durchschnitt die Hautschichten, weidete Brust- und Bauchhöhle aus. Hob die triefenden Organe heraus und legte sie auf die Schneidunterlage, um sie zu sezieren. Nach und nach gab Gloria Leder ihre Geheimnisse preis: eine Fettleber, die verriet, dass sie sich wohl ein paar Cuba Libres zu viel gegönnt hatte; eine von knotigen Fibromen durchzogene Gebärmutter.

Und schließlich – als sie den Schädel eröffneten – das, was ihren Tod verursacht hatte. Maura sah es, als sie das Gehirn in ihre behandschuhten Hände nahm. »Subarachnoidalblutung«, sagte sie und blickte zu Buchanan auf. Er war merklich blasser geworden, seit er den Raum betreten hatte. »Diese Frau hatte wahrscheinlich ein Beerenaneurysma – eine Schwachstelle in einer der Arterien an der Basis des Gehirns. Bluthochdruck dürfte das Problem verschlimmert haben.«

Buchanan schluckte, die Augen starr auf den schlaffen Hautlappen gerichtet, der einmal Gloria Leders Kopfhaut gewesen und nun nach vorn über ihr Gesicht gezogen war. Das war normalerweise der Punkt, an dem die Beobachter das kalte Grausen überkam, der Moment, da viele von ihnen zusammenzuckten oder sich entsetzt abwandten – wenn das Gesicht der Leiche wie eine ausgeleierte Gummimaske in sich zusammenfiel.

»Sie meinen also… dass es ein natürlicher Tod war?«, fragte er leise.

»Genau. Hier gibt es nichts mehr, was Sie unbedingt sehen müssten.«

Der junge Mann streifte schon seinen Kittel ab, während er vom Seziertisch zurückwich. »Ich glaube, ich brauche ein bisschen frische Luft…«

Ich auch, dachte Maura. Es ist ein Sommerabend, meine Gartenpflanzen wollen gegossen werden, und ich war den ganzen Tag noch nicht vor der Tür.

Doch eine Stunde später war sie immer noch im Institut. Sie saß an ihrem Schreibtisch, sah Laborausdrucke durch und diktierte Berichte. Obwohl sie sich ihrer OP-Kleidung entledigt und sich umgezogen hatte, schien der Geruch des Sektionssaals noch an ihr zu haften; ein Geruch, der sich auch mit noch so viel Seife und Wasser nicht tilgen ließ – denn es war die Erinnerung daran, die stets zurückblieb. Sie griff nach dem Diktiergerät und begann, ihren Bericht über Gloria Leder aufzuzeichnen.

»Fünfzigjährige Weiße, im Liegestuhl am Swimmingpool ihres Apartmentblocks leblos aufgefunden. Es handelt sich um eine gut entwickelte, wohlgenährte Frau ohne sichtbare Verletzungen. Bei der äußeren Besichtigung wurde eine alte Operationsnarbe am Abdomen festgestellt, wahrscheinlich von einer Appendektomie herrührend. Eine kleine Tätowierung in Form eines blauen Schmetterlings findet sich auf ihrer…« Maura hielt inne und versuchte, sich die Tätowierung in Erinnerung zu rufen. War sie an der linken oder an der rechten Hüfte? Gott, ich bin so müde, dachte sie. Ich kann mich nicht mehr erinnern. So ein belangloses Detail. Es änderte nichts an ihren Schlussfolgerungen, aber sie hasste nun einmal alle Ungenauigkeiten.

Sie stand auf und ging durch den menschenleeren Flur zum Treppenhaus, wo ihre Schritte auf den Betonstufen hallten. Unten stieß sie die Tür zum Sektionssaal auf und sah, dass Yoshima ihn wie üblich in makellosem Zustand zurückgelassen hatte – die Tische so gründlich geputzt, dass sie glänzten, die Böden sauber gewischt. Sie ging weiter zum Kühlraum und zog die schwere Abschlusstür auf. Wölkchen von kaltem Nebel quollen heraus. Reflexartig holte sie noch einmal tief Luft, als wollte sie in fauliges Wasser eintauchen, und betrat die Kammer.

Acht der Rollbahren waren belegt; die meisten standen schon zur Abholung durch ein Beerdigungsinstitut bereit. Maura schritt die Reihe ab und las die Namen auf den Etiketten, bis sie den von Gloria Leder gefunden hatte. Sie zog den Reißverschluss des Leichensacks auf, schob die Hände unter das Gesäß der Toten und rollte sie so weit zur Seite, bis sie die Tätowierung erkennen konnte.

Sie war an der linken Hüfte.

Maura schloss den Sack und wollte eben die Tür hinter sich zuziehen, als sie plötzlich mitten in der Bewegung innehielt. Sie drehte sich um und starrte in den Kühlraum.

Habe ich da gerade etwas gehört?

Der Ventilator schaltete sich ein und blies eiskalte Luft in den Raum. Ach, es war nichts weiter, dachte sie. Nur der Ventilator. Oder der Kompressor der Kühlanlage. Oder das Wasser, das in den Rohren zirkulierte. Es war Zeit, nach Hause zu gehen. Sie war so müde, dass sie schon Halluzinationen hatte.

Wieder wandte sie sich zum Gehen.

Und wieder hielt sie inne. Drehte sich um und starrte die Reihe der Rollbahren an. Ihr Herz pochte jetzt so heftig, dass sie außer ihrem eigenen Pulsschlag nichts mehr hören konnte.

Irgendetwas hat sich hier im Raum bewegt. Da bin ich sicher.

Sie öffnete den ersten Sack und erblickte einen Mann, dessen Brust zugenäht war. Schon obduziert, dachte sie. Tot, ohne jeden Zweifel.

Welche war es? Von welcher Bahre war das Geräusch gekommen?

Sie riss den nächsten Reißverschluss auf und erblickte ein mit Prellungen und Quetschungen übersätes Gesicht, einen zerschmetterten Schädel. Tot.

Mit zitternden Händen öffnete sie den Reißverschluss des nächsten Leichensacks. Die Plastikhülle teilte sich, und sie sah in das Gesicht einer blassen jungen Frau mit schwarzen Haaren und bläulich verfärbten Lippen. Als sie den Sack noch weiter öffnete, kam eine durchnässte weiße Bluse zum Vorschein; der Stoff klebte an der weißen Haut, und auf den entblößten Partien glitzerten kalte Wassertröpfchen. Sie streifte die Bluse ab und erblickte volle Brüste, eine schlanke Taille. Der Rumpf war unversehrt, noch nicht mit dem Skalpell eines Pathologen in Berührung gekommen. Die Finger und Zehen waren violett verfärbt, die Arme bläulich marmoriert.

Sie legte die Finger an den Hals der Frau und fühlte eiskalte Haut. Dann beugte sie sich zu ihren Lippen hinunter und wartete auf einen Atemhauch, einen noch so leisen Luftzug an ihrer Wange.

Die Leiche schlug die Augen auf.

Maura stockte der Atem, und sie wich taumelnd zurück. Dabei stieß sie gegen die hinter ihr stehende Bahre und wäre fast gestürzt, als die Räder ins Rollen kamen. Sie rappelte sich auf und sah, dass die Augen der Frau immer noch geöffnet waren; ihr Blick jedoch ging ins Leere. Die bläulich verfärbten Lippen formten stumme Worte.

Schaff sie raus aus dem Kühlraum! Bring sie ins Warme!

Sie wollte die Bahre zur Tür schieben, doch das Ding ließ

sich nicht vom Fleck bewegen; in ihrer Panik hatte Maura vergessen, die Bremse zu lockern. Rasch trat sie auf das Pedal, das die Blockierung löste, und lehnte sich erneut gegen die Bahre. Diesmal setzte sie sich in Bewegung und rollte ratternd aus dem Kühlraum hinaus in den wärmeren Anlieferungsbereich.

Die Augen der Frau waren wieder zugefallen. Maura beugte sich über sie und hielt ihre Wange dicht über den Mund der Frau, doch sie registrierte keinen Luftzug. *O Gott! Du kannst mir jetzt nicht unter den Händen wegsterben.*

Sie wusste nichts über diese fremde Frau – sie kannte weder ihren Namen noch ihre Krankengeschichte. Ihr Körper wimmelte möglicherweise von Viren, aber Maura legte dennoch ihre Lippen auf die der jungen Frau und musste beinahe würgen, als sie die kühle Haut schmeckte. Sie beatmete die Frau mit drei tiefen Stößen und legte dann die Finger an ihre Halsschlagader, um nach einem Puls zu tasten.

Bilde ich mir das nur ein? Ist es mein eigener Puls, den ich da fühle, das Pochen des Bluts in meinen Fingerspitzen?

Sie griff nach dem Wandtelefon und wählte die 911.

»Notrufzentrale.«

»Hier spricht Dr. Isles, ich rufe aus der Rechtsmedizin an. Ich brauche einen Rettungswagen. Ich habe hier eine Frau mit Atemstillstand ...«

»Verzeihung, sagten Sie eben ›Rechtsmedizin‹?«

»Ja! Ich bin im hinteren Teil des Gebäudes, gleich hinter der Laderampe. Wir sind in der Albany Street, direkt gegenüber der Klinik!«

»Ich schicke sofort einen Rettungswagen.«

Maura legte auf. Erneut musste sie das Ekelgefühl unterdrücken, als sie ihren Mund auf den der Frau presste. Noch drei schnelle Atemstöße, und wieder legte sie die Finger an die Halsschlagader.

Ein Puls. Da war eindeutig ein Puls!

Plötzlich hörte sie ein Pfeifen, ein Husten. Die Frau atmete jetzt selbstständig, und ein rasselndes Geräusch drang aus ihrer verschleimten Kehle.

Bleib jetzt dran. Atmen, Lady. Atmen!

Lautes Geheul kündigte das Nahen des Rettungswagens an. Maura öffnete die Schiebetüren und blinzelte im grellen Schein des Blaulichts, als der Wagen rückwärts an die Laderampe heranfuhr. Zwei Sanitäter sprangen heraus, die Instrumentenkoffer in der Hand.

»Sie ist hier drin!«, rief Maura.

»Immer noch Atemstillstand?«

»Nein, sie atmet inzwischen. Und ich kann einen Puls fühlen.«

Die beiden Männer trabten in das Gebäude und blieben mit großen Augen vor der Frau auf der Rollbahre stehen. »Mein Gott«, murmelte der eine. »Ist das da ein *Leichensack*?«

»Ich habe sie im Kühlraum gefunden«, erklärte Maura. »Inzwischen dürfte sie ernsthaft unterkühlt sein.«.

»O Mann. Wenn das nicht die Mutter aller Albträume ist.«

Sofort wurden Sauerstoffmaske und Infusionskatheter ausgepackt, EKG-Elektroden angeschlossen. Der Monitor zeigte einen langsamen Sinusrhythmus an, wie von einem etwas trägen Karikaturisten gezeichnet. Das Herz der Frau schlug, sie atmete, aber sie sah immer noch aus wie eine Leiche.

»Was ist mit ihr passiert?«, fragte einer der Sanitäter, während er einen Stauschlauch um den schlaffen Arm der Frau legte. »Wie ist sie hier reingeraten?«

»Ich weiß absolut nichts über sie«, antwortete Maura. »Ich bin hinuntergegangen, um etwas bei einer anderen Leiche im Kühlraum nachzusehen, und da hörte ich, wie diese hier sich bewegte.«

»Kommt so was hier … öfter vor?«

»Es ist das erste Mal für mich.« Und sie hoffte bei Gott, dass es auch das letzte Mal war.

»Wie lange hat sie in Ihrem Kühlraum gelegen?«

Maura warf einen Blick auf das Klemmbrett an der Wand, wo die Einlieferungen des Tages vermerkt wurden, und sah, dass die unbekannte Tote gegen Mittag in der Rechtsmedizin eingetroffen war. *Vor acht Stunden. Acht Stunden eingeschlossen in einem Leichensack. Wenn sie nun auf meinem Seziertisch gelandet wäre? Wenn ich ihr den Brustkorb aufgeschnitten hätte?* Nach kurzer Suche im Korb mit dem Posteingang fand sie den Umschlag mit den Papieren, die zu der Frau gehörten. »Die Feuerwehr Weymouth hat sie eingeliefert«, sagte sie. »Es sah alles nach Tod durch Ertrinken aus …«

»He, ganz ruhig!« Der Sanitäter hatte gerade eine Infusionsnadel in die Vene gestochen, worauf die Patientin unvermittelt zum Leben erwacht war und sich in wilden Zuckungen wand. Die Einstichstelle schwoll an und färbte sich wie durch Zauberhand blau, als das Blut aus der Vene sich unter der Haut sammelte.

»Mist, ich hab die Stelle verloren! Hilf mir mal, sie festzuhalten!«

»Mensch, das Mädchen steht gleich auf und spaziert uns davon!«

»Sie wehrt sich mit aller Kraft. Ich krieg den Zugang nicht gelegt.«

»Dann legen wir sie einfach auf eine Trage und nehmen sie mit.«

»Wohin bringen Sie sie?«, fragte Maura.

»Nur über die Straße, in die Notaufnahme. Wenn Sie irgendwelche Papiere haben – die werden eine Kopie haben wollen.«

Sie nickte. »Wir sehen uns dann dort.«

Eine lange Schlange von Patienten wartete an der Anmeldung der Notaufnahme, und die Aufnahmeschwester hinter der Scheibe reagierte einfach nicht auf Mauras Versuche, ihre Aufmerksamkeit auf sich zu ziehen. Bei einem solchen Andrang wie heute Abend musste man schon mindestens ein paar abgetrennte Gliedmaßen oder heftig blutende Wunden vorweisen können, wenn man vorgelassen werden wollte. Maura ignorierte die bösen Blicke der anderen Patienten und ging gleich durch bis zum Schalter. Dort klopfte sie an die Scheibe.

»Sie müssen schon warten, bis Sie dran sind«, sagte die Aufnahmeschwester.

»Ich bin Dr. Isles. Ich bringe die Überweisungspapiere für eine Patientin. Der Arzt wird sie sehen wollen.«

»Welche Patientin?«

»Die Frau, die gerade von gegenüber eingeliefert wurde.«

»Sie meinen die Dame aus dem Leichenschauhaus?«

Maura hielt inne, als ihr klar wurde, dass die in der Schlange stehenden Patienten jedes Wort hören konnten. »Ja«, antwortete sie knapp.

»Dann gehen Sie bitte durch. Ihr Typ wird dort verlangt. Sie haben ziemlichen Ärger mit ihr.«

Der Summer ertönte, und Maura stieß die Tür zu den Behandlungsräumen auf. Sofort erkannte sie, was die Aufnahmeschwester mit »Ärger« gemeint hatte. Die Unbekannte war noch nicht in einen der Behandlungsräume gebracht worden. Sie lag im Flur, und man hatte eine Heizdecke über sie gebreitet. Die beiden Sanitäter mühten sich gemeinsam mit einer Krankenschwester, die Patientin im Zaum zu halten.

»Zieh den Riemen stramm!«

»Mist – ihre Hand ist schon wieder draußen …«

»Vergiss die Sauerstoffmaske. Die braucht sie nicht.«

»Pass auf! Sie reißt sich den Zugang raus!«

Maura stürzte auf die Trage zu und packte das Handgelenk der Patientin, ehe sie sich den Infusionskatheter aus der Vene ziehen konnte. Lange schwarze Haare schlugen Maura ins Gesicht, als die unbekannte Frau versuchte, sich loszuwinden. Noch vor zwanzig Minuten hatte sie als Scheintote mit blauen Lippen in einem Leichensack gelegen. Jetzt gelang es ihnen kaum, sie zu überwältigen, als neues Leben mit Macht in ihre Glieder strömte.

»Festhalten! Halten Sie ihren Arm fest!«

Der Laut setzte ganz tief in der Kehle der Frau an. Es war das Stöhnen eines verwundeten Tieres. Dann bog sie den Kopf in den Nacken, und der Klagelaut steigerte sich zu einem durchdringenden Schrei, der nicht von dieser Welt zu sein schien. Nicht menschlich, dachte Maura, und ihre Nackenhaare richteten sich auf. *Mein Gott, was habe ich da von den Toten auferweckt?*

»Hören Sie mich an. *Hören Sie!*«, kommandierte Maura. Sie nahm den Kopf der Frau in beide Hände und blickte in das von Panik verzerrte Gesicht. »Ich sorge dafür, dass Ihnen nichts geschieht. Das verspreche ich Ihnen. Sie müssen sich von uns helfen lassen.«

Beim Klang von Mauras Stimme beruhigte die Frau sich. Die blauen Augen blickten starr, die Pupillen zu großen schwarzen Seen geweitet.

Eine der Schwestern begann unauffällig einen Riemen um das Handgelenk der Frau zu schlingen.

Nein, dachte Maura. Tun Sie das nicht.

Sobald der Riemen das Handgelenk der Frau berührte, fuhr sie zusammen, als hätte man sie verbrüht. Ihr Arm schnellte durch die Luft, und Maura taumelte rückwärts. Ihre Wange brannte von dem Schlag, den sie abbekommen hatte.

»Wir brauchen Verstärkung!«, rief die Schwester. »Könnte Dr. Cutler vielleicht mal herkommen?«

Mit schmerzhaft pochendem Gesicht trat Maura ein paar Schritte zurück, als ein Arzt und eine weitere Schwester aus einem der Behandlungsräume herauskamen. Der Tumult hatte die Aufmerksamkeit der anderen Patienten im Wartebereich geweckt. Maura sah sie neugierig durch die gläserne Trennwand spähen, gebannt von der Szene, die sich vor ihren Augen abspielte – eine Szene, die jede Episode von *Emergency Room* in den Schatten stellte.

»Wissen wir, ob sie irgendwelche Allergien hat?«, fragte der Arzt.

»Keine Krankengeschichte«, erwiderte die Schwester.

»Was geht hier eigentlich vor? Wieso ist sie so außer sich?«

»Wir haben nicht die geringste Ahnung.«

»Okay. Okay, versuchen wir's mit fünf Milligramm Haldol i.v.«

»Der Katheter ist draußen!«

»Dann verabreichen Sie's ihr i.m. Aber schnell! Und wir sollten ihr auch Valium geben, ehe sie sich etwas antun kann.«

Die Frau stieß erneut einen schrillen Schrei aus, als die Nadel durch ihre Haut drang.

»Wissen wir irgendetwas über diese Frau? Wer ist sie?« Plötzlich bemerkte der Arzt Maura, die in einiger Entfernung von der Trage stand. »Sind Sie eine Verwandte?«

»Ich habe den Rettungswagen gerufen. Ich bin Dr. Isles.«

»Ihre Hausärztin?«

Bevor Maura antworten konnte, sagte einer der Sanitäter: »Dr. Isles ist die Gerichtsmedizinerin. Das ist die Patientin, die im Leichenschauhaus aufgewacht ist.«

Der Arzt starrte Maura an. »Sie machen wohl Witze.«

»Ich war im Kühlraum, als sie sich plötzlich bewegte«, sagte Maura.

Der Arzt lachte ungläubig. »Wer hat sie für tot erklärt?«

»Sie wurde von der Feuerwehr Weymouth eingeliefert.«

Sein Blick richtete sich wieder auf die Patientin. »Na, jetzt ist sie jedenfalls sehr lebendig.«

»Dr. Cutler, Raum zwei ist jetzt frei«, rief eine Schwester. »Wir können sie reinfahren.«

Maura folgte ihnen, als sie die Trage über den Flur in einen der Behandlungsräume schoben. Die Frau wehrte sich nur noch schwach; das Haldol und das Valium taten allmählich ihre Wirkung. Die Schwestern nahmen ihr Blut ab, brachten neue EKG-Elektroden an. Der Herzrhythmus zuckte über den Monitor.

»Okay, Dr. Isles«, sagte der Unfallarzt, während er mit einer Stablampe in die Augen der Frau leuchtete. »Erzählen Sie mir mehr.«

Maura öffnete den Umschlag mit den fotokopierten Begleitdokumenten der »Leiche«. »Ich sage Ihnen einfach mal, was in den Überführungspapieren steht«, sagte sie. »Um acht Uhr heute Morgen bekam die Feuerwehr Weymouth einen Anruf aus dem Sunrise Yachtclub, nachdem Segler die in der Hingham Bay treibende Frau gefunden hatten. Als man sie aus dem Wasser zog, hatte sie keinen Puls und atmete nicht mehr. Sie hatte auch keine Papiere bei sich. Ein Ermittler der Polizei von Massachusetts wurde an den Fundort gerufen, und er kam zu dem Schluss, dass höchstwahrscheinlich ein Unfall vorlag. Gegen Mittag wurde sie in unser Institut überführt.«

»Und in der Gerichtsmedizin ist niemandem aufgefallen, dass sie noch lebte?«

»Sie wurde eingeliefert, als wir gerade bis zum Hals in Arbeit steckten. Da war dieser Unfall auf der I-95. Und wir hatten auch noch Fälle von gestern Abend aufzuarbeiten.«

»Es ist jetzt fast neun. Und die ganze Zeit hat niemand nach dieser Frau gesehen?«

»Bei Toten gibt es normalerweise keine unvorhergesehenen Ereignisse.«

»Also lassen Sie sie einfach im Kühlraum liegen?«

»Solange bis wir uns ihnen widmen können.«

»Und wenn Sie heute Abend nicht zufällig gehört hätten,

wie sie sich bewegte?« Er drehte sich um und sah Maura an. »Wollen Sie mir erzählen, dass sie dann bis morgen früh dort gelegen hätte?«

Maura spürte, wie die Röte in ihre Wangen stieg. »Ja«, gab sie zu.

»Dr. Cutler, auf Intensiv wäre jetzt ein Bett frei«, meldete eine Schwester. »Sollen wir sie hinbringen?«

Er nickte. »Wir wissen nicht, welche Medikamente oder Drogen sie vielleicht genommen hat; deshalb will ich, dass ihre Werte permanent überwacht werden.« Er blickte auf die Patientin hinunter, deren Augen nun geschlossen waren. Ihre Lippen aber bewegten sich weiter, wie in einem stummen Gebet. »Diese Frau wäre schon einmal beinahe gestorben. Sorgen wir dafür, dass sich das nicht wiederholt.«

Maura hörte das Telefon in ihrem Haus läuten, während sie den Schlüsselbund aus der Tasche fischte und die Haustür aufschloss. Als sie es schließlich geschafft hatte und ins Wohnzimmer trat, war das Läuten verstummt. Der Anrufer hatte keine Nachricht hinterlassen. Maura klickte die letzten Nummern auf der Anruferkennung durch, doch den Namen der Frau, die zuletzt angerufen hatte, kannte sie nicht: *Zoe Fossey*. Hatte sie sich vielleicht verwählt?

Ich weigere mich, mir deswegen Gedanken zu machen, dachte sie und wollte in die Küche gehen.

Da meldete sich plötzlich ihr Handy. Sie kramte es aus der Tasche und sah auf dem Display, dass der Anruf von ihrem Kollegen Dr. Abe Bristol kam.

»Hallo, Abe?«

»Maura, willst du mir vielleicht verraten, was heute Abend in der Notaufnahme passiert ist?«

»Du hast davon gehört?«

»Ich bin schon drei Mal angerufen worden. Vom *Globe*, vom *Herald* und von irgendeinem lokalen Fernsehsender.«

»Was sagen denn diese Reporter?«

»Sie fragen alle nach dieser Leiche, die plötzlich aufgewacht ist. Angeblich ist sie vor kurzem in die Klinik eingeliefert worden. Ich hatte gar keine Ahnung, wovon die alle reden.«

»Ach, du lieber Gott. Wie hat die Presse so schnell davon erfahren?«

»Es stimmt also?«

»Ich wollte dich schon anrufen…« Sie hielt inne. Im Wohnzimmer klingelte das Telefon. »Ich bekomme gerade einen Anruf auf der anderen Leitung. Kann ich dich zurückrufen, Abe?«

»Wenn du mir versprichst, mich aufzuklären.«

Sie lief ins Wohnzimmer und nahm den Hörer ab. »Dr. Isles.«

»Hier spricht Zoe Fossey von Channel Six News. Wären Sie bereit, einen Kommentar zu…«

»Es ist fast zehn Uhr«, unterbrach Maura sie. »Dies ist mein Privatanschluss. Wenn Sie mich sprechen wollen, müssen Sie mich während der Dienstzeiten im Büro anrufen.«

»Wie wir erfahren haben, ist heute Abend im Leichenschauhaus eine Frau aufgewacht.«

»Kein Kommentar.«

»Unsere Quellen sagen, dass sowohl ein Ermittler der Polizei von Massachusetts als auch ein Feuerwehrteam aus Weymouth sie für tot erklärt hätten. Ist jemand aus Ihrem Institut zu der gleichen Feststellung gelangt?«

»Das Rechtsmedizinische Institut war an der Feststellung des Todes nicht beteiligt.«

»Aber die Frau befand sich doch in Ihrer Obhut, oder nicht?«

»Niemand aus unserem Institut hat diese Frau für tot erklärt.«

»Sie sagen also, es ist alles die Schuld der Feuerwehr von Weymouth und der Staatspolizei? Wie kann denn irgendjemand sich so irren? Ist es nicht ziemlich offensichtlich, ob eine Person noch am Leben ist oder nicht?«

Maura legte auf.

Fast unmittelbar darauf läutete das Telefon erneut. Diesmal zeigte die Anruferkennung eine andere Nummer an.

Sie hob den Hörer ab. »Dr. Isles.«

»Hier spricht Dave Rosen, Associated Press. Entschuldigen Sie die Störung, aber wir machen gerade Recherchen zu einem Bericht über eine junge Frau, die in die Gerichtsmedizin gebracht wurde und in einem Leichensack aufwachte. Ist die Geschichte wahr?«

»Wie haben Sie das nur alle herausgefunden? Das ist schon das zweite Mal, dass mich jemand deswegen anruft.«

»Ich nehme an, Sie werden noch wesentlich mehr Anrufe bekommen.«

»Und was hat man Ihnen erzählt?«

»Dass die Frau heute Mittag von der Feuerwehr Weymouth ins Leichenschauhaus gebracht wurde. Dass Sie es waren, die entdeckte, dass sie noch am Leben war, und einen Krankenwagen rief. Ich habe schon mit dem Krankenhaus gesprochen, und dort heißt es, ihr Zustand sei ernst, aber stabil. Alles so weit korrekt?«

»Ja, aber …«

»Lag sie tatsächlich in dem Leichensack, als Sie sie fanden? War sie darin eingeschlossen?«

»Sie stellen das viel zu reißerisch dar.«

»Werden die Leichen in Ihrem Institut eigentlich bei der Anlieferung routinemäßig überprüft? Um ganz sicherzugehen, dass sie auch wirklich tot sind?«

»Morgen früh werde ich eine Erklärung für Sie haben. Gute Nacht.« Sie legte auf. Bevor das Telefon wieder läuten konnte, zog sie den Stecker heraus. Nur so konnte sie hoffen, in dieser Nacht ein wenig Schlaf zu finden. Sie starrte auf das nunmehr stumme Telefon und fragte sich, wie die Nachricht sich nur so schnell hatte verbreiten können.

Dann dachte sie an all die Zeugen in der Notaufnahme – die Verwaltungsangestellten, die Schwestern, die Pfleger. Die Patienten im Wartebereich, die alles durch die Glaswand beobachtet hatten. Jeder von ihnen könnte zum Telefon gegriffen haben. Ein Anruf genügte, und schon machte die Neuigkeit die Runde. Nichts spricht sich schneller herum als makabre Gerüchte. Morgen, dachte sie, wird ein harter Tag, und ich sollte zusehen, dass ich darauf vorbereitet bin.

Sie rief Abe mit dem Handy zurück. »Wir haben ein Problem«, sagte sie.

»Hab ich mir schon gedacht.«

»Gib der Presse keine Interviews. Ich werde eine Erklärung vorbereiten. Für heute habe ich bei meinem Privattelefon den Stecker gezogen. Wenn du mich unbedingt erreichen musst – mein Handy ist eingeschaltet.«

»Bist du bereit, dich dem ganzen Ansturm zu stellen?«

»Wer soll es denn sonst tun? Ich habe sie schließlich gefunden.«

»Du weißt, dass die Medien im ganzen Land sich darauf stürzen werden, Maura.«

»Ich hatte schon die AP an der Strippe.«

»Ach, du liebe Zeit. Hast du schon mit dem Amt für öffentliche Sicherheit gesprochen? Die dürften die Ermittlungen übernehmen.«

»Ja, da muss ich wohl als Nächstes anrufen.«

»Brauchst du Hilfe bei der Presseerklärung?«

»Ich werde ein bisschen Zeit brauchen, um sie auszuarbeiten. Ich komme dann morgen früh ein bisschen später ins Institut. Halt sie einfach so lange hin, bis ich da bin.«

»Es wird vermutlich zum Prozess kommen.«

»Wir haben uns nichts vorzuwerfen, Abe. Wir haben nichts falsch gemacht.«

»Das spielt keine Rolle. Mach dich auf alles gefasst.«

3

»Schwören Sie feierlich, dass alles, was Sie in dem hier zu verhandelnden Fall vor Gericht aussagen werden, die Wahrheit ist, die ganze Wahrheit und nichts als die Wahrheit, so wahr Ihnen Gott helfe?«

»Ich schwöre«, sagte Jane Rizzoli.

»Danke. Sie können sich setzen.«

Jane spürte, dass alle Augen im Saal auf ihr ruhten, als sie sich schwerfällig auf dem Stuhl im Zeugenstand niederließ. Sie hatten sie von Anfang an angestarrt, von dem Moment an, als sie in den Gerichtssaal gewatschelt war, mit ihren geschwollenen Knöcheln und dem dicken Bauch, der sich unter dem weiten Umstandskleid wölbte. Jetzt rutschte sie auf dem Stuhl herum und versuchte, eine bequeme Position zu finden, versuchte, wenigstens den Anschein von Autorität auszustrahlen, doch es war warm im Saal, und sie konnte schon spüren, wie ihr die Schweißperlen auf die Stirn traten. Eine schwitzende, zappelige, hochschwangere Polizistin. Doch, doch, eine sehr überzeugende Autoritätsperson.

Gary Spurlock, der stellvertretende Staatsanwalt für Suffolk County, erhob sich, um die Zeugenvernehmung zu beginnen. Jane kannte ihn als ruhigen und methodischen Vertreter der Anklage, und sie sah dieser ersten Befragung mit Gelassenheit entgegen. Sie hielt den Blick auf Spurlock gerichtet und vermied jeden Augenkontakt mit dem Angeklagten Billy Wayne Rollo, der auf dem Stuhl neben seiner Anwältin lümmelte und Jane anstarrte. Sie wusste, dass Rollo sie mit seinem bösen Blick einzuschüchtern versuchte. Das Bullenmädel aus dem Konzept bringen, sie verwirren. Jane hatte schon genug Arschlöcher wie ihn kennen gelernt, und sein Versuch, sie niederzustarren, war nichts Neues für sie. Nichts als die letzte Zuflucht eines Versagers.

»Würden Sie bitte dem Gericht Ihren Namen nennen und den Nachnamen buchstabieren?«, fuhr Spurlock fort.

»Detective Jane Rizzoli. R-I-Z-Z-O-L-I.«

»Und Ihr Beruf?«

»Ich bin Detective bei der Mordkommission des Boston Police Department.«

»Könnten Sie uns etwas zu Ihrer Ausbildung und Ihrem beruflichen Werdegang sagen?«

Sie änderte erneut ihre Sitzposition; von dem harten Stuhl tat ihr allmählich der Rücken weh. »Ich habe mein Studium am Massachusetts Bay Community College mit dem Diplom in Strafjustiz abgeschlossen. Nach meiner Ausbildung an der Polizeiakademie des Boston PD wurde ich zunächst als Streifenpolizistin in der Back Bay sowie in Dorchester eingesetzt.« Sie zuckte zusammen, als ihr Baby ihr einen Tritt versetzte. *Ruhe da drinnen. Mama sagt gerade vor Gericht aus.* Spurlock wartete immer noch auf den Rest ihrer Antwort. Sie fuhr fort. »Ich habe zwei Jahre lang als Detective im Drogen- und Sittendezernat gearbeitet. Vor zweieinhalb Jahren bin ich dann zur Mordkommission gewechselt, wo ich seither meinen Dienst versehe.«

»Vielen Dank, Detective. Nun würde ich Sie gerne über die Ereignisse am dritten Februar dieses Jahres befragen. An diesem Tag suchten Sie in Ausübung Ihres Dienstes eine Wohnung in Roxbury auf. Richtig?«

»Ja, Sir.«

»Die Adresse war Malcolm X Boulevard Nummer 4280, richtig?«

»Ja. Das ist ein Wohnblock.«

»Schildern Sie uns bitte diesen Besuch.«

»Gegen vierzehn Uhr dreißig trafen wir – mein Partner Detective Barry Frost und ich – an der besagten Adresse ein, um einen Mieter in Apartment 2-B zu befragen.«

»Worum ging es dabei?«

»Es ging um eine Mordermittlung. Die Person in 2-B war mit dem Opfer befreundet.«

»Er – oder sie – gehörte nicht zum Kreis der Verdächtigen in diesem speziellen Fall?«

»Nein, Sir. Wir hatten sie nicht im Verdacht.«

»Und was passierte dann?«

»Wir hatten gerade an die Tür von 2-B geklopft, als wir eine Frau schreien hörten. Das Geschrei kam aus einer Wohnung auf demselben Flur gegenüber. Aus Nummer 2-E.«

»Können Sie uns die Schreie beschreiben?«

»Ich würde sie als die Schreie eines Menschen in höchster Not beschreiben. In großer Angst. Und dann hörten wir ein lautes Krachen, wie von umstürzenden Möbeln. Oder wie von einem Menschen, der zu Boden gestoßen wird.«

»Einspruch!« Die Strafverteidigerin, eine hochgewachsene blonde Frau, sprang auf. »Reine Spekulation. Sie konnte das gar nicht sehen, weil sie nicht in der Wohnung war.«

»Stattgegeben«, sagte der Richter. »Detective Rizzoli, bitte verzichten Sie auf Mutmaßungen über Ereignisse, die Sie unmöglich mit eigenen Augen beobachten konnten.«

Auch wenn es gar keine bloße »Mutmaßung« war? Weil nämlich genau das passiert ist. Billy Wayne Rollo hat seiner Freundin den Kopf auf den Boden geschlagen.

Jane schluckte ihre Verärgerung hinunter und korrigierte ihre Aussage. »Wir hörten ein lautes Krachen aus der Wohnung.«

»Und was haben Sie dann getan?«

»Detective Frost und ich klopften sofort an der Tür von Apartment 2-E.«

»Haben Sie sich als Polizeibeamte zu erkennen gegeben?«

»Ja, Sir.«

»Und was ist dann …«

»Das ist eine beschissene Lüge!«, fuhr der Angeklagte dazwischen. »Die haben überhaupt nicht gesagt, dass sie Bullen sind!«

Alle Augen richteten sich auf Billy Wayne Rollo; er aber sah nur Jane an.

»Sie enthalten sich bitte jeglicher Äußerungen, Mr. Rollo«, wies der Richter ihn an.

»Aber sie ist eine Lügnerin.«

»Frau Rechtsanwältin, entweder sorgen Sie jetzt dafür, dass Ihr Mandant sich beherrscht, oder er wird des Saales verwiesen.«

»Ganz ruhig, Billy«, murmelte die Anwältin. »Das ist nicht sehr hilfreich.«

»Gut«, sagte der Richter. »Mr. Spurlock, Sie können fortfahren.«

Der Staatsanwalt nickte und wandte sich wieder an Jane. »Was passierte, nachdem Sie an die Tür von Apartment 2-E geklopft hatten?«

»Es machte niemand auf. Aber wir konnten noch immer die Schreie hören. Das Krachen. Wir kamen übereinstimmend zu dem Schluss, dass hier ein Mensch in Lebensgefahr war und dass wir die Wohnung betreten mussten, ob mit oder ohne Einwilligung der Bewohner.«

»Und Sie haben sie betreten?«

»Ja, Sir.«

»Sie haben mir die Scheißtür eingetreten!«, rief Rollo.

»Schweigen Sie, Mr. Rollo!«, fuhr ihn der Richter an. Der Angeklagte ließ sich wieder auf seinen Stuhl sinken und durchbohrte Jane mit seinen Blicken.

Du kannst mich so lange anglotzen, wie du willst, du Affe. Denkst du, du kannst mir Angst machen?

»Detective Rizzoli«, sagte Spurlock, »was haben Sie in der Wohnung gesehen?«

Jane wandte ihre Aufmerksamkeit wieder dem Staatsanwalt zu. »Wir sahen einen Mann und eine Frau. Die Frau lag auf dem Rücken. Ihr Gesicht war schwer lädiert, und ihre Unterlippe blutete. Der Mann beugte sich über sie. Er hatte beide Hände um ihren Hals gelegt.«

»Befindet sich der Mann in diesem Moment hier im Saal?«

»Ja, Sir.«

»Zeigen Sie bitte auf ihn.«

Sie deutete auf Billy Wayne Rollo.

»Was ist dann passiert?«

»Detective Frost und ich zogen Mr. Rollo von der Frau weg. Sie war noch bei Bewusstsein. Mr. Rollo leistete Widerstand, und in dem Handgemenge bekam Detective Frost einen schweren Schlag in den Bauch. Anschließend flüchtete Mr. Rollo aus der Wohnung. Ich verfolgte ihn bis ins Treppenhaus, und dort gelang es mir, ihn zu überwältigen.«

»Ganz allein?«

»Ja, Sir.« Nach einer Pause fuhr sie ohne jeden Anflug von Humor fort: »Nachdem er die Treppe hinuntergefallen war. Er schien stark angetrunken.«

»Verdammt, sie hat mich *gestoßen*, so war's!«

Der Richter ließ seinen Hammer auf den Tisch krachen. »Jetzt reicht es mir aber mit Ihnen! Gerichtsdiener, bitte entfernen Sie Mr. Rollo aus dem Saal.«

»Euer Ehren.« Die Verteidigerin stand auf. »Ich werde dafür sorgen, dass er sich benimmt.«

»Das ist Ihnen bisher nicht sonderlich gut gelungen, Ms. Quinlan.«

»Er wird jetzt Ruhe geben.« Sie sah ihren Mandanten an. »Nicht wahr?«

Rollo antwortete mit einem missmutigen Knurren.

»Keine weiteren Fragen, Euer Ehren«, sagte Spurlock und nahm Platz.

Der Richter sah die Verteidigerin an. »Ms. Quinlan?«

Victoria Quinlan erhob sich zum Kreuzverhör. Mit dieser Anwältin hatte Jane bisher noch nie zu tun gehabt, und sie war sich nicht sicher, was sie erwartete. Als Quinlan auf den Zeugenstand zutrat, dachte Jane: Du bist jung und blond, und du siehst blendend aus. Wie kommst du dazu, dieses miese Stück zu verteidigen? Die Frau bewegte sich wie ein Model auf dem Laufsteg, die langen Beine zusätzlich betont durch einen kurzen Rock und hochhackige Schuhe. Allein vom Anblick dieser Schühchen taten Jane schon die Füße weh. Eine Frau wie Quinlan stand wahrscheinlich immer und überall im Mittelpunkt, und sie kostete die allgemeine Aufmerksamkeit voll aus, als sie nun zum Zeugenstand schlenderte, wohl wissend, dass in diesem Augenblick jeder einzelne Mann dort auf der Geschworenenbank ihren festen kleinen Hintern anstarrte.

»Guten Morgen, Detective«, flötete Quinlan mit lieblicher Stimme. Viel zu lieblich. Jeden Moment konnten dieser Blondine giftige Reißzähne wachsen.

»Guten Morgen, Ma'am«, erwiderte Jane vollkommen neutral.

»Sie sagten, dass Sie derzeit bei der Mordkommission beschäftigt sind?«

»Ja, Ma'am.«

»Und an welchen neuen Ermittlungen sind Sie zurzeit aktiv beteiligt?«

»Im Augenblick habe ich keine neuen Fälle. Aber ich arbeite weiter an …«

»Sie sind aber doch Detective beim Boston PD. Gibt es im Moment wirklich keine Mordfälle, die entschlossene Ermittlungen notwendig machen?«

»Ich bin im Mutterschaftsurlaub.«

»Ah. Sie haben *Urlaub*. Dann sind Sie also derzeit nicht im Dienst.«

»Ich erledige Verwaltungsaufgaben.«

»Aber damit hier keine Zweifel aufkommen: Sie sind nicht *aktiv* an irgendwelchen Ermittlungen beteiligt.« Quinlan lächelte. »Im Moment.«

Jane spürte, wie sie rot wurde. »Wie ich schon sagte, ich bin im Mutterschaftsurlaub. Auch Polizistinnen kriegen Kinder«, fügte sie mit sarkastischem Unterton hinzu, was sie gleich darauf bereute. *Lass dich nicht auf ihre Spielchen ein. Bleib ganz cool.* Aber das war leichter gesagt als getan in diesem Backofen von Gerichtssaal. Was war denn nur mit der Klimaanlage los? Und wieso schien die Hitze außer ihr niemandem etwas auszumachen?

»Wann ist der Geburtstermin, Detective?«

Jane zögerte; sie fragte sich, worauf die Anwältin mit dieser Frage wohl hinauswollte. »Der Termin war eigentlich letzte Woche«, antwortete sie schließlich. »Ich bin schon über die Zeit.«

»Damals, am dritten Februar, als Sie meinem Mandanten Mr. Rollo zum ersten Mal begegneten, da waren Sie also im wievielten Monat schwanger – im dritten oder vierten?«

»Einspruch«, sagte Spurlock. »Das ist irrelevant.«

»Frau Rechtsanwältin«, wandte der Richter sich an Quinlan, »worauf zielt Ihre Frage ab?«

»Es geht um ihre frühere Aussage, Euer Ehren. Detective Rizzoli will meinen Mandanten – einen kräftigen Mann, wie Sie alle sehen können – ganz allein und ohne Hilfe im Treppenhaus überwältigt haben.«

»Und was genau hat das Stadium ihrer Schwangerschaft damit zu tun?«

»Eine im dritten oder vierten Monat schwangere Frau dürfte nicht so ohne weiteres in der Lage sein …«

»Sie ist Polizeibeamtin, Ms. Quinlan. Es ist ihr Job, Leute festzunehmen.«

So ist's recht, Euer Ehren! Sagen Sie's ihr!

Die kleine Schlappe ließ Victoria Quinlan erröten. »Also schön, Euer Ehren. Ich ziehe die Frage zurück.« Sie wandte sich wieder zu Jane um. Musterte sie eine Weile, während sie über ihren nächsten Schachzug nachdachte. »Sie sagten, Sie und Ihr Partner, Detective Frost, seien beide am Ort des

Geschehens gewesen. Sie und er seien übereinstimmend zu dem Entschluss gelangt, in Apartment Nummer 2-B einzudringen?«

»Es war nicht Nummer 2-B, Ma'am. Es war Nummer 2-E.«

»Ach ja, natürlich. Mein Fehler.«

Ja, ganz gewiss. Als ob Sie nicht gerade versucht hätten, mir eine Falle zu stellen.

»Sie sagen, Sie hätten an die Tür geklopft und erklärt, dass Sie Polizeibeamte sind.«

»Ja, Ma'am.«

»Und dieses Eingreifen hatte nichts mit dem ursprünglichen Grund Ihrer Anwesenheit in dem Gebäude zu tun?«

»Nein, Ma'am. Es war reiner Zufall, dass wir gerade in diesem Moment dort waren. Aber wenn wir zu dem Schluss kommen, dass eine Mitbürgerin oder ein Mitbürger in Gefahr ist, dann ist es unsere Pflicht einzuschreiten.«

»Und deswegen haben Sie an die Tür von Apartment 2-B geklopft.«

»2-E.«

»Und als niemand aufmachte, haben Sie die Tür aufgebrochen.«

»Die Schreie, die wir hörten, ließen uns vermuten, dass eine Frau in Gefahr war.«

»Wie konnten Sie wissen, dass es Hilfeschreie waren? Hätten es nicht beispielsweise auch leidenschaftliche Lustschreie sein können?«

Jane fand die Frage lächerlich, hütete sich aber zu lachen. »Das war nicht, was wir hörten.«

»Und da sind Sie sich ganz sicher? Sie können das unterscheiden?«

»Eine Frau mit einer blutigen Lippe ist ein ziemlich überzeugender Beweis.«

»Worum es mir geht, ist, dass Sie das *zu dem Zeitpunkt* nicht wissen konnten. Sie haben meinem Mandanten keine Gelegenheit gegeben, die Tür zu öffnen. Sie haben vorschnell geurteilt und sind einfach eingebrochen.«

»Wir haben einen tätlichen Angriff unterbunden.«

»Ist Ihnen bekannt, dass das angebliche Opfer sich geweigert hat, Anzeige gegen Mr. Rollo zu erstatten? Dass die beiden immer noch zusammen sind, als ein sich liebendes Paar?«

Jane biss die Zähne zusammen. »Das ist ihre Entscheidung.« *Auch wenn es eine dumme Entscheidung ist.* »Was ich an diesem Tag in der Wohnung Nummer 2-E gesehen habe, war eindeutig eine Misshandlung. Es ist Blut geflossen.«

»Und mein Blut, das zählt wohl nicht?«, mischte sich Rollo ein. »Sie haben mich die Treppe runtergestoßen, Lady! Ich hab immer noch die Narbe hier am Kinn!«

»Seien Sie still, Mr. Rollo!«, befahl der Richter.

»Hier! Sehen Sie, wo ich auf die unterste Stufe geknallt bin? Das musste genäht werden!«

»Mr. Rollo!«

»*Haben* Sie meinen Mandanten die Treppe hinuntergestoßen, Detective?«, fragte Quinlan.

»Einspruch!«, meldete sich Spurlock.

»Nein, das habe ich nicht«, sagte Jane. »Er war durchaus betrunken genug, um von allein die Treppe hinunterzufallen.«

»Sie lügt!«

Der Hammer sauste herab. »*Ruhe, Mr. Rollo!*«

Aber Billy Wayne Rollo kam gerade erst so richtig in Wallung. »Sie und dieser Partner von ihr, die haben mich raus ins Treppenhaus gezerrt, damit niemand mitkriegt, was sie mit mir machen. Glauben Sie etwa, die da könnte mich ganz allein festnehmen? Dieses kleine schwangere Mädel? Die erzählt Ihnen doch nur Mist, Mann!«

»Sergeant Givens, entfernen Sie den Angeklagten!«

»Das ist ein klarer Fall von Polizeibrutalität!«, schrie

Rollo, als der Gerichtsdiener ihn von seinem Stuhl zerrte. »He, ihr Geschworenen da drüben, seid ihr vielleicht blöd? Seht ihr nicht, dass die ganze Scheißgeschichte nur erfunden ist? Die zwei Bullen haben mich getreten und die verdammte Treppe runtergeschmissen!«

Der Hammer krachte erneut auf den Tisch. »Ich denke, wir sollten die Sitzung unterbrechen. Bitte geleiten Sie die Geschworenen hinaus.«

»Ach ja! Jetzt *unterbrechen* wir also einfach die Sitzung!« Rollo lachte und stieß den Gerichtsdiener von sich. »Genau dann, wenn sie endlich die Wahrheit zu hören kriegen!«

»Schaffen Sie ihn hinaus, Sergeant Givens.«

Givens packte den Angeklagten am Arm. Rasend vor Wut fuhr Rollo herum und warf sich auf den Gerichtsdiener, rammte ihm den Kopf in die Magengrube. Beide Männer fielen zu Boden und begannen, miteinander zu ringen. Victoria Quinlan stand mit offenem Mund da und sah entsetzt zu, wie ihr Mandant und der Gerichtsdiener sich nur wenige Zentimeter von ihren hochhackigen Manolo Blahniks entfernt am Boden wälzten.

Herrgott noch mal, was für ein Tohuwabohu. Wird Zeit, dass hier mal jemand für Ordnung sorgt.

Jane hievte sich aus ihrem Stuhl hoch, stieß die geschockte Ms. Quinlan zur Seite und schnappte sich die Handschellen des Gerichtsdieners, die dieser in dem Handgemenge hatte fallen lassen.

»Holen Sie Hilfe!«, rief der Richter und hämmerte hektisch auf den Tisch. »Wir brauchen noch einen Gerichtsdiener hier im Saal!«

Sergeant Givens lag jetzt auf dem Rücken, unter Rollo eingeklemmt, der gerade die rechte Faust hob, um ihm einen Schlag zu versetzen. Jane ergriff Rollos Handgelenk, legte einen der Metallreifen darum und ließ ihn zuschnappen.

»He, was soll der Scheiß?«, rief Rollo.

Jane rammte ihm den Fuß in den Rücken, drehte seinen Arm nach hinten und drückte den Mann hinunter auf den Gerichtsdiener. Wieder klickte es, und die zweite Handschelle schloss sich um Rollos linkes Handgelenk.

»Runter von mir, du fette Kuh!«, schrie Rollo. »Du brichst mir das Rückgrat!«

Sergeant Givens, der zuunterst in der Menschenpyramide lag, sah aus, als müsse er jeden Moment unter der Last ersticken.

Jane nahm den Fuß von Rollos Rücken. Da brach plötzlich ein Schwall warmer Flüssigkeit zwischen ihren Beinen hervor und klatschte auf Rollo und Givens hinunter. Sie wich taumelnd zurück und starrte entsetzt auf ihr nasses Umstandskleid. Auf die Flüssigkeit, die von ihren Schenkeln auf den Boden des Gerichtssaals tropfte.

Rollo drehte sich auf die Seite und starrte zu ihr hinauf. Unvermittelt begann er zu lachen. Er konnte gar nicht mehr aufhören und rollte sich glucksend auf den Rücken. »Hey«, sagte er. »Guckt euch das an! Die Tussi hat sich doch glatt ins Kleidchen gepinkelt!«

4

Maura hielt gerade an einer Ampel in Brookline Village, als Abe Bristol sie auf dem Handy anrief. »Hast du heute Morgen schon den Fernseher eingeschaltet?«, fragte er.

»Sag bloß, die Geschichte ist schon in den Nachrichten!«

»Channel Six. Die Reporterin heißt Zoe Fossey. Hast du mit ihr gesprochen?«

»Nur ganz kurz gestern Abend. Was hat sie gesagt?«

»Willst du die Kurzfassung? ›Frau lebend in Leichensack gefunden. Gerichtsmedizinerin wirft Feuerwehr Weymouth und Staatspolizei vor, sie fälschlich für tot erklärt zu haben.‹«

»O mein Gott. Das habe ich niemals gesagt.«

»Das weiß ich. Aber jetzt hat ein gewisser Feuerwehrhauptmann drüben in Weymouth eine Stinkwut auf uns, und die Staatspolizei ist auch nicht gerade hocherfreut. Louise muss sich schon mit ihren Anrufen herumschlagen.«

Die Ampel sprang auf Grün. Als sie über die Kreuzung fuhr, wünschte sie plötzlich, sie könnte einfach kehrtmachen und nach Hause fahren. Und sich die bevorstehende Nervenprobe irgendwie ersparen.

»Bist du im Büro?«, fragte sie.

»Ich bin um sieben gekommen. Dachte eigentlich, du müsstest längst hier sein.«

»Ich bin schon unterwegs. Ich habe heute Morgen doch länger gebraucht, um diese Erklärung auszuarbeiten.«

»Tja, ich muss dich warnen. Wenn du hier ankommst, mach dich darauf gefasst, dass sie dir schon auf dem Parkplatz auflauern.«

»Sie warten vor dem Gebäude?«

»Reporter, Übertragungswagen. Parken in der Albany

Street und rennen zwischen unserem Gebäude und dem Krankenhaus hin und her.«

»Wie praktisch für sie. Kurze Wege für die Herrschaften von der Presse.«

»Weißt du etwas Neues über unsere Patientin?«

»Ich habe Dr. Cutler heute Morgen angerufen. Er sagt, das Toxikologie-Screening war positiv für Barbiturate und Alkohol. Sie muss ganz schön zugedröhnt gewesen sein.«

»Das erklärt wahrscheinlich, warum sie ins Wasser gefallen ist. Und wenn sie mit Schlafmitteln voll gepumpt war, ist es auch kein Wunder, dass sie Mühe hatten, irgendwelche Lebenszeichen festzustellen.«

»Wieso hat der Fall eigentlich einen solchen Wirbel ausgelöst?«

»Na, das Thema ist doch wie geschaffen für die Boulevardpresse. Die Toten steigen aus ihren Gräbern, so was in der Art. Und außerdem handelt es sich um eine junge Frau, nicht wahr?«

»Anfang, Mitte zwanzig, würde ich schätzen.«

»Und attraktiv?«

»Was spielt denn das für eine Rolle?«

»Ach, komm schon.« Abe lachte. »Du weißt ganz genau, dass das eine Rolle spielt.«

Maura seufzte. »Ja«, gab sie zu. »Sie ist sehr attraktiv.«

»Na also, was sag ich denn? Jung, sexy und um ein Haar bei lebendigem Leib aufgeschlitzt.«

»So war es aber doch nicht.«

»Ich will dich nur warnen – so wird es in der Öffentlichkeit rüberkommen.«

»Kann ich mich für heute nicht einfach krankmelden? Und die nächste Maschine auf die Bermudas nehmen?«

»Und mich mit diesem Schlamassel allein lassen? Untersteh dich!«

Als sie zwanzig Minuten später in die Albany Street einbog, sah sie schon zwei Fernsehübertragungswagen vor dem Eingang des Rechtsmedizinischen Instituts stehen. Wie Abe vorausgesagt hatte, warteten die Reporter nur darauf, sich auf sie zu stürzen. Sie stieg aus ihrem klimatisierten Wagen, und die Morgenluft, schon jetzt schwer von Feuchtigkeit, schlug ihr entgegen. Sofort stürmte ein halbes Dutzend Reporter auf sie ein.

»Dr. Isles!«, rief ein Mann. »Ich bin von der *Boston Tribune*. Dürfte ich Ihnen ein paar Fragen zu der unbekannten Patientin stellen?«

Statt einer Antwort griff Maura in ihre Aktentasche und nahm den Text heraus, den sie am Morgen aufgesetzt hatte. Es war eine sachliche Zusammenfassung der Ereignisse des Abends und der von ihr ergriffenen Maßnahmen. Rasch teilte sie die Kopien aus. »Das ist meine Presseerklärung«, sagte sie. »Ich habe dem nichts hinzuzufügen.«

Die Flut von Fragen konnte sie damit allerdings nicht unterbinden.

»Wie kann jemandem ein solcher Fehler passieren?«

»Ist schon bekannt, wie die Frau heißt?«

»Uns wurde mitgeteilt, dass die Feuerwehr Weymouth den Tod festgestellt hätte. Können Sie Namen nennen?«

»Da müssen Sie sich schon an deren Sprecher wenden«, erwiderte Maura. »Ich kann nicht für andere antworten.«

Nun meldete sich eine Frau zu Wort. »Sie müssen doch zugeben, Dr. Isles, dass dies ein klarer Fall von grober Inkompetenz ist, von welcher Seite auch immer.«

Maura erkannte die Stimme. Sie drehte sich um und erblickte eine blonde Frau, die sich durch den Pulk nach vorn drängte. »Sie sind diese Reporterin von Channel Six.«

»Zoe Fossey.« Erfreut, dass sie erkannt worden war, setzte die Frau zu einem Lächeln an, doch der Blick, den Maura ihr zuwarf, ließ ihre Züge erstarren.

»Sie haben mich falsch zitiert«, sagte Maura. »Ich habe niemals gesagt, dass ich der Feuerwehr oder der Staatspolizei die Schuld gebe.«

»Irgendjemand muss einen Fehler gemacht haben. Wenn diese Leute es nicht waren, wer dann? Sind Sie verantwortlich, Dr. Isles?«

»Ganz und gar nicht.«

»Eine Frau wurde in einen Leichensack verpackt, obwohl sie noch lebte. Sie war acht Stunden lang im Kühlraum des Leichenschauhauses eingeschlossen. Und niemand ist schuld daran?« Fossey machte eine Pause. »Meinen Sie nicht, dass irgendjemand wegen dieser Sache seinen Job verlieren sollte? Der Ermittler der Staatspolizei vielleicht?«

»Sie sind ja sehr schnell bei der Hand mit Schuldzuweisungen.«

»Dieser Fehler hätte eine Frau das Leben kosten können.«

»Hat er aber nicht.«

»Ist das nicht ein ziemlich elementarer Fehler?« Fossey lachte. »Ich meine, wie schwer kann es denn sein festzustellen, dass jemand nicht tot ist?«

»Schwerer, als Sie denken«, gab Maura zurück.

»Sie nehmen diese Leute also in Schutz.«

»Ich habe Ihnen meine Erklärung gegeben. Ich kann das Verhalten anderer nicht kommentieren.«

»Dr. Isles?« Es war wieder der Mann von der *Boston Tribune*. »Sie sagten, es sei nicht so einfach, den Tod festzustellen. Ich weiß, dass in Leichenschauhäusern in anderen Teilen des Landes schon ähnliche Fehler vorgekommen sind. Könnten Sie uns darüber aufklären, warum es bisweilen so schwierig ist?« Sein Ton war ruhig und respektvoll. Keine Provokation, sondern eine nachdenkliche Frage, die eine Antwort verdiente.

Sie betrachtete den Mann einen Moment lang und sah intelligente Augen, vom Wind zerzaustes Haar und einen gepflegten Bart. Sie musste an einen jugendlichen Collegeprofessor denken; ein dunkler, gut aussehender Typ, in den sich die Studentinnen gewiss reihenweise verknallten. »Wie heißen Sie?«, fragte sie.

»Peter Lukas. Ich schreibe eine wöchentliche Kolumne für die *Tribune.*«

»Ich werde mit Ihnen sprechen, Mr. Lukas. Und nur mit Ihnen. Kommen Sie mit.«

»Moment mal«, protestierte Fossey. »Ein paar von uns warten schon viel länger hier draußen.«

Maura warf ihr einen vernichtenden Blick zu. »In diesem Fall heißt es nicht: ›Wer zuerst kommt, mahlt zuerst.‹ Sondern wer am freundlichsten ist.« Sie machte kehrt und betrat das Gebäude. Peter Lukas folgte ihr.

Louise, ihre Sekretärin, telefonierte gerade. Sie legte die Hand auf die Sprechmuschel und flüsterte Maura mit einem Anflug von Verzweiflung zu: »Das Telefon steht keine Minute still. Was soll ich denen denn sagen?«

Maura legte eine Kopie ihrer Erklärung auf Louises Schreibtisch. »Faxen Sie ihnen einfach das hier.«

»Mehr soll ich nicht tun?«

»Halten Sie mir alle Anrufe von der Presse vom Leib. Das hier ist Mr. Lukas; ich habe eingewilligt, mit ihm zu sprechen, aber mit niemandem sonst. Keine weiteren Interviews.«

Die Miene, mit der Louise den Reporter musterte, war nicht schwer zu deuten. *Wie ich sehe, haben Sie sich ein besonders attraktives Exemplar ausgesucht.*

»Es wird nicht lange dauern«, sagte Maura. Sie ging mit Mr. Lukas in ihr Büro, schloss die Tür hinter sich und bot ihm einen Stuhl an.

»Danke, dass Sie mit mir reden wollen«, sagte er.

»Sie waren der Einzige in dem ganzen Pulk da draußen, der mir nicht auf die Nerven gegangen ist.«

»Das heißt noch lange nicht, dass ich keine Nervensäge sein kann.«

Die Bemerkung entlockte ihr ein kleines Lächeln. »Es ist

eine reine Selbstschutzmaßnahme«, sagte sie. »Wenn ich mit Ihnen spreche, rennen sie vielleicht alle zu Ihnen. Dann lassen sie mich in Ruhe und nerven stattdessen Sie.«

»Ich fürchte, so funktioniert das nicht. Sie werden Ihnen immer noch nachlaufen.«

»Es gibt so viele größere Ereignisse, über die Sie schreiben könnten, Mr. Lukas. Wichtigere Ereignisse. Wieso ausgerechnet diese Story?«

»Weil sie uns auf einer ganz tiefen emotionalen Ebene berührt. Sie spricht unsere größten Ängste an. Wie viele von uns haben eine panische Angst davor, für tot gehalten zu werden, obwohl sie es gar nicht sind? Davor, irrtümlich lebendig begraben zu werden? Was, nebenbei gesagt, in der Vergangenheit durchaus des Öfteren vorgekommen ist.«

Sie nickte. »Es gibt einige historisch belegte Fälle. Aber damals wurden die Verstorbenen noch nicht einbalsamiert, wie es hierzulande heute die Regel ist.«

»Und dass jemand im Leichenschauhaus aufwacht? Das sind nicht nur historische Geschichten. Ich habe herausgefunden, dass es in den letzten Jahren mehrere Fälle gegeben hat.«

Sie zögerte. »Ja, es ist vorgekommen.«

»Und zwar öfter, als allgemein angenommen wird.« Er zog ein Notizbuch aus der Tasche und schlug es auf. »1984 gab es einen Fall in New York. Ein Mann liegt auf dem Seziertisch. Der Pathologe greift nach dem Skalpell und will gerade den ersten Schnitt ansetzen, als die Leiche aufwacht und den Arzt an der Kehle packt. Der fällt um und bleibt tot liegen – Herzinfarkt.« Lukas blickte auf. »Sie haben von dem Fall gehört?«

»Da haben Sie aber das spektakulärste Beispiel herausgegriffen.«

»Aber es ist wahr, oder nicht?«

Sie seufzte. »Ja. Ich habe von diesem speziellen Fall gehört.«

Er schlug eine andere Scite in seinem Notizbuch auf. »Springfield, Ohio, 1989. In einem Pflegeheim wird eine Frau für tot erklärt und in ein Beerdigungsinstitut überführt. Dort liegt sie auf dem Tisch, der Bestatter will gerade mit der Einbalsamierung beginnen. Da fängt die Leiche plötzlich an zu reden.«

»Sie kennen sich ja gut aus mit dem Thema.«

»Weil es ein faszinierendes Thema ist.« Er blätterte weiter in seinem Notizbuch. »Gestern Abend habe ich einen Fall nach dem anderen nachgeschlagen. Ein kleines Mädchen in South Dakota, das im offenen Sarg aufwachte. Ein Mann in Des Moines, dem tatsächlich der Brustkorb aufgeschnitten wurde. Erst danach stellt der Pathologe plötzlich fest, dass das Herz des Mannes noch schlägt.« Lukas sah Maura an. »Das sind keine modernen Ammenmärchen. Das sind dokumentierte Fälle, und es sind nicht wenige.«

»Ich will ja gar nicht behaupten, dass so etwas nie vorkommt, denn offensichtlich ist es ja passiert. Scheintote sind in Leichenschauhäusern aufgewacht. Alte Gräber wurden geöffnet, und man hat an der Unterseite der Sargdeckel Kratzspuren gefunden. Allein die Möglichkeit, dass so etwas passieren könnte, hat manche Sarghersteller dazu veranlasst, Särge mit einem eingebauten Sender anzubieten, mit dem sich ein Notruf absetzen lässt. Für den Fall, dass man lebendig begraben wird.«

»Wie beruhigend.«

»Ich gebe also zu, dass es passieren kann. Sicher haben Sie auch schon von dieser Theorie über Jesus gehört. Dass die Auferstehung Christi gar keine echte Auferstehung war; dass er lediglich lebendig begraben wurde.«

»Wieso ist es so schwer, zu bestimmen, ob jemand wirklich tot ist? Sollte das nicht eindeutig festzustellen sein?«

»Das ist es manchmal eben nicht. Ein Mensch, der stark unterkühlt ist, weil er lange im Freien oder im Wasser gelegen hat, hat oft täuschende Ähnlichkeit mit einer Leiche. Unsere unbekannte Frau wurde im kalten Wasser gefunden. Und es gibt gewisse Drogen, die die Vitalzeichen verdecken können, so dass es sehr schwierig ist zu erkennen, ob die Person atmet oder einen Puls hat.«

»Romeo und Julia. Das Elixier, das Julia getrunken hat, um ihren Tod vorzutäuschen.«

»Ja. Ich weiß nicht, was das für ein Elixier war, aber ein solches Szenario wäre durchaus denkbar.«

»Welche Drogen können so etwas bewirken?«

»Barbiturate zum Beispiel. Sie können zu einer Atemdepression führen und die Feststellung, ob eine Person noch atmet, sehr erschweren.«

»Das ist doch auch bei dem Toxikologie-Screening der unbekannten Frau herausgekommen, nicht wahr? Phenobarbital.«

Sie runzelte die Stirn. »Von wem haben Sie das gehört?«

»Von meinen Quellen. Es stimmt doch, oder?«

»Kein Kommentar.«

»Ist sie in psychiatrischer Behandlung gewesen? Warum sollte sie eine Überdosis Luminal nehmen?«

»Wir kennen noch nicht einmal den Namen der Frau, geschweige denn ihre psychiatrische Krankengeschichte.«

Er betrachtete sie eine Weile, und sein Blick war so durchdringend, dass er ihr Unbehagen verursachte. Dieses Interview ist ein Fehler, dachte sie. Noch vor wenigen Minuten war ihr Peter Lukas als höflicher und ernsthafter Journalist erschienen, der diese Geschichte mit dem nötigen Respekt behandeln würde. Aber die Richtung, die seine Fragen nahmen, beunruhigte sie. Er hatte sich auf dieses Treffen sehr gründlich vorbereitet und kannte sich bestens aus mit ebenjenen Details, auf die sie am allerwenigsten eingehen wollte; mit jenen Details, die seine Leser am meisten fesseln würden.

»Soweit ich weiß, wurde die Frau gestern Morgen aus der

Hingham Bay gezogen«, sagte er. »Die Feuerwehr von Weymouth war als Erster vor Ort.«

»Das ist richtig.«

»Wieso wurde die Gerichtsmedizin nicht hinzugezogen?«

»Wir haben nicht das Personal, um bei jedem Leichenfund ausfahren zu können. Außerdem lag der Ort des Geschehens in Weymouth, und es gab keinerlei Anzeichen dafür, dass ein Verbrechen vorlag.«

»Und diese Feststellung wurde von der Staatspolizei getroffen?«

»Der Ermittler war der Ansicht, dass es sich sehr wahrscheinlich um einen Unfall handelte.«

»Oder vielleicht um einen Selbstmordversuch? Wenn man an das Resultat des Drogenscreenings denkt?«

Sie sah keinen Sinn darin zu leugnen, was er ohnehin schon wusste. »Sie könnte eine Überdosis genommen haben, ja.«

»Eine Überdosis Barbiturate. Und ein Körper, der durch das Liegen im kalten Wasser ausgekühlt war. Zwei Faktoren, die bei der Feststellung des Todes zu Unklarheiten führen können. Hätte man das nicht berücksichtigen müssen?«

»Es – ja, das ist etwas, was man eigentlich berücksichtigen müsste.«

»Was aber weder der Detective der Staatspolizei noch die Feuerwehr Weymouth getan haben. Und das klingt doch sehr nach einem Fehler.«

»Es kann passieren. Mehr kann ich dazu nicht sagen.«

»Haben Sie selbst jemals diesen Fehler gemacht, Dr. Isles? Jemanden für tot erklärt, der noch am Leben war?«

Sie schwieg und dachte an ihr praktisches Jahr im Krankenhaus zurück, das sie vor Jahren absolviert hatte. An eine gewisse Nacht, als sie auf der Inneren Bereitschaftsdienst gehabt hatte und das Läuten des Telefons sie aus dem Tiefschlaf gerissen hatte. Die Patientin in Bett 336A war soeben verstorben. Ob die Assistenzärztin wohl kommen und die Frau für tot erklären könne? Auf dem Weg zum Zimmer der Patientin hatten Maura keine unguten Vorahnungen geplagt, keinerlei Zweifel an ihren Fähigkeiten. Im Medizinstudium hatten sie keine speziellen Vorlesungen zur Feststellung des Todes gehabt; man ging wie selbstverständlich davon aus, dass jeder eine Leiche erkennen würde, wenn er sie sah. In dieser Nacht war sie durch die Krankenhausflure gegangen und hatte gedacht, dass sie den kleinen Job mit links erledigen und sich gleich wieder hinlegen würde. Der Tod war nicht unerwartet eingetreten; die Patientin hatte an Krebs im Endstadium gelitten, und auf ihrem Krankenblatt stand die eindeutige Anweisung K.R. Keine Reanimation.

Als sie Zimmer 336 betrat, stellte sie überrascht fest, dass das Bett von weinenden Angehörigen umringt war, die sich versammelt hatten, um Abschied zu nehmen. Maura hatte ein Publikum. Es war nicht mehr die stumme Zwiesprache mit der Verstorbenen, auf die sie sich eingestellt hatte. Stattdessen war ihr unangenehm bewusst, dass alle Augen auf ihr ruhten, als sie sich für die Störung entschuldigte und an das Bett trat. Die Patientin lag auf dem Rücken, ihre Züge waren entspannt. Maura nahm ihr Stethoskop aus der Tasche, schob die Membran unter den Krankenhauskittel der Patientin und legte sie auf die eingefallene Brust. Als sie sich über den Körper beugte, spürte sie, wie die Verwandten der Frau näher rückten, spürte das erdrückende Gewicht ihrer Aufmerksamkeit. Sie horchte nicht so lange, wie sie es hätte tun sollen. Die Krankenschwestern hatten bereits den Tod der Frau festgestellt; nur um den Vorschriften Genüge zu tun, wurde noch die Bereitschaftsärztin hinzugezogen, um sie offiziell für tot zu erklären. Ein Vermerk in der Patientenakte, unterschrieben von einem Arzt oder einer Ärztin, mehr war nicht nötig; danach konnte die Verstorbene in die Leichenhalle gebracht werden. Über die Brust der Frau gebeugt, im Ohr nichts als

Totenstille, konnte es Maura kaum erwarten, dem Raum den Rücken zu kehren. Sie richtete sich auf, setzte eine angemessen mitfühlende Miene auf und wandte sich an den Mann, den sie für den Ehemann der Patientin hielt. Sie wollte gerade flüstern: *Es tut mir sehr Leid, aber Ihre Frau ist tot.*

Da ließ der Hauch eines Atemzugs sie innehalten.

Erschrocken blickte sie nach unten und sah, dass die Brust der Patientin sich bewegte. Sah, wie sie noch einen Atemzug tat und sich dann nicht mehr rührte. Es war das typische Atemmuster einer Sterbenden – nicht etwa ein Wunder, nur die letzten Impulse des Gehirns, die letzten Zuckungen des Zwerchfells. Die im Zimmer versammelten Familienmitglieder hielten erschrocken die Luft an.

»O mein Gott«, sagte der Ehemann. »Sie ist noch nicht tot.«

»Es ... es wird nicht mehr lange dauern«, hatte Maura nur stammeln können. Sie war aus dem Zimmer gegangen, erschüttert von der Erkenntnis, wie nahe sie daran gewesen war, einen Kunstfehler zu begehen. Seitdem hatte sie die Aufgabe, einen Menschen für tot zu erklären, nie wieder so auf die leichte Schulter genommen.

Sie sah den Journalisten an. »Jeder Mensch macht Fehler«, sagte sie. »Selbst etwas so Grundlegendes wie die Feststellung des Todes ist nicht so leicht, wie Sie vielleicht denken.«

»Sie nehmen also die Feuerwehrleute in Schutz? Und die Staatspolizei?«

»Ich sage nur, dass Fehler nun einmal geschehen. Das ist alles.« Und Gott weiß, dass ich auch schon den einen oder anderen gemacht habe. »Ich kann mir vorstellen, wie es passiert sein könnte. Die Frau wurde in kaltem Wasser gefunden. Sie hatte Barbiturate im Blut. Diese Faktoren können den Anschein des Todes hervorrufen. Unter diesen Umständen ist eine Fehldiagnose nicht so abwegig. Die beteiligten Personen haben lediglich versucht, ihre Arbeit so gut wie möglich zu machen, und ich hoffe, Sie werden sie fair behandeln, wenn Sie Ihren Artikel schreiben.« Sie stand auf, ein Zeichen, dass das Interview beendet war.

»Ich versuche immer, fair zu sein«, sagte er.

»Das kann nicht jeder Journalist von sich behaupten.«

Auch er stand nun auf und blickte sie über den Schreibtisch hinweg an. »Sagen Sie mir, ob ich mit meinem Anspruch gescheitert bin. *Nachdem* Sie meine Kolumne gelesen haben.«

Sie begleitete ihn zur Tür und sah ihm nach, als er an Louises Schreibtisch vorbeiging und das Büro verließ.

Louise blickte von ihrer Computertastatur auf. »Wie ist es gelaufen?«

»Ich weiß nicht. Vielleicht hätte ich nicht mit ihm reden sollen.«

»Das werden wir früh genug herausfinden«, meinte Louise und wandte sich wieder dem Monitor zu. »Wenn sein Artikel in der *Tribune* erschienen ist.«

5

Jane konnte nicht sagen, ob die Neuigkeiten gut oder schlecht waren.

Dr. Stephanie Tam beugte sich vor, um mit dem Doppler-Stethoskop zu horchen, und dabei fiel ihr glattes schwarzes Haar ihr ins Gesicht, so dass Jane ihre Miene nicht lesen konnte. Während sie flach auf dem Rücken lag, sah Jane zu, wie der Schallkopf über ihren gewölbten Bauch glitt. Dr. Tam hatte schöne, schmale Hände, Chirurginnenhände, und sie führte das Gerät mit dem gleichen Feingefühl, mit dem eine Harfenistin die Saiten zupft. Plötzlich hielt die Hand inne, und Dr. Tam senkte den Kopf in höchster Konzentration noch weiter herab. Janes Blick ging zu Gabriel, ihrem Mann, der direkt neben ihr saß, und in seinen Augen las sie die gleiche Sorge.

Ist mit unserem Baby alles in Ordnung?

Endlich richtete Dr. Tam sich auf und sah Jane ruhig lächelnd an. »Hören Sie mal selbst«, sagte sie und drehte den Ton des Ultraschallgeräts lauter.

Ein rhythmisch pulsierendes Rauschen drang aus dem Lautsprecher, ebenso regelmäßig wie kräftig.

»Das sind starke fetale Herztöne«, sagte Tam.

»Dann ist mit meinem Baby also alles in Ordnung?«

»So weit geht's ihm prima.«

»So weit? Was soll das heißen?«

»Nun ja, es kann nicht mehr sehr viel länger da drin bleiben.« Dr. Tam rollte das Stethoskop zusammen. »Wenn die Fruchtblase erst einmal geplatzt ist, setzen die Wehen normalerweise von selbst ein.«

»Aber bei mir passiert nichts. Ich spüre nichts von Wehen.«

»Genau. Ihr Baby will einfach nicht mitmachen. Ist ein ganz schöner Trotzkopf, den Sie da drinhaben, Jane.«

Gabriel seufzte. »Ganz die Mama. Die muss sich ja auch noch bis zur letzten Minute mit Kriminellen rumprügeln. Würden Sie bitte meiner Frau sagen, dass sie jetzt offiziell in Mutterschaftsurlaub ist?«

»Sie sind jetzt definitiv nicht mehr im Dienst«, sagte Tam. »Ich gehe mit Ihnen runter in die Sonografie, damit wir da drin noch mal nachschauen können, und dann ist es wohl an der Zeit, die Wehen einzuleiten.«

»Werden sie nicht von selbst einsetzen?«, fragte Jane.

»Das Fruchtwasser ist abgegangen. Damit sind Sie und das Baby nicht mehr ausreichend vor Infektionen geschützt. Es sind jetzt zwei Stunden vergangen, ohne dass die Wehen eingesetzt hätten. Da wird's allmählich Zeit, dem Baby ein bisschen auf die Sprünge zu helfen.« Tam ging zügig in Richtung Tür. »Man wird Ihnen einen intravenösen Zugang legen. Ich frage gleich in der Bilddiagnostik nach, ob sie Sie rasch einschieben können, um eine Aufnahme zu machen. Und dann müssen wir das Baby irgendwie da rauskriegen, damit Sie endlich Mama werden können.«

»Das geht alles so schnell.«

Dr. Tam lachte. »Sie hatten neun Monate Zeit, darüber nachzudenken. Da dürfte das jetzt doch keine allzu große Überraschung mehr sein«, sagte sie und ging hinaus.

Jane starrte zur Decke hinauf. »Ich bin mir nicht sicher, ob ich dafür bereit bin.«

Gabriel drückte ihre Hand. »Ich bin schon sehr lange bereit dafür. Es kommt mir vor wie eine Ewigkeit.« Er hob ihren Krankenhauskittel an und legte das Ohr auf ihren nackten Bauch. »Hallo, Baby, hörst du mich da drin?«, rief er. »Dein Papa wird allmählich ungeduldig, also stell dich nicht so an!«

»Aua. Du hast dich heute Morgen wohl nicht besonders gründlich rasiert.«

»Dann mach ich's halt noch mal, extra für dich.« Er richtete sich auf, und ihre Blicke trafen sich. »Das habe ich vorhin ernst gemeint, Jane«, sagte er. »Das wünsche ich mir schon sehr lange. Meine eigene kleine Familie.«

»Aber was ist, wenn es nicht ganz so ist, wie du es dir vorgestellt hast?«

»Was denkst du denn, was ich erwarte?«

»Na, du weißt schon. Das perfekte Kind. Die perfekte Frau.«

»Aber wieso sollte ich mir eine perfekte Frau wünschen, wenn ich doch dich haben kann?«, entgegnete er und duckte sich lachend weg, als sie spielerisch zum Schlag ausholte.

Aber ich habe mir den perfekten Mann geangelt, dachte sie, als sie in seine Augen sah. Ich begreife immer noch nicht, wie ich so viel Glück haben konnte. Ich begreife nicht, wie ein Mädchen, das mit dem Spitznamen »Froschgesicht« aufgewachsen ist, einen Mann heiraten konnte, nach dem sich alle Frauen umdrehen, sobald er nur den Raum betritt.

Er beugte sich zu ihr hinunter und sagte leise: »Du glaubst mir immer noch nicht, was? Ich kann es dir tausendmal sagen, und du wirst es mir niemals glauben. Du bist genau das, was ich will, Jane. Du und das Baby.« Er gab ihr einen Kuss auf die Nase. »Also, was soll ich dir denn mitbringen, Mama?«

»Ach, Mensch, nenn mich nicht so. Das ist wirklich nicht so furchtbar sexy.«

»Ich finde es sexy. Sehr sogar …«

Lachend gab sie ihm einen Klaps auf die Hand. »Los, ab mit dir. Geh irgendwo Mittag essen. Und bring mir einen Hamburger mit Pommes mit.«

»Das ist gegen die ärztliche Anweisung. Du darfst nichts essen.«

»Dr. Tam muss ja nichts davon mitkriegen.«

»Jane.«

»Okay, okay. Fahr heim, und hol mir meine Krankenhaustasche.«

Er salutierte vor ihr. »Zu Befehl. Genau dafür habe ich mir den Monat freigenommen.«

»Und kannst du es noch mal bei meinen Eltern versuchen? Sie gehen immer noch nicht ans Telefon. Ach ja, und bring mir meinen Laptop mit.«

Er seufzte und schüttelte den Kopf.

»Was ist?«, fragte sie.

»Du kriegst jeden Moment dein Kind, und du willst, dass ich dir deinen Laptop mitbringe?«

»Ich hab noch so viel Papierkram aufzuarbeiten.«

»Du bist ein hoffnungsloser Fall, Jane.«

Sie warf ihm eine Kusshand zu. »Das hast du doch gewusst, als du mich geheiratet hast.«

»Wissen Sie«, sagte Jane mit einem skeptischen Blick auf den Rollstuhl, »ich könnte ja auch einfach in die Bilddiagnostik *gehen*, wenn Sie mir nur sagen würden, wo das ist.«

Die freiwillige Helferin schüttelte den Kopf und zog die Bremse des Rollstuhls an. »Das ist hier Vorschrift, Ma'am, Ausnahmen gibt's nicht. Alle Patienten müssen im Rollstuhl befördert werden. Wir wollen doch nicht, dass Sie ausrutschen und hinfallen oder so was, nicht wahr?«

Jane sah den Rollstuhl an und dann die silberhaarige ehrenamtliche Helferin, die ihn schieben sollte. Arme alte Dame, dachte Jane. Ich sollte eigentlich sie schieben. Widerstrebend stieg sie aus dem Bett und ließ sich in den Stuhl sinken, während die Helferin den Infusionsbeutel umhängte. Am Morgen hatte Jane noch mit Billy Wayne Rollo gerungen; jetzt wurde sie schon in der Gegend herumkutschiert wie die Königin von Saba. Wie peinlich. Während sie sich den Flur entlangschieben ließ, konnte sie das pfeifende Keuchen der Frau hören, und der schale Zigarettengeruch ihres Atems stieg ihr in die Nase. Was wäre, wenn ihre Begleiterin plötzlich aus den Latschen kippte? Wenn sie plötzlich reanimiert werden müsste? Darf ich dann vielleicht aufstehen, oder ist das auch gegen die Vorschriften? Sie duckte sich noch tiefer in den Stuhl, versuchte, den Blicken der Menschen auszuweichen, denen sie auf dem Flur begegneten. Schaut mich nicht an, dachte sie. Ich habe ja schon ein ganz schlechtes Gewissen, weil sich diese arme alte Oma für mich so abrackern muss.

Die Helferin fuhr Janes Rollstuhl rückwärts in den Aufzug und parkte sie direkt neben einem anderen Patienten. Es war ein grauhaariger Mann, der leise vor sich hin brummelte. Jane bemerkte den Fixiergurt, mit dem der Oberkörper des alten Mannes an den Rollstuhl geschnallt war, und sie dachte: O Mann, die nehmen die Vorschriften hier aber wirklich sehr ernst. Wenn einer versucht, aus dem Rollstuhl aufzustehen, binden sie ihn einfach fest.

Der alte Mann schoss einen bösen Blick auf sie ab. »Was gibt's denn da zu glotzen, Lady?«

»Nichts«, sagte Jane.

»Dann lassen Sie es gefälligst sein.«

»Okay.«

Der schwarze Pfleger, der hinter dem alten Mann stand, kicherte in sich hinein. »So redet Mr. Bodine mit allen Leuten, Ma'am. Lassen Sie sich von dem nicht ärgern.«

Jane zuckte mit den Achseln. »In meinem Job muss ich mir noch viel schlimmere Beschimpfungen anhören.« Ach ja, habe ich schon erwähnt, dass die manchmal von Kugeln begleitet werden? Sie blickte starr geradeaus, beobachtete die wechselnde Stockwerksanzeige und vermied jeglichen Blickkontakt mit Mr. Bodine.

»Es gibt einfach zu viele Leute auf dieser Welt, die sich nicht um ihren eigenen Kram kümmern können«, meinte der alte Mann. »Müssen ihre Nase überall reinstecken und einen ständig anglotzen.«

»Aber Mr. Bodine«, sagte der Pfleger, »kein Mensch glotzt Sie an.«

»Aber die da hat geglotzt.«

Kein Wunder, dass sie dich angebunden haben, du alter Spinner, dachte Jane.

Im Erdgeschoss öffnete sich die Fahrstuhltür, und die Helferin schob Jane hinaus. Während sie über den Flur in Richtung Bilddiagnostik fuhren, konnte sie die Blicke der Passanten spüren. Gesunde Menschen, die auf ihren eigenen zwei Beinen gehen konnten und die gebrechliche Frau mit dem dicken Bauch und dem kleinen Krankenhausarmband aus Plastik neugierig beäugten. Geht das eigentlich jedem so, der an einen Rollstuhl gefesselt ist?, fragte sie sich. Dass man ständig diesen mitleidigen Blicken ausgesetzt ist?

Hinter sich hörte sie eine bekannte Stimme in gereiztem Tonfall fragen: »Was glotzen Sie denn so, Mister?«

Oh, bitte, dachte sie. Hoffentlich ist Mr. Bodine nicht auch auf dem Weg in die Bilddiagnostik. Aber sein Gegrummel folgte ihnen, bis sie am Ende des Flurs angelangt waren und um die Ecke in den Empfangsbereich bogen.

Die Helferin parkte Jane im Wartezimmer und ließ sie dort stehen, direkt neben dem alten Mann. Schau ihn nicht an, dachte sie. Schau gar nicht erst in seine Richtung.

»Was ist, sind Sie sich vielleicht zu fein, um mit mir zu reden?«, fauchte er.

Tu so, als wär er gar nicht da.

»Ha. Jetzt tun Sie also so, als wär ich gar nicht da.«

Sie blickte erleichtert auf, als eine Tür aufging und eine Ultraschallassistentin in blauem Kittel und blauer Hose ins Wartezimmer trat. »Jane Rizzoli?«

»Das bin ich.«

»Dr. Tam wird in ein paar Minuten hier unten sein. Ich bringe Sie schon mal rein.«

»Und was ist mit mir?«, greinte der alte Mann.

»Wir sind noch nicht so weit, Mr. Bodine«, sagte die Frau, während sie Janes Rollstuhl wendete und durch die Tür lenkte. »Sie müssen sich noch ein wenig gedulden.«

»Aber ich muss pissen, verdammt noch mal.«

»Ja, ja, ich weiß.«

»Gar nichts wissen Sie.«

»Ich weiß, dass es keinen Sinn hat, mit Ihnen zu diskutieren«, murmelte die Frau halblaut, während sie Janes Rollstuhl den Flur entlangschob.

»Ich pinkel Ihnen gleich den Teppich voll!«, kreischte der Alte.

»Ist wohl einer Ihrer Lieblingspatienten?«, fragte Jane.

»O ja.« Die Assistentin seufzte. »Wir lieben ihn alle heiß und innig.«

»Glauben Sie wirklich, dass er pinkeln muss?«

»Das muss er ständig. Seine Prostata ist so groß wie meine Faust, und er lässt einfach keinen Chirurgen ran.«

Die Frau schob Jane in einen Untersuchungsraum und fixierte die Räder des Rollstuhls. »Ich helfe Ihnen auf die Liege.«

»Ich komme schon allein klar.«

»Schätzchen, mit dem Riesenbauch da könnten Sie wirklich ein bisschen Hilfe gebrauchen.« Die Frau packte Jane am Arm und hievte sie aus dem Stuhl. Sie blieb neben Jane stehen, als diese auf den Fußschemel stieg und sich von dort auf die Untersuchungsliege schwang. »So, und jetzt entspannen Sie sich einfach, okay?«, sagte sie und hängte Janes Infusionsbeutel um. »Sobald Dr. Tam da ist, machen wir Ihr Sonogramm.« Die Frau ging hinaus und ließ Jane allein im Raum zurück. Hier gab es nichts zu sehen außer den technischen Geräten. Keine Fenster, keine Poster an den Wänden, keine Zeitschriften. Nicht einmal eine langweilige alte Nummer des *Golfmagazins*.

Jane machte es sich auf der Liege so bequem wie möglich und starrte an die kahle Decke. Sie legte die Hände auf die

Rundung ihres Bauchs und wartete auf den vertrauten Stoß eines winzigen Fußes oder Ellbogens, doch sie spürte nichts. Komm schon, Baby, dachte sie. Sprich mit mir. Sag mir, dass alles in Ordnung ist mit dir.

Kalte Luft wehte aus den Lüftungsschlitzen der Klimaanlage, und sie fröstelte in ihrem dünnen Krankenhaushemdchen. Sie wollte auf ihre Armbanduhr schauen, doch ihr Blick blieb stattdessen an dem Plastikband an ihrem Handgelenk hängen. Name des Patienten/der Patientin: Rizzoli, Jane. *Patient*, das kommt von »dulden«, oder? Na, diese Patientin hier ist jedenfalls mit ihrer Geduld am Ende, dachte sie. Nun macht schon, Leute, kommt in die Gänge!

Plötzlich spürte sie ein Kribbeln auf der Bauchhaut, und sie merkte, wie ihre Gebärmutter sich zusammenzog. Die Muskeln spannten sich leicht an, blieben einen Moment lang so und lockerten sich dann wieder. Endlich – die erste Wehe.

Sie sah auf die Uhr an der Wand. Genau elf Uhr fünfzig.

6

Gegen Mittag war das Thermometer schon auf weit über dreißig Grad geklettert; die Gehsteige verwandelten sich in heiße Backbleche, und eine schweflige Dunstglocke hing über der sommerlichen Stadt. Von den Reportern, die auf dem Parkplatz vor dem Rechtsmedizinischen Institut auf der Lauer gelegen hatten, war nichts mehr zu sehen; Maura konnte unbehelligt die Albany Street überqueren und die Klinik betreten. Den Aufzug musste sie sich mit einem halben Dutzend frisch gebackener Assistenzärztinnen und -ärzten teilen, die gerade den ersten Monat ihrer Rotation absolvierten. Sie musste an den Spruch denken, den sie damals im Medizinstudium gelernt hatte: *Nur nicht im Juli krank werden.* Sie sind alle so jung, dachte sie, als sie in die frischen, glatten Gesichter blickte, umrahmt von Haaren, in denen noch keine Spur von Grau zu finden war. Irgendwie schien ihr das in letzter Zeit immer öfter aufzufallen, ob es nun Polizisten oder Ärzte waren, denen sie gegenüberstand: Wie jung sie alle aussahen. Und was sehen diese angehenden Ärzte, wenn sie mich anschauen?, fragte sie sich. Nur eine Frau, die allmählich in die Jahre kam, eine Frau in Straßenkleidung, ohne das Namensschild mit dem »Dr.« am Revers. Vielleicht nahmen sie an, dass sie die Angehörige eines Patienten sei; jedenfalls niemand, den sie eines zweiten Blickes würdigen mussten. Auch sie war einmal so gewesen wie diese Assistenzärzte, jung und von sich selbst eingenommen, stolz auf ihren weißen Kittel. Bevor sie die Lektion des Scheiterns gelernt hatte.

Die Fahrstuhltür öffnete sich, und sie folgte den jungen Ärzten auf die Station. Sie marschierten schnurstracks an der Stationszentrale vorbei, unantastbar in ihren weißen

Kitteln. Es war Maura mit ihren Zivilkleidern, die von der Stationssekretärin sofort kritisch beäugt und mit einer energisch vorgebrachten Frage gestoppt wurde: »Verzeihung, suchen Sie vielleicht jemanden?«

»Ich möchte eine Patientin besuchen«, erwiderte Maura. »Sie wurde gestern Abend eingeliefert, über die Notaufnahme. Soweit ich weiß, wurde sie heute Morgen von der Intensivstation hierher verlegt.«

»Und der Name der Patientin?«

Maura zögerte. »Ich glaube, sie wird immer noch als ›Jane Doe‹ geführt. Dr. Cutler sagte mir, dass sie auf Zimmer 431 liegt.«

Die Stationssekretärin kniff argwöhnisch die Augen zusammen. »Es tut mir Leid. Wir sind den ganzen Vormittag schon mit Anrufen von Reportern bombardiert worden. Wir können keine Fragen mehr über diese Patientin beantworten.«

»Ich bin keine Reporterin. Ich bin Dr. Isles von der Rechtsmedizin. Ich habe Dr. Cutler gesagt, dass ich kommen würde, um nach der Patientin zu sehen.«

»Könnten Sie sich bitte ausweisen?«

Maura kramte in ihrer Tasche und legte ihren Ausweis auf den Tresen. Das habe ich nun davon, dass ich nicht im Laborkittel aufgekreuzt bin, dachte sie. Sie konnte die Assistenzärzte den Gang hinunterschlendern sehen, wie eine Schar stolzer weißer Gänse, und niemand hielt sie auf.

»Sie könnten Dr. Cutler anrufen«, schlug Maura vor. »Er kennt mich.«

»Na ja, es wird schon in Ordnung sein«, meinte die Sekretärin und gab Maura ihren Ausweis zurück. »Es hat einen solchen Wirbel um diese Patientin gegeben, dass sie schon einen Wachmann hinschicken mussten.« Als Maura sich zum Gehen wandte, rief die Sekretärin ihr nach: »Der wird wahrscheinlich auch Ihren Ausweis sehen wollen!«

Darauf gefasst, eine weitere kritische Befragung über sich

ergehen zu lassen, behielt Maura den Ausweis in der Hand, als sie den Flur entlang zu Zimmer 431 ging. Doch als sie vor der geschlossenen Tür ankam, war von einem Wachmann weit und breit nichts zu sehen. Gerade wollte sie anklopfen, da hörte sie einen dumpfen Schlag aus dem Zimmer, dann ein Klirren wie von fallenden Metallgegenständen.

Sofort riss sie die Tür auf und stürzte ins Zimmer, wo sie eine verwirrende Szene vorfand. Ein Arzt stand am Bett und streckte die Hand nach dem Infusionsbeutel aus. Ihm gegenüber beugte sich ein Wachmann über die Patientin und versuchte, ihre Handgelenke am Bettgestell festzuschnallen. Ein Nachttisch war soeben umgefallen, und der Boden war glitschig von verschüttetem Wasser.

»Brauchen Sie Hilfe?«, rief Maura.

Der Arzt sah sie über die Schulter an, und sie erhaschte einen Blick auf blaue Augen und einen blonden Bürstenschnitt. »Nein, wir kommen schon klar. Wir haben sie unter Kontrolle«, erwiderte er.

»Warten Sie, ich helfe Ihnen, sie festzuschnallen«, bot sie an und trat neben den Wachmann an die Seite des Bettes. Als sie nach dem losen Handgelenksgurt greifen wollte, sah sie, wie die Frau plötzlich eine Hand losriss. Gleichzeitig stieß der Wachmann einen erstickten Schreckenslaut aus.

Der Knall ließ Maura zusammenfahren. Etwas Warmes klatschte ihr ins Gesicht, und im gleichen Augenblick fiel der Wachmann plötzlich taumelnd seitwärts, auf sie zu. Unter der Last seines Körpergewichts geriet sie ins Straucheln, fiel und landete unter ihm auf dem Rücken. Das kalte Wasser vom Boden tränkte ihre Bluse, während von oben warmes Blut auf sie herabtroff. Sie versuchte, sich von dem auf ihr liegenden Körper zu befreien, doch er war schwer, so schwer, dass er alle Luft aus ihren Lungen zu quetschen schien.

Der Mann begann zu zittern, als die Zuckungen des Todeskampfes ihn erfassten. Wieder überschwemmte ein Schwall heißer Flüssigkeit ihr Gesicht, lief ihr in den Mund, und der Geschmack ließ sie würgen. *Ich werde darin ertrinken.* Mit einem Schrei stemmte sie sich gegen ihn, und endlich glitt der blutüberströmte Körper des Wachmanns von ihr hinunter.

Maura rappelte sich hastig auf und sah nach der Frau, die sich inzwischen von allen Fesseln befreit hatte. Dann erst erkannte sie, was die Frau mit beiden Händen gepackt hielt.

Die Pistole. Sie hat dem Wachmann die Pistole abgenommen.

Der Arzt war verschwunden. Maura war allein mit der Frau ohne Namen, und sie starrten einander an. Mit erschreckender Klarheit registrierte Maura jedes Detail ihres Gegenübers: das wirre schwarze Haar, den irren Blick der weit aufgerissenen Augen. Und das unerbittliche Anspannen der Sehnen in ihrem Arm, als sich ihre Finger immer fester um den Griff der Waffe schlossen.

O Gott, sie wird abdrücken.

»Bitte«, flüsterte Maura. »Ich will Ihnen doch nur helfen.«

Das Geräusch eiliger Schritte zog die Aufmerksamkeit der Frau auf sich und ließ ihren Blick zur Seite schnellen. Schon wurde die Tür aufgerissen, und eine Krankenschwester starrte mit offenem Mund die blutige Szene an.

Plötzlich sprang die namenlose Frau aus dem Bett. Es ging so schnell, dass Maura keine Zeit blieb, um zu reagieren. Sie wurde stocksteif, als die Frau ihren Arm packte und der Lauf der Pistole sich in ihren Hals bohrte. Mauras Herz schlug wie ein Dampfhammer gegen ihre Rippen, als sie sich von der Frau zur Tür schieben ließ und den kalten Stahl auf ihrer Haut spürte. Die Schwester wich zurück, vor Entsetzen brachte sie kein Wort hervor. Maura wurde aus dem Zimmer gedrängt, hinaus auf den Flur. Wo blieb der Sicherheitsdienst? Holte irgendjemand Hilfe? Sie gingen weiter in Richtung Stationszentrale; der schwitzende Körper der Frau ganz nahe an ihrem, ihr gehetztes Keuchen ein tosendes Rauschen in Mauras Ohr.

»Vorsicht! Aus dem Weg, sie hat eine Waffe!«, hörte Maura jemanden rufen, und aus dem Augenwinkel erblickte sie die Gruppe von Assistenzärzten, die sie noch wenige Minuten zuvor auf dem Flur gesehen hatte. Jetzt war es nicht mehr so weit her mit dem Selbstbewusstsein, das ihnen die weißen Kittel verliehen – mit weit aufgerissenen Augen wichen sie ängstlich zurück. So viele Zeugen; so viele Menschen – aber was nützte es ihr?

Hilft mir denn niemand, verdammt noch mal?

Die namenlose Frau und ihre Geisel erreichten die Stationszentrale. Als die Frauen hinter dem Tresen sie erblickten, erstarrten sie vor Schreck und sahen ihnen stumm nach wie eine Gruppe von Wachsfiguren. Das Telefon läutete, aber niemand ging hin.

Direkt vor ihnen war der Aufzug.

Die Frau drückte den Abwärts-Knopf. Die Tür glitt auf, und die Frau stieß Maura in die Kabine, stieg hinter ihr ein und drückte auf »E«.

Vier Stockwerke. Werde ich noch am Leben sein, wenn diese Tür sich wieder öffnet?

Die Frau wich an die gegenüberliegende Wand zurück. Maura starrte sie unverwandt an. Zwing sie zu sehen, wen sie vor sich hat. Sie soll dir in die Augen sehen müssen, wenn sie abdrückt. Es war kühl im Lift, und die namenlose Frau war nackt unter ihrem dünnen Krankenhauskittel. Dennoch glitzerten Schweißperlen auf ihrer Stirn, und die Hände, die den Pistolengriff umklammerten, zitterten.

»Warum tun Sie das?«, fragte Maura. »Ich habe Ihnen doch nie etwas getan! Gestern Abend habe ich nur versucht, Ihnen zu helfen. Ich bin diejenige, die Sie gerettet hat!«

Die Frau erwiderte nichts. Kein Wort kam über ihre Lippen, kein Laut. Nur ihren Atem konnte Maura hören, abgehackt und angstvoll gehetzt.

Die Glocke des Aufzugs ertönte, und der Blick der Frau schoss zur Tür. Panisch versuchte Maura, sich den Grundriss der Eingangshalle ins Gedächtnis zu rufen. Sie erinnerte sich an einen Infoschalter in der Nähe der Eingangstür, besetzt mit einem greisen ehrenamtlichen Helfer. Einen Kiosk. Eine Reihe von Münztelefonen.

Die Tür ging auf. Die Frau packte Mauras Arm und schob sie vor sich aus der Kabine. Wieder spürte Maura die Mündung der Pistole an ihrer Halsschlagader. Ihre Kehle war trocken wie Asche, als sie in die Eingangshalle hinaustrat. Sofort zuckte ihr Blick nach links und nach rechts, doch sie sah keinen Menschen, keinen einzigen Zeugen. Dann erblickte sie den Wachmann, der ganz allein hinter dem Infoschalter hockte. Ein Blick auf sein schlohweißes Haupt, und Maura verließ der Mut. Das war kein Retter in der Not; das war nur ein verängstigter Greis in einer Uniform. Wenn er überhaupt eingreifen würde, war es nicht auszuschließen, dass er die Geisel erschießen würde.

Draußen näherte sich das Heulen einer Sirene; in ihren Ohren war es wie der Schrei der Todesfee.

Mauras Kopf wurde jäh nach hinten gerissen. Die Frau hatte sie an den Haaren gepackt und sie so nahe an sich herangezogen, dass Maura ihren heißen Atem im Nacken spüren, den scharfen Geruch ihrer Angst riechen konnte. Sie gingen auf den Ausgang zu, und Mauras wild umherirrender Blick streifte den ältlichen Wachmann, der schlotternd hinter seinem Tresen kauerte. Sie sah silberne Luftballons im Schaufenster des Kiosks hängen, sah einen Telefonhörer an der Schnur baumeln. Dann wurde sie zur Tür hinausgeschoben, und die Nachmittagshitze schlug ihr entgegen.

Ein Streifenwagen des Boston PD hielt mit kreischenden Reifen am Bordstein, und zwei Cops sprangen mit gezogenen Waffen heraus. Dann blieben sie wie angewurzelt stehen, den Blick auf Maura gerichtet, die genau in ihrer Schusslinie stand.

Wieder das Heulen einer Sirene, die rasch näher kam.

Die Atemzüge der Frau wurden zu einem verzweifelten Keuchen, als sie sich zunehmend in die Enge getrieben sah. Nach vorn war ihr der Weg versperrt, und so riss sie Maura zurück und schob sie erneut zum Eingang des Klinikgebäudes, um in der Halle Zuflucht zu suchen.

»Bitte«, flüsterte Maura, als sie in Richtung eines der Flure gezerrt wurde. »Es gibt keinen Ausweg! Legen Sie einfach die Waffe weg. Legen Sie sie hin, und dann gehen wir ihnen gemeinsam entgegen, okay? Wir gehen auf sie zu, und sie werden Ihnen nichts tun …«

Sie sah die beiden Polizisten vorrücken, Schritt für Schritt folgten sie der Geiselnehmerin. Maura stand immer noch in ihrer Schusslinie, und sie konnten nur hilflos zusehen, wie die Frau ihren Rückzug über den Flur antrat und ihre Geisel hinter sich herzerrte. Maura hörte, wie jemand in ihrer Nähe erschrocken nach Luft schnappte, und aus dem Augenwinkel erblickte sie geschockte Gesichter, Menschen, die starr vor Schreck die Szene verfolgten.

»Zurück, Leute!«, schrie einer der Cops. »Alles aus dem Weg!«

Das ist also das Ende, dachte Maura. Ich sitze in der Falle, zusammen mit einer Wahnsinnigen, die sich nicht zur Aufgabe überreden lässt. Sie hörte, wie die Atemzüge der Frau sich zu einem panischen Gewimmer beschleunigten, konnte die Angst spüren, die durch den Arm der Frau floss wie Strom durch eine Hochspannungsleitung. Sie hatte das Gefühl, unerbittlich in ein blutiges Finale gezerrt zu werden, und sie konnte es beinahe schon vor sich sehen, durch die Augen der Polizisten, die weiter Schritt für Schritt näher rückten. Die ohrenbetäubende Explosion aus der Waffe der Frau, das Blut, das aus dem zerschmetterten Kopf der Geisel spritzte. Den unvermeidlichen Kugelhagel, der den

Schlusspunkt unter die Tragödie setzen würde. Bis es so weit war, waren den Polizisten die Hände gebunden. Und die namenlose Frau, überwältigt von schierer Panik, war ebenso hilflos und unfähig, den Lauf der Dinge zu beeinflussen.

Ich bin die Einzige, die das noch verhindern kann. Und jetzt ist der Zeitpunkt gekommen.

Maura holte tief Luft, atmete wieder aus. Während die Luft aus ihren Lungen entwich, ließ sie ihre Muskeln erschlaffen. Ihre Beine knickten weg, und sie sackte zu Boden.

Die Frau stieß einen Laut der Überraschung aus und versuchte verzweifelt, Maura festzuhalten. Aber ein schlaffer Körper ist schwer, und schon glitt ihre Geisel gänzlich zu Boden, ihr menschlicher Schutzschild brach zusammen. Und plötzlich war Maura frei. Sie fiel seitwärts, riss die Arme über den Kopf und rollte sich in Erwartung des Schusses zusammen. Doch sie hörte nur laufende Schritte und Rufe.

»Mist. Ich kann keinen sauberen Schuss anbringen!«

»Aus dem Weg, verdammt, das gilt für alle!«

Eine Hand packte sie, schüttelte sie. »Lady? Sind Sie okay? Sind Sie *okay?*«

Endlich schlug sie zitternd die Augen auf und blickte zu dem Polizisten auf. Sie hörte das Knacken von Funkgeräten, und irgendwo heulten Sirenen wie alte Klageweiber.

»Kommen Sie, Sie müssen weg von hier.« Der Cop nahm ihren Arm und zog sie hoch. Sie zitterte so heftig, dass sie kaum stehen konnte, und so schlang er ihr den Arm um die Taille und führte sie zum Ausgang. »Sie da!«, rief er den Umstehenden zu. »Raus aus dem Gebäude, aber sofort!«

Maura blickte sich um. Von der namenlosen Frau war nichts mehr zu sehen.

»Können Sie gehen?«, fragte der Polizist.

Unfähig, auch nur ein Wort hervorzubringen, nickte sie nur.

»Dann gehen Sie! Wir müssen das Gebäude evakuieren. Und Sie sollten auch zusehen, dass Sie hier wegkommen.«

Weil es jeden Moment ein Blutbad geben kann.

Sie machte ein paar Schritte in Richtung Tür. Blickte sich ein letztes Mal um und sah, dass der Polizist schon in die andere Richtung losgegangen war. Ein Schild wies den Weg zu dem Flügel des Gebäudes, in den die namenlose Frau sich zurückgezogen hatte, um sich bis zuletzt zur Wehr zu setzen.

Bilddiagnostik.

Jane Rizzoli schreckte aus dem Schlaf hoch und blinzelte einen Moment lang desorientiert zur Decke hinauf. Sie hatte nicht damit gerechnet, dass sie einnicken würde, doch die Untersuchungsliege war erstaunlich bequem, und sie war müde; die letzten paar Nächte hatte sie nicht besonders gut geschlafen. Sie sah auf die Uhr an der Wand und stellte fest, dass man sie schon über eine halbe Stunde lang allein gelassen hatte. Wie lange sollte sie denn noch warten? Sie ließ noch weitere fünf Minuten verstreichen, und mit jeder Minute wuchs ihre Verärgerung.

Okay, es reicht. Ich gehe jetzt nachsehen, warum das so lange dauert. Und ich werde nicht auf einen Rollstuhl warten.

Sie rutschte von der Liege, und ihre nackten Sohlen klatschten auf den kalten Fußboden. Nachdem sie zwei Schritte gemacht hatte, merkte sie, dass ihr Arm noch an dem Infusionsbeutel mit Kochsalzlösung hing. Sie hängte den Beutel an einen fahrbaren Ständer und rollte ihn zur Tür. Ein Blick hinaus auf den Flur – niemand zu sehen. Keine Schwester, kein Pfleger, keine Assistentin.

Na, das war ja beruhigend. Sie hatten sie völlig vergessen.

Sie begann, ihren Infusionsständer den fensterlosen Flur entlangzuschieben. Die Räder eierten über den Linoleumbelag. Sie kam an einer offenen Tür vorbei, dann an einer zweiten, und sie sah leere Untersuchungsliegen, verlassene Räume. Wo waren nur die ganzen Leute geblieben? In der kurzen Zeit, während sie geschlafen hatte, waren sie alle spurlos verschwunden.

War es wirklich nur eine halbe Stunde?

Sie blieb in dem menschenleeren Flur stehen, gepackt von der bizarren Vorstellung, dass während ihres kurzen Schlummers alle anderen Menschen auf mysteriöse Weise vom Erdboden verschwunden waren, wie in einem Science-Fiction-Film. Sie spähte den Flur hinauf und hinunter, versuchte sich zu erinnern, wo es zurück zum Wartezimmer ging. Sie hatte nicht auf den Weg geachtet, als die Assistentin sie in den Untersuchungsraum geschoben hatte. Sie öffnete eine Tür und erblickte ein Büro. Öffnete eine weitere Tür und fand einen Aktenraum.

Nirgendwo ein Mensch.

Mit schnelleren Schritten watschelte sie durch das Labyrinth von Fluren, den ratternden Infusionsständer vor sich herschiebend. Was war das hier eigentlich für ein Krankenhaus, wo man eine arme hochschwangere Frau einfach allein ließ? Sie würde sich beschweren, jawohl, das würde sie. Sie könnte schon in den Wehen liegen! Sie könnte sterben! Aber im Moment hatte sie nur eine Stinkwut, und das war nicht die Stimmung, in die man eine Schwangere bringen sollte. Schon gar nicht *diese* Schwangere.

Endlich entdeckte sie das Ausgangsschild und riss die Tür auf, ein paar sorgfältig ausgewählte Worte schon auf den Lippen. Auf den ersten Blick erfasste sie die Situation im Wartezimmer noch nicht richtig. Mr. Bodine war immer noch an seinen Rollstuhl geschnallt, der in einer Ecke stand. Die Ultraschallassistentin und die Frau vom Empfang saßen dicht aneinander gedrängt auf einer Couch. Auf der anderen saß Dr. Tam neben dem farbigen Pfleger. Was war das – ein Kaffeekränzchen? Wieso hatte die Ärztin es sich hier auf der Couch gemütlich gemacht, während ihre Patientin vergessen in einem Untersuchungsraum lag?

Dann sah sie das Krankenblatt, das auf dem Boden lag, sah die umgekippte Tasse, die Flecken von verschüttetem Kaffee auf dem Teppichboden. Und sie erkannte, dass Dr. Tam nicht etwa gemütlich auf der Couch fläzte; ihr Rückgrat war stocksteif, ihre Gesichtsmuskeln vor Angst angespannt. Und ihre Augen waren nicht auf Jane gerichtet, sondern auf etwas anderes.

Und da begriff Jane endlich. *Jemand steht direkt hinter mir.*

7

Maura saß in der mobilen Einsatzzentrale, umgeben von Telefonen, Fernsehbildschirmen und Laptops. Die Klimaanlage funktionierte nicht richtig, und im Inneren des Containers musste es weit über dreißig Grad heiß sein. Officer Emerton, der das quäkende Funkgerät überwachte, wedelte sich frische Luft zu, während er gierig aus einer Wasserflasche trank. Doch Captain Hayder, der das Sondereinsatzkommando des Boston PD befehligte, wirkte vollkommen cool, während er die CAD-Diagramme auf dem Computermonitor studierte. Neben ihm saß der Gebäudemanager der Klinik und erklärte ihm die relevanten Details des Bauplans.

»Der Bereich, in dem sie sich momentan verschanzt hat, ist die Bilddiagnostik«, sagte der Manager. »Früher war in dem Flügel die Röntgenabteilung untergebracht, die aber inzwischen in den neuen Anbau umgezogen ist. Ich fürchte, das bedeutet ein ziemliches Problem für Sie, Captain.«

»Welches Problem?«, fragte Hayder.

»In die Außenwände sind Strahlenschutzplatten aus Blei eingelassen, und der ganze Flügel hat weder Außenfenster noch -türen. Da werden Sie kaum ein Loch reinsprengen können, und Sie können auch keine Tränengasbehälter hineinwerfen.«

»Und der einzige Zugang zur Bilddiagnostik ist durch diese innere Flurtür?«

»Richtig.« Der Gebäudemanager sah Hayder an. »Ich nehme an, sie hat diese Tür abgeschlossen?«

Hayder nickte. »Was bedeutet, dass sie sich selbst dort eingesperrt hat und in der Falle sitzt. Wir haben unsere Männer ans andere Ende des Flurs zurückgezogen, damit sie nicht direkt in der Schusslinie stehen, falls sie auf die Idee kommt, einen Ausbruchsversuch zu wagen.«

»Sie steckt in einer Sackgasse. Wenn sie da rauswill, muss sie an Ihren Leuten vorbei. Vorläufig kann sie Ihnen also nicht entwischen. Aber umgekehrt dürfte es Ihnen auch schwer fallen, zu ihr vorzudringen.«

»Wir haben also eine Pattsituation.«

Der Manager vergrößerte mit einem Mausklick einen Ausschnitt des Grundrisses. »Nun ja, hier gäbe es eine Möglichkeit; es kommt nur darauf an, in welchem Teil des Flügels sie sich versteckt hält. Die Bleiplatten finden sich in allen diesen Untersuchungsräumen. Aber hier im Wartezimmer sind Wände und Decke nicht verstärkt.«

»Mit welchen Baumaterialien haben wir es da zu tun?«

»Trockenbauwände aus Gipskarton. Sie könnten ohne weiteres vom Stockwerk drüber ein Loch durch die Decke bohren.« Der Gebäudemanager sah Hayder an. »Aber dann muss sie sich nur in die Bereiche zurückziehen, die mit Bleiplatten geschützt sind, und schon können Sie ihr nichts mehr anhaben.«

»Verzeihung«, warf Maura ein.

Hayder drehte sich zu ihr um. Seine blauen Augen fixierten sie gereizt. »Ja?«

»Kann ich jetzt gehen, Captain Hayder? Ich kann Ihnen ohnehin nicht mehr sagen.«

»Noch nicht.«

»Wie lange noch?«

»Sie werden hier warten müssen, bis unser Unterhändler Sie vernehmen kann. Er will, dass wir alle Zeugen hier behalten.«

»Ich bin gerne bereit, mit ihm zu sprechen, aber es gibt keinen Grund, weshalb ich hier drin warten muss. Mein Büro ist in dem Gebäude direkt gegenüber. Sie wissen, wo Sie mich finden.«

»Das ist nicht nahe genug, Dr. Isles. Wir müssen Sie im

Auge behalten.« Hayder wandte seine Aufmerksamkeit schon wieder den CAD-Plänen zu; ihre Proteste ließen ihn offenbar kalt. »Die Ereignisse könnten sich jeden Moment überstürzen, und dann dürfen wir keine Zeit damit verschwenden, nach Zeugen zu suchen, die sich aus dem Staub gemacht haben.«

»Ich werde mich nicht aus dem Staub machen. Und ich bin nicht die einzige Zeugin. Da waren auch noch die Schwestern, die sich um sie gekümmert haben.«

»Die haben wir ebenfalls isoliert. Wir werden Sie alle befragen.«

»Und dann war da noch dieser Arzt in ihrem Zimmer. Er war dabei, als es passierte.«

»Captain Hayder?«, sagte Emerton und blickte vom Funkgerät zu ihnen herüber. »Die unteren vier Stockwerke sind jetzt evakuiert. Die schwer kranken Patienten in den oberen Etagen können nicht verlegt werden, aber wir haben alles Personal, das nicht unbedingt gebraucht wird, aus dem Gebäude geschafft.«

»Was ist mit unseren Sperrlinien?«

»Die innere steht inzwischen. Sie haben im Flur Barrikaden errichtet. Wir warten noch auf zusätzliches Personal, um die äußere Absperrung verstärken zu können.«

Im Fernseher über Hayders Kopf lief ohne Ton ein Bostoner Lokalsender. Es war eine Livesendung, und die Bilder waren schockierend vertraut. Das ist die Albany Street, dachte Maura. Und da ist die mobile Einsatzzentrale, in der ich in diesem Moment gefangen gehalten werde. Während ganz Boston das Drama auf dem heimischen Fernsehschirm live verfolgen konnte, saß sie im Brennpunkt des Geschehens fest.

Das plötzliche Schaukeln des Containers lenkte ihren Blick zur Tür, und sie sah einen Mann eintreten. Noch ein Polizist, dachte sie, als sie die Waffe in dem Holster an seiner Hüfte bemerkte. Dieser Mann jedoch war kleiner als

Hayder, eine weit weniger imposante Erscheinung. An seinem feuerroten, schweißnassen Schädel klebten nur ein paar spärliche braune Haarsträhnen.

»Mann, hier drin ist es ja noch heißer«, sagte der Mann. »Habt ihr die Klimaanlage nicht eingeschaltet?«

»Sie ist eingeschaltet«, antwortete Emerton, »aber sie taugt nichts. Wir sind nicht dazu gekommen, sie warten zu lassen. Die Hitze ist echt tödlich für die Elektronik.«

»Von den Menschen ganz zu schweigen«, meinte der Mann. Sein Blick blieb an Maura haften. »Sie sind Dr. Isles, nicht wahr? Ich bin Lieutenant Leroy Stillman. Man hat mich gerufen, um ein bisschen Ruhe in die Sache zu bringen. Und zu sehen, ob sich die Sache nicht vielleicht ohne Gewalt aus der Welt schaffen lässt.«

»Sie sind also der Geisel-Unterhändler.«

Er zuckte bescheiden mit den Achseln. »So werde ich genannt.«

Sie gaben sich die Hand. Vielleicht war es sein unprätentiöses Äußeres – der leicht zerknirschte Gesichtsausdruck, das schüttere Haupthaar –, das ihr in seiner Gegenwart die Befangenheit nahm. Anderes als Hayder, der ganz und gar testosterongesteuert schien, betrachtete dieser Mann sie mit einem ruhigen und geduldigen Lächeln. Als hätte er alle Zeit der Welt, um sich mit ihr zu unterhalten. Er sah Hayder an. »Das ist ja unerträglich hier drin. Sie muss doch nicht unbedingt hier im Container warten.«

»Sie hatten uns gebeten, die Zeugen festzuhalten.«

»Ja, aber dass Sie sie bei lebendigem Leib rösten sollen, habe ich nicht gesagt.« Er öffnete die Tür. »Angenehmer als hier drin ist es überall, schätze ich.«

Sie gingen hinaus, und Maura atmete mehrmals tief durch, heilfroh, diesem stickigen Backofen entronnen zu sein. Draußen wehte wenigstens ein leichtes Lüftchen. Während der Zeit, die sie im Container festgesessen hatte, hatte die Albany Street sich in ein Meer von Polizeifahrzeugen verwandelt. Die Einfahrt zur Rechtsmedizin auf der anderen Straßenseite war vollkommen blockiert, und sie hatte keine Ahnung, wie sie mit ihrem Wagen vom Parkplatz wegkommen sollte. In der Ferne, hinter den Polizeiabsperrungen, erkannte sie Satellitenschüsseln, die wie Blüten auf hohen Stängeln über den Dächern der Übertragungswagen aufragten. Sie fragte sich, ob die Fernsehteams in ihren Autos genauso schwitzten und litten wie sie bis vor kurzem in der mobilen Einsatzzentrale. Sie hoffte es zumindest.

»Danke, dass Sie gewartet haben«, sagte Stillman.

»Ich hatte ja kaum eine Wahl.«

»Ich weiß, es ist lästig, aber wir müssen nun einmal alle Zeugen dabehalten, bis wir sie eingehend befragt haben. Die Situation ist vorläufig unter Kontrolle, und ich brauche jetzt vor allem weitere Informationen. Wir wissen nichts über ihre Motive. Wir wissen nicht, wie viele Menschen sie da drin in ihrer Gewalt hat. Ich muss wissen, mit wem wir es zu tun haben, damit ich die richtige Herangehensweise wählen kann, wenn sie sich irgendwann bei uns meldet.«

»Das hat sie noch nicht getan?«

»Nein. Wir haben die drei Telefonleitungen isoliert, die aus dem Flügel, in dem sie sich verbarrikadiert hat, nach draußen führen; so können wir alle ihre Gespräche überwachen. Wir haben schon ein halbes Dutzend Mal versucht, dort anzurufen, aber sie legt jedes Mal gleich auf. Irgendwann wird sie trotzdem mit uns reden wollen. Das tun sie fast alle früher oder später.«

»Sie scheinen davon auszugehen, dass sie nicht anders ist als jeder andere Geiselnehmer.«

»Menschen, die so etwas tun, zeigen oft ähnliche Verhaltensweisen.«

»Und wie viele Geiselnehmer sind Frauen?«

»Das ist allerdings ungewöhnlich, das muss ich zugeben.«

»Hatten Sie es je mit einer Geiselnehmerin zu tun?«

Er zögerte. »Um ehrlich zu sein«, sagte er schließlich, »für mich ist es das erste Mal. Für uns alle hier. Wir sind hier mit einer sehr seltenen Ausnahme konfrontiert. Frauen nehmen einfach keine Geiseln.«

»Diese Frau hat aber genau das getan.«

Er nickte. »Und solange ich nichts Näheres weiß, muss ich an die Sache so herangehen wie an jede andere Geiselnahme. Bevor ich mit ihr verhandle, muss ich so viel wie möglich über sie in Erfahrung bringen. Wer sie ist, und warum sie das tut.«

Maura schüttelte den Kopf. »Ich weiß nicht, ob ich Ihnen da weiterhelfen kann.«

»Sie sind die letzte Person, die mit ihr Kontakt hatte. Erzählen Sie mir alles, woran Sie sich erinnern. Jedes Wort, das sie gesagt hat, jedes Wimpernzucken.«

»Ich war ja nur ganz kurz mit ihr allein. Nur ein paar Minuten.«

»Und haben Sie mit ihr geredet?«

»Ich habe es versucht.«

»Was haben Sie zu ihr gesagt?«

Maura spürte, wie ihre Handflächen feucht wurden, als sie an diese Fahrt im Aufzug zurückdachte. Daran, wie die Hand der Frau gezittert hatte, mit der sie die Waffe umklammert hielt. »Ich habe versucht, sie zu beruhigen, sie zur Vernunft zu bringen. Ich sagte ihr, dass ich ihr nur helfen wollte.«

»Wie hat sie reagiert?«

»Sie hat gar nichts gesagt. Sie blieb völlig stumm. Das war das Erschreckendste.« Sie sah Stillman an. »Ihr hartnäckiges Schweigen.«

Er runzelte die Stirn. »Hat sie in irgendeiner Weise auf Ihre Worte reagiert? Sind Sie sicher, dass die Frau Sie verstehen konnte?«

»Sie ist nicht taub. Sie reagiert auf Geräusche. Ich weiß, dass sie die Polizeisirenen gehört hat.«

»Und doch hat sie kein einziges Wort gesagt?« Er schüttelte den Kopf. »Das ist äußerst merkwürdig. Haben wir es hier vielleicht mit einer Sprachbarriere zu tun? Dann dürften die Verhandlungen sich sehr schwierig gestalten.«

»Ich hatte sowieso nicht den Eindruck, dass sie mit sich verhandeln lässt.«

»Erzählen Sie mir alles von Anfang an, Dr. Isles. Was die Frau getan hat, was Sie selbst getan haben.«

»Ich bin das alles schon mit Captain Hayder durchgegangen. Wenn Sie mir immer wieder dieselben Fragen stellen, bekommen Sie auch keine neuen Antworten.«

»Ich weiß, dass Sie sich wiederholen müssen. Aber irgendetwas von alldem, woran Sie sich erinnern, könnte genau das entscheidende Detail sein. Der eine Punkt, an dem ich ansetzen kann.«

»Sie hat mir eine Pistole an den Kopf gehalten. Ich fand es schwierig, mich auf irgendetwas anderes als das nackte Überleben zu konzentrieren.«

»Sie waren in ihrer Nähe. Sie wissen, in welcher psychischen Verfassung sie zuletzt war. Haben Sie irgendeine Vorstellung, warum sie so gehandelt haben könnte? Und ob damit zu rechnen ist, dass sie den Menschen in ihrer Gewalt etwas antun wird?«

»Sie hat bereits einen Mann getötet. Sollte Ihnen das nicht einiges über sie verraten?«

»Aber seitdem haben wir keine Schüsse mehr gehört; wir sind also über die kritischen ersten dreißig Minuten hinweg, die erfahrungsgemäß die gefährlichste Phase darstellen. Während dieser Zeit ist der Täter noch sehr ängstlich, und die Gefahr, dass er eine seiner Geiseln tötet, ist am größten. Es ist jetzt mehr als eine Stunde vergangen, und sie hat noch keine weiteren Schritte unternommen. Soweit wir wissen, hat sie keiner weiteren Geisel etwas angetan.«

»Aber was tut sie dann da drin?«

»Wir haben keine Ahnung. Wir suchen immer noch fieberhaft nach Hintergrundinformationen. Die Mordkommission versucht herauszufinden, wie es dazu kam, dass sie im Leichenschauhaus landete, und in ihrem Krankenzimmer haben wir Fingerabdrücke sichergestellt, von denen wir glauben, dass sie von ihr stammen. Solange niemand sonst zu Schaden kommt, ist die Zeit auf unserer Seite. Je länger die Sache sich hinzieht, desto mehr Informationen werden wir über sie sammeln können. Und umso wahrscheinlicher wird es, dass wir das Ganze unblutig beenden können, ohne dass irgendjemand den Helden spielen muss.« Er blickte zur Klinik hinüber. »Sehen Sie die Polizisten da drüben? Die scharren wahrscheinlich schon mit den Hufen und können es kaum erwarten, das Gebäude zu stürmen. Wenn es dazu kommt, dann habe ich versagt. Meine Faustregel für den Umgang mit Geiselnahmen ist simpel: den Lauf der Dinge verlangsamen. Sie sitzt fest, in einem Flügel ohne Fenster und ohne Ausgänge, kann uns also nicht entkommen. Sie kann uns nicht durch die Lappen gehen. Also lassen wir sie schmoren und über ihre Lage nachdenken. Und irgendwann wird ihr klar werden, dass sie keine andere Wahl hat, als sich zu ergeben.«

»Wenn sie rational genug denkt, um das einsehen zu können.«

Er betrachtete sie einen Moment lang. Ein Blick, der vorsichtig die Bedeutung dessen, was sie gerade gesagt hatte, zu ermessen suchte. »Halten Sie sie für rational?«

»Ich glaube, dass sie Angst hat«, antwortete Maura. »Als ich dort im Aufzug mit ihr allein war, habe ich die Panik in ihren Augen gesehen.«

»Hat sie deswegen geschossen?«

»Sie muss sich bedroht gefühlt haben. Wir haben uns zu dritt um ihr Bett gedrängt und versucht, sie zu fesseln.«

»Zu dritt? Die Krankenschwester, mit der ich gesprochen habe, sagte, als sie das Zimmer betrat, habe sie nur Sie und den Wachmann gesehen.«

»Da war auch noch ein Arzt. Ein junger Mann – blond.«

»Die Schwester hat ihn nicht gesehen.«

»Nun ja, er ist davongelaufen. Als der Schuss fiel, hat er sofort die Beine in die Hand genommen.« Sie hielt inne, immer noch verbittert darüber, dass der Mann sie so feige im Stich gelassen hatte. »Und ich blieb im Zimmer zurück und saß in der Falle.«

»Was glauben Sie, warum die Patientin nur auf den Wachmann geschossen hat? Wo Sie doch zu dritt am Bett standen?«

»Er hatte sich gerade über sie gebeugt. Er war am nächsten an ihr dran.«

»Oder war es seine Uniform?«

Sie runzelte die Stirn. »Wie meinen Sie das?«

»Denken Sie doch mal nach. Eine Uniform ist ein Symbol der Staatsgewalt. Sie könnte ihn für einen Polizisten gehalten haben. Da drängt sich die Frage auf, ob sie vielleicht vorbestraft ist.«

»Viele Menschen haben Angst vor der Polizei. Dazu muss man noch nicht kriminell sein.«

»Warum hat sie den Arzt nicht erschossen?«

»Ich sagte Ihnen doch, er ist davongelaufen.«

»Auf Sie hat sie auch nicht geschossen.«

»Weil sie eine Geisel brauchte. Ich war die erstbeste lebende Person, die sie finden konnte.«

»Glauben Sie, dass sie auch Sie getötet hätte? Wenn sie die Gelegenheit dazu gehabt hätte?«

Maura sah ihm in die Augen. »Ich glaube, diese Frau würde alles tun, um zu überleben.«

Plötzlich wurde die Tür des Containers geöffnet. Captain Hayder steckte den Kopf heraus und sagte zu Stillman: »Kommen Sie doch mal rein, Leroy – das müssen Sie sich anhören.«

»Was ist es denn?«

»Es wurde gerade im Radio gesendet.«

Maura folgte Stillman zurück in den Container, wo es in der kurzen Zeit, die sie draußen gestanden hatten, noch stickiger geworden war.

»Spielen Sie die Aufnahme noch einmal ab«, sagte Hayder zu Emerton.

Aus dem Lautsprecher drang eine aufgeregte Männerstimme. »… Sie hören KBUR, und hier spricht Rob Roy, Ihr Moderator an diesem äußerst merkwürdigen Nachmittag. Wir haben hier eine total *groteske* Situation, Leute. Wir haben nämlich gerade eine Lady an der Strippe, die von sich behauptet, die Frau zu sein, die in diesem Moment das Spezialkommando unserer Polizei drüben in der Albany-Street-Klinik in Atem hält. Zuerst habe ich ihr ja nicht glauben wollen, aber unser Produzent hat mit ihr gesprochen. Wir denken, dass sie die Wahrheit sagt …«

»Verdammt, was ist das denn?«, sagte Stillman. »Das muss ein schlechter Scherz sein. Wir haben die Telefonleitungen doch isoliert.«

»Hören Sie einfach zu«, sagte Hayder.

»… und deshalb – hallo, Miss?«, hörten sie den Radiomoderator sagen. »Reden Sie mit uns. Sagen Sie uns Ihren Namen.«

»Mein Name tut nichts zur Sache«, antwortete eine kehlige Frauenstimme.

»Okay. Also, warum um alles in der Welt tun Sie das?«

»Die Würfel sind gefallen. Das ist alles, was ich sagen will.«

»Was soll das denn heißen?«

»Sagen Sie es Ihnen. Wiederholen Sie es. Die Würfel sind gefallen.«

»Okay, okay. Was immer das bedeutet, ganz Boston hat es gerade gehört. Leute, wenn ihr gerade zuhört: ›Die Würfel sind gefallen.‹ Hier spricht Rob Roy auf KBUR, und wir telefonieren gerade mit der Dame, die für die ganze Aufregung drüben …«

»Sagen Sie der Polizei, dass sie sich da raushalten soll«, unterbrach ihn die Frau. »Ich habe sechs Personen hier in diesem Raum. Ich habe genug Patronen für sie alle.«

»Hey, Ma'am, immer schön langsam! Jetzt beruhigen Sie sich erst mal. Es gibt keinen Grund, irgendjemandem was anzutun.«

Stillmans Gesicht färbte sich feuerrot vor Zorn. Er wandte sich an Hayder. »Wie ist das passiert? Ich dachte, wir hätten die Telefonleitungen isoliert?«

»Das haben wir auch. Sie hat ein Handy benutzt.«

»Wessen Handy?«

»Die Nummer gehört einer gewissen Stephanie Tam.«

»Wissen wir, wer das ist?«

»...ups! Leute, jetzt krieg ich Ärger«, sagte Rob Roy. »Mein Produzent hat mir gerade erklärt, dass unsere hiesigen Gesetzeshüter mich auffordern, das Gespräch mit unserer Anruferin umgehend zu beenden. Wenn wir nicht wollen, dass die Polizei uns abschaltet, Freunde, muss ich die Unterhaltung leider abbrechen. Sind Sie noch dran, Ma'am? Hallo?« Eine Pause. »Anscheinend haben wir unsere Anruferin verloren. Tja, ich hoffe nur, dass sie sich beruhigt. Lady, falls Sie mir noch zuhören, bitte tun Sie niemandem etwas. Wir können Ihnen helfen, okay? Und noch mal an alle unsere Hörerinnen und Hörer da draußen, Sie haben es auf KBUR vernommen: ›Die Würfel sind gefallen...‹«

Emerton stoppte die Aufnahme. »Das war's«, sagte er. »Das haben wir vorhin aufgezeichnet. Wir haben das Gespräch sofort unterbrochen, als wir hörten, mit wem der Moderator da spricht. Aber der Anfang wurde noch gesendet.«

Stillman schien fassungslos. Er starrte das nunmehr stumme Aufnahmegerät an.

»Was zum Teufel tut sie da, Leroy?«, fragte Hayder. »War das nur ein Schrei nach Aufmerksamkeit? Versucht sie, in der Öffentlichkeit um Sympathie zu werben?«

»Ich weiß es nicht. Das war sehr sonderbar.«

»Warum spricht sie nicht mit uns? Warum ruft sie bei einem Radiosender an? Wir bemühen uns ständig, sie zu erreichen, aber bei uns legt sie immer gleich auf!«

»Sie hat einen Akzent.« Stillman sah Hayder an. »Sie ist ganz sicher keine Amerikanerin.«

»Und was war das für ein Spruch, den sie da gesagt hat? ›Die Würfel sind gefallen.‹ Was soll das heißen? Dass das Spiel begonnen hat?«

»Das ist ein Zitat von Julius Cäsar«, sagte Maura.

Alle sahen sie an. »Was?«

»Das sagte Cäsar, als er am Ufer des Rubikons stand. Wenn er den Fluss überquerte, würde das bedeuten, dass er Rom den Bürgerkrieg erklärte. Er wusste, wenn er diesen Schritt machte, würde es kein Zurück mehr geben.«

»Was hat denn Julius Cäsar mit dieser ganzen Sache zu tun?«, fragte Hayder.

»Ich habe Ihnen lediglich gesagt, wo der Ausspruch herkommt. Als Cäsar seinen Truppen befahl, den Fluss zu überqueren, wusste er, dass er damit den Punkt erreicht hatte, an dem keine Umkehr mehr möglich war. Es war ein Risiko, aber er war ein Spieler, und er liebte besonders das Würfelspiel. Als er seine Entscheidung getroffen hatte, sagte er: ›Die Würfel sind gefallen.‹« Sie machte eine Pause. »Und er marschierte los und schrieb damit Geschichte.«

»Das ist also gemeint mit ›den Rubikon überschreiten‹«, sagte Stillman.

Maura nickte. »Unsere Geiselnehmerin hat eine Entscheidung getroffen. Sie hat uns gerade mitgeteilt, dass es für sie kein Zurück mehr gibt.«

»Wir haben die Informationen über das Handy«, rief Emerton ihnen zu. »Stephanie Tam ist eine der Ärztinnen der Klinik. Abteilung Gynäkologie und Geburtshilfe. Sie reagiert nicht auf ihren Piepser, und sie wurde zuletzt gesehen, als sie auf dem Weg nach unten in die Bilddiagnostik war, wo eine Patientin auf sie wartete. Im Krankenhaus gehen sie gerade die Dienstpläne durch und versuchen herauszufinden, wer von den Mitarbeitern noch vermisst wird.«

»Damit haben wir jetzt wohl zumindest eine Geisel namentlich identifiziert«, sagte Stillman.

»Was ist mit dem Handy? Wir haben versucht, dort anzurufen, aber sie legt immer wieder auf. Lassen wir es in Betrieb?«

»Wenn wir den Dienst abschalten, könnten wir sie wütend machen. Vorläufig lassen wir ihr besser die Verbindung. Wir überwachen nur ihre Anrufe.« Stillman brach ab und wischte sich den Schweiß von der Stirn. »Immerhin hat sie sich jetzt gemeldet – wenn auch nicht bei uns.«

Es ist wirklich drückend heiß hier drin, dachte Maura, als sie Stillmans hochrotes Gesicht sah. Und es wird im Lauf des Tages noch viel heißer werden. Sie merkte, dass sie schon leicht schwankte, und ihr war klar, dass sie es in diesem Container nicht sehr viel länger aushalten würde. »Ich brauche etwas frische Luft«, sagte sie. »Kann ich gehen?«

Stillman warf ihr einen zerstreuten Blick zu. »Ja. Ja, gehen Sie nur. Aber warten Sie – haben wir Ihre Kontaktdaten?«

»Captain Hayder hat meine Privat- und meine Handynummer. Sie können mich rund um die Uhr erreichen.«

Sie ging hinaus und blieb blinzelnd in der Mittagssonne stehen. Benommen ließ sie den Blick über das Chaos in der Albany Street schweifen. Dies war die Straße, über die sie jeden Morgen zur Arbeit fuhr; derselbe Blick, der sich ihr jeden Morgen bot, wenn sie sich der Einfahrt des Rechtsmedizinischen Instituts näherte. Jetzt war alles mit einem Knäuel von Einsatzfahrzeugen verstellt, zwischen denen Beamte des Sondereinsatzkommandos in ihren schwarzen Uniformen umherwuselten. Alles wartete auf den nächsten Schritt der Frau, die diese Krise ausgelöst hatte. Eine Frau, deren Identität ihnen allen immer noch ein Rätsel war.

Sie ging auf ihr Institut zu, schlängelte sich an geparkten

Streifenwagen vorbei und schlüpfte unter einem Polizei-Absperrband hindurch. Erst als sie sich wieder aufrichtete, erblickte sie die bekannte Gestalt, die auf sie zukam. In den zwei Jahren, die sie Gabriel Dean nun schon kannte, hatte sie ihn noch nie wirklich aufgewühlt erlebt und überhaupt nur selten irgendeine starke Gefühlsregung bei ihm beobachtet. Doch die Miene des Mannes, den sie nun vor sich sah, war von schierer Panik gezeichnet.

»Hast du schon irgendwelche Namen gehört?«, fragte er.

Sie schüttelte verwirrt den Kopf. »Namen?«

»Die Geiseln. Wer ist alles in dem Gebäude?«

»Ich habe sie bislang erst einen Namen nennen hören. Den einer Ärztin.«

»Wer?«

Sie stockte, betroffen durch seine Heftigkeit. »Eine gewisse Dr. Tam. Mit ihrem Handy wurde der Radiosender angerufen.«

Er wandte sich um und starrte das Klinikgebäude an. »O mein Gott.«

»Was ist denn?«

»Ich kann Jane nicht finden. Sie ist nicht mit den anderen Patienten auf ihrer Etage evakuiert worden.«

»Wann ist sie ins Krankenhaus gegangen?«

»Heute Morgen, nachdem ihre Fruchtblase geplatzt war.« Er sah Maura verzweifelt an. »Es war Dr. Tam, die sie eingewiesen hat.«

Maura starrte ihn an, und plötzlich fiel ihr ein, was sie soeben in der mobilen Einsatzzentrale gehört hatte. Dass Dr. Tam auf dem Weg in die Bilddiagnostik gewesen sei, wo eine Patientin auf sie wartete.

Jane. Die Ärztin war auf dem Weg zu Jane.

»Ich glaube, du kommst besser mit mir«, sagte Maura.

8

Ich bin ins Krankenhaus gekommen, um mein Baby zur Welt zu bringen. Und stattdessen kriege ich jetzt vielleicht eine Kugel in den Kopf gejagt.

Jane saß auf der Couch, eingezwängt zwischen Dr. Tam zu ihrer Rechten und dem schwarzen Pfleger zur Linken. Sie konnte spüren, wie er zitterte, seine Haut an ihrem Arm, feuchtkalt und klebrig in der klimatisierten Luft des Wartezimmers. Dr. Tam saß vollkommen regungslos da, ihr Gesicht wie eine steinerne Maske. Auf der anderen Couch kauerte die Empfangsschwester, die Arme um die Brust geschlungen, während die Ultraschallassistentin an ihrer Seite leise vor sich hin weinte. Niemand wagte es, auch nur ein Wort zu sprechen; die einzigen Geräusche kamen von dem Fernseher im Wartezimmer, der schon die ganze Zeit lief. Jane blickte sich um und las die Namensschilder auf den Uniformen. Mac. Domenica. Glenna. Dr. Tam. Dann sah sie auf das Patientenarmband hinunter, das sie selbst am Handgelenk trug. RIZZOLI, JANE. Wir sind alle schon fein säuberlich etikettiert fürs Leichenschauhaus. Ihr werdet keine Mühe haben, uns zu identifizieren, Leute. Sie stellte sich vor, wie die Bostoner am nächsten Morgen ihre *Tribune* aufschlugen und die in fetten schwarzen Lettern gedruckten Namen lasen. DIE OPFER DES GEISELDRAMAS IN DER ALBANY STREET. Sie dachte an die Leser, die den letzten Namen, »Rizzoli, Jane«, rasch überfliegen und dann gleich zum Sportteil weiterblättern würden.

Sollte das wirklich das Ende sein? Nur weil sie dummerweise zur falschen Zeit am falschen Ort gewesen war? Moment mal, wollte sie rufen, ich bin schwanger! Im Kino wird die schwangere Geisel doch auch niemals erschossen!

Aber das hier war kein Film, und sie konnte nicht voraussagen, was die wahnsinnige Lady mit der Pistole als Nächstes tun würde. Diesen Namen hatte Jane ihr gegeben: die wahnsinnige Lady. Wie sonst sollte man eine Frau nennen, die unentwegt auf und ab tigerte und dabei mit der Knarre herumfuchtelte? Nur ab und zu blieb die Frau stehen, um einen Blick auf den Fernseher zu werfen. Channel Six war eingeschaltet – die Liveberichterstattung über das Geiseldrama in der Klinik. Sieh mal, Ma, ich bin im Fernsehen, dachte Jane. Ich bin eine von den Glücklichen, die in dem Gebäude da festsitzen. Es war wie eine Reality-Show vom Typ *Survivor*, nur mit echten Kugeln.

Und mit echtem Blut.

Ihr fiel auf, dass die wahnsinnige Lady wie sie selbst ein Patientenarmband trug. Aus der Psychiatrischen entwischt? Na, versuch mal, die dazu zu bringen, ganz brav im Rollstuhl zu sitzen! Die Frau war barfuß, und ihr wohlgeformter Po lugte aus dem rückenfreien Krankenhauskittel hervor. Sie hatte lange Beine, muskulöse Oberschenkel und eine üppige, pechschwarze Mähne. In ein sexy Lederoutfit gesteckt, hätte sie als Xena, die Kriegerprinzessin, durchgehen können.

»Ich muss pinkeln«, sagte Mr. Bodine.

Die wahnsinnige Lady würdigte ihn nicht einmal eines Blickes.

»He! Hört mir vielleicht mal jemand zu? Ich sagte, ich muss *pinkeln*!«

Herrgott noch mal, dann tu's halt, Alter, dachte Rizzoli. Pinkel in deinen Rollstuhl, aber hör auf, eine Frau zu nerven, die eine geladene Knarre in der Hand hat.

Auf dem Fernsehbildschirm erschien eine blonde Reporterin. Zoe Fossey berichtete live aus der Albany Street. »Wir haben noch nicht in Erfahrung bringen können, wie viele Geiseln in dem Klinikflügel festgehalten werden. Die Polizei hat das Gebäude abgeriegelt. Bisher hat es ein Todesopfer gegeben; einen Wachmann, der beim Versuch, die Patientin zu überwältigen, erschossen wurde …«

Die wahnsinnige Lady hielt inne und fixierte den Bildschirm mit starrem Blick. Einer ihrer nackten Füße landete auf dem Schnellhefter, der auf dem Boden lag. Jetzt erst bemerkte Jane den Namen, der mit schwarzem Filzstift auf den Deckel der Patientenakte geschrieben war.

Rizzoli, Jane.

Die Nachrichtensendung war zu Ende, und die Wahnsinnige begann wieder auf und ab zu gehen. Immer wieder klatschten ihre Fußsohlen auf den Schnellhefter. Es war Janes Ambulanzakte, die Dr. Tam vermutlich dabeigehabt hatte, als sie die Bilddiagnostik betreten hatte. Jetzt lag sie direkt vor den Füßen der Wahnsinnigen. Sie musste sich nur bücken, den Deckel aufschlagen und die erste Seite lesen, wo die Patienteninformationen aufgeführt waren. Name, Geburtsdatum, Familienstand, Sozialversicherungsnummer.

Und Beruf. *Detective, Mordkommission, Boston Police Department.*

Diese Frau wird gerade vom Sondereinsatzkommando der Bostoner Polizei belagert, dachte Jane. Wenn sie herausfindet, dass auch ich Polizistin bin …

Sie wollte den Gedanken gar nicht zu Ende denken; sie wusste schon, wohin er führen würde. Wieder fiel ihr Blick auf ihr Handgelenk, auf das Patientenarmband mit der Aufschrift RIZZOLI, JANE. Wenn sie sich doch nur von dem Ding befreien könnte – dann könnte sie es zwischen die Kissen stopfen, und die wahnsinnige Lady hätte keine Möglichkeit mehr, sie mit der Patientenakte in Verbindung zu bringen. Das war es, was sie jetzt tun musste: dieses gefährliche Namensarmband so schnell wie möglich loswerden. Dann wäre sie nur noch eine von vielen schwangeren Frauen in diesem Krankenhaus. Und keine Polizistin mehr, keine Bedrohung.

Sie steckte einen Finger unter das Armband und zog daran, doch es gab nicht nach. Sie zog fester, aber es gelang ihr nicht, es zu zerreißen. Was war das eigentlich für ein Material – Titan? Aber es musste natürlich stabil sein. Man musste schließlich verhindern, dass verwirrte alte Knacker wie Mr. Bodine sich das Armband abrissen und dann unerkannt durch die Krankenhausflure irrten. Sie zerrte mit aller Kraft an dem Plastikband, mit zusammengebissenen Zähnen und heimlich angespannten Muskeln. Ich werde es wohl abbeißen müssen, dachte sie. Wenn die wahnsinnige Lady mal nicht hinschaut, könnte ich…

Sie erstarrte, als sie plötzlich merkte, dass die Frau unmittelbar vor ihr stand. Ein nackter Fuß ruhte wieder genau auf Janes Patientenakte. Ganz langsam hob Jane den Blick zum Gesicht der Frau. Bis zu diesem Moment hatte sie es vermieden, die Geiselnehmerin direkt anzusehen, weil sie fürchtete, ihre Aufmerksamkeit auf sich zu ziehen. Jetzt aber erkannte sie zu ihrem Entsetzen, dass die Frau sie fixierte – sie und nur sie –, und sie kam sich vor wie eine verirrte Gazelle, von der Herde getrennt und als Opfer auserkoren. Und die Frau hatte tatsächlich etwas von einer Raubkatze an sich, mit ihren langen, geschmeidigen Gliedern, dem schwarzen Haar, das glänzte wie das Fell eines Panthers. Ihre blauen Augen waren durchdringend wie Suchscheinwerfer, und Jane war in ihrem Lichtstrahl gefangen.

»So machen sie das«, sagte die Frau und betrachtete Janes Armband. »Sie hängen einem Etiketten an. Wie im KZ.« Sie zeigte ihr eigenes Armband, auf dem DOE, JANE stand. Was für ein origineller Name, dachte Jane, und fast hätte sie gelacht. Ich werde von Jane Doe als Geisel festgehalten. Ein Zweikampf, Jane gegen Jane. Die echte gegen die falsche. Hatten die im Krankenhaus nicht gewusst, wer diese Frau war, als sie sie aufgenommen hatten? Nach den wenigen Worten zu urteilen, die sie bis jetzt gesprochen hatte, war sie offensichtlich keine Amerikanerin. Osteuropäerin. Vielleicht Russin.

Die Frau riss ihr eigenes Armband ab und warf es weg. Dann packte sie Janes Handgelenk, zog einmal kräftig an ihrem Armband und zerriss es.

»So. Schluss mit den Etiketten«, sagte die Frau. Sie warf einen Blick auf Janes Armband. »Rizzoli. Das ist italienisch.«

»Ja.« Jane hielt den Blick weiter starr auf das Gesicht der Frau gerichtet. Sie wagte es nicht, nach unten zu schauen, weil sie die Aufmerksamkeit der Frau nicht auf den Schnellhefter lenken wollte, der unter ihrem nackten Fuß lag. Die Frau fasste den festen Blickkontakt als Zeichen einer Verbindung zwischen ihnen auf. Bis zu diesem Moment hatte die wahnsinnige Lady mit ihren Geiseln kaum ein Wort gesprochen. Aber jetzt redete sie. Das ist gut, dachte Jane. Eine Möglichkeit, ins Gespräch zu kommen. Du musst versuchen, Verbindung mit ihr aufzunehmen, eine persönliche Beziehung herzustellen. Freunde dich mit ihr an. Sie würde doch nie eine Freundin erschießen, oder?

Die Frau betrachtete jetzt Janes hochschwangeren Bauch.

»Ich bekomme mein erstes Kind«, sagte Jane.

Die Frau sah auf die Uhr an der Wand. Sie wartete auf etwas. Zählte jede Minute, die verstrich.

Jane beschloss, den Gesprächsfaden weiterzuspinnen. »Wie – wie heißen Sie?«, fragte sie auf gut Glück.

»Wieso?«

»Ich wollte es einfach nur wissen.« *Damit ich dich nicht immer die wahnsinnige Lady nennen muss.*

»Das spielt keine Rolle. Ich bin schon längst tot. Die Frau sah sie an. »Genau wie Sie.«

Jane starrte in ihre stechenden Augen, und einen erschreckenden Moment lang dachte sie: Was, wenn es wahr ist? Was, wenn wir tatsächlich schon tot sind und dies hier nur eine Version der Hölle ist?

»Bitte«, murmelte die Empfangsschwester. »Bitte, lassen Sie uns gehen. Sie brauchen uns doch nicht. Lassen Sie uns einfach die Tür aufmachen und gehen.«

Die Frau begann wieder auf und ab zu tigern, wobei ihre bloßen Füße in regelmäßigen Abständen auf die am Boden liegende Patientenakte traten. »Glauben Sie wirklich, dass die Sie am Leben lassen? Nachdem Sie mit mir zusammen waren? Jeder, der mit mir zusammen ist, muss sterben.«

»Wovon redet sie da?«, flüsterte Dr. Tam.

Sie ist paranoid, dachte Jane. Leidet an Verfolgungswahn.

Die Frau blieb abrupt stehen und starrte den braunen Schnellhefter zu ihren Füßen an.

Nicht aufmachen. Bitte, nicht!

Die Frau hob die Patientenakte auf und warf einen flüchtigen Blick auf den Namen auf dem Deckel.

Lenk sie ab, aber schnell!

»Verzeihung«, sagte Jane. »Ich muss – ich muss wirklich ganz dringend auf die Toilette. Wissen Sie – wenn man schwanger ist…« Sie deutete auf die Toiletten des Wartebereichs. »Bitte, darf ich gehen?«

Die Frau warf die Akte auf den Beistelltisch, wo sie knapp außerhalb von Janes Reichweite liegen blieb. »Sie schließen die Tür nicht ab.«

»Nein, das verspreche ich Ihnen.«

»Gehen Sie.«

Dr. Tam berührte Janes Hand. »Brauchen Sie Hilfe? Soll ich vielleicht mitgehen?«

»Nein, ich komme schon zurecht«, erwiderte Jane und erhob sich mit wackligen Knien. Wie gerne hätte sie die Patientenakte eingesteckt, als sie an dem Tischchen vorbeikam, doch die wahnsinnige Lady beobachtete sie die ganze Zeit wie ein Luchs. Jane ging zur Toilette, schaltete das Licht ein und machte die Tür hinter sich zu. Erleichterung überkam sie – endlich war sie allein, musste nicht mehr ständig auf eine geladene Pistole starren.

Ich könnte die Tür trotzdem abschließen. Ich könnte einfach hier drinbleiben und abwarten, bis alles vorbei ist.

Aber dann dachte sie an Dr. Tam und den Pfleger, an Glenna und Domenica, die eng umschlungen auf der Couch kauerten. Wenn ich die wahnsinnige Lady ärgere, werden sie darunter zu leiden haben. Es wäre feige von mir, mich hinter einer verschlossenen Tür zu verstecken.

Sie benutzte die Toilette und wusch sich die Hände. Ließ Wasser in die hohle Hand laufen und trank ein paar Schlucke – schließlich konnte sie nicht wissen, wann sie wieder etwas zu trinken bekommen würde. Während sie sich das nasse Kinn abwischte, blickte sie sich in der kleinen Toilette um, suchte sie ab nach einem Gegenstand, den sie als Waffe benutzen könnte, doch sie sah nichts außer Papierhandtüchern, einem Seifenspender und einem Abfalleimer aus Edelstahl.

Plötzlich wurde die Tür aufgestoßen. Sie fuhr herum und blickte in die Augen ihrer Peinigerin. *Sie traut mir nicht. Natürlich traut sie mir nicht.*

»Ich bin fertig«, sagte Jane. »Ich komme jetzt raus.« Sie verließ die Toilette und ging zurück zur Couch. Dabei sah sie, dass die Patientenakte noch immer auf dem Beistelltisch lag.

»Jetzt setzen wir uns hin und warten«, sagte die Frau und nahm auf einem Stuhl Platz, mit der Waffe auf dem Schoß.

»Worauf warten wir?«, fragte Jane.

Die Frau starrte sie an. Und sagte ruhig: »Auf das Ende.«

Ein Schauder überlief Jane. Und im gleichen Moment spürte sie etwas anderes: In ihrem Bauch zog sich etwas zusammen wie eine Hand, die sich langsam zur Faust ballt. Sie hielt dem Atem an, als die Kontraktion schmerzhafter wurde, und Schweißperlen traten ihr auf die Stirn. Fünf Sekunden. Zehn. Allmählich ließ der Schmerz nach, und sie sank schwer atmend auf die Couch zurück.

Dr. Tam musterte sie stirnrunzelnd. »Was fehlt Ihnen?«

Jane schluckte. »Ich glaube, die Wehen haben eingesetzt.«

»Wir haben eine Polizistin da drin?«, fragte Captain Hayder.

»Sie dürfen das auf keinen Fall durchsickern lassen«, sagte Gabriel. »Ich will nicht, dass *irgendwer* erfährt, was sie von Beruf ist. Wenn die Geiselnehmerin erfährt, dass sie eine Kripobeamtin in ihrer Gewalt hat…« Gabriel holte tief Luft und fuhr dann leise fort: »Es darf nicht an die Medien rausgehen. Das ist alles, was ich verlange.«

Leroy Stillman nickte. »Wir werden dafür sorgen. Nach dem, was mit dem Wachmann passiert ist…« Er hielt inne. »Wir müssen diese Information unter Verschluss halten.«

»Es könnte für uns von Nutzen sein, eine Polizistin da drin zu haben«, meinte Hayder.

»Wie bitte?«, rief Maura, entsetzt, dass Hayder so etwas in Gabriels Gegenwart zu sagen wagte.

»Detective Rizzoli ist nicht auf den Kopf gefallen. Und sie kann mit einer Waffe umgehen. Sie könnte den Ausgang dieser Geschichte entscheidend beeinflussen.«

»Sie ist auch im neunten Monat schwanger und könnte jeden Moment niederkommen. Was genau erwarten Sie eigentlich von ihr?«

»Ich sage nur, dass sie wie eine Polizistin denkt, und das ist gut.«

»Im Augenblick«, entgegnete Gabriel, »wünsche ich mir, dass meine Frau nur an eines denkt: an ihr Überleben. Ich will sie lebend und wohlbehalten wiederhaben. Also setzen Sie lieber nicht darauf, dass sie die Heldin spielt, sondern sehen Sie verdammt noch mal zu, dass Sie sie da rausholen.«

»Wir werden nichts tun, was Ihre Frau gefährden könnte, Agent Dean«, sagte Stillman. »Das verspreche ich Ihnen.«

»Wer ist diese Geiselnehmerin?«

»Wir arbeiten noch daran, sie zu identifizieren.«

»Und was will sie?«

Hayder unterbrach die beiden: »Vielleicht sollten Agent Dean und Dr. Isles den Container jetzt verlassen und uns unsere Arbeit machen lassen.«

»Nein, es ist schon okay«, sagte Stillman. »Er muss Bescheid wissen. Selbstverständlich muss er Bescheid wissen.« Er sah Gabriel an. »Wir gehen die Sache ganz bedächtig an. Wir geben ihr eine Chance, sich zu beruhigen und mit uns ins Gespräch zu kommen. Solange niemand verletzt wird, bleibt uns noch Zeit.«

Gabriel nickte. »So muss man an die Sache herangehen. Keine Schießereien, kein Sturmangriff. Sorgen Sie einfach nur dafür, dass alle am Leben bleiben.«

»Captain, wir haben die Liste«, rief Emerton. »Die Namen der Mitarbeiter und Patienten, die noch vermisst werden.«

Stillman riss den Bogen an sich, den der Drucker gerade ausgespuckt hatte, und überflog die Namensliste.

»Steht sie drauf?«, fragte Gabriel.

Nach einer Pause nickte Stillman. »Leider ja.« Er gab Hayder die Liste. »Sechs Namen. Das hat die Geiselnehmerin auch im Radio gesagt – dass sie sechs Personen in ihrer Gewalt hätte.« Was er wegließ, war die anschließende Bemerkung der Frau: *Und ich habe genug Patronen für sie alle.*

»Wer hat diese Liste zu Gesicht bekommen?«, fragte Gabriel.

»Der Leiter der Klinikverwaltung«, antwortete Hayder. »Und alle, die ihm bei der Zusammenstellung der Namen geholfen haben.«

»Streichen Sie den Namen meiner Frau, bevor Sie die Liste weiterleiten.«

»Es sind doch nur die Namen. Kein Mensch weiß…«

»Jeder Reporter kann innerhalb von zehn Sekunden herausfinden, dass Jane Polizistin ist.«

»Er hat Recht«, pflichtete Maura bei. »Sämtliche Polizeireporter in Boston kennen ihren Namen.«

»Streichen Sie ihren Namen von der Liste, Mark«, sagte Stillman. »Bevor irgendjemand sonst sie zu sehen kriegt.«

»Was ist mit unserem Zugriffstrupp? Wenn die Jungs den Laden stürmen, müssen sie schließlich wissen, wer da drin ist und wie viele Personen sie befreien müssen.«

»Wenn Sie Ihren Job ordentlich machen«, meinte Gabriel, »dann wird Ihr Zugriffstrupp überhaupt nicht gebraucht. Sie müssen die Frau eben dazu überreden aufzugeben und herauszukommen.«

»Tja, mit dem Reden sind wir bis jetzt noch nicht allzu weit gekommen, was?« Hayder sah Stillman an. »Ihre Freundin da drin will uns ja nicht mal Hallo sagen.«

»Es sind erst drei Stunden«, wandte Stillman ein. »Wir müssen ihr Zeit lassen.«

»Und was ist nach sechs Stunden? Oder zwölf?« Hayder wandte sich zu Gabriel um. »Ihre Frau soll doch jeden Moment ihr Kind kriegen.«

»Denken Sie, ich hätte das nicht berücksichtigt?«, gab Gabriel aufgebracht zurück. »Da drin ist nicht nur meine Frau, sondern auch mein Kind. Dr. Tam ist vielleicht bei ihr, aber wenn bei der Geburt irgendetwas schief geht, dann haben sie dort keinerlei Geräte zur Verfügung, keinen OP. Und deshalb will ich, dass diese Sache so schnell wie möglich beendet wird. Aber nicht, wenn die Gefahr besteht, dass Ihre Leute da drin ein Blutbad anrichten.«

»Sie ist es doch, die das Ganze ausgelöst hat. Und sie bestimmt auch, was als Nächstes passiert.«

»Dann zwingen Sie sie nicht zum Handeln. Sie haben hier einen Unterhändler, Captain Hayder. Also setzen Sie ihn auch ein. Und unterstehen Sie sich, Ihr SEK-Team auf meine Frau loszulassen.« Gabriel machte kehrt und verließ den Container.

Draußen auf dem Gehsteig holte Maura ihn ein. Sie musste zweimal seinen Namen rufen, bis er endlich stehen blieb und sich zu ihr umdrehte.

»Wenn sie es verbocken«, sagte er, »wenn sie das Gebäude zu früh stürmen …«

»Du hast gehört, was Stillman gesagt hat. Er will die Sache bedächtig angehen, genau wie du.«

Gabriel starrte zu einer Gruppe von drei Cops in SEK-Uniformen hinüber, die in der Nähe des Klinikeingangs auf der Lauer lagen. »Schau sie dir doch an. Die stehen unter Strom und hoffen nur, dass es endlich losgeht. Ich weiß, wie das ist; ich habe es ja selbst mitgemacht. Ich habe es am eigenen Leib erfahren. Irgendwann hat man es satt, nur tatenlos herumzustehen und die endlosen Verhandlungen abzuwarten. Sie wollen endlich loslegen und in die Tat umsetzen, was man ihnen beigebracht hat. Sie können es kaum erwarten, endlich loszuballern.«

»Stillman glaubt, dass er die Frau zur Aufgabe überreden kann.«

Er sah sie an. »Du warst mit dieser Frau zusammen. Wird sie ihm zuhören?«

»Ich weiß nicht. Um ehrlich zu sein, wir wissen so gut wie nichts über sie.«

»Ich habe gehört, dass sie aus dem Wasser gezogen wurde. Dass sie von einem Feuerwehrteam ins Leichenschauhaus gebracht wurde.«

Maura nickte. »Sie glaubten, sie sei ertrunken. Man hat sie aus der Hingham Bay gefischt.«

»Wer hat sie gefunden?«

»Ein paar Leute eines Yachtclubs in Weymouth. Ein Team der Bostoner Mordkommission arbeitet bereits an dem Fall.«

»Aber sie wissen nichts von Jane.«

»Noch nicht.« Das wird die Sache für sie in einem ganz anderen Licht erscheinen lassen, dachte Maura. Eine der Ihren ist unter den Geiseln. Es ist immer eine andere Geschichte, wenn das Leben eines Cops auf dem Spiel steht.

»Wie heißt der Yachtclub?«, fragte Gabriel.

9

Mila

Die Fenster sind vergittert. Heute Morgen sind die Scheiben mit Eisblumen überzogen wie mit einem Spinnennetz aus Kristall. Draußen sind Bäume, so viele, dass ich nicht sehen kann, was dahinter liegt. Ich kenne nur dieses Zimmer und dieses Haus, das unsere ganze Welt ist, seit dem Abend, als der Bus uns hergebracht hat. Vor unserem Fenster funkelt der Raureif im Sonnenschein. Es ist wunderschön dort in den Wäldern, und ich male mir aus, wie ich zwischen den Bäumen spazieren gehe. Das knisternde Laub, das Eis, das an den Zweigen glitzert. Ein kaltes, reines Paradies.

Aber dieses Haus hier ist die Hölle.

Ich sehe sie in den Gesichtern der anderen Mädchen gespiegelt, die jetzt in ihren schmutzigen Feldbetten liegen und schlafen. Ich höre ihre Qualen in ihrem rastlosen Stöhnen, ihrem Wimmern. Zu sechst teilen wir uns dieses Zimmer. Olena ist schon am längsten hier, und ihre Wange ist von einem hässlichen blauen Fleck entstellt, ein Souvenir von einem Freier, der es auf die brutale Tour mag. Aber manchmal schlägt Olena auch zurück. Sie ist die Einzige von uns, die das wagt, die Einzige, die sie nicht ganz unterkriegen können, auch nicht mir ihren Beruhigungsmitteln und Spritzen. Auch nicht mit ihren Schlägen.

Ich höre ein Auto die Auffahrt heraufkommen, und mit klopfendem Herzen warte ich auf das Geräusch der Türklingel. Es ist, als hätten wir alle einen Stromschlag bekommen. Die Mädchen schrecken aus dem Schlaf hoch, als sie die Klingel hören; sie setzen sich auf, die Bettdecke bis zum Hals hochgezogen. Wir wissen, was als Nächstes passieren wird. Wir hören den Schlüssel im Schloss, und unsere Zimmertür wird aufgestoßen.

Die Mutter steht im Türrahmen wie eine fette Köchin, die erbarmungslos ein Lamm für die Schlachtbank auswählt. Wie immer geht sie vollkommen kaltblütig zur Sache; ihr pockennarbiges Gesicht verrät keinerlei Gefühlsregung, als sie ihren Blick über ihre Herde wandern lässt, über die Mädchen, die ängstlich auf ihren Feldbetten kauern. Dann richtet sie ihn plötzlich auf das Fenster, wo ich stehe.

»Du«, sagt sie auf Russisch. »Sie wollen eine Neue.«

Ich sehe zu den anderen Mädchen hin. In ihren Augen lese ich nichts als Erleichterung darüber, dass sie diesmal nicht als Opferlamm auserkoren wurden.

»Worauf wartest du noch?«, fragt die Mutter.

Meine Hände sind plötzlich eiskalt; schon spüre ich die Übelkeit, die in meinen Eingeweiden wühlt. »Ich – ich fühle mich nicht gut. Und ich bin da unten immer noch wund ...«

»Deine erste Woche, und du bist schon wund?« Die Mutter schnaubt verächtlich. »Du gewöhnst dich besser dran.«

Die anderen Mädchen starren alle auf den Boden oder auf ihre Hände; sie weichen meinem Blick aus. Nur Olena sieht mich an, und ich lese Mitleid in ihren Augen.

Unterwürfig folge ich der Mutter auf den Flur. Ich habe schon gelernt, dass man sich nicht ungestraft verweigern darf, und ich habe immer noch die blauen Flecken vom letzten Mal, als ich protestiert habe. Die Mutter zeigt auf die Tür des Zimmers am Ende des Flurs.

»Auf dem Bett liegt ein Kleid. Das ziehst du an.«

Ich gehe in das Zimmer und schließe die Tür hinter mir. Das Fenster geht auf die Auffahrt, in der ein blauer Wagen parkt. Auch hier ist das Fenster mit Gitterstäben versperrt. Mein Blick fällt auf das große Messingbett, und was ich sehe, ist nicht etwa ein Möbelstück, sondern eine Folterbank, die auf mich wartet. Ich greife nach dem Kleid. Es ist weiß wie ein Puppenkleidchen, mit Rüschen am Saum. Mir ist sofort klar, was das bedeutet, und aus Übelkeit wird Angst, mein Magen krampft sich zusammen. Wenn sie von dir verlangen, dass du ein Kind spielst, hat Olena mich gewarnt, dann wollen sie, dass du Angst hast. Sie wollen dich schreien hören. Sie haben ihren Spaß daran, wenn du blutest.

Ich will das Kleid nicht anziehen, aber ich wage auch nicht, es nicht zu tun. Als ich dann die Schritte höre, die sich dem Zimmer nähern, habe ich das Kleid schon an und wappne mich für das, was nun kommt. Die Tür geht auf, und zwei Männer treten ein. Sie mustern mich eine Weile, und ich hoffe, dass sie enttäuscht sind, dass sie mich zu dünn oder zu hässlich finden, dass sie sich einfach umdrehen und wieder gehen. Aber dann machen sie die Tür zu und kommen auf mich zu wie Wölfe, die sich an ihre Beute anschleichen.

Du musst lernen zu schweben. Das hat Olena mich gelehrt: über den Schmerzen zu schweben. Das versuche ich, als die Männer mir das Puppenkleid vom Leib reißen, als ihre groben Hände meine Handgelenke packen, als sie mich zwingen, mich ihnen hinzugeben. Meine Schmerzen sind das, wofür sie bezahlt haben, und sie sind erst zufrieden, als ich schreie, als mein Gesicht von Schweiß und Tränen überströmt ist. *O Anja, du Glückliche – du bist wenigstens schon tot!*

Als es vorbei ist und ich in unser Zimmer zurückhumple, setzt sich Olena zu mir aufs Bett und streicht mir übers Haar. »Du musst jetzt etwas essen«, sagt sie.

Ich schüttle den Kopf. »Ich will nur sterben.«

»Wenn du stirbst, haben sie gewonnen. Wir dürfen sie nicht gewinnen lassen.«

»Sie haben schon gewonnen.« Ich drehe mich auf die Seite und ziehe die Knie an die Brust, rolle mich zu einem festen Knäuel zusammen, das nichts und niemand durchdringen kann. »Sie haben schon gewonnen …«

»Mila, sieh mich an. Glaubst du, dass ich aufgegeben habe? Glaubst du, dass ich schon tot bin?«

Ich wische mir die Tränen aus dem Gesicht. »Ich bin nicht so stark wie du.«

»Es ist nicht die Stärke, Mila. Es ist der Hass. Er ist es, der dich am Leben hält.« Sie beugt sich über mich, und ihre langen Haare sind ein Wasserfall aus schwarzer Seide. Was ich in ihren Augen sehe, macht mir Angst. Ein Feuer brennt darin. Sie ist nicht ganz bei Sinnen. So hält sich Olena am Leben: mit Drogen und Wahnsinn.

Die Tür geht wieder auf, und wir weichen alle ängstlich zurück, als die Mutter sich im Zimmer umsieht. Sie deutet auf eines der Mädchen. »Du, Katya. Der da ist für dich.«

Katya starrt sie nur an und rührt sich nicht vom Fleck.

Mit zwei Schritten ist die Mutter bei ihr und versetzt ihr eine Ohrfeige. »Geh«, befiehlt sie, und Katya stolpert aus dem Zimmer. Die Mutter schließt die Tür ab.

»Denkt dran, Mila«, flüstert Olena. »Denk dran, was dich am Leben hält.«

Ich schaue ihr in die Augen, und ich sehe es. *Hass*.

10

»Wir dürfen diese Information nicht nach außen dringen lassen«, sagte Gabriel. »Das könnte ihren Tod bedeuten.«

Detective Barry Frost von der Mordkommission sah ihn nur betroffen an. Sie standen auf dem Parkplatz des Sunrise Yachtclubs. Kein Lüftchen wehte, und draußen auf der Hingham Bay trieben die Segelboote träge im Wasser. In der brennenden Nachmittagssonne klebten dünne, schweißnasse Strähnchen von Frosts Haar an seiner blassen Stirn. In einem Raum voller Menschen war Barry Frost unweigerlich derjenige, den man am ehesten übersah; derjenige, der sich still in eine Ecke zurückzog, wo er dann unbemerkt stand und in sich hineinlächelte. Seine nüchterne, ruhige Art hatte ihm geholfen, so manche Turbulenzen in seiner Zusammenarbeit mit Jane unbeschadet zu überstehen, und ihre nunmehr schon zweieinhalb Jahre währende Partnerschaft wurzelte inzwischen fest in gegenseitigem Vertrauen. Und nun standen die zwei Männer, die Jane am nächsten standen – ihr Ehemann und ihr Partner –, einander in geteilter Sorge gegenüber.

»Niemand hat uns gesagt, dass sie da drin ist«, murmelte Frost. »Wir hatten doch keine Ahnung.«

»Wir dürfen nicht zulassen, dass die Medien es erfahren.«

Frost stöhnte entsetzt auf. »Das wäre eine Katastrophe.«

»Sagen Sie mir, wer diese ›Jane Doe‹ ist. Erzählen Sie mir alles, was Sie wissen.«

»Glauben Sie mir, wir werden alle Hebel in Bewegung setzen. Sie müssen uns vertrauen.«

»Ich kann nicht einfach dasitzen und die Hände in den Schoß legen. Ich muss alles wissen.«

»Sie können nicht objektiv sein. Es geht schließlich um Ihre Frau.«

»Genau. Sie ist meine *Frau.*« Ein Anflug von Panik hatte sich in Gabriels Stimme eingeschlichen. Er hielt inne, um zu versuchen, seiner Erregung Herr zu werden, und fuhr dann etwas ruhiger fort: »Was würden Sie tun, wenn es Alice wäre, die da drin gefangen gehalten würde?«

Frost betrachtete ihn einen Moment lang schweigend. Schließlich nickte er. »Kommen Sie rein. Wir unterhalten uns gerade mit dem Präsidenten des Clubs. Er hat sie aus dem Wasser gefischt.«

Aus dem gleißenden Sonnenschein traten sie in das kühle Halbdunkel des Clubgebäudes. Drinnen roch es wie in jeder Hafenbar, die Gabriel in seinem Leben betreten hatte: eine Mischung aus würziger Seeluft, Zitrusaroma und Alkohol. Das Clubheim war eine recht windige Konstruktion, errichtet auf einem hölzernen Pier mit Blick über die Hingham Bay. Zwei tragbare Klimaanlagen, die in den Fenstern vor sich hin ratterten, übertönten das Gläserklirren und das gedämpfte Gemurmel der Gäste. Der Bretterboden knarrte, als die beiden Männer in Richtung Bar gingen.

Gabriel kannte die beiden Detectives vom Boston PD, die an der Theke standen und mit einem glatzköpfigen Mann sprachen. Darren Crowe und Thomas Moore waren Janes Kollegen bei der Mordkommission. Beide begrüßten Gabriel mit überraschten Mienen.

»He«, sagte Crowe, »ich wusste ja gar nicht, dass das FBI sich in die Sache eingeschaltet hat.«

»FBI?«, fragte der Kahlköpfige. »Junge, Junge, dann muss es ja ganz schön ernst sein.« Er hielt Gabriel die Hand hin. »Skip Boynton. Ich bin der Präsident des Sunrise Yachtclubs.«

»Agent Gabriel Dean«, sagte Gabriel, während er die Hand des Mannes schüttelte. Er gab sich alle Mühe, seine professionelle Fassade zu wahren, doch er konnte Thomas Moores irritierten Blick spüren. Moore hatte gleich erkannt, dass da irgendetwas nicht stimmte.

»Tja, ich habe gerade den beiden Detectives hier erzählt, wie wir sie gefunden haben. Ist 'n ziemlicher Schock, kann ich Ihnen sagen, wenn man plötzlich einen Menschen im Wasser treiben sieht.« Er hielt inne. »Möchten Sie vielleicht 'nen Drink, Agent Dean? Geht auf den Club.«

»Nein danke.«

»Ach ja, verstehe. Im Dienst, hm?« Skip lachte mitleidig. »Ihr Jungs haltet euch wirklich strikt an die Vorschriften, wie? Keiner will was trinken. Aber ich gönn mir jetzt einen, verdammt.« Er trat hinter den Tresen, gab Eiswürfel in ein Glas und füllte es mit Wodka auf. Gabriel hörte das Eis in anderen Gläsern klirren, und er blickte sich um, betrachtete die Clubmitglieder, die sich in der Bar aufhielten. Es waren ungefähr ein Dutzend, alles Männer. Ob irgendeiner von denen auch tatsächlich segelt?, fragte sich Gabriel. Oder kommen sie bloß zum Trinken hierher?

Skip schlüpfte wieder hinter dem Tresen hervor, sein Wodkaglas in der Hand. »Kommt ja nicht jeden Tag vor, so was«, meinte er. »Ich bin immer noch ziemlich fertig wegen der Geschichte.«

»Sie waren gerade dabei, uns zu erzählen, wie Sie dic Frau gefunden haben«, erinnerte ihn Moore.

»Oh. Ja, sicher. Also, ich bin ein bisschen früher gekommen, so gegen acht, weil ich meinen Spinnaker auswechseln wollte. Wir haben in zwei Wochen 'ne Regatta, und da werd ich meinen neuen Spi setzen. Ist 'n Logo drauf – ein grüner Drache, macht richtig was her. Also, ich gehe runter zum Hafen mit meinem neuen Spinnaker unterm Arm, und da seh ich was draußen im Wasser treiben, das aussieht wie 'ne Schaufensterpuppe. Ist irgendwie an einem Felsen hängen geblieben. Ich steig in mein Ruderboot, um mir das Ding aus der Nähe anzuschauen, und da ist es doch tatsächlich eine Frau. Und 'ne verdammt hübsche dazu. Ich ruf natürlich gleich ein paar Kumpels, und zu dritt haben wir sie dann rausgehievt. Anschließend haben wir den Rettungsdienst gerufen.« Er nahm einen Schluck von seinem Wodka und atmete tief durch. »Wir wären nie auf die Idee gekommen, dass die noch lebt. Also echt – ich meine, wir fanden alle, dass das Mädel verdammt tot aussah.«

»Muss den Jungs von der Feuerwehr genauso vorgekommen sein«, meinte Crowe.

Skip lachte. »Und die sind ja angeblich Profis. Wenn die es schon nicht unterscheiden können, wer dann?«

»Zeigen Sie uns die Stelle, wo Sie sie gefunden haben«, sagte Gabriel.

Sie traten alle aus der Tür der Bar hinaus auf den Pier. Das Wasser verstärkte den blendenden Glanz der Sonne, und Gabriel musste die Augen zusammenkneifen, um in dem gleißenden Geflimmer die Felsen erkennen zu können, die Skip ihnen zeigte.

»Sehen Sie die Untiefe da drüben? Wir haben sie mit Bojen gekennzeichnet, weil sie 'ne echte Gefahr für die Schifffahrt darstellt. Bei Hochwasser ist es da nur ein paar Zentimeter tief, und sehen tut man rein gar nichts. Da ist man verdammt schnell auf Grund gelaufen.«

»Um wie viel Uhr war gestern Hochwasser?«

»Ich weiß nicht – so gegen zehn, denke ich.«

»Lag die Felsbank frei, als Sie sie fanden?«

»Ja. Wenn ich das Mädel in dem Moment nicht entdeckt hätte … Ein paar Stunden später, und sie wäre vielleicht auf die offene See hinausgetrieben worden.«

Die Männer standen eine Weile schweigend da und blickten auf die Hingham Bay hinaus. Eine Motoryacht tuckerte vorüber und warf eine Kielwelle auf, in der die im Hafen vertäuten Boote zu schaukeln begannen. Die Fallleinen schlugen klirrend gegen die Masten.

»Hatten Sie die Frau vorher schon einmal gesehen?«, fragte Moore.

»Nee.«

»Sind Sie sicher?«

»So ein gut aussehendes Mädel? Da würde ich mich aber ganz bestimmt erinnern.«

»Und auch sonst hat niemand vom Club sie gekannt?«

Skip lachte. »Jedenfalls hat's noch keiner zugegeben.«

Gabriel sah ihn an. »Wieso sollten sie das nicht zugeben?«

»Na ja, Sie wissen schon.«

»Nein, sagen Sie's mir.«

»Diese Jungs in unserem Club ...« Skip lachte nervös. »Ich meine, sehen Sie die ganzen Boote, die hier liegen? Was glauben Sie, wer die segelt? Das sind nicht die Ehefrauen. Es sind die Männer, die scharf auf Segelboote sind. Und es sind die Männer, die hier ihre Freizeit verbringen. So ein Boot, das ist wie ein zweites Zuhause.« Skip machte eine bedeutungsvolle Pause. »In jeder Beziehung.«

»Sie glauben, sie war irgendjemandes Geliebte?«, fragte Crowe.

»Mann, ich weiß es doch nicht. Mir ist bloß der Gedanke gekommen, dass es möglich wäre. Sie wissen schon, da fährt einer abends mit 'ner Puppe hier raus. Vergnügt sich mit ihr auf seinem Boot, trinkt ein bisschen was, es geht hoch her. Da ist schnell mal jemand über Bord gefallen.«

»Oder wird gestoßen.«

»Jetzt machen Sie aber mal halblang.« Skip wirkte alarmiert. »Kein Grund, gleich voreilige Schlussfolgerungen zu ziehen. Das sind brave Kerle hier im Club. Alles brave Kerle.«

Die es nur ab und zu mal auf ihrer Yacht mit einer scharfen Puppe treiben, dachte Gabriel.

»Es tut mir Leid, dass ich die Möglichkeit überhaupt erwähnt habe«, sagte Skip. »Es ist ja nicht so, als ob die Leute hier sich ständig besaufen und dann über Bord gehen. Könnte ja schließlich irgendein Boot gewesen sein – nicht unbedingt eins von unseren.« Er deutete auf die Hingham Bay hinaus, wo gerade ein Kabinenkreuzer über das blendend helle Wasser dahinglitt. »Sehen Sie, was da für ein Verkehr herrscht? Sie könnte am Abend von irgendeinem Motorboot gefallen sein. Und die Flut hat sie dann angespült.«

»Wie dem auch sei«, erwiderte Moore, »wir brauchen jedenfalls eine Liste aller Ihrer Mitglieder.«

»Muss das wirklich sein?«

»Ja, Mr. Boynton«, sagte Moore ruhig, aber mit unmissverständlicher Autorität. »Es muss sein.«

Skip kippte den Rest seines Wodkas hinunter. Seine Glatze war in der Hitze knallrot angelaufen, und er wischte sich den Schweiß ab. »Das wird bei den Mitgliedern bestimmt supergut ankommen. Da tun wir nur unsere verdammte Bürgerpflicht und retten eine Frau aus dem Wasser – und jetzt stehen wir plötzlich alle unter Verdacht?«

Gabriel blickte zurück zum Ufer, wo ein Transporter gerade rückwärts an die Bootsanlegestelle heranfuhr, um ein Motorboot zu Wasser zu lassen. Drei weitere Fahrzeuge mit Bootsanhängern standen hintereinander auf dem Parkplatz und warteten, bis sie an der Reihe waren. »Wie ist Ihr Gelände während der Nacht gesichert, Mr. Boynton?«, fragte er.

»Gesichert?« Skip zuckte mit den Achseln. »Um Mitternacht schließen wir immer das Clubhaus ab.«

»Und der Pier? Die Boote? Gibt es denn keinen Wachdienst?«

»Bis jetzt hatten wir noch keine Einbrüche. Die Boote sind alle abgeschlossen. Und außerdem ist es hier draußen eher ruhig. Wenn Sie weiter in Richtung Stadt gehen, da sehen Sie die Leute die ganze Nacht am Strand rumlungern. Aber das hier ist ein ganz besonderer kleiner Club. Wo man mal so richtig alles hinter sich lassen kann.«

Und wo man nachts heimlich zur Bootsanlegestelle hinunterfahren kann, dachte Gabriel. Wo man bis dicht ans Wasser zurücksetzen kann, und wo einen niemand beobachtet, wenn man den Kofferraum öffnet. Niemand würde es sehen, wenn man einen leblosen Körper aus dem Kofferraum zerrte und ihn in die Hingham Bay würfe. Wenn man die Ebbe richtig abpasste, würde der Körper an den vorgelagerten Inseln vorbei direkt in die Massachusetts Bay hinausgetrieben werden.

Allerdings nicht bei auflaufender Flut.

Sein Handy klingelte. Er entschuldigte sich und ging ein paar Schritte den Pier hinunter, bevor er den Anruf annahm.

Es war Maura. »Ich dachte, du würdest vielleicht gerne zu uns stoßen«, sagte sie. »Wir beginnen jetzt mit der Obduktion.«

»Mit welcher Obduktion?«

»Mit der des Wachmanns aus dem Krankenhaus.«

»Die Todesursache steht doch fest, oder nicht?«

»Es hat sich aber ein anderes Problem ergeben.«

»Und welches?«

»Wir wissen nicht, wer der Mann ist.«

»Kann denn nicht irgendjemand vom Krankenhaus ihn identifizieren? Er war doch dort angestellt.«

»Das ist ja das Problem«, sagte Maura. »Das war er nämlich nicht.«

Sie hatten die Leiche noch nicht entkleidet.

Die Schrecken des Sektionssaals waren Gabriel durchaus nicht fremd, und verglichen mit dem, was er hier schon erlebt hatte, war der Anblick dieses Opfers nicht besonders schockierend. Er sah nur eine einzelne Einschusswunde in der linken Wange; davon abgesehen war das Gesicht des Toten unversehrt. Der Mann war zwischen dreißig und vierzig, er hatte eine gepflegte dunkle Kurzhaarfrisur und kräftige Kiefermuskeln. Seine braunen Augen, die wegen der halb geöffneten Lider der Luft ausgesetzt gewesen waren, hatten sich bereits getrübt. Ein Namensschild mit der Aufschrift PERRIN war an der Brusttasche seiner Uniform befestigt. Was Gabriel am meisten beunruhigte, als er die Leiche auf dem Seziertisch betrachtete, war nicht das Blut, und es waren auch nicht die blicklosen Augen; es war das Wissen, dass dieselbe Waffe, die diesen Mann getötet hatte, in diesem Moment auch Janes Leben bedrohte.

»Wir haben auf Sie gewartet«, sagte Dr. Abe Bristol. »Maura meinte, Sie würden sicher gerne von Anfang an dabei sein.«

Gabriel sah Maura an. Sie trug Schutzkleidung und Maske, stand aber am Fußende des Tisches und nicht an ihrem üblichen Platz zur Rechten des Leichnams. Wenn er in der Vergangenheit diesen Sektionssaal betreten hatte, war es immer sie gewesen, die den Ton angegeben und das Skalpell geführt hatte. Dass sie hier, in ihrem eigenen Reich, einem anderen das Kommando überließ, war ungewohnt für ihn. »Du obduzierst nicht selbst?«, fragte er.

»Das darf ich nicht. Ich war beim Tod dieses Mannes zugegen und bin deshalb eine Zeugin«, erwiderte Maura. »Abe muss diese Obduktion übernehmen.«

»Und ihr habt immer noch keine Ahnung, wer der Mann ist?«

Sie schüttelte den Kopf. »Es gibt keinen Klinikangestellten mit Namen Perrin. Und der Chef des Sicherheitsdienstes war hier, um sich den Toten anzusehen. Er kennt den Mann nicht.«

»Fingerabdrücke?«

»Wir haben seine Abdrücke an AFIS geschickt. Bis jetzt haben wir noch nichts gehört. Und die Fingerabdrücke der Täterin scheinen auch nicht registriert zu sein.«

»Wir haben es also mit zwei Unbekannten zu tun?« Gabriel starrte den Toten an. »Wer zum Teufel sind die beiden?«

»Ziehen wir ihn mal aus«, sagte Abe zu Yoshima.

Die beiden Männer befreiten den Toten von Schuhen und Socken, schnallten seinen Gürtel auf, zogen ihm die Hose aus und legten alle Kleidungsstücke auf ein sauberes Tuch. Mit behandschuhten Händen durchsuchte Abe die Hosentaschen, fand sie jedoch leer. Kein Kamm, keine Brieftasche, keine Schlüssel. »Nicht mal ein bisschen Kleingeld«, stellte er fest.

»Man sollte doch annehmen, dass er wenigstens ein paar Münzen dabeihatte«, sagte Yoshima.

»Diese Taschen sind jedenfalls leer.« Abe blickte auf. »Eine nagelneue Uniform?«

Sie wandten ihre Aufmerksamkeit dem Hemd zu. Der Stoff war steif von getrocknetem Blut, und sie mussten ihn vorsichtig von der Haut abstreifen. Eine muskulöse, dicht behaarte Brust kam darunter zum Vorschein. Und Narben. Eine davon, dick wie ein Tau, verlief unter der rechten Brustwarze schräg nach oben; eine zweite zog sich diagonal von der Bauchmitte zur linken Hüfte hinunter.

»Das sind keine Operationsnarben«, sagte Maura, die alles von ihrem Platz am Fußende des Tisches aus beobachtete, und runzelte die Stirn.

»Ich schätze, unser Freund hier ist irgendwann mal in eine ziemlich üble Messerstecherei geraten«, bemerkte Abe. »Sieht mir nach alten Stichverletzungen aus.«

»Sollen wir die Ärmel abschneiden?«, fragte Yoshima.

»Nein, wir kriegen sie auch so runter. Drehen wir ihn erst einmal um.«

Sie wälzten den Leichnam auf die linke Seite, um den Ärmel vom Arm ziehen zu können. Als Yoshimas Blick auf den Rücken des Toten fiel, rief er: »Augenblick mal. Das müssen Sie sich ansehen.«

Die Tätowierung bedeckte das ganze linke Schulterblatt. Maura beugte sich vor, um einen Blick darauf zu werfen, und schien vor der Zeichnung zurückzuschrecken, als wäre es ein lebendes Wesen, als könnte der giftige Stachel jeden Moment zustechen. Der Panzer war leuchtend blau. Zwei Fangarme mit Scheren reckten sich zum Nacken des Mannes hinauf. Der zusammengerollte Schwanz umschloss die Zahl 13.

»Ein Skorpion«, sagte Maura leise.

»Ein ziemlich eindrucksvolles Fleischetikett«, sagte Yoshima.

Maura sah ihn stirnrunzelnd an. »Was?«

»So haben wir das beim Militär genannt. Ich habe da ein paar wahre Kunstwerke zu Gesicht bekommen, als ich in der Leichenhallen-Einheit gedient habe. Kobras, Taranteln. Einer hatte sich den Namen seiner Freundin auf den…« Yoshima hielt inne. »Also, an meinen würde ich nie im Leben eine Nadel ranlassen.«

Sie streiften den anderen Ärmel ab und drehten den nunmehr nackten Leichnam wieder auf den Rücken. Er war nicht alt geworden, und doch war schon eine ganze Geschichte von Verletzungen in seine Haut eingeschrieben: die Narben, die Tätowierung – und dann das letzte, tödliche Trauma, die Schusswunde in der linken Wange.

Abe schob das Vergrößerungsglas über die Wunde. »Ich erkenne hier eine versengte Zone.« Er warf Maura einen Blick zu. »Standen die beiden einander unmittelbar gegenüber?«

»Er hatte sich gerade über das Bett gebeugt und versuchte, sie zu überwältigen, als sie den Schuss abfeuerte.«

»Können wir mal die Schädelaufnahmen sehen?«

Yoshima zog die Röntgenbilder aus einem Umschlag und heftete sie an den Leuchtkasten. Es waren zwei Aufnahmen, eine anteroposteriore und eine laterale. Abe manövrierte seinen massigen Körper um den Tisch herum, um sich die geisterhaften Schatten der Schädel- und Gesichtsknochen aus der Nähe anzusehen. Einen Moment lang schwieg er; dann sah er Maura an. »Wie viele Schüsse, sagst du, hat sie abgefeuert?«, fragte er.

»Einen.«

»Willst du dir das hier vielleicht mal anschauen?«

Maura trat vor den Leuchtkasten. »Das verstehe ich nicht«, murmelte sie. »Ich war doch dabei, als es passierte.«

»Hier sind deutlich zwei Kugeln zu sehen.«

»Ich weiß, dass aus der Pistole nur ein Schuss gefallen ist.«

Abe ging zum Tisch zurück und starrte auf den Kopf des Toten hinunter. Er musterte das Einschussloch mit dem ovalen Hof schwarz versengter Haut. »Es gibt nur eine Eintrittswunde. Wenn die Waffe zweimal in rascher Folge abgefeuert wurde, könnte dies erklären, dass eine zweite Wunde fehlt.«

»Aber das ist es nicht, was ich gehört habe, Abe.«

»In dem ganzen Durcheinander könnte dir der zweite Schuss entgangen sein.«

Ihr Blick haftete immer noch an den Röntgenaufnahmen. Gabriel hatte Maura noch nie so verunsichert erlebt. Es war ihr deutlich anzusehen, wie sie sich mühte, ihre Erinnerung mit dem unwiderlegbaren Beweis in Einklang zu bringen, der ihr vom Leuchtkasten entgegenstrahlte.

»Schildere uns doch, was sich in dem Zimmer abgespielt hat«, forderte Gabriel sie auf.

»Wir haben zu dritt versucht, sie zu fixieren«, erwiderte sie. »Ich habe nicht mitbekommen, wie sie sich die Waffe des Wachmanns schnappte. Ich war ganz auf den Riemen konzentriert, den ich ihr gerade ums Handgelenk schnallen wollte. Ich hatte ihn eben zu fassen bekommen, als die Pistole losging.«

»Und der andere Zeuge?«

»Das war ein Arzt.«

»Woran erinnert er sich? An einen Schuss oder zwei?«

Sie drehte sich um und fing Gabriels Blick auf. »Die Polizei hat ihn nicht vernehmen können.«

»Warum nicht?«

»Weil niemand weiß, wer er ist.« Zum ersten Mal hörte er den besorgten Unterton in ihrer Stimme. »Ich bin anscheinend die Einzige, die sich an ihn erinnert.«

Yoshima wandte sich zum Telefon um. »Ich rufe in der Ballistik an«, kündigte er an. »Die werden doch wissen, wie viele Patronenhülsen am Tatort gefunden wurden.«

»Also, fangen wir mal an«, sagte Abe und nahm sich ein Skalpell vom Instrumententablett. Sie wussten so wenig über diesen Mann. Sie kannten weder seinen Namen noch seine Vorgeschichte, und sie wussten nicht, was ihn an den Ort geführt hatte, an dem er den Tod gefunden hatte. Aber nach der Obduktion würden sie ihn in gewisser Hinsicht besser kennen, als je ein Mensch ihn gekannt hatte.

Mit dem ersten Schnitt begann Abe, seine Bekanntschaft zu machen.

Seine Klinge durchtrennte Haut und Muskeln und schabte an den Rippen entlang, als er den Y-Schnitt führte. Die Linien zogen sich von beiden Schultern schräg nach unten, um sich am Schwertfortsatz des Brustbeins zu treffen. Daran schloss sich ein durchgehender vertikaler Schnitt durch die Bauchdecke an, nur mit einer kleinen »Umleitung« um den Nabel herum. Im Gegensatz zu Mauras geschickter und eleganter Sektionstechnik wirkte Abes Vorgehen geradezu brachial, wenngleich nicht minder zügig und effizient. Mit seinen riesigen Pranken und den Wurstfingern, die nun wirklich nichts Anmutiges an sich hatten, erinnerte er an einen Metzger, als er das Fleisch vom Knochen löste und dann zu der großen Gartenschere griff. Mit jedem Schnitt durchtrennte er eine Rippe. Ein Mann konnte Jahre damit zubringen, seinen Körper zu stählen, wie dieser hier es gewiss getan hatte. Aber was nutzte ihm jetzt all die schweißtreibende Schinderei mit Hanteln und Gewichten? Dem Skalpell und der Schere des

Gerichtsmediziners musste sich am Ende jeder Körper geschlagen geben, ob durchtrainiert oder nicht.

Abe durchtrennte die letzte Rippe und hob das Dreieck mit dem Brustbein in der Mitte heraus. Ihres knöchernen Schutzschilds beraubt, lagen Herz und Lungen nun frei. Abes Arm verschwand fast ganz in der Brusthöhle, als er die Organe zu resezieren begann.

»Dr. Bristol?«, sagte Yoshima, nachdem er den Hörer aufgelegt hatte. »Ich habe gerade mit der Ballistik gesprochen. Sie sagen, die Spurensicherung hätte nur eine Hülse abgegeben.«

Das Blut troff von Abes Händen, als er sich aufrichtete. »Sie haben die zweite nicht gefunden?«

»Mehr ist im Labor nicht abgegeben worden. Eine einzige Hülse.«

»Und das ist es auch, was ich gehört habe, Abe«, sagte Maura. »Einen Schuss.«

Gabriel ging hinüber zum Leuchtkasten. Mit wachsender Besorgnis betrachtete er die beiden Aufnahmen. Ein Schuss, zwei Kugeln, dachte er. Das wirft vielleicht ein völlig neues Licht auf die Sache. Er wandte sich zu Abe um. »Ich muss die beiden Geschosse sehen.«

»Rechnen Sie damit, dass Sie etwas Bestimmtes finden werden?«

»Ich glaube, ich weiß, wieso es zwei sind.«

Abe nickte. »Lassen Sie mich zuerst hier weitermachen.« Flink durchtrennte er mit dem Skalpell Blutgefäße und Sehnen, entnahm das Herz und die Lungen, die später gewogen und untersucht würden, und wandte sich dann der Bauchhöhle zu. Alles sah normal aus. Dies waren die gesunden Organe eines Mannes, dessen Körper ihm noch jahrzehntelang gute Dienste geleistet hätte.

Zuletzt nahm Abe sich den Kopf vor.

Ohne mit der Wimper zu zucken, sah Gabriel zu, wie Abe die Kopfschwarte auftrennte und sie nach vorn zog, so dass das Gesicht in sich zusammenfiel und der Schädel freigelegt wurde.

Yoshima schaltete die Säge ein.

Auch jetzt, während die Säge kreischte und der Knochenstaub flog, wandte Gabriel den Blick nicht ab – im Gegenteil, er trat sogar näher, als könne er es kaum erwarten, einen Blick in das Schädelinnere zu werfen. Yoshima hebelte das Schädeldach ab, und Blut tropfte heraus. Abe führte das Skalpell in die Öffnung, um das Gehirn herauszulösen. Als er es aus der Schädelhöhle zog, stand Gabriel direkt neben ihm und hielt eine Schüssel darunter, um das erste Geschoss aufzufangen, das herausfiel.

Er betrachtete es kurz durch das Vergrößerungsglas, dann sagte er: »Ich muss die andere auch sehen.«

»Was denken Sie, Agent Dean?«

»Finden Sie erst mal das zweite Geschoss.« Der schroffe Ton seiner Aufforderung überraschte alle, und er sah, wie Abe und Maura betroffene Blicke tauschten. Aber seine Geduld war erschöpft; er musste es einfach wissen.

Abe legte das herausgetrennte Gehirn auf die Schneidunterlage. Nachdem er noch einen Blick auf die Röntgenaufnahmen geworfen hatte, um das Geschoss zu lokalisieren, fand er es gleich mit dem ersten Schnitt, versteckt in einer Blutansammlung im Gewebe.

»Wonach suchen Sie?«, fragte Abe, während Gabriel die beiden Projektile unter dem Vergrößerungsglas hin und her drehte.

»Gleiches Kaliber. Beide um die achtzig Gramm …«

»Das ist ja nicht weiter überraschend. Sie wurden schließlich aus ein und derselben Waffe abgefeuert.«

»Aber sie sind nicht identisch.«

»Was?«

»Sehen Sie sich an, was passiert, wenn man das zweite Geschoss aufrecht hinstellt. Es ist ein minimaler Unterschied, aber man kann es trotzdem erkennen.«

Abe beugte sich vor und spähte stirnrunzelnd durch die Linse. »Es steht ein wenig schief.«

»Genau. Es ist abgeschrägt.«

»Es könnte sich durch den Aufprall verformt haben.«

»Nein, es wurde so hergestellt. Mit einer Schrägung von neun Grad, damit seine Flugbahn leicht von der des ersten abweicht. Zwei Geschosse, so konstruiert, dass sich eine kontrollierte Streuung ergibt.«

»Es gab nur eine Hülse.«

»Und nur eine Einschusswunde.«

Maura stand vor dem Leuchtkasten und betrachtete mit gerunzelter Stirn die Röntgenaufnahmen. Die zwei Geschosse schimmerten hell vor dem dunkleren Hintergrund des Schädels. »Ein Duplexgeschoss«, sagte sie.

»Deswegen hast du nur einen Schuss gehört«, sagte Gabriel. »Weil es nur einen Schuss gab.«

Maura fixierte einen Moment lang schweigend die Schädelaufnahmen. So eindrucksvoll sie sein mochten, die Röntgenbilder ließen nicht annähernd den Pfad der Verwüstung erkennen, den diese zwei Geschosse im weichen Gewebe hinterlassen hatten. Zerrissene Blutgefäße, zerfetzte graue Substanz. Die Erinnerungen eines ganzen Menschenlebens auf einen Schlag vernichtet.

»Duplexgeschosse sind so konstruiert, dass sie ein Maximum an Zerstörung anrichten.«

»Das ist das entscheidende Verkaufsargument bei den Dingern.«

»Ich denke, jetzt steht zweifelsfrei fest, dass dieser Mann kein Klinikangestellter war. Es ist mit einer falschen Uniform und einem falschen Namensschild da reinspaziert, bewaffnet mit einer Munition, die speziell im Hinblick auf ihre tödliche Wirkung konstruiert ist. Mir fällt nur eine brauchbare Erklärung dafür ein.«

»Die Frau sollte sterben«, sagte Maura leise.

Einen Moment lang sagte niemand etwas.

Es war die Stimme von Mauras Sekretärin, die plötzlich die Stille durchbrach. »Dr. Isles?«, tönte es aus der Sprechanlage.

»Ja, Louise?«

»Tut mir Leid, dass ich Sie stören muss, aber ich dachte, Sie und Agent Dean sollten es erfahren …«

»Was ist denn?«

»Drüben auf der anderen Straßenseite, da tut sich was.«

11

Sie rannten hinaus, und der schwüle Dunst, der ihnen entgegenschlug, war so dicht, dass Gabriel das Gefühl hatte, in ein heißes Bad einzutauchen. In der Albany Street herrschte das reinste Chaos. Der Beamte an der Polizeiabsperrung rief: »Zurückbleiben, zurückbleiben!«, während der Pulk der Reporter sich auf das Gebäude zuschob wie eine hartnäckige Amöbe, entschlossen, sich durch die Barrieren zu zwängen.

Schweißüberströmte Beamte des Sondereinsatzkommandos mühten sich, die Absperrung zu verstärken, und einer von ihnen warf einen Blick über die Schulter in die Menge. Gabriel sah seinen verwirrten Gesichtsausdruck.

Dieser Polizist weiß auch nicht, was hier eigentlich läuft.

Er wandte sich an eine Frau, die ein paar Schritte von ihm entfernt stand. »Was ist passiert?«

Sie schüttelte den Kopf. »Das weiß ich auch nicht. Die Cops sind plötzlich alle wie verrückt auf das Gebäude zugestürmt.«

»Sind Schüsse gefallen? Haben Sie Schüsse gehört?«

»Ich habe nichts gehört. Ich war gerade auf dem Weg in die Klinik, da fingen plötzlich die Hektik und das Geschrei an.«

»Das ist das reinste Tollhaus hier draußen«, meinte Abe. »Kein Mensch weiß irgendwas.«

Gabriel lief auf den Container des mobilen Einsatzkommandos zu, doch ein Knäuel Reporter versperrte ihm den Weg. Frustriert packte er einen Kameramann am Arm und riss ihn herum. »Was ist passiert?«

»He, Mann! Immer schön sachte!«

»Sagen Sie mir nur, was passiert ist!«

»Jemand hat die Absperrung durchbrochen. Ist einfach durchspaziert.«

»Die Geiselnehmerin ist entkommen?«

»Nein. Es ist jemand ins Gebäude *eingedrungen.*«

Gabriel starrte ihn an. »Wer?«

»Kein Mensch weiß, wer der Kerl ist.«

Die halbe Belegschaft des Rechtsmedizinischen Instituts war im Besprechungsraum versammelt und starrte auf den Fernseher. Es liefen die Lokalnachrichten; auf dem Bildschirm sah man eine blonde Reporterin namens Zoe Fossey direkt vor der Polizeiabsperrung stehen. Im Hintergrund liefen Polizisten zwischen geparkten Fahrzeugen umher, und Stimmen riefen hektisch durcheinander. Gabriel warf einen Blick durchs Fenster auf die Albany Street und sah die gleiche Szene, die sie in diesem Moment im Fernsehen verfolgten.

»... eine außergewöhnliche Entwicklung, mit der ganz offensichtlich niemand gerechnet hat. Der Mann schlüpfte einfach durch die Absperrung, die Sie hier hinter mir sehen; er spazierte in aller Seelenruhe in den überwachten Bereich hinein, als sei das sein gutes Recht. Vielleicht ist es ihm auf diese Weise gelungen, die Polizei zu überrumpeln. Außerdem war der Mann schwer bewaffnet und trug eine schwarze Uniform, ganz ähnlich denjenigen, die Sie im Hintergrund sehen können. So konnte man ihn leicht für ein Mitglied des Sondereinsatzkommandos halten ...«

Abe Bristol schnaubte verächtlich, als wollte er sagen: *Ist das denn zu glauben?* »Der Kerl kommt da einfach von der Straße reingeschneit, und keiner hält ihn auf!«

»... wie wir hören, gibt es auch noch eine innere Absperrung. Aber die befindet sich in der Eingangshalle, die wir von hier aus nicht einsehen können. Wir haben noch nicht gehört, ob der Mann auch die zweite Sperre durchbrochen hat. Aber wenn man bedenkt, wie mühelos er die äußere überwinden konnte, dann kann man sich vorstellen, dass er die Polizisten im Gebäude auf ähnliche Weise überrumpelt haben dürfte. Ich bin mir sicher, dass sich da drin alle darauf konzentriert haben, die Geiselnehmerin nicht entkommen zu lassen. Dass jemand mit einer Waffe *hineingeht*, damit haben sie wohl nicht gerechnet.«

»Sie hätten es wissen müssen«, sagte Gabriel, der mit ungläubiger Miene auf den Bildschirm starrte. »Sie hätten damit rechnen müssen.«

»... ist jetzt zwanzig Minuten her, und der Mann ist noch nicht wieder herausgekommen. Anfangs gab es Spekulationen, wonach es sich um eine Art Möchtegernrambo handeln könnte, der eine Ein-Mann-Rettungsoperation starten möchte. Ich muss wohl nicht betonen, dass so etwas katastrophale Folgen haben könnte. Aber bis jetzt haben wir noch keine Schüsse gehört, und es gibt auch sonst keine Anhaltspunkte dafür, dass sein Eindringen in das Gebäude eine Eskalation der Gewalt ausgelöst hätte.«

Der Moderator im Studio schaltete sich ein: »Zoe, wir spielen die Aufnahmen jetzt noch mal ein, damit auch die Zuschauer, die sich gerade erst zugeschaltet haben, diese verblüffende Entwicklung sehen können. Unsere Kameras haben alles live eingefangen ...«

Das Bild von Zoe Fossey wurde durch einen Einspielfilm ersetzt. Er zeigte eine Totale der Albany Street – fast der gleiche Blick, den sie vom Fenster des Besprechungsraums aus hatten. Zunächst wusste Gabriel nicht, worauf er sein Augenmerk richten sollte. Dann erschien ein Pfeil auf dem Bildschirm, eine grafische Orientierungshilfe, die der Sender eingefügt hatte. Er zeigte auf eine dunkle Gestalt, die sich am unteren Bildrand entlangbewegte. Der Mann ging zielstrebig an den Polizeifahrzeugen und der mobilen Einsatzzentrale vorbei. Keiner der umstehenden Polizisten versuchte, den Eindringling aufzuhalten, wenngleich einer von ihnen einen unsicheren Blick in seine Richtung warf.

»Hier haben wir den Bildausschnitt vergrößert, damit wir uns den Burschen mal ein bisschen genauer anschauen können«, sagte der Moderator. Der Blickwinkel verengte sich, bis der Rücken des Eindringlings den Bildschirm ganz ausfüllte. »Er scheint ein Gewehr über der Schulter zu tragen und dazu eine Art Rucksack. Mit seiner dunklen Kleidung hebt er sich kaum von den Polizisten um ihn herum ab, weshalb unser Kameramann auch zuerst nicht wusste, was er da vor sich hatte. Auf den ersten Blick würde man vermuten, dass das eine SEK-Uniform ist, die er da trägt. Aber wenn man genauer hinsieht, erkennt man, dass das Abzeichen auf dem Rücken fehlt, das ihn als Mitglied des Teams ausweisen würde.«

Der Film lief ein Stück weiter, dann stoppte er erneut. Diesmal zeigte die Einstellung das Gesicht des Mannes, der gerade den Kopf drehte, um einen Blick über die Schulter zu werfen. Er hatte dunkles Haar, eine Stirnglatze und ein schmales, beinahe hageres Gesicht. Nicht gerade der typische Rambo. Diese Aufnahme war das einzige Bild, das die Kamera von den Zügen des Mannes eingefangen hatte. In der nächsten Einstellung wandte er ihr schon wieder den Rücken zu. Das Video lief weiter und zeigte, wie der Mann auf das Gebäude zuging und schließlich durch die Eingangstür verschwand.

Zoe Fossey erschien wieder auf dem Bildschirm, das Mikrofon in der Hand. »Wir haben versucht, eine offizielle Stellungnahme zu den jüngsten Vorfällen zu bekommen, aber niemand will sich dazu äußern, Dave.«

»Würden Sie sagen, dass das Ganze der Polizei vielleicht ein klein wenig peinlich ist?«

»Gelinde gesagt. Und was es für die Herrschaften noch peinlicher machen dürfte, ist die Tatsache, dass das FBI sich angeblich inzwischen eingeschaltet hat.«

»Ein ziemlich deutlicher Hinweis darauf, dass man die Krise besser hätte managen können?«

»Nun, hier geht es im Moment jedenfalls ganz schön chaotisch zu.«

»Gibt es schon gesicherte Angaben über die Zahl der Geiseln, die in der Klinik festgehalten werden?«

»In ihrem Telefonat mit dem Radiosender hat die Geiselnehmerin behauptet, sie habe sechs Personen in ihrer Gewalt. Inzwischen habe ich aus informierten Kreisen erfahren, dass diese Zahl wahrscheinlich korrekt ist. Drei Klinikangestellte, eine Ärztin und zwei Patienten. Wir versuchen derzeit, ihre Namen in Erfahrung zu bringen ...«

Gabriel richtete sich stocksteif in seinem Stuhl auf und starrte wutentbrannt auf den Bildschirm. Auf die Frau, die so begierig darauf war, Janes Identität zu enthüllen. Und die sie damit vielleicht unwissentlich zum Tode verurteilte.

»... wie Sie selbst hören können, geht es hier hinter mir ziemlich laut zu. In dieser Hitze kochen auch bei so manchem die Emotionen hoch. Ein Kameramann eines anderen Senders wurde vorhin zu Boden gestoßen, als er der Absperrung zu nahe kam. Ein Unbefugter hat sich schon durchgeschmuggelt, und die Polizei wird dafür sorgen, dass das nicht noch einmal vorkommt. Aber leider kommen diese Bemühungen erst, nachdem das Kind bereits in den Brunnen gefallen ist.«

»Haben Sie irgendwelche Informationen über die Identität dieses ›Rambos‹?«

»Wie ich schon sagte, niemand will sich äußern. Aber wir haben Berichte gehört, wonach die Polizei zurzeit ein Fahrzeug überprüft, das ungefähr zwei Blocks von hier entfernt im Parkverbot stand.«

»Und man nimmt an, dass es sich dabei um Rambos Wagen handelt?«

»Offensichtlich. Ein Zeuge hat diesen Mann aus dem Wagen steigen sehen. Auch ein Rambo muss schließlich irgendwie von A nach B kommen.«

»Aber was ist sein Motiv?«

»Wir müssen wohl zwei Möglichkeiten in Betracht ziehen. Zum einen, dass dieser Mann gerne den Helden spielen möchte. Vielleicht kennt er eine der Geiseln persönlich und will seine eigene, private Rettungsaktion durchziehen.«

»Und die zweite Möglichkeit?«

»Die zweite Möglichkeit ist ziemlich beängstigend. Der Mann könnte nämlich eine Art Verstärkung sein. Er ist vielleicht gekommen, um sich der Geiselnehmerin anzuschließen.«

Gabriel sank in seinen Stuhl zurück, geschockt von dem, was ihm plötzlich glasklar vor Augen stand. »*Das* sollte es also bedeuten«, sagte er leise. »*Die Würfel sind gefallen.*«

Abe drehte sich zu ihm um. »Eine verborgene Bedeutung?«

Gabriel sprang auf. »Ich muss mit Captain Hayder sprechen.«

»Es ist ein Aktivierungscode«, sagte Gabriel. »Die Geiselnehmerin hat beim Radio angerufen, um diesen Satz durchzugeben. Um das Codewort senden zu können.«

»Ein Aktivierungscode wofür?«, fragte Hayder.

»Ein Ruf zu den Waffen. Ein Ruf nach Verstärkung.«

Hayder schnaubte verächtlich. »Warum hat sie nicht einfach gesagt: *Holt mich hier raus, Jungs*? Wozu einen Code verwenden?«

»Sie waren nicht vorbereitet, oder? Sie waren alle nicht vorbereitet.« Gabriel sah Stillman an, dessen Gesicht in der Backofenatmosphäre des Containers vor Schweiß glänzte. »Dieser Mann ist einfach durch Ihre Absperrung spaziert, mit einem Rucksack, der womöglich mit Waffen und Munition voll gestopft ist. Sie waren nicht auf ihn vorbereitet, weil Sie nie damit gerechnet hätten, dass ein Bewaffneter in das Gebäude *eindringt*.«

»Wir wissen, dass diese Möglichkeit immer besteht«,

sagte Stillman. »Das ist ja der Grund, weshalb wir Absperrungen errichten.«

»Und wie konnte dieser Mann dann durchkommen?«

»Weil er genau wusste, wie er es anstellen musste. Seine Kleidung, seine Ausrüstung. Das war alles wohl überlegt, Agent Dean. Dieser Mann war bestens vorbereitet.«

»Und das Boston PD war es nicht. Deswegen haben sie einen Code benutzt. Um Sie zu überrumpeln.«

Hayder starrte frustriert zur offenen Tür des Containers hinaus. Obwohl sie zwei Ventilatoren aufgestellt hatten und die Straße jetzt am Spätnachmittag schon im Schatten lag, war es immer noch unerträglich heiß im Fahrzeug. Draußen auf der Albany Street standen die Cops schwitzend und mit roten Gesichtern herum, während die Reporter sich in ihre klimatisierten Vans zurückzogen. Jeder wartete darauf, dass etwas passierte. Es war die Ruhe vor dem nächsten Sturm.

»Allmählich ergibt die Sache einen Sinn«, sagte Stillman. Der Unterhändler hatte sich Gabriels Argumentation angehört, und seine Miene hatte sich dabei zusehends verfinstert. »Betrachten Sie einmal die Abfolge der Ereignisse. Die Geiselnehmerin weigert sich, mit mir zu verhandeln. Sie will nicht einmal mit mir reden. Der Grund dafür ist, dass sie noch nicht bereit ist – sie braucht zuerst Rückendeckung. Sie ruft beim Radio an, und die senden den Aktivierungscode. Fünf Stunden später taucht dieser Mann mit seinem Rucksack auf. Er kommt, weil er gerufen wurde.«

»Und er lässt sich ohne Bedenken auf ein solches Selbstmordkommando ein?«, wandte Hayder ein. »Hat irgendein Mensch derart loyale Freunde?«

»Ein Marine ist bereit, sein Leben für seine Kompanie zu opfern.«

»*Wir waren wie Brüder?* Ja, wer's glaubt.«

»Ich nehme an, Sie haben nicht gedient.«

Hayders von der Hitze gerötetes Gesicht wurde noch

einen Ton dunkler. »Wollen Sie damit sagen, dass das so eine Art militärische Operation ist? Und was ist der nächste Schritt? Wenn das Ganze so logisch ist, dann sagen Sie uns doch, was die da drin als Nächstes geplant haben.«

»Verhandlungen«, sagte Gabriel. »Die Geiselnehmer haben jetzt ihre Position gefestigt. Ich glaube, Sie werden bald von ihnen hören.«

Eine neue Stimme mischte sich ein: »Vernünftige Prognose, Agent Dean. Sie haben wahrscheinlich Recht.«

Alle Augen richteten sich auf den untersetzten Mann, der soeben den Container betreten hatte. Wie üblich trug Agent John Barsanti eine Seidenkrawatte und ein Hemd mit Button-down-Kragen; wie üblich schienen ihm seine Kleider nicht ganz zu passen. Auf Gabriels überraschten Blick des Wiedererkennens nickte er nur. »Das mit Jane tut mir Leid«, sagte er. »Man hat mir gesagt, dass Sie in diese unerfreuliche Geschichte verwickelt sind.«

»Aber mir hat niemand gesagt, dass Sie es auch sind, John.«

»Wir beobachten nur die Entwicklung. Wir sind bereit einzugreifen, wenn es nötig ist.«

»Warum wird jemand aus Washington geschickt? Warum hat man nicht das Bostoner Büro eingeschaltet?«

»Weil es wahrscheinlich zu Verhandlungen kommen wird. Da erschien es sinnvoll, jemanden mit Erfahrung zu schicken.«

Die beiden Männer fixierten einander eine Weile, ohne etwas zu sagen. Erfahrung, dachte Gabriel, konnte nicht der einzige Grund sein, weshalb John Barsanti hier aufgekreuzt war. Das FBI würde normalerweise nie einen Mann direkt aus dem Büro des stellvertretenden Direktors schicken, nur um die Verhandlungen in einem Geiseldrama zu überwachen.

»Und wer ist für das Aushandeln eines Deals verantwortlich? Das FBI oder das Boston PD?«

»Captain Hayder!«, rief Emerton. »Wir kriegen gerade einen Anruf aus der Klinik! Es ist eine von ihren Leitungen!«

»Sie sind bereit zu verhandeln«, sagte Gabriel. Genau wie er vorhergesagt hatte.

Stillman und Barsanti sahen einander an. »Übernehmen Sie das, Lieutenant«, sagte Barsanti. Stillman nickte und ging zum Telefon.

»Ich habe auf Lautsprecher geschaltet«, sagte Emerton.

Stillman holte tief Luft, dann drückte er die Verbindungstaste. »Hallo«, sagte er ruhig. »Hier spricht Leroy Stillman.«

Ein Mann antwortete, nicht minder ruhig. Eine durchdringende Stimme mit einem leichten Südstaatenakzent. »Sie sind Polizist?«

»Ja. Ich bin Lieutenant Stillman vom Boston PD. Mit wem spreche ich?«

»Sie kennen meinen Namen schon.«

»Nein, leider nicht.«

»Warum fragen Sie nicht den FBI-Mann? Da ist doch ein FBI-Mann bei Ihnen? Steht er nicht dort im Container hinter Ihnen?«

Stillman warf Barsanti einen Blick zu, der zu sagen schien: *Woher zum Teufel weiß er das?* »Es tut mir Leid, Sir«, sagte Stillman. »Ich weiß wirklich nicht, wie Sie heißen, und ich wüsste gerne, mit wem ich spreche.«

»Mit Joe.«

»Gut. Joe.« Stillman atmete erleichtert aus. So weit, so gut. Immerhin hatten sie einen Namen.

»Wie viele Leute sind da bei Ihnen im Container, Leroy?«

»Sprechen wir doch über Sie, Joe...«

»Aber das FBI ist schon da. Habe ich Recht?«

Stillman schwieg.

Joe lachte. »Ich wusste doch, dass die aufkreuzen würden. FBI, CIA, Militärgeheimdienst, Pentagon. Die wissen alle, wer ich bin.«

Gabriel las an Stillmans Miene ab, was er dachte. *Wir haben es hier mit einem Mann zu tun, der eindeutig unter Verfolgungswahn leidet.*

»Joe«, sagte Stillman, »es gibt keinen Grund, das hier noch weiter in die Länge zu ziehen. Warum reden wir nicht darüber, wie wir die Sache friedlich beenden können?«

»Wir wollen eine Fernsehkamera hier drin haben. Eine Liveschaltung zu den Medien. Wir wollen ein Statement abgeben, und wir haben ein Video, das wir Ihnen zeigen wollen.«

»Jetzt mal schön langsam. Wir wollen uns doch erst einmal ein bisschen kennen lernen.«

»Ich will Sie nicht kennen lernen. Schicken Sie uns eine Fernsehkamera.«

»Das dürfte schwierig sein. Ich müsste das von höherer Stelle absegnen lassen.«

»Die steht doch direkt hinter Ihnen, oder nicht? Warum drehen Sie sich nicht um und fragen sie, Leroy? Bitten Sie doch Ihre *höhere Stelle*, die Sache in Gang zu bringen.«

Stillman zögerte. Joe begriff offenbar ganz genau, was da ablief. Schließlich sagte Stillman: »Wir können keine Liveschaltung bewilligen.«

»Ganz gleich, was ich Ihnen im Gegenzug anbiete?«

»Was wäre das denn?«

»Zwei Geiseln. Wir lassen sie frei, als Zeichen unseres guten Willens. Sie schicken einen Kameramann und einen Reporter rein, und wir gehen live auf Sendung. Sobald unsere Botschaft gesendet wurde, lassen wir noch zwei weitere Geiseln frei. Das sind vier Personen, die wir Ihnen anbieten, Leroy. Vier Menschenleben für zehn Minuten Fernsehsendezeit. Ich verspreche Ihnen eine Show, die Sie von den Socken hauen wird.«

»Worum geht es Ihnen, Joe?«

»Es geht darum, dass niemand uns zuhören will. Niemand glaubt uns. Wir haben es satt, immer davonzulaufen, und wir wollen unser normales Leben zurück. Das ist die einzige Chance, die uns bleibt. Die einzige Möglichkeit, die Menschen in diesem Land wissen zu lassen, dass wir die Wahrheit sagen.«

Hayder fuhr sich mit dem Zeigefinger quer über die Kehle, ein Zeichen, dass Stillman das Gespräch unterbrechen sollte.

»Einen Augenblick, Joe«, sagte Stillman und deckte die Sprechmuschel mit der Hand ab. Er sah Hayder an.

»Meinen Sie, dass er überhaupt merken wird, ob es tatsächlich eine Liveschaltung ist?«, fragte Hayder. »Wenn wir ihn in dem Glauben wiegen könnten, dass es tatsächlich gesendet wird...«

»Der Mann ist nicht dumm«, unterbrach ihn Gabriel. »Kommen Sie ja nicht auf die Idee, irgendwelche Spielchen mit ihm zu spielen. Wenn Sie ihn reinlegen, machen Sie ihn nur wütend.«

»Agent Dean, könnten Sie vielleicht einfach draußen warten?«

»Sie wollen nur die Aufmerksamkeit der Medien, sonst nichts! Lassen Sie sie sagen, was sie zu sagen haben. Lassen Sie sie ihre Volksreden halten, wenn das die einzige Chance ist, diese Sache zu beenden!«

Aus dem Lautsprecher kam Joes Stimme: »Wollen Sie nun verhandeln oder nicht, Leroy? Wir können es nämlich auch auf die harte Tour machen. Statt lebender Geiseln können wir Ihnen tote rausschicken. Sie haben zehn Sekunden, um sich zu entscheiden.«

»Ich höre, Joe«, sagte Stillman. »Das Problem ist, ich kann eine Liveschaltung nicht so einfach aus dem Ärmel zaubern. Ich bin auf die Mitarbeit eines Fernsehsenders angewiesen. Wie wäre es, wenn wir Ihr Statement aufzeichnen? Wir stellen Ihnen einen Camcorder zur Verfügung. Sie sagen, was immer Sie zu sagen haben, nehmen sich so viel Zeit, wie Sie brauchen...«

»Und dann lassen Sie das Band in der Schublade verschwinden, wie? Es wird nie gesendet werden.«

»Das ist mein Angebot, Joe.«

»Wir wissen beide, dass Sie auch anders können. Genau wie all die anderen, die da mit Ihnen in diesem Container stehen.«

»Eine Livesendung im Fernsehen kommt nicht in Frage.«

»Dann haben wir Ihnen nichts mehr zu sagen. Leben Sie wohl.«

»Warten Sie …«

»Ja?«

»Ist das Ihr Ernst? Dass Sie die Geiseln freilassen werden?«

»Wenn Sie Ihren Teil der Abmachung einhalten. Wir wollen einen Kameramann und einen Reporter als Zeugen. Einen echten Reporter, nicht irgendeinen Cop mit einem gefälschten Presseausweis.«

»Tun Sie es«, sagte Gabriel. »Das könnte eine Möglichkeit sein, die Sache zu beenden.«

Stillman deckte wieder den Hörer ab. »Eine Livesendung kommt nicht in Frage, Agent Dean. Grundsätzlich nicht.«

»Verdammt noch mal, wenn es das ist, was sie verlangen, dann *geben* Sie es ihnen!«

»Leroy?« Es war wieder Joe. »Sind Sie noch da?«

Stillman holte Luft, dann sagte er: »Joe, Sie müssen das verstehen. Es wird eine gewisse Zeit dauern. Wir müssten erst einen Reporter finden, der sich dazu bereit erklärt. Jemanden, der bereit ist, sein Leben zu riskieren …«

»Es gibt nur einen Reporter, mit dem wir reden wollen.«

»Augenblick. Sie haben doch gar keinen Namen genannt.«

»Er kennt die Hintergründe. Er hat seine Hausaufgaben gemacht.«

»Wir können nicht garantieren, dass dieser Reporter …«

»Peter Lukas, *Boston Tribune*. Rufen Sie ihn an.«

»Joe …«

Es klickte einmal, dann hörten sie den Wählton. Stillman sah Hayder an. »Wir schicken keine Zivilisten da rein. Damit liefern wir ihnen nur zusätzliche Geiseln.«

»Er sagte, er würde vorher zwei Geiseln freilassen«, warf Gabriel ein.

»Und das glauben Sie ihm?«

»Eine davon könnte meine Frau sein.«

»Woher wissen wir überhaupt, dass dieser Reporter einwilligen wird?«

»Wenn dabei die größte Story seines Lebens herausspringen könnte? Das wäre einem Journalisten durchaus zuzutrauen.«

»Ich glaube, es gibt da noch eine offene Frage«, sagte Barsanti. »Wer zum Teufel ist dieser Peter Lukas? Ein Reporter der *Boston Tribune*? Warum will er ausgerechnet den haben?«

»Rufen wir ihn an«, schlug Stillman vor. »Vielleicht weiß er ja die Antwort.«

12

Du bist noch am Leben. Du musst noch am Leben sein. Ich würde es doch spüren, wenn es nicht so wäre.

Oder?

Gabriel ließ sich auf die Couch in Mauras Büro sinken und vergrub den Kopf in den Händen. Er überlegte krampfhaft, was er noch tun könnte, doch die Angst trübte jeden logischen Gedanken. Bei den Marines hatte er nie die Nerven verloren, wenn sie unter Beschuss geraten waren. Jetzt gelang es ihm nicht einmal, sich zu konzentrieren und das Bild aus seinem Kopf zu verbannen, das ihn seit der Obduktion verfolgte – das Bild einer anderen Leiche, die er dort auf dem Tisch liegen sah.

Habe ich dir je gesagt, wie sehr ich dich liebe?

Er hörte nicht, wie die Tür aufging. Erst als Maura sich auf den Stuhl gegenüber setzte und zwei Kaffeebecher auf den Couchtisch stellte, hob er endlich den Kopf. Sie ist immer so beherrscht, immer ganz souverän, dachte er, als er Maura ansah. So ganz anders als seine ungestüme und temperamentvolle Frau. Zwei so unterschiedliche Frauen, und doch war zwischen ihnen eine Freundschaft gewachsen, die ihm immer noch ein Rätsel war.

Maura deutete auf den Kaffee. »Du nimmst ihn doch schwarz, nicht wahr?«

»Ja. Danke.« Er trank einen kleinen Schluck und setzte den Becher gleich wieder ab, weil er eigentlich gar keinen Kaffee gewollt hatte.

»Hast du schon zu Mittag gegessen?«

Er rieb sich das Gesicht. »Ich bin nicht hungrig.«

»Du siehst erschöpft aus. Ich hole dir eine Decke, falls du dich hier ein bisschen ausruhen möchtest.«

»Ich kann unmöglich schlafen. Nicht, bis wir sie heil da rausgeholt haben.«

»Hast du Janes Eltern erreicht?«

»O Gott.« Er schüttelte den Kopf. »Das war vielleicht eine Tortur. Das Schwierigste war, ihnen klar zu machen, dass sie es für sich behalten müssen. Sie dürfen sich hier nicht blicken lassen, und sie dürfen ihre Freunde nicht anrufen. Ich frage mich allmählich schon, ob ich es ihnen nicht besser verschwiegen hätte.«

»Die Rizzolis würden auf jeden Fall Bescheid wissen wollen.«

»Aber sie sind nicht gut darin, Geheimnisse zu bewahren. Und wenn das hier rauskommt, könnte es ihre Tochter das Leben kosten.«

Sie saßen sich einen Moment lang schweigend gegenüber. Das einzige Geräusch war das Zischen der Luft aus der Klimaanlage. An der Wand hinter dem Schreibtisch hingen geschmackvoll gerahmte Drucke mit Blumenmotiven. Das Büro war ein Spiegelbild der Frau, die darin arbeitete: ordentlich, korrekt, rational.

Mit ruhiger Stimme sagte sie: »Jane lässt sich nicht so leicht unterkriegen. Das wissen wir beide. Sie wird alles tun, was es braucht, um zu überleben.«

»Ich will nur, dass sie sich aus der Schusslinie heraushält.«

»Sie ist ja nicht dumm.«

»Das Problem ist, dass sie Polizistin ist.«

»Ist das nicht ein Vorteil?«

»Wie viele Cops kommen bei dem Versuch ums Leben, den Helden zu spielen?«

»Sie ist schwanger. Sie wird kein Risiko eingehen.«

»Nicht?« Er sah sie an. »Weißt du, wie es dazu kam, dass sie heute Morgen ins Krankenhaus eingeliefert werden musste? Sie sagte gerade vor Gericht aus, als der Angeklagte plötzlich zu randalieren begann. Und meine Frau – meine *fantastische* Frau – stürzte sich ins Getümmel, um ihn zu überwältigen. Und dabei ist ihre Fruchtblase geplatzt.«

Maura schüttelte den Kopf. »Das hat sie wirklich getan?«

»Das ist genau die Reaktion, die man von Jane erwarten würde.«

»Da hast du wohl Recht«, meinte Maura. »Das ist die Jane, die wir beide kennen und lieben.«

»In diesem Fall – nur dieses eine Mal – will ich, dass sie den Feigling spielt. Ich will, dass sie vergisst, dass sie Polizistin ist.« Er lachte. »Als ob sie je auf mich hören würde.«

Jetzt musste Maura ebenfalls lächeln. »Ist das überhaupt schon mal vorgekommen?«

Er sah sie an. »Du weißt doch, wie wir uns kennen gelernt haben, nicht wahr?«

»War das nicht in Stony Brook Reservation?«

»Diese Skelettfunde. Es dauerte ungefähr dreißig Sekunden, bis wir uns zum ersten Mal in die Haare kriegten. Und fünf Minuten, bis sie mir erklärte, ich solle mich nicht in ihre Ermittlungen einmischen.«

»Kein sehr viel versprechender Auftakt.«

»Und ein paar Tage später zieht sie die Waffe gegen mich.« Als er Mauras erschrockenen Blick sah, fügte er hinzu: »Oh, es war durchaus gerechtfertigt.«

»Schon erstaunlich, dass das alles dich nicht abgeschreckt hat.«

»Sie kann einen schon das Fürchten lehren.«

»Und du bist vielleicht der einzige Mann, dem sie keine Angst einjagt.«

»Aber das war es ja gerade, was mir an ihr so gefiel«, sagte Gabriel. »Wenn du Jane anschaust, siehst du eine ehrliche, unerschrockene Frau. Ich bin in einer Familie aufgewachsen, in der niemand sagte, was er wirklich dachte. Mom hasste Dad, Dad hasste Mom. Aber trotzdem war immer alles wunderbar, bis an ihr Lebensende. Ich war lange der Meinung, dass die meisten Menschen so durchs Leben gehen – indem sie sich und anderen etwas vorlügen. Aber Jane ist nicht so. Sie scheut sich nicht, genau das zu sagen, was sie denkt, ganz gleich, wie viel Ärger sie sich damit einhandelt.« Er hielt inne. Und fügte leise hinzu: »Das ist es, was mir Sorgen macht.«

»Dass sie etwas sagen könnte, was sie lieber nicht sagen sollte.«

»Wenn du Jane auf die Füße trittst, tritt sie gleich zurück. Ich hoffe, dass sie wenigstens dieses eine Mal stillhalten wird. Und einfach die verängstige schwangere Lady in der Ecke spielt. Das könnte ihre Rettung sein.«

Sein Handy klingelte. Er griff sofort danach, und die Nummer, die er auf dem Display las, ließ seinen Puls in Galopp verfallen. »Gabriel Dean«, meldete er sich.

»Wo sind Sie gerade?«, fragte Detective Thomas Moore.

»Ich sitze in Dr. Isles' Büro.«

»Gut, wir treffen uns dort.«

»Warten Sie, Moore. Worum geht es?«

»Wir wissen, wer Joe ist. Er heißt mit vollem Namen Joseph Roke und ist neununddreißig Jahre alt. Sein letzter bekannter Wohnsitz ist Purcellville, Virginia.«

»Wie haben Sie ihn identifiziert?«

»Er hat seinen Wagen ungefähr zwei Blocks von der Klinik entfernt abgestellt. Wir haben eine Zeugin, die einen bewaffneten Mann aus dem Wagen aussteigen sah, und sie hat bestätigt, dass er der Mann auf dem Video ist. Das Lenkrad ist mit seinen Fingerabdrücken übersät.«

»Augenblick mal. Joseph Rokes Fingerabdrücke sind registriert?«

»Militärakten. Passen Sie auf, ich komme gleich zu Ihnen.«

»Was wissen Sie noch?«, fragte Gabriel. Er hatte den drängenden Ton in Moores Stimme vernommen und wusste, dass es da etwas gab, was der Detective ihm nicht verraten hatte. »Sagen Sie es mir einfach.«

»Es liegt ein Haftbefehl gegen ihn vor.«

»Was wirft man ihm vor?«

»Es war... ein Mord. Er hat jemanden erschossen.«

»Wer war das Opfer?«

»Ich bin in zwanzig Minuten bei Ihnen. Wir können uns darüber unterhalten, wenn ich dort bin.«

»Wer war das Opfer?«, wiederholte Gabriel.

Moore seufzte. »Ein Cop. Vor zwei Monaten hat Joseph Roke einen Polizisten erschossen.«

»Es begann als routinemäßige Verkehrskontrolle«, sagte Moore. »Der Vorfall wurde von der im Streifenwagen montierten Videokamera automatisch aufgezeichnet. Die Kollegen vom New Haven PD haben zwar nicht das ganze Video angehängt, aber hier ist das erste der Standbilder, die sie mir gemailt haben.« Moore drückte auf die Maustaste, und auf dem Monitor seines Laptops erschien ein Foto. Es zeigte den Rücken des Polizisten aus New Haven, aufgenommen, als er gerade zu dem Fahrzeug ging, das vor seinem Streifenwagen hielt. Man konnte das Kennzeichen des anderen Wagens sehen.

»Der Wagen ist in Virginia gemeldet«, sagte Moore. »Mit dem Bildverbesserungsprogramm kann man das Kennzeichen noch deutlicher hervorheben. Es ist derselbe Wagen, den wir heute Nachmittag nur ein paar Blocks von der Klinik entfernt in der Harrison Street gefunden haben, wo er im Parkverbot stand.« Er wandte sich zu Gabriel um. »Als Besitzer ist Joseph Roke eingetragen.«

»Sie sagten, er stamme aus Virginia.«

»Ja.«

»Und was hat er vor zwei Monaten in Connecticut gemacht?«

»Wir wissen es nicht. Genauso wenig, wie wir wissen, was ihn jetzt nach Boston geführt hat. Alles, was wir über ihn haben, ist ein ziemlich lückenhaftes biografisches Profil, das die Kollegen vom New Haven PD zusammengestellt haben.« Er deutete auf seinen Laptop. »Und das da. Ein Mord, der auf Video aufgezeichnet wurde. Aber das ist nicht das Einzige, was auf diesen Fotos zu sehen ist.«

Gabriel nahm Rokes Wagen genauer in Augenschein. Oder vielmehr das, was durch das Heckfenster zu erkennen war. »Es ist noch ein Beifahrer im Wagen«, stellte er fest. »Da sitzt jemand neben Roke.«

Moore nickte. »In der Vergrößerung ist deutlich zu erkennen, dass die Person auf dem Beifahrersitz eine Frau mit langen dunklen Haaren ist.«

»Das ist sie«, sagte Maura, den Blick gebannt auf den Monitor gerichtet. »Das ist unsere Jane Doe.«

»Und das bedeutet, dass die beiden vor zwei Monaten zusammen in New Haven waren.«

»Zeigen Sie uns den Rest«, forderte Gabriel Moore auf.

»Ich gehe gleich mal zum letzten Bild ...«

»Ich will sie alle sehen.«

Moore hielt inne, den Finger über der Maustaste. Er sah Gabriel an. »Das müssen Sie nicht unbedingt sehen«, sagte er leise.

»Vielleicht doch. Zeigen Sie mir die ganze Sequenz.«

Nach einigem Zögern klickte Moore mit der Maus das nächste Foto an. Der Polizeibeamte stand jetzt an Rokes Fenster und blickte zu dem Mann hinein, der in den nächsten Sekunden seinem Leben ein Ende setzen würde. Die Hand des Polizisten ruhte auf seiner Waffe. Nur eine Vorsichtsmaßnahme? Oder ahnte er schon, dass er in das Gesicht seines Mörders blickte?

Wieder zögerte Moore, bevor er zum nächsten Bild weiterklickte. Er hatte die Aufnahmen schon gesehen und wusste, welche Schrecken das Video noch bereithielt. Er drückte die Maustaste.

Das Bild war ein Stück geronnener Zeit, erfasst in allen grässlichen Details. Der Polizeibeamte stand noch, seine

Waffe steckte nicht mehr im Holster. Die Wucht des Geschosses hatte seinen Kopf nach hinten gerissen, und sein Gesicht war im Moment der Auflösung festgehalten, in dem Augenblick, als die Kugel es in einen blutigen Nebel aus Fleisch- und Knochenfetzen verwandelte.

Ein viertes Foto schloss die Sequenz ab. Der tote Polizeibeamte lag nun neben dem Wagen des Schützen auf der Straße. Dieses Bild war im Grunde nur ein Anhängsel, doch es war dasjenige, das Gabriel veranlasste, sich plötzlich vorzubeugen. Sein Blick heftete sich auf das Heckfenster des Wagens. Auf eine Silhouette, die auf den anderen drei Bildern nicht zu sehen gewesen war.

Maura sah es ebenfalls. »Da sitzt jemand im Fond von Rokes Wagen«, sagte sie.

»Das ist es, was ich Ihnen beiden zeigen wollte«, erwiderte Moore. »In Rokes Wagen befand sich noch eine dritte Person. Vielleicht hatte sie sich versteckt, vielleicht hatte sie auf der Rückbank geschlafen. Man kann nicht erkennen, ob es sich um einen Mann oder eine Frau handelt. Man sieht lediglich den Kopf einer Person mit kurzen Haaren, der gleich nach dem Schuss auftaucht.« Er sah Gabriel an. »Es gibt also einen dritten Komplizen, von dem wir bisher noch nichts gesehen oder gehört haben. Jemand, der – oder die – mit den beiden in New Haven war. Der Aktivierungscode könnte an mehr als nur eine Person gerichtet gewesen sein.«

Gabriel fixierte immer noch den Monitor. Und diese rätselhafte Silhouette. »Sie sagten, es existiert eine Militärakte über ihn.«

»So sind wir an seine Fingerabdrücke gekommen. Er hat in der Army gedient, von 1990 bis 92.«

»Welche Einheit?« Als Moore nicht sofort antwortete, sah Gabriel ihm in die Augen. »Welche Ausbildung hat er?«

»Er war beim Munitionsräumdienst.«

»Bomben?«, fragte Maura. Sie sah Moore erschrocken an.

»Wenn er weiß, wie man sie entschärft, dann weiß er wahrscheinlich auch, wie man sie baut.«

»Sie sagten, er habe nur zwei Jahre gedient.« Seine eigene Stimme kam ihm geradezu unheimlich ruhig vor. Die Stimme eines kaltblütigen Fremden.

»Er hatte … Probleme. Es war während eines Auslandseinsatzes in Kuwait«, sagte Moore. »Roke wurde unehrenhaft entlassen.«

»Weswegen?«

»Befehlsverweigerung. Tätlicher Angriff auf einen Offizier. Wiederholte Streitigkeiten mit anderen Soldaten in seiner Einheit. Man befürchtete, er könnte psychisch labil sein. Es hieß, er leide möglicherweise unter Paranoia.«

Moores Worte hatten Gabriel getroffen wie eine Serie von Faustschlägen, die ihm die Luft aus den Lungen hämmerten. »Mein Gott«, murmelte er. »Das ändert alles.«

»Wie meinen Sie das?«, fragte Maura.

Er sah sie an. »Wir dürfen nicht noch mehr Zeit verlieren. Wir müssen sie sofort da rausholen!«

»Und was ist mit den Verhandlungen? Was ist mit der Verlangsamungstaktik?«

»Die greift hier nicht. Dieser Mann ist nicht nur psychisch labil, er hat auch schon einen Polizisten auf dem Gewissen.«

»Er weiß nicht, dass Jane Polizistin ist«, wandte Moore ein. »Und wir werden auch zu verhindern wissen, dass er es erfährt. Hören Sie, hier gelten die gleichen Grundregeln wie sonst auch. Je länger eine Geiselnahme sich hinzieht, desto wahrscheinlicher wird es, dass sie unblutig endet. Es lohnt sich immer zu verhandeln.«

Gabriel deutete auf den Laptop. »Wie zum Teufel verhandelt man mit einem, der zu so etwas fähig ist?«

»Es ist möglich. Es muss möglich sein.«

»Es ist ja auch nicht Ihre Frau da drin!« Er bemerkte Mauras erschrockenen Blick und wandte sich ab, um Fassung ringend.

Es war Moore, der als Nächster sprach; seine Stimme war ruhig, ja sanft. »Was Sie jetzt empfinden – was Sie in diesem Moment durchmachen –, das habe ich am eigenen Leib erlebt. Ich weiß genau, womit Sie jetzt konfrontiert sind. Vor zwei Jahren wurde Catherine, meine Frau, entführt – von einem Mann, an den Sie sich vielleicht noch erinnern. Warren Hoyt.«

Der Chirurg. Natürlich erinnerte sich Gabriel an ihn. An den Mann, der sich nachts in Häuser geschlichen hatte, in denen Frauen allein schliefen. Sie waren aufgewacht und hatten ein Monster in ihrem Schlafzimmer vorgefunden. Es waren Hoyts Verbrechen und ihre Folgen gewesen, die Gabriel vor einem Jahr nach Boston geführt hatten. Der Chirurg war, wie ihm nun plötzlich klar wurde, das gemeinsame Element, das sie alle miteinander verband. Moore und Gabriel, Jane und Maura. Sie waren alle auf die eine oder andere Weise mit dieser Inkarnation des Bösen in Berührung gekommen.

»Ich wusste, dass Hoyt sie in seiner Gewalt hatte«, sagte Moore. »Und ich konnte nichts tun. Ich wusste einfach nicht, wie ich ihr helfen sollte. Wenn ich mein Leben im Tausch gegen ihres hätte opfern können, ich hätte es getan, ohne eine Sekunde zu zögern. Doch es blieb mir nichts anders übrig, als abzuwarten und die Stunden zu zählen. Das Schlimmste war, dass ich *wusste,* was er mit ihr machen würde. Ich war bei den Autopsien der anderen Opfer dabei gewesen. Ich sah jeden Schnitt seines Skalpells vor mir. Und Sie können mir glauben, dass ich alles Menschenmögliche tun werde, um Jane lebend dort herauszuholen. Nicht nur, weil sie meine Kollegin ist oder weil sie mit Ihnen verheiratet ist. Sondern weil ich ihr mein Glück verdanke. Sie war es, die Catherine damals fand. Jane hat ihr das Leben gerettet.«

Endlich sah Gabriel ihm in die Augen. »Wie sollen wir mit diesen Leuten verhandeln?«

»Wir müssen herausfinden, was sie eigentlich wollen. Sie wissen, dass sie in der Falle sitzen. Sie haben keine andere Wahl, als mit uns zu reden, also reden wir weiter mit ihnen. Sie haben schon andere Geiselnahmen miterlebt, Agent Dean, also kennen Sie die Regeln, an die sich ein Unterhändler halten muss. Die Regeln bleiben die gleichen, auch wenn Sie nun auf der anderen Seite stehen. Sie müssen Ihre Frau – und Ihre eigenen Gefühle – aus der Gleichung heraushalten.«

»Könnten Sie das?«

Moores Schweigen war Antwort genug. Natürlich könnte er das nicht.

Und ich kann es genauso wenig.

13

Mila

Heute Abend gehen wir auf eine Party.

Die Mutter sagt, dass wichtige Leute dort sein werden und wir uns besonders hübsch machen müssen. Sie hat uns extra für diesen Anlass neue Sachen zum Anziehen gegeben. Ich trage ein schwarzes Samtkleid, das an den Beinen so eng ist, dass ich kaum gehen kann, und ich muss den Saum bis zur Hüfte hochziehen, um in den Bus klettern zu können. Die anderen Mädchen steigen neben mir ein, ich höre Seide und Satin rascheln, und eine wilde Mischung von Parfumdüften steigt mir in die Nase. Wir haben Stunden am Schminktisch zugebracht, haben Cremes und Lippenstift und Mascara aufgelegt, und jetzt sitzen wir da wie maskierte Puppen oder wie Schauspieler in einem japanischen Kabuki-Theater. Nichts an uns ist echt. Weder die Wimpern noch die roten Lippen oder die rosigen Wangen. Im Bus ist es kalt, und wir schmiegen uns zitternd aneinander, während wir auf Olena warten.

Der amerikanische Fahrer ruft zum Fenster hinaus, dass wir jetzt losfahren müssen, wenn wir uns nicht verspäten wollen. Endlich kommt die Mutter aus dem Haus und zerrt Olena hinter sich her. Olena reißt sich wütend los und geht den Rest des Weges allein. Sie trägt ein langes grünes Seidenkleid mit einem hohen chinesischen Kragen und einem Schlitz in der Seite bis hinauf zum Oberschenkel. Ihr schwarzes Haar fällt glatt und glänzend auf ihre Schultern. Ich habe noch nie ein so schönes Wesen gesehen, und ich starre sie an, als sie auf den Bus zukommt. Die Drogen haben sie ruhiger gemacht, wie üblich; sie haben sie gefügig gemacht, aber auch unsicher in ihren Bewegungen, und sie wankt leicht in ihren hochhackigen Schuhen.

»Los, einsteigen!«, befiehlt der Fahrer.

Die Mutter muss Olena in den Bus helfen. Olena rutscht auf den Sitz vor mir und lässt sich sofort gegen das Fenster sinken. Die Mutter schlägt die Schiebetür zu und steigt neben dem Fahrer sein.

»Wurde aber auch langsam Zeit«, sagt der, und dann fahren wir los und lassen das Haus hinter uns.

Ich weiß, warum wir zu der Party gehen; ich weiß, was von uns erwartet wird. Trotzdem kommt es mir vor wie eine Flucht, denn es ist das erste Mal seit Wochen, dass wir das Haus verlassen dürfen, und ich drücke begierig die Nase an die Scheibe und spähe hinaus, als wir in eine Asphaltstraße einbiegen. Ich sehe das Schild: DEERFIELD ROAD.

Wir fahren sehr lange.

Ich halte Ausschau nach den Straßenschildern, lese die Namen der Städte, durch die wir fahren. RESTON und ARLINGTON und WOODBRIDGE. Ich schaue die Leute in anderen Autos an und frage mich, ob irgendeiner von ihnen das stumme Flehen in meinem Blick sehen kann. Ob irgendeiner von ihnen sich für unser Schicksal interessieren würde. Eine Fahrerin auf der Spur neben uns sieht zu mir herüber, und für einen Moment treffen sich unsere Blicke. Dann wendet sie ihre Aufmerksamkeit wieder der Straße zu. Was hat sie wirklich gesehen? Nur ein rothaariges Mädchen in einem schwarzen Kleid, das sich einen schönen Abend in der Stadt machen will. Die Leute sehen nur, was zu ihren Erwartungen passt. Sie kommen nie auf den Gedanken, dass sich hinter einer hübschen Fassade etwas Schreckliches verbergen könnte.

Jetzt sehe ich schon ab und zu das Wasser, einen breiten Streifen davon, noch in weiter Ferne. Als der Bus schließlich anhält, erkenne ich, dass wir an einem Kai parken, an dem eine große Motoryacht festgemacht ist. Ich hatte nicht damit gerechnet, dass die Party heute Abend auf einem Boot stattfinden würde. Die anderen Mädchen recken die Hälse, um besser sehen zu können, und sind neugierig zu erfahren, wie es im Inneren einer solchen Luxusyacht aussieht. Und ein bisschen fürchten sie sich auch.

Die Mutter schiebt die Bustür auf. »Das sind wichtige Männer. Ihr werdet lächeln und fröhlich sein. Habt ihr verstanden?«

»Ja, Mutter«, murmeln wir.

»Raus mit euch.«

Als wir aus dem Bus klettern, höre ich Olena mit schwerer Zunge sagen: »Fick dich doch ins Knie, Mutter«, aber niemand sonst bekommt es mit.

Mühsam auf unseren hohen Absätzen balancierend, bibbernd in unseren dünnen Abendkleidern, staksen wir im Gänsemarsch die Rampe zum Boot hinauf. An Deck wartet ein Mann auf uns. Schon an der Art, wie die Mutter ihm entgegeneilt, um ihn zu begrüßen, erkenne ich, dass der Mann sehr wichtig sein muss. Er betrachtet uns flüchtig und nickt anerkennend. »Bringen Sie sie rein«, sagt er auf Englisch zur Mutter, »und flößen Sie ihnen ein paar Drinks ein. Ich will, dass sie in Stimmung sind, wenn unsere Gäste eintreffen.«

»Ja, Mr. Desmond.«

Der Blick des Mannes bleibt an Olena haften, die auf wackligen Beinen an der Reling steht. »Wird die da uns wieder Ärger machen?«

»Sie hat die Tabletten genommen. Sie wird ruhig bleiben.«

»Na, das will ich ihr auch geraten haben. Ich will nicht, dass sie heute Abend plötzlich anfängt, verrückt zu spielen.«

»Los!«, befiehlt uns die Mutter. »Rein mit euch.«

Wir schlüpfen durch die Tür in die Kabine, und ich bin zunächst vollkommen geblendet von dem, was ich da sehe.

Über unseren Köpfen glitzert ein Kristalllüster. Ich sehe mit dunklem Holz vertäfelte Wände, Sofas mit cremefarbenem Wildlederbezug. Ein Barkeeper lässt den Korken knallen, und ein Kellner mit weißer Jacke serviert uns Champagner in schlanken Flöten.

»Trinkt«, sagt die Mutter. »Sucht euch einen Platz, und seid fröhlich.«

Wir nehmen uns jede ein Glas und verteilen uns in der Bar. Olena setzt sich neben mich auf das Sofa, nippt an ihrem Champagner und schlägt die langen Beine übereinander, so dass die Haut ihres Oberschenkels durch den Schlitz im Kleid hervorlugt.

»Ich behalte dich im Auge«, warnt die Mutter Olena auf Russisch.

Olena zuckt mit den Achseln. »Das tun alle anderen auch.«

Der Barkeeper verkündet: »Sie sind da.«

Die Mutter wirft Olena noch einen letzten drohenden Blick zu und verschwindet dann durch eine Hintertür.

»Merkst du, wie sie ihr Gesicht verstecken muss?«, meint Olena. »Die will niemand anschauen.«

»Psst«, wispere ich. »Bring uns nicht in Schwierigkeiten.«

»Falls du es noch nicht bemerkt haben solltest, meine süße kleine Mila: Wir stecken bereits in Schwierigkeiten.«

Wir hören Gelächter und herzliche Begrüßungen zwischen Kollegen. Amerikaner. Die Tür geht auf, und alle Mädchen schnellen von ihren Plätzen hoch und lächeln, als die vier Männer eintreten. Einer von ihnen ist der Gastgeber, Mr. Desmond, der uns an Deck in Empfang genommen hat. Seine drei Gäste sind alle Männer, alle adrett gekleidet mit Anzug und Krawatte. Zwei von ihnen sind jung und fit, Männer, die sich mit der souveränen Eleganz von Athleten bewegen. Aber der dritte Mann ist älter, so alt wie mein Großvater, nur wesentlich schwerer; er trägt eine Brille mit

Drahtgestell, und sein ergrauendes Haar wird in wenigen Jahren unweigerlich einer Glatze weichen müssen. Die Gäste blicken sich im Raum um und inspizieren uns mit unverkennbarem Interesse.

»Wie ich sehe, haben Sie ein paar Neue kommen lassen«, sagt der ältere Mann.

»Sie sollten mal wieder im Haus vorbeischauen, Carl, und sich anschauen, was wir so auf Lager haben.« Mr. Desmond deutet auf die Bar. »Einen Drink, die Herren?«

»Ein Scotch wäre nicht schlecht«, sagt der ältere Mann.

»Und was ist mit Ihnen? Phil? Richard?«

»Für mich dasselbe.«

»Der Champagner da käme mir jetzt gerade recht.«

Die Motoren der Yacht beginnen zu stampfen. Ich schaue aus dem Fenster und sehe, dass wir uns bewegen, dass wir auf den Fluss hinausfahren. Noch gesellen die Männer sich nicht zu uns. Stattdessen bleiben sie an der Bar stehen, schlürfen ihre Drinks und unterhalten sich nur untereinander. Olena und ich verstehen Englisch, aber die anderen Mädchen können nur ein paar Brocken, und ihr mechanisches Lächeln weicht bald gelangweilten Mienen. Die Männer reden übers Geschäft. Ich höre sie über Verträge und Angebote diskutieren, über den Zustand der Straßen und über Verkehrsopfer. Wer mit wem um welchen Vertrag wetteifert und für wie viel. Das ist der wahre Anlass für die Party: zuerst das Geschäft, dann das Vergnügen. Sie trinken ihre Gläser aus, und der Barkeeper schenkt die nächste Runde ein. Sie reißen noch ein paar Witzchen, ehe sie die Nutten vernaschen. Ich sehe die Eheringe an den Händen der drei Gäste funkeln, und ich stelle mir vor, wie diese Männer mit ihren Frauen schlafen, in großen Betten mit sauberen Laken. Frauen, die nicht ahnen, was ihre Ehemänner in anderen Betten treiben, mit Mädchen wie mir.

In diesem Moment sehen die Männer zu uns herüber,

und meine Hände beginnen zu schwitzen, wenn ich an das Martyrium denke, das mir an diesem Abend noch bevorsteht. Der ältere starrt unentwegt Olena an.

Sie lächelt ihm zu, raunt mir dabei aber auf Russisch zu: »Was für ein Schwein. Ich frage mich, ob er grunzt, wenn er kommt.«

»Er kann dich hören«, flüstere ich.

»Er versteht kein Wort.«

»Das weißt du doch nicht.«

»Sieh mal, er lächelt. Er glaubt, ich sage dir gerade, wie attraktiv ich ihn finde.«

Der Mann stellt sein leeres Glas auf der Theke ab und kommt auf uns zu. Ich denke, er hat es auf Olena abgesehen, also stehe ich auf, um Platz für ihn auf dem Sofa zu machen. Doch es ist mein Handgelenk, nach dem er greift, und er hält mich zurück, als ich gehen will.

»Hallo«, sagt er. »Sprichst du Englisch?«

Ich nicke; meine Kehle ist so trocken, dass ich keine Antwort herausbringe. Ich kann ihn nur voller Bestürzung anstarren. Olena erhebt sich vom Sofa, wirft mir einen mitfühlenden Blick zu und schlendert davon.

»Wie alt bist du?«, fragte er.

»Ich bin ... ich bin siebzehn.«

»Du siehst viel jünger aus.« Er klingt enttäuscht.

»He, Carl«, ruft Mr. Desmond. »Warum machen Sie nicht einen kleinen Spaziergang mit ihr?«

Die beiden anderen Gäste haben sich auch schon ihre Gespielinnen ausgesucht. Einer von ihnen führt gerade Katya auf den Gang hinaus.

»Suchen Sie sich irgendeine Kabine aus«, ruft ihm unser Gastgeber nach.

Carl starrt mich an. Dann schließt sich seine Hand fester um mein Handgelenk, und er führt mich durch den Korridor. Er zerrt mich in eine luxuriöse Kabine mit glänzenden Holzpaneelen. Ich weiche mit pochendem Herzen zurück, während er die Tür abschließt. Als er sich zu mir umdreht, sehe ich, dass seine Hose sich bereits ausbeult.

»Du weißt, was du zu tun hast.«

Aber ich weiß es nicht; ich habe keine Ahnung, was er von mir erwartet. Umso größer ist der Schock, als er unvermittelt zuschlägt. Die Ohrfeige wirft mich auf die Knie nieder, und ich kauere verwirrt zu seinen Füßen.

»Kannst du nicht hören? Du dumme Schlampe.«

Ich nicke, lasse den Kopf sinken und starre auf den Boden. Plötzlich begreife ich, welches Spiel hier gespielt wird – was es ist, das er begehrt. »Ich bin sehr böse gewesen«, flüstere ich.

»Du musst bestraft werden.«

O Gott. Hoffentlich ist es bald vorbei.

»*Sag es!*«, fährt er mich an.

»Ich muss bestraft werden.«

»Zieh dich aus.«

Zitternd, in panischer Angst vor weiteren Schlägen, gehorche ich. Ich öffne den Reißverschluss meines Kleides, ziehe Strumpfhose und Slip aus. Dabei halte ich den Blick gesenkt; ein braves Mädchen muss Respekt zeigen. Ich bleibe vollkommen stumm, als ich mich auf dem Bett ausstrecke, als ich mich ihm darbiete. Kein Widerstand, nur Unterwürfigkeit.

Während er sich auszieht, starrt er mich unentwegt an, genießt den Anblick des willigen Fleisches. Ich würge meinen Ekel hinunter, als er mich besteigt, als sein nach Whiskey stinkender Atem mir entgegenschlägt. Ich schließe die Augen und konzentriere mich auf das Brummen der Maschinen, auf das Geräusch der Wellen, die an den Rumpf der Yacht schlagen. Ich schwebe über meinem Körper, und ich spüre nichts, als er in mich hineinstößt. Und wenig später grunzend kommt.

Als er fertig ist, wartet er nicht einmal, bis ich mich angezogen habe. Er steht einfach auf, zieht sich an und verlässt die Kabine. Langsam setze ich mich auf. Das Motorengeräusch ist zu einem leisen Summen geworden. Als ich aus dem Fenster schaue, sehe ich, dass wir zum Festland zurückkehren. Die Party ist vorbei.

Und als ich schließlich aus der Kabine hervorkrieche, hat das Boot schon wieder festgemacht, und die Gäste sind von Bord gegangen. Mr. Desmond steht an der Bar und schlürft den übrig gebliebenen Champagner, während die Mutter ihre Mädchen einsammelt.

»Was hat er zu dir gesagt?«, fragt sie mich.

Ich zucke mit den Achseln. Ich spüre, wie Mr. Desmonds Augen mich mustern, und ich habe Angst, etwas Falsches zu sagen.

»Warum hat er dich genommen? Hat er das gesagt?«

»Er wollte nur wissen, wie alt ich bin.«

»Sonst nichts?«

»Das war alles, was ihn interessierte.«

Die Mutter wendet sich zu Mr. Desmond um, der uns interessiert beobachtet hat. »Sehen Sie? Ich hab's Ihnen doch gesagt«, meint sie. »Er sucht sich immer die Jüngste im Raum aus. Wie sie aussehen, ist ihm egal. Nur jung müssen sie sein.«

Mr. Desmond denkt einen Moment lang darüber nach. Er nickt. »Dann müssen wir eben zusehen, wie wir ihn bei Laune halten.«

Olena wacht auf und sieht mich am Fenster stehen, wo ich durch die Gitterstäbe nach draußen starre. Ich habe den Rahmen hochgeschoben, und kalte Luft strömt ins Zimmer, aber das ist mir egal. Ich will nur frische Luft atmen. Ich will meine Lungen, meine Seele vom Gift dieses Abends reinigen.

»Es ist zu kalt«, sagt Olena. »Mach das Fenster zu!«

»Ich ersticke fast.«

»Aber es ist eiskalt hier drin.« Sie geht zum Fenster und zieht es zu. »Ich kann nicht schlafen.«

»Ich auch nicht«, flüstere ich.

Im Schein des Mondlichts, das durch die schmutzige Scheibe ins Zimmer fällt, mustert sie mich. Hinter unserem Rücken wimmert eins der Mädchen im Schlaf. Wir stehen da in der Dunkelheit und hören sie atmen, und plötzlich habe ich das Gefühl, dass in diesem Zimmer nicht genug Luft für mich übrig ist. Ich ringe nach Atem. Ich stemme mich gegen das Fenster, versuche, es wieder hochzuschieben, doch Olena hält es fest.

»Hör auf damit, Mila.«

»Ich sterbe!«

»Du bist hysterisch.«

»Bitte, mach es auf. Mach auf!« Ich schluchze jetzt, klammere mich verzweifelt an den Fensterrahmen.

»Willst du die Mutter aufwecken? Willst du uns unbedingt Ärger bescheren?«

Meine Hände haben sich zu schmerzenden Klauen verkrampft, und ich kann nicht einmal mehr den Rahmen festhalten. Olena packt meine Handgelenke.

»Hör zu«, sagt sie. »Du willst frische Luft? Ich verschaffe dir frische Luft. Aber du musst den Mund halten. Die anderen dürfen nichts davon wissen.« Ich bin so außer mir, dass ich gar nicht auf ihre Worte achte. Sie nimmt mein Gesicht in beide Hände, zwingt mich, sie anzusehen. »Das hier hast du nie gesehen«, flüstert sie. Dann zieht sie etwas aus der Tasche, einen kleinen Gegenstand, der in der Dunkelheit schwach schimmert.

Einen Schlüssel.

»Wie bist du …«

»Pssst.« Sie schnappt sich die Decke von ihrem Feldbett und zieht mich an den anderen Mädchen vorbei zur Tür. Dort bleibt sie kurz stehen und blickt sich um, vergewissert sich, dass sie alle schlafen, und steckt dann den Schlüssel ins Schloss. Die Tür springt auf, und sie zerrt mich hinaus auf den Flur.

Ich bin sprachlos. Mit einem Mal habe ich vollkommen vergessen, dass ich gerade eben noch zu ersticken glaubte, denn wir sind unserem Gefängnis entkommen, wir sind frei. Ich wende mich zur Treppe, um zu fliehen, doch sie reißt mich mit einem Ruck zurück.

»Nicht da lang«, sagt sie. »Wir können nicht raus. Es gibt keinen Schlüssel für die Haustür. Nur die Mutter kann sie aufsperren.«

»Wohin dann?«

»Ich zeig's dir.«

Sie zerrt mich den Flur entlang. Ich kann fast nichts sehen und vertraue mich ihr ganz und gar an, lasse mich von ihr durch eine Tür führen. Mondlicht schimmert durchs Fenster, und wie ein bleiches Gespenst gleitet sie durch das Schlafzimmer, nimmt einen Stuhl und stellt ihn leise in die Mitte des Raums.

»Was tust du da?«

Statt zu antworten, steigt sie auf den Stuhl und reckt die Hand zur Decke. Über ihrem Kopf öffnet sich knarrend eine Luke, und eine Leiter klappt herunter.

»Wohin führt die?«, frage ich.

»Du wolltest doch frische Luft, oder? Na los, wir schauen mal, wo wir welche finden«, sagt sie und klettert hinauf.

Ich erklimme hinter ihr die Sprossen und zwänge mich durch die Luke. Wir stehen auf einem Dachboden; durch ein einzelnes Fenster fällt Mondlicht herein, und ich sehe die Umrisse von Kisten und alten Möbeln. Die Luft ist muffig hier oben, alles andere als frisch. Olena öffnet das Fenster und klettert hindurch. Da fällt es mir erst auf: dieses Fenster ist nicht vergittert. Als ich den Kopf hinausstrecke, sehe ich auch, warum. Es ist viel zu hoch. Auf diesem Weg gibt es kein Entkommen; zu springen wäre reiner Selbstmord.

»Na, was ist?«, fragt Olena. »Willst du nicht auch rauskommen?«

Ich drehe den Kopf und sehe, dass sie auf dem Dach sitzt

und eine Zigarette raucht. Wieder schaue ich nach unten, und meine Hände werden ganz feucht bei dem Gedanken, das ich durch das Fenster auf das Sims klettern soll.

»Sei doch nicht so ein Angsthase«, sagt Olena. »Was ist denn schon dabei? Das Schlimmste, was passieren kann, ist, dass du runterfällst und dir den Hals brichst.«

Ihre Zigarette glimmt, und ich rieche den Rauch, als sie lässig eine Lunge voll in die Luft bläst. Sie ist überhaupt nicht nervös. In diesem Moment will ich ganz genau so sein wie sie. Ich will auch so furchtlos sein.

Ich klettere aus dem Fenster, balanciere vorsichtig über das Sims und lasse mich mit einem tiefen Seufzer der Erleichterung neben ihr aufs Dach sinken. Sie schüttelt die Decke aus und wirft sie uns über die Schultern, so dass wir gemütlich unter dem warmen wollenen Umhang nebeneinander hocken.

»Das ist mein Geheimnis«, sagt sie. »Du bist die Einzige, der ich zutraue, dass sie es für sich behält.«

»Wieso ich?«

»Katya würde mich für eine Schachtel Pralinen verraten und verkaufen. Und diese Nadia ist zu blöd, um den Mund zu halten. Aber du bist anders.« Sie sieht mich an, und ihr Blick ist nachdenklich. Beinahe zärtlich. »Du bist vielleicht ein Angsthase. Aber du bist nicht blöd, und du bist keine Verräterin.«

Von ihrem Lob wird mir ganz heiß im Gesicht, und die Freude, die durch meine Adern strömt, ist besser als jede Droge. Besser als Liebe. Plötzlich schießt mir ein verwegener Gedanke durch den Kopf: Für dich würde ich alles tun, Olena. Ich rücke näher an sie heran, suche ihre Wärme. Von Männern und ihren Körpern habe ich immer nur Grobheit erfahren. Aber Olenas Körper schenkt mir Trost; die sanften Kurven und das Haar, das wie Seide über mein Gesicht streicht. Ich betrachte ihre glimmende Zigarettenspitze und sehe zu, wie sie elegant die Asche wegschnippt.

»Auch mal ziehen?«, fragt sie und bietet mir die Zigarette an.

»Ich rauche nicht.«

»Ha. Na, ist ja auch ungesund«, sagt sie und zieht noch einmal. »Für mich auch, aber ich werde sie trotzdem nicht verkommen lassen.«

»Wo hast du sie her?«

»Von dem Boot. Hab 'ne ganze Schachtel eingesteckt, und niemand hat's gemerkt.«

»Du hast sie gestohlen?«

Sie lacht. »Ich stehle eine Menge Sachen. Was glaubst du denn, wie ich an den Schlüssel rangekommen bin? Die Mutter denkt, sie hat ihn verloren, die dumme Kuh.« Olena nimmt noch einen Zug, und ihr Gesicht leuchtet einen Moment lang orange. »Das hab ich drüben in Moskau gemacht. Ich war richtig gut. Wenn du Englisch sprichst, lassen sie dich in jedes Hotel rein, und da findest du immer einen Freier. Und kannst ein paar Taschen leeren.« Sie blies eine Lunge voll Rauch aus. »Deswegen kann ich nicht mehr nach Hause. Ich bin dort zu bekannt.«

»Willst du denn nicht zurück?«

Sie zuckt mit den Achseln und klopft die Asche ab. »Da gibt es nichts für mich. Deswegen bin ich ja weggegangen.«

Ich blicke zum Himmel auf. Die Sterne sind wie zornige Nadelstiche aus Licht. »Hier gibt es doch auch nichts für uns. Ich habe nicht gewusst, dass es so sein würde.«

»Du denkst daran abzuhauen, nicht wahr, Mila?«

»Du nicht?«

»Und wohin würdest du gehen? Meinst du vielleicht, deine Eltern wollen dich wiederhaben? Wenn sie einmal dahinterkommen, was du hier gemacht hast?«

»Ich habe nur noch meine Großmutter.«

»Und was würdest du in Kryvichy machen, wenn alle deine Träume in Erfüllung gingen? Reich werden, einen netten Mann heiraten?«

»Ich habe keine Träume«, flüstere ich.

»Das ist auch besser so.« Olena lacht bitter auf. »Dann kannst du nicht enttäuscht werden.«

»Aber überall ist es besser als hier.«

»Meinst du?« Sie sieht mich von der Seite an. »Ich hab mal ein Mädchen gekannt, das abgehauen ist. Wir waren auf einer Party, so wie heute Abend. In Mr. Desmonds Haus. Sie ist aus einem Fenster geklettert und entwischt. Und das war auch schon ihr erstes Problem.«

»Wieso?«

»Was willst du da draußen essen? Wo willst du wohnen? Wenn du keine Papiere hast, kannst du nur überleben, indem du auf den Strich gehst, und das kannst du schließlich auch hier haben. Am Ende ist sie also zur Polizei gegangen, und weißt du, was dann passiert ist? Sie haben sie abgeschoben, zurück nach Weißrussland.« Olena stieß eine Rauchwolke aus und sah mich an. »Traue niemals der Polizei. Das sind nicht deine Freunde.«

»Aber sie ist entkommen. Sie ist nach Hause zurückgekehrt.«

»Weißt du, was passiert, wenn du abhaust und nach Hause zurückgehst? Sie werden dich dort finden. Sie werden auch deine Familie finden. Und wenn sie euch finden, dann wäre es besser für euch, ihr wäret tot.« Olena drückt ihre Zigarette aus. »Das hier ist vielleicht die Hölle. Aber wenigstens machen sie nicht Hackfleisch aus dir, wie sie's mit ihr gemacht haben.«

Ich zittere, aber es ist nicht die Kälte. Ich muss wieder an Anja denken. Immer muss ich an die arme Anja denken, die versucht hat wegzulaufen. Ich frage mich, ob sie immer noch da draußen in der Wüste liegt. Ob ihr Fleisch inzwischen schon verwest ist.

»Wir haben keine Wahl«, flüstere ich. »Wir haben überhaupt keine Wahl.«

»Klar haben wir eine Wahl. Wir können ihr Spiel mitspielen. Jeden Tag ein paar Männer ficken, ihnen geben, was sie wollen. In ein paar Monaten, in einem Jahr vielleicht, kriegt die Mutter eine neue Lieferung Mädchen, und du bist nur noch gebrauchte Ware. Und dann lassen sie dich laufen. Dann bist du frei. Aber wenn du vorher wegzulaufen versuchst, müssen sie an dir ein Exempel statuieren.« Sie sieht mich an. Ich schrecke zurück, als sie plötzlich die Hand ausstreckt und mein Gesicht berührt. Ihre Finger verweilen auf meiner Wange, und sie ziehen eine Spur der Wärme über meine Haut. »Sieh zu, dass du am Leben bleibst, Mila«, sagt sie. »Irgendwann ist das hier auch vorbei.«

14

Selbst nach den vornehmen Maßstäben von Beacon Hill war das Haus beeindruckend: das größte in einer Straße, in der sich eine Nobelresidenz an die andere reihte, alle seit Generationen bewohnt von Vertretern der alteingesessenen Bostoner Elite. Gabriel war zum ersten Mal in diesem Haus zu Gast, und unter anderen Umständen hätte er vielleicht noch einen Moment auf dem Kopfsteinpflaster des Gehwegs verweilt, um im schwindenden Tageslicht den gemeißelten Türsturz zu bewundern, die dekorativen Kunstschmiedearbeiten und den prunkvollen Messingtürklopfer. Heute jedoch verschwendete er keinen Gedanken an architektonische Details, sondern sprang sogleich die Stufen zur Haustür hinauf und drückte auf die Klingel.

Eine junge Frau öffnete ihm. Sie trug eine Hornbrille, durch die sie ihn mit kühl-abschätzendem Blick musterte. Seine neueste Türhüterin, dachte er. Diese Assistentin kannte er noch nicht, aber sie schien in das Muster der typischen Conway-Angestellten zu passen: hochintelligent und tüchtig, vermutlich mit Harvard-Diplom. *Conways Eierköpfe* wurden sie hier in Beacon Hill genannt; ein Kader von jungen Männern und Frauen, die für ihre intellektuelle Schärfe ebenso bekannt waren wie für ihre uneingeschränkte Loyalität gegenüber dem Senator.

»Mein Name ist Gabriel Dean«, sagte er. »Ich bin mit Senator Conway verabredet.«

»Die Herren warten bereits in seinem Büro auf Sie, Agent Dean.«

Die Herren?

»Folgen Sie mir.« Sie machte kehrt und führte ihn forschen Schrittes den Flur entlang. Die flachen Absätze ihrer eher zweckmäßigen als modischen Schuhe klickten auf dem dunklen Eichenparkett, während sie eine Reihe von Gemälden an der Wand passierten: ein gestrenger Patriarch, der an seinem Schreibpult posierte; ein Mann in der gepuderten Perücke und der schwarzen Robe eines Richters; ein dritter, der vor einem kunstvoll drapierten grünen Samtvorhang stand. In diesem Korridor konnte Conway seine noble Ahnengalerie bedenkenlos zur Schau stellen, anders als in seinem Stadthaus in Georgetown, wo »blaues Blut« für einen Politiker eher eine Belastung war.

Die Frau klopfte diskret an eine Tür und steckte dann den Kopf ins Zimmer. »Agent Dean ist da.«

»Danke sehr, Jillian.«

Gabriel trat ins Zimmer, worauf die Tür sich lautlos hinter ihm schloss. Sofort kam der Senator hinter seinem massiven Kirschholzschreibtisch hervor, um ihn zu begrüßen. Obwohl schon über sechzig, bewegte sich der silberhaarige Conway noch immer mit der kraftvollen Geschmeidigkeit eines Marines, und als er Gabriel die Hand schüttelte, war es die markige Begrüßung von zwei Männern, die beide Kampfeinsätze mitgemacht hatten und einander deswegen respektierten.

»Wie kommen Sie klar?«, fragte Conway mit leiser Stimme.

Die Frage nach seinem Befinden, so behutsam formuliert, trieb Gabriel unerwartete Tränen in die Augen. Er räusperte sich. »Um ehrlich zu sein«, gestand er, »ich muss mir große Mühe geben, um nicht den Verstand zu verlieren.«

»Wie ich höre, wurde sie heute Morgen ins Krankenhaus eingeliefert.«

»Der Geburtstermin war eigentlich schon letzte Woche. Heute Morgen ist ihre Fruchtblase geplatzt, und…« Er brach ab und errötete. Wenn zwei alte Kämpen sich unterhielten, kamen so intime anatomische Details ihrer Ehefrauen eher selten zur Sprache.

»Dann müssen wir sie eben da rausholen. Und zwar so bald wie möglich.«

»Ja, Sir.« *Nicht nur bald. Sondern auch lebend.* »Ich hoffe, Sie können mir sagen, was da wirklich läuft. Das Boston PD hat jedenfalls keinen blassen Schimmer.«

»Sie haben mir im Lauf der Jahre schon so manchen Dienst erwiesen, Agent Dean. Ich werde alles tun, was in meiner Macht steht, das verspreche ich Ihnen.« Er drehte sich um und deutete auf die gemütliche Sitzgruppe vor dem gewaltigen gemauerten Kamin. »Vielleicht kann Mr. Silver Ihnen ja helfen.«

Nun erst fiel Gabriels Blick auf den Mann, der so still in einem der Ledersessel saß, dass man ihn glatt hätte übersehen können. Der Mann stand auf, und Gabriel stellte fest, dass er ungewöhnlich groß war; mit dunklem Haar, Stirnglatze und sanften Augen, die hinter einer Professorenbrille hervorschauten.

»Ich glaube, Sie beide kennen sich noch nicht«, sagte Conway. »Das ist David Silver, der stellvertretende DNI. Er kommt direkt aus Washington.«

Das ist ja eine Überraschung, dachte Gabriel, als er David Silver die Hand schüttelte. Der DNI oder *Director of National Intelligence* war der Leiter einer hohen Regierungsbehörde, der sämtliche Nachrichtendienste des Landes unterstellt waren, vom FBI über den Militärgeheimdienst bis hin zur CIA. Und David Silver war der Stellvertreter des gegenwärtigen Amtsinhabers.

»Als wir von der Situation erfuhren, hat Direktor Wynne mich sofort gebeten, nach Boston zu fliegen. Das Weiße Haus glaubt nicht, dass es sich hier um eine gewöhnliche Geiselnahme handelt.«

»Was immer man heutzutage unter *gewöhnlich* verstehen mag«, fügte Conway hinzu.

»Wir stehen schon in ständiger Verbindung mit dem Büro des Polizeipräsidenten«, sagte Silver. »Wir verfolgen die Ermittlungen des Boston PD sehr genau. Aber Senator Conway sagte mir, Sie hätten zusätzliche Informationen, die Auswirkungen auf unsere Strategie in diesem Fall haben könnten.«

Conway deutete auf die Couch. »Setzen wir uns doch. Wir haben eine Menge zu bereden.«

»Sie sagten, Sie glauben nicht, dass es sich hier um eine gewöhnliche Geiselnahme handelt«, sagte Gabriel, indem er auf der Couch Platz nahm. »Das glaube ich auch nicht. Und zwar nicht nur deshalb, weil meine Frau betroffen ist.«

»Inwiefern kommt Ihnen diese Situation anders vor?«

»Abgesehen von der Tatsache, dass die erste Geiselnehmerin eine Frau ist? Und dass sie einen bewaffneten Komplizen hat, der sich zu ihr gesellt hat? Abgesehen von der Tatsache, dass die Frau über Radio einen Satz verbreitet hat, bei dem es sich um einen Aktivierungscode zu handeln schien?«

»All dies hat Direktor Wynne sehr beunruhigt«, erwiderte Silver. »Und da gibt es noch ein weiteres Detail, das uns Sorgen bereitet. Ich muss zugeben, dass ich seine Bedeutung auch nicht gleich erkannt habe, als ich die Aufzeichnung zum ersten Mal hörte.«

»Welche Aufzeichnung?«

»Die des Anrufs der Frau bei dem Radiosender. Wir haben ihre Sprache von einem Linguisten des Verteidigungsministeriums analysieren lassen. Ihre Grammatik ist nahezu perfekt – fast zu perfekt. Keine Verkürzungen, kein Slang. Die Frau ist definitiv keine gebürtige Amerikanerin.«

»Der Unterhändler des Boston PD ist zu demselben Schluss gekommen.«

»Und genau das ist es, was uns beunruhigt. Wenn man sich genau anhört, was sie sagt – besonders diese Formulierung, die sie benutzt hat: ›Die Würfel sind gefallen‹ –, dann kann man den Akzent heraushören. Er ist eindeutig vorhanden. Es könnte Russisch sein oder Ukrainisch oder irgendeine andere osteuropäische Sprache. Es ist unmöglich, ihre genaue Herkunft zu ermitteln, aber jedenfalls ist es ein slawischer Akzent.«

»Das ist es, was das Weiße Haus so beunruhigt«, erklärte Conway.

Gabriel runzelte die Stirn. »Die Regierung vermutet einen terroristischen Hintergrund?«

»Tschetschenische Terroristen, um genau zu sein«, sagte Silver. »Wir wissen nicht, wer diese Frau ist oder wie sie in dieses Land gekommen ist. Wir wissen aber, dass die Tschetschenen bei ihren Anschlägen oft weibliche Kombattanten einsetzen. Bei der Geiselnahme in dem Moskauer Musicaltheater waren mehrere Frauen mit Sprengstoffgürteln im Einsatz. Dann waren da die zwei Passagierjets, die vor einigen Jahren in Südrussland abstürzten, nachdem sie in Moskau gestartet waren. Wir glauben, dass beide von weiblichen Passagieren zum Absturz gebracht wurden, die Bomben an Bord geschmuggelt hatten. Es geht also darum, dass gerade diese Terrorgruppen bei ihren Anschlägen mit Vorliebe Frauen einsetzen. Das ist die große Sorge unseres obersten Geheimdienstkoordinators: dass wir es hier mit Leuten zu tun haben, die gar nicht an Verhandlungen interessiert sind. Sie rechnen möglicherweise fest damit zu sterben – und zwar auf spektakuläre Weise.«

»Die Tschetschenen kämpfen aber doch gegen Moskau. Nicht gegen uns.«

»Der Krieg gegen den Terror ist eine globale Angelegenheit. Das ist genau der Grund, weshalb das Amt des DNI ins Leben gerufen wurde – um sicherzustellen, dass so etwas wie der 11. September nie wieder vorkommt. Unsere Aufgabe ist es, dafür zu sorgen, dass alle unsere Nachrichtendienste zusammenarbeiten – und nicht aneinander vorbei, wie es in der Vergangenheit gelegentlich vorgekommen ist. Keine Rivalitäten mehr, keine neuen Folgen von ›Spion gegen Spion‹. Wir sitzen alle in einem Boot. Und wir sind uns alle einig, dass der Hafen von Boston ein verlockendes Ziel für Terroristen ist. Sie könnten es auf Treibstofflager abgesehen haben oder auf einen Tanker. Ein einziges mit Sprengstoff bepacktes Motorboot könnte eine Katastrophe auslösen.« Er hielt inne. »Diese Geiselnehmerin wurde doch im Wasser gefunden, nicht wahr?«

Conway wandte sich an Gabriel. »Sie scheinen skeptisch, Agent Dean. Was stört Sie an der Theorie?«

»Wir sprechen doch von einer Frau, die durch Zufall in diese Situation geraten ist. Sie wissen doch, dass sie als vermeintliche Wasserleiche in die Gerichtsmedizin eingeliefert wurde? Und dass man sie ins Krankenhaus gebracht hat, nachdem sie aufgewacht war?«

»Ja«, antwortete Silver. »Eine bizarre Geschichte.«

»Sie war ganz allein …«

»Jetzt ist sie nicht mehr allein. Sie hat jetzt einen Partner.«

»Das hört sich aber kaum nach einem geplanten Terrorakt an.«

»Wir sagen ja nicht, dass die Geiselnahme geplant war. Das Timing wurde ihnen durch die Umstände aufgezwungen. Vielleicht fing tatsächlich alles mit einem Zufall an. Vielleicht ist sie während des Versuchs, sie in die Staaten einzuschleusen, über Bord gefallen. Dann wacht sie im Krankenhaus auf, und ihr ist klar, dass sie von den Behörden vernommen werden wird, worauf sie in Panik gerät. Sie ist vielleicht nur ein Arm des Kraken, ein Teil einer wesentlich größeren Operation. Einer Operation, die nun vorzeitig aufgeflogen ist.«

»Joseph Roke ist kein Russe, sondern Amerikaner.«

»Ja, wir wissen das eine oder andere über Mr. Roke aus seiner Militärakte«, sagte Silver.

»Er ist wohl kaum das, was man sich unter einem typischen Tschetschenien-Sympathisanten vorstellt.«

»Wussten Sie, dass Mr. Roke bei der Army zum Sprengstoffexperten ausgebildet wurde?«

»Das gilt auch für viele andere Soldaten, die nicht zu Terroristen wurden.«

»Mr. Roke ist auch durch antisoziales Verhalten aufgefallen. Durch Disziplinarverstöße. Wussten Sie das?«

»Ich weiß, dass er unehrenhaft entlassen wurde.«

»Weil er einen Offizier geschlagen hat. Weil er wiederholt Befehle verweigert hat. Es gab sogar Vermutungen, dass er unter schweren seelischen Störungen leiden könnte. Ein Psychologe der Army zog die Diagnose ›paranoide Schizophrenie‹ in Betracht.«

»Wurde er deswegen behandelt?«

»Roke verweigerte jegliche Medikation. Nach seiner Entlassung aus der Armee hat er sich mehr oder weniger von der Außenwelt abgeschottet. Wir sprechen hier von einem Typen wie dem so genannten ›Unabomber‹; einem Mann, der sich aus der Gesellschaft zurückzieht und exzentrische Verschwörungstheorien ausbrütet. Rokes Ideen drehten sich vor allem um Regierungsverschwörungen. Er litt unter Verfolgungswahn. Es handelt sich um einen äußerst verbitterten Mann, der sich von seiner Regierung verraten und verkauft fühlt. Er hat schon so viele Briefe über seine Theorien an das FBI geschrieben, dass sie dort eine eigene Akte über ihn haben.« Silver nahm eine Mappe vom Couchtisch und reichte sie Gabriel. »Falls Sie eine Kostprobe seiner Ergüsse wünschen – das hier ist ein Brief, den er ihnen im Juni 2004 geschickt hat.«

Gabriel schlug die Mappe auf und las den Brief.

...Ich habe Ihnen immer wieder Fälle dokumentierter Todesfälle durch Herzinfarkt vorgelegt, heimlich ausgelöst durch die Beimischung von Recyclingkunststoff in Zigarettentabak. Wie im Verteidigungsministerium sehr wohl bekannt ist, entsteht durch die Verbindung ein tödliches Nervengas. Dutzende von Veteranen wurden auf diese

Weise ermordet, wodurch die Veterans Administration *Millionen von Dollars an Gesundheitskosten einspart. Kann es denn sein, dass sich beim FBI niemand dafür interessiert?*

»Das ist nur einer von Dutzenden ähnlich verrückter Briefe, die er an das FBI, seine Kongressabgeordneten, Zeitungen und Fernsehsender geschrieben hat. Die *Washington Post* hat schon so viel von diesem paranoiden Mist bekommen, dass dort alles, was seinen Namen trägt, sofort in den Papierkorb wandert. Wie Sie an der Probe erkennen können, ist der Mann durchaus intelligent. Er weiß sich auszudrücken. Und er ist hundertprozentig davon überzeugt, dass die Regierung böse ist.«

»Warum ist er nicht in psychiatrischer Behandlung?«

»Er glaubt selbst nicht, dass er verrückt ist. Obwohl jeder andere auf den ersten Blick sehen kann, dass er nicht richtig im Kopf ist.«

»Terroristen würden niemals einen Psychotiker anwerben.«

»Vielleicht doch, wenn er für sie nützlich ist.«

»Solche Menschen lassen sich nicht führen. Man kann nie vorhersagen, wie sie reagieren werden.«

»Aber man kann sie zu Gewalttaten aufstacheln. Man kann sie in ihrer Überzeugung bestärken, dass ihre eigene Regierung gegen sie ist. Und man kann sich ihr Wissen und ihre Fertigkeiten zunutze machen. Roke mag paranoid sein, aber er kennt sich auch mit Sprengstoff aus. Er ist ein verbitterter Einzelgänger mit militärischer Ausbildung. Der perfekte Kandidat für eine Anwerbung durch Terroristen, Agent Dean. Solange wir keine Beweise für das Gegenteil haben, müssen wir davon ausgehen, dass diese Situation Auswirkungen auf die nationale Sicherheit hat. Wir glauben nicht, dass das Boston PD in der Lage ist, die Sache allein zu bewältigen.«

»Deshalb also ist John Barsanti hier.«

»Wer?« Silver schien verwirrt.

»Agent Barsanti vom Büro des stellvertretenden FBI-Direktors. Normalerweise schickt das FBI keinen Mitarbeiter aus Washington, wenn man ebenso gut auf die Dienststelle vor Ort zurückgreifen könnte.«

»Mir war nicht bewusst, dass das FBI sich schon eingeschaltet hat«, sagte Silver. Das Geständnis verblüffte Gabriel. Das Büro des DNI war dem FBI übergeordnet; Silver hätte auf jeden Fall über Barsantis Einsatz informiert sein müssen.

»Das FBI wird die Rettungsaktion nicht durchführen«, sagte Silver. »Wir haben eine spezielle Antiterroreinheit des Strategic Support Branch zum Eingreifen autorisiert.«

Gabriel starrte Silver an. »Sie setzen ein Team des Pentagon ein? Eine militärische Operation auf US-amerikanischem Boden?«

Senator Conway schaltete sich ein: »Ich weiß, das klingt illegal, Agent Dean. Aber es gibt da eine neue Anweisung, die sich JCS Conplan 0300-97 nennt. Sie bevollmächtigt das Pentagon, militärische Antiterroreinheiten innerhalb unserer Landesgrenzen einzusetzen, wenn die Situation es erfordert. Die Direktive ist so neu, dass sie in der Öffentlichkeit noch so gut wie unbekannt ist.«

»Und das halten Sie für eine *gute* Idee?«

»Wollen Sie meine ehrliche Meinung hören?« Der Senator seufzte. »Es jagt mir eine Heidenangst ein. Aber die Direktive ist rechtskräftig. Das Militär *kann* eingreifen.«

»Und aus gutem Grund«, meinte Silver. »Falls Sie es noch nicht bemerkt haben sollten: Unser Land wird angegriffen. Das ist unsere einmalige Chance, dieses Nest auszuheben, bevor von dort ein Anschlag ausgehen kann. Bevor noch mehr Menschenleben gefährdet werden. Vom großen Ganzen her gesehen könnte sich diese Krise noch als ein glücklicher Zufall erweisen.«

»Ein *glücklicher* Zufall?«

Zu spät bemerkte Silver seine Taktlosigkeit. Er hob entschuldigend die Hände. »Es tut mir Leid, das war wirklich unmöglich von mir. Ich bin so voll und ganz auf meinen Auftrag konzentriert, dass ich manchmal einen regelrechten Tunnelblick bekomme.«

»Der vielleicht auch Ihre Sicht auf die Dinge einengt.«

»Wie meinen Sie das?«

»Sie sehen diese Geiselnahme und denken automatisch an Terrorismus.«

»Ich muss die Möglichkeit in Betracht ziehen. Die *anderen* haben uns gezwungen, diese Haltung einzunehmen. Das dürfen Sie nicht vergessen.«

»Unter Ausschluss aller anderen Möglichkeiten?«

»Natürlich nicht. Es ist durchaus möglich, dass wir es nur mit zwei gewöhnlichen Spinnern zu tun haben; mit zwei Leuten, die sich der Festnahme zu entziehen versuchen, nachdem sie in New Haven diesen Streifenbeamten erschossen haben. Wir haben auch diese Erklärung in Betracht gezogen.«

»Und dennoch konzentrieren Sie sich ganz auf die Terrorismusoption.«

»Mr. Wynne besteht darauf. Er nimmt seine Aufgabe als Direktor der Nationalen Geheimdienstbehörde nun einmal sehr ernst.«

Conway hatte Gabriel beobachtet und seine Reaktionen richtig gedeutet. »Ich sehe, dass Sie Ihre Probleme mit diesem Terrorismusansatz haben.«

»Ich halte ihn für zu simpel«, sagte Gabriel.

»Und wie lautet Ihre Erklärung? Was wollen diese Leute?«, fragte Silver. Er hatte sich in seinem Sessel zurückgelehnt und die langen Beine übereinander geschlagen; seine Hände ruhten locker auf den Armlehnen. Keine Spur von Anspannung in seinem schlaksigen Körper. Er interessiert sich gar nicht wirklich für meine Meinung, dachte Gabriel; sein Urteil steht schon fest.

»Ich habe noch keine Antwort«, sagte Gabriel. »Alles, was ich habe, ist eine Reihe verwirrender Details, die ich mir nicht erklären kann. Deswegen habe ich Senator Conway angerufen.«

»Welche Details?«

»Ich habe mir vorhin die Obduktion des Wachmanns angesehen, der von der Geiselnehmerin erschossen wurde. Wie sich herausstellte, war er überhaupt nicht in der Klinik beschäftigt. Wir wissen nicht, wer er war.«

»Wurden seine Fingerabdrücke überprüft?«

»Er ist nicht in AFIS registriert.«

»Das heißt, er ist nicht vorbestraft.«

»Nein. Seine Fingerabdrücke tauchen in keiner der Datenbanken auf, die wir überprüft haben.«

»Nicht von jedem Einwohner liegen Fingerabdrücke vor.«

»Dieser Mann hat die Klinik mit einer Waffe betreten, die mit Duplexgeschossen geladen war.«

»Das überrascht mich«, sagte Conway.

»Was sind Duplexgeschosse?«, fragte Silver. »Ich bin nur ein einfacher Anwalt, Sie müssen mir das also bitte erklären. Von Waffen habe ich leider überhaupt keine Ahnung.«

»Das ist ein Typ Munition, bei dem mehr als ein Geschoss in eine einzige Patronenhülse gepackt wird«, antwortete Conway. »Dadurch soll die tödliche Wirkung verstärkt werden.«

»Ich habe gerade mit dem Ballistiklabor des Boston PD gesprochen«, sagte Gabriel. »Sie haben in dem Krankenzimmer eine Hülse sichergestellt. Es handelt sich um eine M-198.«

Conway starrte ihn an. »US-Army-Ausrüstung. Nicht unbedingt das, was man bei einem Wachmann in einer Klinik erwarten würde.«

»Bei einem *falschen* Wachmann.« Gabriel griff in seine Brusttasche und zog ein zusammengefaltetes Blatt Papier hervor. Er legte es auf den Couchtisch und strich es glatt. »Und hier ist das Detail, das mir zu denken gibt.«

»Was ist das?«, fragte Silver.

»Das ist die Skizze, die ich während der Obduktion angefertigt habe. Es ist eine Tätowierung auf dem Rücken des Toten.«

Silver drehte das Blatt so, dass er die Zeichnung betrachten konnte. »Ein Skorpion?«

»Ja.«

»Und wollen Sie mir auch erklären, inwiefern das von Bedeutung ist? Ich könnte nämlich wetten, dass hierzulande eine ziemlich beträchtliche Zahl von Männern mit Skorpion-Tätowierungen herumlaufen.«

Conway nahm die Skizze zur Hand. »Sie sagen, er hatte sie auf dem Rücken? Und es ist der Polizei noch nicht gelungen, den Mann zu identifizieren?«

»Seine Fingerabdrücke konnten nicht zugeordnet werden.«

»Es überrascht mich, dass sie nicht registriert sind.«

»Wieso?«, fragte Silver.

Gabriel sah ihn an. »Weil es sehr wahrscheinlich ist, dass dieser Mann beim Militär war.«

»Das können Sie an seiner Tätowierung erkennen?«

»Es ist nicht irgendeine Tätowierung.«

»Und was ist an dieser so besonders?«

»Sie befindet sich nicht auf seinem Arm, sondern auf dem Rücken. Bei den Marines nennen wir so etwas ein ›Torso-Fleischetikett‹, weil es bei der Identifizierung der Leiche helfen kann. Bei einer Bombenexplosion ist es ziemlich wahrscheinlich, dass einem Gliedmaßen abgerissen werden. Und deswegen lassen sich viele Soldaten Tätowierungen auf der Brust oder auf dem Rücken anbringen.«

Silver verzog das Gesicht. »Ein ziemlich makabres Motiv.«

»Aber praktisch.«

»Und der Skorpion? Hat der eine bestimmte Bedeutung?«

»Es ist die Zahl Dreizehn, die mir gleich ins Auge gesprungen ist«, sagte Gabriel. »Sie können sie hier erkennen, umschlungen vom Schwanz des Skorpions. Ich glaube, damit ist die *Fighting Thirteenth* gemeint.«

»Ist das eine Armeeeinheit?«

»Marine-Expeditionskorps. Kann auch für Spezialoperationen eingesetzt werden.«

»Wollen Sie damit sagen, der Getötete war ein Ex-Marine?«

»Man ist niemals ein *Ex*-Marine«, betonte Conway.

»Oh. Natürlich«, korrigierte sich Silver. »Er ist ein toter Marine.«

»Und das führt uns zu dem Detail, das mir das größte Kopfzerbrechen bereitet«, sagte Gabriel. »Die Tatsache, dass seine Fingerabdrücke in keiner Datenbank zu finden sind. Von diesem Mann existiert keine Militärakte.«

»Dann irren Sie sich vielleicht, was die Bedeutung seiner Tätowierung betrifft. Und die der Duplexmunition.«

»Oder ich habe Recht. Und seine Fingerabdrücke wurden bewusst aus dem System gelöscht, um ihn für die Strafverfolgungsbehörden unsichtbar zu machen.«

Es war lange Zeit still.

Silvers Augen weiteten sich, als er plötzlich begriff, was Gabriel da andeutete. »Sie behaupten doch nicht etwa, einer *unserer* Geheimdienste hätte seine Fingerabdrücke gelöscht?«

»Um gewisse verdeckte Operationen innerhalb unserer Grenzen zu kaschieren.«

»Wen klagen Sie an? Die CIA? Den Militärgeheimdienst? Wenn er einer von unseren Leuten war, dann wurde ich jedenfalls nicht darüber informiert.«

»Wer immer dieser Mann war, für wen auch immer er gearbeitet hat, es lässt sich zu diesem Zeitpunkt nicht mehr leugnen, dass er und sein Genosse dieses Krankenzimmer in einer ganz bestimmten Absicht aufgesucht haben.« Gabriel sah Conway an. »Sie sitzen im Geheimdienstausschuss des Senats. Sie haben Ihre Quellen.«

»Aber in dieser Sache gehörte ich mit Sicherheit nicht zum Kreis der Eingeweihten«, erwiderte Conway kopfschüttelnd. »Falls eine unserer Behörden einen Anschlag auf diese Frau befohlen hat, wäre das ein handfester Skandal. Ein Mordanschlag auf amerikanischem Boden?«

»Aber dieser Anschlag ging gründlich schief«, sagte Gabriel. »Bevor sie die Operation durchziehen konnten, kam ihnen Dr. Isles in die Quere. Nicht genug, dass die Zielperson den Anschlag überlebte, sie nahm auch noch Geiseln. Jetzt ist daraus ein riesiges Medienereignis geworden. Eine missglückte verdeckte Operation, die auf den Titelseiten der Zeitungen landet. Die Fakten werden ohnehin ans Licht kommen; wenn Sie also etwas wissen, können Sie es mir auch gleich sagen. Wer ist diese Frau, und wieso will unser Land ihren Tod?«

»Das ist reine Spekulation«, sagte Silver. »Die Spur, die Sie da verfolgen, ist ganz schön vage, Agent Dean. Von einer Tätowierung und einer Kugel auf einen von der Regierung finanzierten Mordanschlag zu schließen – ich bitte Sie.«

»Diese Leute haben meine Frau in ihrer Gewalt«, sagte Gabriel ruhig. »Ich bin entschlossen, jede Spur zu verfolgen, und sei sie auch noch so vage. Ich muss wissen, wie man dieser Sache ein Ende setzen kann, ohne dass jemand dabei ums Leben kommt. Das ist alles, was ich will. Dass niemand ums Leben kommt.«

Silver nickte. »Das wollen wir doch alle.«

15

Es war schon dunkel, als Maura in die ruhige Straße in Brookline einbog, in der sie wohnte. Sie fuhr vorbei an vertrauten Häusern und Vorgärten. Sah wie immer den rothaarigen Nachbarsjungen mit seinem Basketball nach dem Korb über dem Garagentor zielen. Und ihn wie üblich verfehlen. Alles schien noch genau wie gestern; ein ganz normaler Sommerabend in der Vorstadt. Aber heute Abend ist alles anders, dachte sie. Heute Abend würde sie nicht noch gemütlich bei einem Glas Weißwein in der neuen *Vanity Fair* schmökern. Wie konnte sie sich ihren gewohnten Genüssen hingeben, wenn sie daran dachte, was Jane in diesem Moment durchmachte?

Falls Jane überhaupt noch am Leben war.

Maura fuhr in ihre Garage und trat ins Haus, dankbar für den kühlen Hauch aus der Klimaanlage. Sie würde nicht lange bleiben; sie war nur gekommen, um rasch einen Happen zu essen, zu duschen und frische Kleider anzuziehen. Schon wegen dieser kurzen Atempause hatte sie ein schlechtes Gewissen. Ich werde Gabriel ein paar Sandwiches mitbringen, dachte sie. Sie bezweifelte, dass er im Lauf des Tages auch nur einen Gedanken ans Essen verschwendet hatte.

Sie war gerade aus der Dusche gestiegen, als sie die Türklingel hörte. Rasch schlüpfte sie in einen Bademantel und eilte hin, um zu öffnen.

Peter Lukas stand auf der Schwelle. Erst am Morgen hatte sie mit ihm gesprochen, aber sein zerknittertes Hemd und die tiefen Ringe unter seinen Augen ließen erkennen, welchen Tribut die Stunden, die seither vergangen waren, von ihm gefordert hatten. »Entschuldigen Sie, dass ich einfach so hier aufkreuze«, sagte er. »Ich habe vor ein paar Minuten versucht, Sie anzurufen.«

»Ich habe das Telefon nicht gehört. Ich war unter der Dusche.«

Nur für einen kurzen Moment fiel sein Blick auf ihren Bademantel, dann sah er bewusst an ihr vorbei und fixierte einen Punkt über ihrer Schulter, als sei es ihm peinlich, eine Frau in diesem Aufzug direkt anzuschauen. »Kann ich Sie kurz sprechen? Ich brauche Ihren Rat.«

»Meinen Rat?«

»In dieser Sache, die die Polizei von mir verlangt.«

»Sie haben mit Captain Hayder gesprochen?«

»Und mit diesem FBI-Typen. Agent Barsanti.«

»Dann wissen Sie ja bereits, was die Geiselnehmer wollen.«

Lukas nickte. »Deswegen bin ich hier. Ich muss wissen, was Sie von dieser verrückten Geschichte halten.«

»Sie denken ernsthaft darüber nach, es zu tun?«

»Ich muss wissen, was Sie an meiner Stelle tun würden, Dr. Isles. Ich vertraue Ihrem Urteil.« Jetzt endlich sah er ihr in die Augen, und sie spürte, wie ihr die Hitze in die Wangen stieg. Unwillkürlich hüllte sie sich fester in den Bademantel.

»Kommen Sie herein«, sagte sie schließlich. »Ich ziehe mich nur schnell an, dann können wir darüber reden.«

Während er im Wohnzimmer wartete, kramte sie im Kleiderschrank nach einer sauberen Hose und einer Bluse. Vor dem Spiegel blieb sie stehen und verzog das Gesicht, als sie ihr verschmiertes Make-up und ihr zerzaustes Haar sah. Er ist doch nur ein Reporter, dachte sie. Das ist kein Date. Es ist vollkommen egal, wie du aussiehst.

Als sie schließlich ins Wohnzimmer zurückging, sah sie ihn am Fenster stehen und auf die dunkle Straße hinausblicken. »Die Sache ist inzwischen auf allen Kanälen«, sagte er, während er sich zu ihr umdrehte. »In diesem Augenblick sehen sie es drüben in L.A. im Fernsehen.«

»Denken Sie deswegen darüber nach, sich darauf einzulassen? Weil es Sie berühmt machen könnte? Weil Ihr Name dann in die Schlagzeilen käme?«

»O ja, ich sehe sie schon vor mir: ›Reporter durch Kopfschuss getötet.‹ Auf so eine Schlagzeile war ich schon immer scharf.«

»Es ist Ihnen also klar, dass es keine besonders kluge Entscheidung wäre.«

»Ich habe mich noch nicht entschieden.«

»Wenn Sie meinen Rat wollen …«

»Ich will mehr als nur Ihren Rat. Ich brauche Informationen.«

»Was kann ich Ihnen schon sagen?«

»Sie könnten mir zum Beispiel verraten, was das FBI hier tut.«

»Sie sagen doch, Sie haben mit Agent Barsanti gesprochen. Haben Sie ihn nicht gefragt?«

»Ich habe gehört, dass auch ein gewisser Agent Dean involviert sein soll. Barsanti wollte mir partout nichts über ihn sagen. Warum schickt das FBI eigens zwei Leute aus dem fernen Washington, wo doch die Bostoner Polizei sehr wohl allein mit dieser Krise fertig werden könnte?«

Seine Frage alarmierte sie. Wenn er schon über Gabriel Bescheid wusste, würde es nicht lange dauern, bis er herausfand, dass Jane eine der Geiseln war.

»Ich weiß es nicht«, log sie, und es fiel ihr schwer, ihm dabei in die Augen zu sehen. Er musterte sie so eindringlich, dass sie sich schließlich abwenden musste. Sie setzte sich auf die Couch.

»Wenn es irgendetwas gibt, was ich wissen muss«, sagte er, »dann hoffe ich, dass Sie es mir sagen werden. Ich wüsste gerne vorher, worauf ich mich da einlasse.«

»Inzwischen wissen Sie vermutlich genauso viel wie ich.«

Er setzte sich in den Sessel gegenüber von ihr, und sein

Blick war so direkt, dass sie sich vorkam wie ein aufgespießter Schmetterling. »Was wollen diese Leute?«

»Was hat Barsanti Ihnen gesagt?«

»Er hat mir von ihrem Angebot erzählt. Dass sie versprochen hätten, zwei Geiseln freizulassen. Dann soll ich mit einem Kameramann da reingehen und mit diesem Kerl reden, und anschließend würden sie noch einmal zwei Geiseln freilassen. Das ist der Deal. Was danach passiert, darüber kann man nur spekulieren.«

Dieser Mann könnte Janes Leben retten, dachte sie. Wenn er sich in die Höhle des Löwen wagte, könnte Jane eine der zwei Geiseln sein, die gehen durften. *Ich würde es tun. Aber ich kann von diesem Mann nicht verlangen, dass er sein Leben aufs Spiel setzt, auch nicht für Jane.*

»Man bekommt nicht jeden Tag die Chance geboten, den Helden zu spielen«, sagte er. »Es ist in gewisser Weise eine einmalige Gelegenheit. Viele Journalisten würden sich darum reißen.«

Sie lachte. »Sehr verlockend. Buchvertrag, Fernsehfilm der Woche. Aber gleich sein Leben riskieren für ein bisschen Ruhm und Reichtum?«

»Na ja, da draußen steht mein rostiger alter Toyota, und ich muss noch neunundzwanzig Jahre lang meine Hypothek abstottern – da klingt ein bisschen Ruhm und Reichtum gar nicht so übel.«

»Falls Sie lange genug leben, um sich daran erfreuen zu können.«

»Deswegen wollte ich ja mit Ihnen reden. Sie haben diese Frau erlebt. Sie wissen, mit was für Leuten wir es zu tun haben. Sind sie rationalen Argumenten zugänglich? Werden sie ihren Teil der Abmachung einhalten? Werden sie mich gehen lassen, wenn das Interview zu Ende ist?«

»Das kann ich nicht vorhersagen.«

»Das ist keine sehr hilfreiche Antwort.«

»Ich weigere mich, die Verantwortung für das zu übernehmen, was mit Ihnen passiert. Ich kann nicht vorhersagen, was diese Leute tun werden. Ich weiß ja nicht einmal, was sie wollen.«

Er seufzte. »Ich habe schon befürchtet, dass Sie das sagen würden.«

»Jetzt habe ich mal eine Frage an Sie. Ich nehme an, Sie kennen die Antwort.«

»Und die Frage lautet?«

»Warum haben die Geiselnehmer sich von allen Journalisten, die sie hätten fragen können, ausgerechnet Sie ausgesucht?«

»Ich habe keine Ahnung.«

»Sie müssen doch irgendwann schon einmal mit ihnen zu tun gehabt haben.«

Es war sein Zögern, das sie aufmerken ließ. Sie beugte sich zu ihm vor. »Diese Leute haben sich bei Ihnen gemeldet.«

»Das müssen Sie verstehen – als Reporter wird man ständig von irgendwelchen Verrückten belästigt. Jede Woche bekomme ich mehrere von diesen absurden Briefen oder Anrufen, in denen es um irgendwelche geheimen Regierungskomplotte geht. Wenn es nicht die bösen Ölkonzerne sind, dann sind es die schwarzen Helikopter oder UN-Verschwörungen. Meistens ignoriere ich sie einfach. Deswegen habe ich mir nicht allzu viel dabei gedacht. Es war nur einer von vielen verrückten Anrufen.«

»Wann war das?«

»Vor ein paar Tagen. Einer meiner Kollegen hat mich gerade daran erinnert, weil er es war, der den Anruf entgegennahm. Ehrlich gesagt, ich war in diesem Moment viel zu beschäftigt, um der Sache allzu viel Beachtung zu schenken. Es war schon spät, ich musste einen Redaktionsschluss einhalten, und das Letzte, was ich in diesem Moment gebrauchen konnte, war eine Diskussion mit irgend so einem Spinner.«

»Der Anruf kam von einem Mann?«

»Ja. Er rief in der Redaktion der *Tribune* an. Der Mann fragte, ob ich mir das Paket schon angesehen hätte, das er mir geschickt habe. Ich wusste nicht, wovon er redete. Er sagte, er habe mir vor einigen Wochen etwas mit der Post geschickt; bei mir war aber nichts angekommen. Da sagte er mir, dass eine Frau an diesem Abend ein zweites Paket am Empfang abgeben würde. Wenn es käme, sollte ich sofort hinuntergehen und es abholen, denn der Inhalt sei hochbrisant.«

»Haben Sie dieses zweite Paket je bekommen?«

»Nein. Der Pförtner versicherte mir, dass an diesem Abend keine Frau vorbeigekommen sei. Ich ging nach Hause und hatte die Sache schon bald vergessen. Bis jetzt.« Er hielt inne. »Ich frage mich, ob der Anrufer dieser Joe war.«

»Wie kam er ausgerechnet auf Sie?«

»Ich habe keine Ahnung.«

»Diese Leute scheinen Sie aber zu kennen.«

»Vielleicht haben sie meine Kolumne gelesen. Vielleicht sind es Fans von mir.« Als Maura schwieg, lachte er selbstironisch. »Kaum sehr wahrscheinlich, ich weiß.«

»Sind Sie jemals im Fernsehen aufgetreten?«, fragte sie und dachte dabei: Er hat das richtige Gesicht dafür, die dunkle, attraktive Erscheinung.

»Nein, nie.«

»Und Sie haben immer nur in der *Boston Tribune* veröffentlicht?«

»*Nur?* Nettes Kompliment, Dr. Isles.«

»So war das nicht gemeint.«

»Ich bin seit meinem zweiundzwanzigsten Lebensjahr Reporter. Anfangs habe ich als freier Journalist Beiträge für den *Boston Phoenix* und das *Boston Magazine* geschrieben. Aber als Freier lebt man mehr oder weniger von der Hand in den Mund, also war ich froh, als ich irgendwann eine Stelle bei der *Tribune* bekam. Angefangen habe ich als Lokalreporter, dann war ich ein paar Jahre lang Korrespondent in Washington. Als mir dann eine wöchentliche Kolumne angeboten wurde, ging ich wieder zurück nach Boston. Ich bin also schon eine ganze Weile in diesem Geschäft. Ich verdiene mir keine goldene Nase, aber offensichtlich habe ich den einen oder anderen Fan. Denn wie es scheint, weiß dieser Joseph Roke ja, wer ich bin.« Nach einer Pause fuhr er fort: »Wenigstens hoffe ich, dass er ein Fan ist. Und nicht ein verärgerter Leser.«

»Selbst wenn er ein Fan von Ihnen ist – das ist eine gefährliche Situation, in die Sie sich da begeben.«

»Ich weiß.«

»Sie wissen, wie die Sache ablaufen soll?«

»Nur ein Kameramann und ich. Es soll live über einen lokalen Fernsehsender übertragen werden. Ich nehme an, dass die Geiselnehmer eine Möglichkeit haben zu überprüfen, ob wir tatsächlich auf Sendung sind. Ich gehe auch davon aus, dass sie mit der üblichen Verzögerung von fünf Sekunden einverstanden sein werden, für den Fall…« Er brach ab.

Für den Fall, dass etwas fürchterlich schief geht.

Lukas holte tief Luft. »Was würden Sie tun, Dr. Isles? An meiner Stelle?«

»Ich bin keine Journalistin.«

»Sie würden sich also weigern.«

»Kein normaler Mensch würde sich freiwillig in die Gewalt von Geiselnehmern begeben.«

»Soll das heißen, dass Journalisten keine normalen Menschen sind?«

»Denken Sie einfach nur gründlich darüber nach.«

»Ich will Ihnen sagen, was ich denke. Dass vier Geiseln lebend da rauskommen könnten, wenn ich es tue. Dann wird endlich auch einmal etwas, was ich tue, eine Schlagzeile wert sein.«

»Und dafür sind Sie bereit, Ihr Leben aufs Spiel zu setzen?«

»Ich bin bereit, das Risiko einzugehen«, entgegnete er. Und setzte mit schlichter Aufrichtigkeit hinzu: »Aber ich habe auch wahnsinnige Angst davor.« Seine Ehrlichkeit war entwaffnend; nur wenige Männer hatten den Mut zuzugeben, dass sie Angst hatten. »Captain Hayder will bis neun Uhr heute Abend meine Antwort wissen.«

»Was werden Sie tun?«

»Der Kameramann hat sich schon bereit erklärt, es zu machen. Da käme ich mir wie ein Feigling vor, wenn ich es nicht täte. Zumal, wenn dadurch vier Geiseln gerettet werden könnten. Ich muss immer an all die Reporter denken, die zurzeit in Bagdad sind, und an das, was diese Kollegen jeden Tag durchmachen. Das hier dürfte im Vergleich dazu ein Spaziergang sein. Ich gehe da rein, rede mit den Spinnern, lass mir von ihnen ihre Geschichte erzählen und verschwinde wieder. Vielleicht ist das ja alles, was sie wollen – eine Gelegenheit, Dampf abzulassen; die Leute zu zwingen, ihnen zuzuhören. Ich könnte die ganze Krise beenden, indem ich es tue.«

»Sie wollen als Retter dastehen.«

»Nein! Nein, ich versuche nur...« Er lachte. »Ich versuche nur, eine Rechtfertigung dafür zu finden, dass ich dieses irrsinnige Risiko eingehe.«

»Das haben jetzt Sie gesagt, nicht ich.«

»Die Wahrheit ist: Ich bin kein Held. Ich habe nie einen Sinn darin gesehen, mein Leben aufs Spiel zu setzen, wenn es nicht unbedingt sein musste. Aber das hier ist mir genauso ein Rätsel wie Ihnen. Ich will wissen, warum sie sich mich ausgesucht haben.« Er warf einen Blick auf seine Uhr. »Es ist schon fast neun. Ich sollte wohl besser Barsanti anrufen.« Er stand auf und begann, zur Tür zu gehen. Plötzlich blieb er stehen und blickte sich um.

Mauras Telefon klingelte.

Sie hob ab und hörte Abe Bristol sagen: »Hast du den Fernseher an?«

»Wieso?«

»Schalt ihn ein, Channel Six. Schlechte Nachrichten.«

Lukas sah zu, wie sie zum Fernseher ging. Ihr Herz klopfte plötzlich wie wild. *Was ist passiert? Was ist schief gelaufen?* Sie drückte auf den Knopf der Fernbedienung, und wieder füllte Zoe Fosseys Gesicht den Bildschirm aus.

»... der Polizeisprecher wollte dazu keinen Kommentar abgeben, doch wir haben jetzt die Bestätigung, dass eine der Geiseln eine Bostoner Polizeibeamtin ist. Detective Jane Rizzoli war erst vor einem Monat landesweit in den Schlagzeilen, als sie im Fall einer entführten Hausfrau aus Natick ermittelte. Wir haben noch immer keine Informationen über die aktuelle Verfassung der Geiseln, und wir wissen auch nicht, wie es kommt, dass Detective Rizzoli unter ihnen ist ...«

»Mein Gott«, murmelte Lukas, der direkt neben Maura stand. Sie hatte gar nicht bemerkt, wie er sich ihr genähert hatte. »Die halten da drin eine *Polizistin* fest?«

Maura sah ihn an. »Gut möglich, dass sie schon eine tote Polizistin ist.«

16

Das war's dann. Ich werde sterben.

Jane saß stocksteif auf der Couch und wartete nur noch auf das Krachen des Schusses, als Joe sich zu ihr umdrehte. Aber es war die Frau, die auf sie zukam, mit quälend langsamen und bedächtigen Schritten. Olena – so hatte Joe seine Komplizin genannt. Jetzt kenne ich wenigstens die Namen meiner Mörder, dachte Jane. Sie spürte, wie der Pfleger von ihr abrückte, als wollte er es vermeiden, von ihrem Blut bespritzt zu werden. Jane hielt den Blick starr auf Olenas Gesicht gerichtet; sie wagte es nicht, die Waffe anzuschauen. Sie wollte nicht sehen, wie der Lauf sich hob und auf ihren Kopf richtete, wollte nicht mitbekommen, wie die Hand sich immer fester um den Griff schloss. Es ist besser, wenn ich die Kugel nicht kommen sehe, dachte sie. Besser, ich schaue dieser Frau in die Augen und zwinge sie, den Menschen anzusehen, den sie gleich über den Haufen schießen wird. Sie konnte keine Gefühlsregung in diesen Augen erkennen; es waren die Augen einer Puppe. Blaues Glas. Olena trug jetzt Kleider, die sie sich in einem Umkleideraum organisiert hatte: eine OP-Hose und einen weißen Arztkittel. Eine Killerin, verkleidet als Heilerin.

»Ist das wahr?«, fragte Olena leise.

Jane spürte, wie ihre Gebärmutter sich zusammenzog, und sie biss sich auf die Unterlippe, als die Schmerzen der neuen Wehe immer schlimmer wurden. Mein armes Baby, dachte sie. Du wirst nie deinen ersten Atemzug tun. Eine Hand fasste die ihre – es war Dr. Tam, die ihr stummen Trost zu spenden versuchte.

»Das Fernsehen – sagt es die Wahrheit? Sie sind Polizistin?«

Jane schluckte. »Ja«, flüsterte sie.

»Die haben gesagt, dass Sie bei der Kripo sind«, schaltete Joe sich ein. »Stimmt das?«

Jane krümmte sich im Würgegriff der Wehe, und ihr wurde allmählich schwarz vor Augen. »Ja«, stöhnte sie. »Ja, verdammt noch mal! Ich bin bei – bei der Mordkommission...«

Olena blickte auf das Namensarmband hinunter, das sie Jane vom Handgelenk gerissen hatte. Es lag noch auf dem Boden neben der Couch. Sie hob es auf und gab es Joe.

»Rizzoli, Jane«, las er.

Die schlimmsten Schmerzen waren jetzt vorbei. Jane atmete keuchend aus und sank gegen die Rückenlehne der Couch, ihr Krankenhauskittel von Schweiß getränkt. Zu erschöpft, um sich noch länger zu wehren, auch wenn es um ihr eigenes Leben ging. Wie hätte sie sich auch wehren sollen? *Ich komme ja nicht mal ohne Hilfe von dieser weichen Couch hoch.* Resigniert sah sie zu, wie Joe nach ihrer Patientenakte griff und sie aufschlug.

»Rizzoli, Jane«, las er vor. »Verheiratet, wohnhaft in der Claremont Street. Beruf: Detective, Mordkommission, Boston PD.« Er sah sie an, und der Blick aus seinen dunklen Augen war so durchdringend, dass sie sich am liebsten in den Ritzen der Couch verkrochen hätte. Anders als Olena war dieser Mann vollkommen ruhig und beherrscht. Das ängstigte Jane am meisten – dass er offenbar ganz genau wusste, was er tat. »Sie sind also bei der Mordkommission. Und Sie sind rein *zufällig* hier?«

»Muss wohl mein Glückstag sein«, murmelte sie.

»Was?«

»Nichts.«

»Antworten Sie mir. Wie kommt es, dass Sie so rein ›zufällig‹ hier sind?«

Jane reckte das Kinn in die Höhe. »Falls es Ihnen noch nicht aufgefallen ist – ich bekomme rein zufällig ein Baby.«

»Ich bin ihre Geburtshelferin«, sagte Dr. Tam. »Ich habe sie heute Morgen in die Klinik aufgenommen.«

»Aber das zeitliche Zusammentreffen, das ist es, was mir ganz und gar nicht gefällt«, sagte Joe. »Das ist doch oberfaul.«

Jane zuckte zusammen, als Joe den Saum ihres Krankenhauskittels packte und ihn hochriss. Einige Sekunden lang starrte er ihren angeschwollenen Bauch an, ihre schweren Brüste, die nun allen Blicken schutzlos ausgesetzt waren. Wortlos ließ er den Kittel wieder über Janes Oberkörper fallen.

»Sind Sie jetzt zufrieden, Sie Schwein?«, platzte Jane heraus. Ihre Wangen glühten vor Empörung und Scham. »Was haben Sie denn erwartet – einen gepolsterten Strampelanzug?« Kaum hatten die Worte ihren Mund verlassen, da wusste sie auch schon, dass sie eine große Dummheit begangen hatte. Die erste Überlebensregel für Geiseln: *Niemals den Typen mit der Knarre verärgern.* Aber er hatte sie schließlich tätlich angegriffen, hatte sie entblößt und erniedrigt, und jetzt bebte sie vor Zorn. »Denkt ihr, ich bin gerne mit euch zwei durchgeknallten Gestalten hier eingesperrt?«

Sie spürte, wie Dr. Tams Hand sich um ihr Handgelenk schloss, ein stummer Appell, doch endlich still zu sein. Jane schüttelte die Hand ab und richtete ihren Zorn weiter auf die beiden Geiselnehmer.

»Ja, ich bin Polizistin. Und wisst ihr was? Ihr zwei sitzt metertief in der Scheiße. Ihr könnt mich abknallen, aber ihr wisst ja, was dann passiert, oder nicht? Ihr wisst, was meine Kumpels mit Polizistenmördern machen?«

Joe und Olena tauschten einen Blick. Fassten sie gerade einen Entschluss? Einigten sie sich gerade darüber, ob Jane leben oder sterben sollte?

»Ein Irrtum«, sagte Joe. »Mehr sind Sie nicht, Detective. Sie haben einfach das beschissene Pech, zur falschen Zeit am falschen Ort zu sein.«

Du sagst es, Arschloch.

Sie schreckte auf, als Joe plötzlich lachte. Er ging in die andere Ecke des Zimmers und schüttelte den Kopf. Als er sich wieder zu ihr umdrehte, sah sie, dass seine Waffe jetzt auf den Boden zielte. Nicht auf sie.

»Und sind Sie eine gute Polizistin?«, fragte er.

»Was?«

»Im Fernsehen haben sie gesagt, Sie hätten einen Fall mit einer vermissten Hausfrau bearbeitet.«

»Eine schwangere Frau. Sie wurde entführt.«

»Wie ist die Sache ausgegangen?«

»Sie lebt. Der Entführer ist tot.«

»Also sind Sie gut.«

»Ich habe nur meinen Job gemacht.«

Er ging auf Jane zu, bis er unmittelbar vor ihr stand. »Und wenn ich Ihnen nun von einem Verbrechen erzähle? Wenn ich Ihnen sage, dass der Gerechtigkeit nicht Genüge getan wurde? Und dass ihr auch nie Genüge getan werden kann?«

»Warum nicht?«

Er nahm einen Stuhl, rückte ihn vor Janes Platz und setzte sich. Jetzt war er mit ihr auf gleicher Höhe, und seine dunklen Augen blickten sie unverwandt an. »Weil das Verbrechen von unserer eigenen Regierung begangen wurde.«

Oha. Spinneralarm.

»Haben Sie Beweise?«, fragte Jane, wobei es ihr gelang, einigermaßen neutral zu klingen.

»Wir haben eine Zeugin«, erwiderte er und deutete auf Olena. »Sie hat es mit angesehen.«

»Augenzeugenberichte reichen nicht immer aus.« *Besonders dann, wenn die Zeugin verrückt ist.*

»Ist Ihnen klar, für wie viele kriminelle Akte unsere Regierung verantwortlich ist? Welche Verbrechen sie Tag für Tag begeht? Die Mordanschläge, die Entführungen? Dass sie ihre eigenen Bürger vergiftet im Namen des Profits? Es ist das Großkapital, das dieses Land regiert, und wir alle sind im Grunde entbehrlich. Nehmen Sie zum Beispiel alkoholfreie Getränke.«

»Wie bitte?«

»Diätlimonade. Die US-Regierung hat sie containerweise eingekauft, für die Truppen in der Golfregion. Ich war dort, und ich habe Unmengen von Dosen in der prallen Sonne herumstehen sehen. Was glauben Sie, was mit den Chemikalien in Diätgetränken passiert, wenn sie großer Hitze ausgesetzt sind? Sie werden toxisch. Sie verwandeln sich in reines Gift. Deswegen sind Tausende von Golfkriegsveteranen krank zurückgekommen. O ja, unsere Regierung weiß davon, aber wir werden es niemals erfahren. Die Getränkeindustrie ist zu mächtig, und sie weiß genau, wen sie bestechen muss.«

»Also … geht es bei dieser ganzen Sache nur um Limo?«

»Nein. *Das hier* ist viel schlimmer.« Er beugte sich näher zu ihr. »Und diesmal kriegen wir sie wirklich dran, Detective. Wir haben eine Zeugin, und wir haben den Beweis. Und wir haben die Aufmerksamkeit der ganzen Nation. Deswegen kriegen sie es mit der Angst zu tun. Deswegen wollen sie uns aus dem Weg räumen. Was würden Sie tun, Detective?«

»Wie meinen Sie das? Ich verstehe immer noch nicht.«

»Wenn Sie von einem Verbrechen wüssten, das von Leuten in unserer Regierung begangen wurde, und Sie wüssten, dass es bis jetzt ungesühnt geblieben ist. Was würden Sie tun?«

»Ganz einfach. Ich würde meinen Job tun. Genau wie immer.«

»Sie würden dafür sorgen, dass der Gerechtigkeit Genüge getan wird?«

»Ja.«

»Ganz gleich, wer sich Ihnen in den Weg stellte?«

»Wer sollte mich daran hindern wollen?«

»Sie kennen diese Leute nicht. Sie wissen nicht, wozu sie fähig sind.«

Sie verkrampfte sich, als eine weitere Wehe ihre Gebärmutter wie mit eiserner Faust zusammendrückte. Wieder spürte sie, wie Dr. Tam ihre Hand nahm, und diesmal ergriff Jane sie. Plötzlich verschwamm alles vor ihren Augen, als der Schmerz durch ihren Körper schoss. Stöhnend krümmte sie sich zusammen. O Gott, was hatte sie denn in der Geburtsvorbereitung gelernt? Sie hatte alles vergessen.

»Ruhig und gleichmäßig atmen«, murmelte Dr. Tam. »Konzentrieren Sie sich auf einen Punkt.«

Das war es. Jetzt fiel es ihr wieder ein. *Tief Luft holen. Auf einen bestimmten Punkt konzentrieren.* Diese beiden Wahnsinnigen würden sie schon nicht in den nächsten sechzig Sekunden umbringen. Jetzt musste sie erst einmal mit diesen Schmerzen fertig werden. *Atmen und konzentrieren. Atmen und konzentrieren…*

Olena trat näher, und plötzlich tauchte ihr Gesicht direkt vor Janes Augen auf. »Sehen Sie mich an«, sagte Olena. Sie deutete auf ihre eigenen Augen. »Schauen Sie hierher, direkt in meine Augen. Bis es vorbei ist.«

Ich glaube es nicht. Eine Wahnsinnige will meine Wehentrainerin sein.

Jane begann zu keuchen, ihr Atem ging schneller und schneller, während die Schmerzen immer stärker wurden. Olena kauerte direkt vor ihr und sah ihr fest in die Augen. Kühles blaues Wasser. Das war es, woran diese Augen Jane erinnerten. Klar und still. Ein Teich mit spiegelglatter Oberfläche.

»Gut«, murmelte die Frau. »Das haben Sie gut gemacht.«

Jane stieß einen tiefen Seufzer der Erleichterung aus und ließ sich schlaff in die Kissen sinken. Der Schweiß rann ihr übers Gesicht. Noch einmal wenige kostbare Minuten der Erholung. Sie dachte an all die Frauen, die im Lauf der Jahrtausende die Qualen der Niederkunft durchlitten hatten, dachte an ihre eigene Mutter, die vor vierunddreißig Jahren eine heiße Sommernacht lang in den Wehen gelegen hatte, um Jane zur Welt zu bringen. *Ich habe nie zu schätzen gewusst, was du damals durchgemacht hast. Jetzt verstehe ich es. Das ist der Preis, den die Frauen seit jeher haben bezahlen müssen, für jedes Kind, das je geboren wurde.*

»Wem vertrauen Sie, Detective Rizzoli?«

Joe redete wieder mit ihr. Sie hob den Kopf, noch immer zu benommen, um zu begreifen, was er von ihr wollte.

»Es muss doch jemanden geben, dem Sie trauen«, sagte er. »Jemand, mit dem Sie zusammenarbeiten. Ein anderer Polizist. Vielleicht Ihr Partner.«

Sie schüttelte träge den Kopf. »Ich weiß nicht, worauf Sie hinauswollen.«

»Und wenn ich Ihnen diese Pistole an den Kopf halte?«

Sie erstarrte, als er plötzlich seine Waffe hob und ihr die Mündung an die Schläfe drückte. Sie hörte, wie die Empfangsschwester erschrocken nach Luft schnappte, spürte, wie ihre Mitgefangenen auf der Couch ängstlich von dem Opfer in ihrer Mitte abrückten.

»Und jetzt reden Sie«, sagte Joe kalt. Scheinbar vernünftig. »Gibt es irgendjemanden, der sich an Ihrer Stelle diese Kugel in den Kopf jagen ließe?«

»Warum tun Sie das?«, flüsterte sie.

»Ich frage ja nur. Wer würde sich für Sie eine Kugel in den Kopf jagen lassen? Wem würden Sie Ihr Leben anvertrauen?«

Sie starrte die Hand an, die die Waffe hielt, und sie dachte: Das ist ein Test. Und ich weiß die Antwort nicht. Ich weiß nicht, was er hören will.

»Sagen Sie's mir, Detective. Gibt es denn niemanden, dem Sie uneingeschränkt vertrauen?«

»Gabriel ...« Sie schluckte. »Mein Mann. Ich vertraue meinem Mann.«

»Ich spreche nicht von Ihrer Familie. Ich spreche von jemandem mit einer Dienstmarke, wie Sie eine haben. Jemand, der sauber ist. Jemand, der tun wird, was seine Pflicht ist.«

»Warum fragen Sie mich das?«

»Beantworten Sie die Frage!«

»Ich habe es doch schon gesagt. Ich habe Ihnen eine Antwort gegeben.«

»Sie haben von Ihrem Mann gesprochen.«

»Ja!«

»Ist er ein Cop?«

»Nein, er ist ...« Sie brach ab.

»Was ist er?«

Sie richtete sich auf. Sah an der Waffe vorbei und fixierte stattdessen die Augen des Mannes, der sie hielt. »Er ist beim FBI«, sagte sie.

Joe starrte sie einen Moment lang an. Dann sah er seine Partnerin an. »Das ändert alles«, sagte er.

17

Mila

Wir haben ein neues Mädchen bekommen.

Heute Morgen ist ein Kleinbus vor dem Haus vorgefahren, und die Männer haben sie in unser Zimmer hinaufgetragen. Den ganzen Tag liegt sie schon auf Olenas Bett und schläft, weil sie sie mit Medikamenten voll gepumpt haben. Wir stehen alle um sie herum und betrachten sie, blicken in ein Gesicht, so blass, dass es gar nicht wie lebendiges Fleisch wirkt, sondern wie durchscheinender Marmor. Sie schnauft ganz leise, und jedes Mal, wenn sie ausatmet, flattert eine Strähne ihrer blonden Haare im Luftzug. Ihre Hände sind klein – Puppenhände, denke ich, wenn ich die kleine Faust anschaue, mit dem Daumen, den sie wie ein Säugling an die Lippen presst. Auch als die Mutter die Tür aufschließt und ins Zimmer tritt, rührt sich das Mädchen nicht.

»Weckt sie auf«, befiehlt die Mutter.

»Wie alt ist sie?«, fragt Olena.

»Ihr sollt sie nur aufwecken.«

»Sie ist ja noch ein Kind. Wie alt ist sie – zwölf? Dreizehn?«

»Alt genug zum Arbeiten.« Die Mutter geht auf das Feldbett zu und schüttelt das Mädchen. »Los, komm«, schnauzt sie es an und reißt die Decke weg. »Du schläfst schon viel zu lange.«

Das Mädchen regt sich und dreht sich auf den Rücken. Da erst sehe ich die blauen Flecken an ihrem Arm. Sie schlägt die Augen auf, sieht, dass wir sie anstarren, und sofort spannt sich ihr zerbrechlicher Körper vor Schreck an.

»Lass ihn nicht warten«, sagt die Mutter.

Wir hören, wie ein Wagen sich dem Haus nähert. Inzwischen ist es draußen dunkel geworden, und als ich zum Fenster hinausschaue, sehe ich Scheinwerfer zwischen den Bäumen aufblitzen. Reifen knirschen auf dem Kies, als das Auto in die Auffahrt biegt. Der erste Freier des Abends, denke ich mit Schrecken, doch die Mutter schaut uns nicht einmal an. Sie packt das neue Mädchen am Handgelenk und zerrt es hoch. Mit verschlafenen Augen wankt das Mädchen aus dem Zimmer.

»Wo haben sie nur so ein junges Ding aufgetrieben?«, flüstert Katya.

Wir hören den Türsummer. Es ist ein Geräusch, das wir fürchten gelernt haben, weil es die Ankunft unserer Peiniger verkündet. Wir alle verstummen und lauschen auf die Stimmen unten in der Halle. Die Mutter begrüßt einen Freier auf Englisch. Der Mann spricht nicht viel; wir hören nur ein paar Worte von ihm. Dann vernehmen wir seine schweren Schritte auf der Treppe, und wir weichen von der Tür zurück. Doch er geht an unserem Zimmer vorbei und weiter den Flur entlang.

Aus dem Erdgeschoss dringen die heftigen Proteste des Mädchens zu uns. Wir hören ein lautes Klatschen, dann Schluchzen. Und dann stampfende Schritte auf der Treppe, als die Mutter das Mädchen zu dem Zimmer schleift, in dem der Freier wartet. Die Tür knallt, und die Mutter geht wieder. Das Mädchen bleibt allein mit dem Mann zurück.

»Dieses Rabenaas«, murmelt Olena. »Sie wird in der Hölle schmoren.«

Aber heute Abend werde wenigstens ich nicht leiden müssen. Ich fühle mich schuldig, kaum dass der Gedanke mir durch den Kopf geschossen ist. Und doch ist er da, dieser Gedanke. *Besser sie als ich.* Ich gehe zum Fenster und starre in die Nacht hinaus, in die Dunkelheit, wo niemand meine Schande sehen kann. Katya zieht sich eine Decke über den Kopf. Wir alle bemühen uns, nicht hinzuhören, aber selbst durch die geschlossenen Türen können wir die Schreie des Mädchens hören, und wir können uns ausmalen, was er mit ihr macht, denn das Gleiche ist auch uns schon angetan worden. Nur die Gesichter der Männer wechseln; nicht die Schmerzen, die sie uns zufügen.

Als es vorbei ist, als die Schreie endlich verstummen, hören wir den Mann die Treppe hinuntergehen und das Haus verlassen. Ich atme tief durch. Hoffentlich war's das, denke ich. Hoffentlich war das der letzte Freier für heute.

Die Mutter kommt wieder die Treppe herauf, um das Mädchen zu holen, und dann ist es eine ganze Weile merkwürdig still. Plötzlich rennt sie an unserer Tür vorbei und wieder nach unten. Wir hören, wie sie jemanden mit ihrem Handy anruft. Aufgeregtes Flüstern. Ich sehe Olena an, frage mich, ob sie versteht, was hier läuft. Aber Olena erwidert meinen Blick nicht. Sie sitzt gebeugt auf ihrem Feldbett, die Hände im Schoß zu Fäusten geballt. Draußen fliegt etwas am Fenster vorbei wie eine weiße Motte, die im Wind flattert.

Es hat zu schneien begonnen.

Das Mädchen hat nichts getaugt. Sie hat dem Freier das Gesicht zerkratzt, und er war sehr wütend. So ein Mädchen ist schlecht fürs Geschäft, und deshalb wird sie in die Ukraine zurückgeschickt. Das hat die Mutter uns gestern Abend erzählt, nachdem das Mädchen nicht mehr ins Zimmer zurückkam.

Das ist zumindest ihre Version.

»Vielleicht stimmt es ja«, sage ich, und mein Atem ist eine Dampfwolke in der Dunkelheit. Olena und ich sitzen wieder auf dem Dach. Heute Abend glitzert es im Mondschein wie eine Torte mit Zuckerguss. Am Abend hat es geschneit, zwar höchstens ein, zwei Zentimeter, aber es genügt, um mich an die Heimat denken zu lassen, wo bestimmt schon seit vielen Wochen Schnee liegt. Ich bin froh, die Sterne wiederzusehen, mit Olena den Anblick dieses Himmels genießen zu können. Wir haben beide unsere Decken mit nach draußen genommen, und wir hocken eng aneinander geschmiegt da.

»Wenn du das wirklich glaubst, bist du dumm«, sagt Olena. Sie zündet sich eine Zigarette an, die letzte von der Party auf dem Boot, und sie raucht sie genüsslich und blickt zu den Sternen auf, als wollte sie dem Himmel für das Geschenk des Tabaks danken.

»Warum glaubst du es nicht?«

Sie lacht. »Vielleicht verkaufen sie dich an ein anderes Haus oder an einen anderen Zuhälter, aber nie und nimmer schicken sie dich nach Hause. Und sowieso glaube ich der Mutter kein Wort, dieser alten Hure. Kannst du dir das vorstellen – sie ist früher selbst auf den Strich gegangen, vor ungefähr hundert Jahren. Bevor sie so fett geworden ist.«

Ich kann mir einfach nicht vorstellen, dass die Mutter jemals jung oder schlank gewesen sein soll oder dass je ein Mann sie verführerisch gefunden haben könnte. Ich kann mir nicht vorstellen, dass es einmal eine Zeit gegeben haben soll, als sie noch nicht abstoßend war.

»Es sind die kaltblütigen Huren, die später irgendwann selbst ein Haus führen«, erklärt Olena. »Die sind noch schlimmer als die Zuhälter. Sie weiß, wie wir leiden, sie hat es selbst durchgemacht. Aber jetzt geht es ihr nur noch ums Geld. Viel Geld.« Olena tippt die Asche ab. »Die Welt ist böse, Mila, und daran kann kein Mensch etwas ändern. Alles, was du tun kannst, ist zu versuchen, am Leben zu bleiben.«

»Und nicht böse zu sein.«

»Manchmal hast du keine Wahl. Du musst es einfach sein.«

»Du könntest nie böse sein.«

»Woher willst du das wissen?« Sie sieht mich an. »Woher

willst du wissen, was ich bin oder was ich getan habe? Glaub mir, wenn es sein müsste, würde ich auch jemanden umbringen. Ich könnte sogar dich umbringen.«

Sie starrt mich an, ihre Augen funkeln wild im Mondlicht. Und für einen Moment – nur für einen kurzen Moment – glaube ich, dass es stimmt, was sie sagt. Dass sie mich umbringen *könnte*; dass sie alles tun würde, um zu überleben.

Wir hören das Geräusch von Reifen, die über den Kies rollen, und wir schnellen beide hoch und erstarren.

Olena drückt sofort ihre kostbare, erst halb gerauchte Zigarette aus. »Verdammt, wer kann das sein?«

Ich springe auf und krieche vorsichtig die flache Dachschräge hinauf, um über den First hinweg in die Auffahrt zu spähen. »Ich kann keine Lichter sehen.«

Sie klettert mir nach und wirft selbst einen Blick über den First. »Da«, murmelt sie, als sich ein Wagen aus dem Wald nähert. Die Scheinwerfer sind ausgeschaltet, und wir sehen nur das schwache gelbe Leuchten des Standlichts. Der Wagen hält am Rand der Auffahrt, und zwei Männer steigen aus. Sekunden später hören wir den Türsummer. Selbst zu dieser frühen Stunde haben Männer ihre Bedürfnisse. Und die verlangen nach Befriedigung.

»Mist«, zischt Olena. »Jetzt werden sie sie wecken. Wir müssen zurück ins Zimmer, bevor sie uns vermisst.«

Wir rutschen wieder die Dachschräge hinunter und nehmen uns nicht einmal die Zeit, unsere Decken zu schnappen, sondern klettern sofort auf das Fenstersims. Olena schlüpft durchs Fenster in die dunkle Dachkammer.

Wieder ertönt der Türsummer, und wir hören die Stimme der Mutter, als sie die Haustür aufschließt und ihre neuen Kunden begrüßt.

Ich klettere hinter Olena durchs Fenster, und wir laufen zur Luke. Die Leiter ist noch ausgeklappt, ein verräterischer Hinweis auf unser Versteck. Olena steigt schon die

Sprossen hinunter, als sie plötzlich mitten in der Bewegung innehält.

Die Mutter schreit.

Olena blickt durch die Luke zu mir hinauf. Im Halbdunkel unter mir sehe ich die Panik in ihren Augen aufblitzen. Wir hören einen dumpfen Schlag, das Geräusch von splitterndem Holz. Schwere Schritte kommen die Treppe heraufgestampft.

Die Schreie der Mutter steigern sich zu einem schrillen Kreischen.

Ohne zu zögern, klettert Olena wieder die Sprossen herauf und stößt mich zur Seite, als sie durch die Luke steigt. Sie langt durch die Öffnung nach unten, packt die Leiter und zieht. Die Leiter klappt zusammen, und die Luke schließt sich.

»Zurück!«, flüstert sie. »Aufs Dach!«

»Was passiert denn da?«

»Geh einfach, Mila!«

Wir laufen zurück zum Fenster. Ich steige zuerst durch, aber in der Eile rutsche ich mit dem Fuß vom Sims ab. Ein schluchzender Laut dringt aus meiner Kehle, als ich falle und mich im letzten Moment verzweifelt am Fensterbrett festklammere.

Olenas Finger umfassen mein Handgelenk. Sie hält mich mit aller Kraft fest, während ich halb tot vor Schreck über dem Abgrund baumele.

»Fass meine andere Hand!«, flüstert sie.

Ich greife danach, und sie zieht mich hoch, bis ich mit dem Oberkörper über dem Fensterbrett hänge. Mein Herz hämmert wie wild in meiner Brust.

»Musst du dich auch so verdammt tollpatschig anstellen?«, zischt sie.

Ich finde wieder Halt und klammere mich mit verschwitzten Händen am Fensterrahmen fest, während ich mich zum Ende des Simses vorarbeite und wieder aufs

Dach steige. Hinter mir schlüpft Olena hinaus, macht das Fenster hinter sich zu und klettert mir nach, geschmeidig wie eine Katze.

Im Haus brennt jetzt Licht; wir sehen den gelblichen Schein, der aus den Fenstern unter uns fällt. Und wir hören Schritte, das Krachen einer Tür, die aufgestoßen wird. Und einen Schrei – nicht die Mutter diesmal. Einen einzigen, durchdringenden Schrei, der jäh abbricht und einer schrecklichen Stille weicht.

Olena rafft die Decken zusammen. »Los!«, sagt sie. »Kletter ganz rauf aufs Dach, wo sie uns nicht sehen können!«

Während ich mich an den Bitumenschindeln bis zum First hinaufhangele, verwischt Olena mit ihrer Decke die Fußspuren, die wir auf dem Sims hinterlassen haben. Dasselbe wiederholt sie an der Stelle, wo wir gesessen haben, bis sie schließlich alle Spuren unserer Anwesenheit beseitigt hat. Dann klettert sie zu mir herauf, auf den First über dem Dachbodenfenster. Dort kauern wir wie zwei zitternde Tauben.

Plötzlich fällt es mir siedend heiß ein. »Der Stuhl!«, flüstere ich. »Wir haben den Stuhl unter der Luke stehen lassen!«

»Jetzt ist es zu spät.«

»Wenn sie ihn sehen, wissen sie, dass wir hier oben sind.«

Sie fasst meine Hand und drückt so fest zu, dass ich glaube, die Knochen müssten brechen. Im Dachgeschoss ist gerade das Licht eingeschaltet worden.

Wir schmiegen uns eng ans Dach, wagen nicht, uns zu rühren. Ein Knarren, das Geräusch von herabrieselndem Schnee, und der Eindringling wird sofort wissen, wo wir sind. Ich spüre, wie mein Herz gegen die Schindeln schlägt, und ich bin mir sicher, dass er es durch die Decke hören kann.

Das Fenster wird hochgeschoben. Ein Augenblick vergeht. Was sieht er, wenn er hinausschaut? Den Rest eines

Fußabdrucks auf dem Sims? Eine verräterische Spur, die Olenas hektisches Wischen mit der Decke nicht hat auslöschen können? Dann wird das Fenster wieder geschlossen. Ich stoße einen leisen Seufzer der Erleichterung aus, aber sogleich graben sich Olenas Finger wieder in meine Hand. Eine Warnung.

Er könnte immer noch da sein. Er könnte immer noch lauschen.

Wir hören einen heftigen Schlag, gefolgt von einem Schrei, den auch das geschlossene Fenster nicht dämpfen kann. Ein derart entsetzlicher Schmerzensschrei, dass mir der Schweiß ausbricht und ich am ganzen Leib zu zittern beginne. Ein Mann ruft etwas auf Englisch. *Wo sind sie? Es müssen sechs sein! Sechs Huren.*

Sie suchen nach den fehlenden Mädchen.

Die Mutter schluchzt jetzt, sie bittet und fleht. Sie weiß es wirklich nicht.

Wieder ein dumpfer Schlag.

Der Schrei der Mutter geht mir durch Mark und Bein. Ich halte mir die Ohren zu und presse das Gesicht auf die eisigen Schindeln. Ich ertrage es nicht, ihre Qualen mit anzuhören, doch ich habe keine Wahl. Es hört nicht auf. Die Schläge, die Schreie scheinen nicht enden zu wollen, und ich beginne schon zu glauben, dass sie uns bei Sonnenaufgang hier auf dem Dach finden werden, die Hände an den Schindeln festgefroren. Ich schließe die Augen, kämpfe gegen die Übelkeit an. *Nichts sehen, nichts hören, nichts sagen.* Das bete ich mir wohl tausendmal vor, um die Schläge und Schreie zu übertönen, um nicht hören zu müssen, wie sie die Mutter foltern. *Nichts sehen, nichts hören, nichts sagen.*

Als ihre Schreie schließlich verstummen, sind meine Hände ganz taub, und ich klappere vor Kälte mit den Zähnen. Ich hebe den Kopf und spüre eisige Tränen auf meinen Wangen.

»Sie gehen«, wispert Olena.

Wir hören, wie die Haustür sich knarrend öffnet, hören Schritte auf der Veranda. Von unserem Beobachtungsposten auf dem Dach können wir verfolgen, wie sie die Auffahrt hinuntergehen. Diesmal sind sie mehr als nur verschwommene Silhouetten; sie haben das Licht im Haus brennen lassen, und im Schein der hell erleuchteten Fenster können wir die beiden schwarz gekleideten Männer sehen. Der eine bleibt stehen, und im Lichtkegel der Außenbeleuchtung blitzt sein kurz geschnittenes blondes Haar auf. Er dreht sich zum Haus um, dann hebt er den Blick zum Dach. Ein paar entsetzliche Herzschläge lang glaube ich, dass er uns sehen kann. Aber das Licht blendet ihn, und wir bleiben im Schatten verborgen.

Sie steigen in ihren Wagen und fahren davon.

Lange Zeit rühren wir uns nicht vom Fleck. Der Mond gießt sein kaltes Licht über uns aus. Die Nacht ist so still, dass ich das Rauschen des Blutes in meinen Adern hören kann, das Klappern meiner Zähne. Schließlich beginnt Olena, sich zu regen.

»Nein«, flüstere ich. »Was ist, wenn sie noch da draußen sind? Wenn sie uns beobachten?«

»Wir können nicht die ganze Nacht auf dem Dach bleiben. Wir werden erfrieren.«

»Warte nur noch ein bisschen länger. Bitte, Olena!«

Aber schon klettert sie vorsichtig die Dachschräge hinunter, zurück zum Dachbodenfenster. Ich habe panische Angst, allein zurückzubleiben; mir bleibt keine andere Wahl, als ihr zu folgen. Als ich durchs Fenster steige, ist sie schon durch die Luke geschlüpft und steigt die Leiter hinunter.

Ich will schreien: *Bitte, warte auf mich!*, aber ich habe zu viel Angst, ein Geräusch zu machen. So klettere auch ich die Sprossen hinunter und folge Olena auf den Gang hinaus.

Sie ist am Treppenabsatz stehen geblieben und blickt nach unten. Erst als ich neben ihr stehe, erkenne ich, was sie so zur Salzsäule erstarren ließ.

Katya liegt tot auf der Treppe. Ihr Blut hat sich über die Stufen ergossen wie ein dunkler Wasserfall; sie scheint wie eine Schwimmerin, die sich kopfüber in den dunklen See am Fuß der Treppe stürzt.

»Schau nicht ins Schlafzimmer«, sagt Olena. »Sie sind alle tot.« Ihre Stimme ist tonlos. Nicht mehr die eines menschlichen Wesens, sondern die Stimme einer Maschine, kalt und neutral. Diese Olena kenne ich nicht, und sie macht mir Angst. Sie geht die Treppe hinunter, wobei sie dem Blut und der Leiche geschickt ausweicht. Als ich ihr folge, gelingt es mir nicht, den Blick von Katya zu wenden. Ich sehe die Stelle, wo die Kugel ein Loch in den Rücken ihres T-Shirts gerissen hat, des Shirts, das sie jede Nacht trägt. Es hat ein Muster aus gelben Gänseblümchen und trägt die Aufschrift BE HAPPY. Oh, Katya, denke ich; jetzt wirst du nie mehr das Glück finden. Am Fuß der Treppe, wo sich das Blut in einer Lache gesammelt hat, sehe ich die Abdrücke von großen Schuhen und die Spuren, die sich von hier bis zur Haustür ziehen.

Da erst registriere ich, dass die Tür nur angelehnt ist.

Ich denke: *Lauf weg!* Raus aus dem Haus, die Verandastufen hinunter und in den Wald hinein. Das ist unsere Chance zu fliehen, das ist unser Fenster zur Freiheit.

Aber Olena flüchtet noch nicht gleich aus dem Haus. Stattdessen wendet sie sich nach rechts, ins Esszimmer.

»Wo willst du hin?«, flüstere ich.

Sie gibt keine Antwort, sondern geht weiter in die Küche.

»Olena«, flehe ich sie an, während ich hinter ihr herhaste. »Lass uns jetzt verschwinden, bevor …« Ich bleibe in der Tür stehen und schlage die Hand vor den Mund, weil ich das Gefühl habe, mich übergeben zu müssen. Die Wände und der Kühlschrank sind mit Blut bespritzt. Mit dem Blut der Mutter. Sie sitzt auf einem Stuhl am Küchentisch, und die blutigen Überreste ihrer Hände sind vor ihr ausgestreckt.

Olena geht an ihr vorbei durch die Küche in das dahinter liegende Schlafzimmer.

So überwältigend ist mein Wunsch zu fliehen, dass ich denke, ich sollte gleich jetzt loslaufen, ohne Olena. Und sie sich selbst überlassen, was immer der irrsinnige Grund sein mag, der sie noch hier im Haus hält. Aber sie marschiert so entschlossen und zielstrebig drauflos, dass ich ihr ins Schlafzimmer der Mutter folge, das bisher stets abgeschlossen war.

Zum ersten Mal betrete ich diesen Raum, und mit offenem Mund begaffe ich das breite Bett mit der Satinbettwäsche, die Frisierkommode mit dem Spitzendeckchen und der Reihe silberner Haarbürsten. Olena geht schnurstracks auf die Kommode zu, reißt die Schubladen auf und wühlt darin herum.

»Was suchst du?«, frage ich.

»Wir brauchen Geld. Ohne das können wir nicht überleben. Sie muss es doch irgendwo aufbewahren.« Sie zieht eine Wollmütze aus der Schublade hervor und wirft sie mir zu. »Hier. Du wirst warme Kleider brauchen.«

Es ist mir zuwider, die Mütze auch nur anzufassen, weil sie der Mutter gehört hat und ihre hässlichen braunen Haare noch an der Wolle hängen.

Olena steuert mit raschen Schritten auf den Nachttisch zu, zieht die Schublade auf und findet ein Handy sowie ein Bündel Banknoten. »Das kann nicht alles sein«, sagt sie. »Da muss noch mehr sein.«

Ich will nur fort von hier, aber ich weiß, dass sie Recht hat; wir brauchen Geld. Ich gehe zum Schrank, dessen Türen offen stehen; die Killer haben ihn durchsucht, wobei mehrere Kleiderbügel hinuntergefallen sind. Aber sie haben nach verängstigten Mädchen gesucht, nicht nach Geld, und das obere Regalfach scheint noch unberührt. Ich ziehe einen Schuhkarton heraus, aus dem alte Fotos hervorquellen. Ich sehe Bilder von Moskau, lächelnde Gesichter und eine junge Frau, deren Augen mir verstörend bekannt vorkommen. Und ich denke: Auch die Mutter war einmal jung. Hier ist der Beweis.

Dann ziehe ich eine große Einkaufstasche aus dem Fach. Sie enthält einen schweren Schmuckbeutel, eine Videokassette und ein Dutzend Reisepässe. Und Geld. Ein dickes Bündel amerikanischer Banknoten, zusammengebunden mit einem Gummi.

»Olena! Ich hab's gefunden!«

Sie kommt auf mich zu und wirft einen Blick in die Tasche. »Nimm alles mit«, sagt sie. »Die Tasche können wir später noch durchsuchen.« Sie wirft auch das Handy hinein. Dann schnappt sie sich eine Strickweste aus dem Schrank und drückt sie mir in die Hand.

Ich will die Sachen der Mutter nicht tragen. Sie strömen ihren typischen Geruch aus – wie saure Hefe. Aber ich ziehe sie trotzdem an und unterdrücke meinen Ekel. Einen Rollkragenpulli, eine Strickjacke und einen Schal, alles über meiner eigenen Bluse. Wir kleiden uns rasch und schweigend an, schlüpfen in die Sachen der Frau, die tot im Nebenzimmer sitzt.

An der Haustür bleiben wir zögernd stehen und starren in den Wald hinaus. Warten die Männer da draußen auf uns? Sitzen sie ein Stück weiter die Straße entlang in ihrem unbeleuchteten Wagen, weil sie genau wissen, dass wir irgendwann auftauchen werden?

»Nicht da lang«, sagte Olena, als hätte sie meine Gedanken gelesen. »Nicht über die Straße.«

Wir schlüpfen hinaus, gehen ums Haus herum, und nach wenigen Schritten hat der Wald uns verschluckt.

18

Gabriel stürzte sich in den Pulk der Reporter, den Blick auf die perfekt frisierte Blondine geheftet, die knapp zwanzig Meter von ihm entfernt im Scheinwerferlicht stand. Als er sich weiter vorkämpfte, sah er, dass Zoe Fossey in diesem Moment in die Kamera sprach. Sie entdeckte ihn und erstarrte. Stumm hielt sie das Mikrofon umklammert.

»Schalten Sie es aus«, sagte Gabriel.

»Ruhe!«, zischte der Kameramann. »Wir sind auf Sendung …«

»Schalten Sie das verfluchte Mikro aus!«

»He! Was fällt Ihnen eigentlich …«

Gabriel stieß die Kamera zur Seite und riss an ein paar Kabeln. Die Scheinwerfer erloschen.

»Schafft den Mann hier raus!«, schrie Zoe.

»Wissen Sie eigentlich, was Sie getan haben?«, fuhr Gabriel sie an. »Haben Sie auch nur einen blassen Schimmer?«

»Ich mache meine Arbeit«, gab sie zurück.

Er trat auf sie zu, und etwas in seinem Blick ließ sie zurückweichen, bis sie mit dem Rücken gegen einen Übertragungswagen stieß und nicht mehr weiterkonnte.

»Sie haben vielleicht gerade meine Frau hingerichtet.«

»Ich?« Sie schüttelte den Kopf und fügte mit trotzigem Unterton hinzu: »Ich bin doch nicht diejenige mit dem Finger am Abzug.«

»Sie haben diesen Leuten gerade verraten, dass sie Polizistin ist.«

»Ich berichte nur die Fakten.«

»Ohne Rücksicht auf die Folgen?«

»Es ist eine Nachricht, oder?«

»Wissen Sie, was Sie sind?« Er trat noch einen Schritt

näher und merkte, dass er nur mit Mühe den Wunsch unterdrücken konnte, die Frau zu würgen. »Sie sind eine Hure. Nein, das nehme ich zurück. Sie sind schlimmer als eine Hure. Sie verkaufen nicht nur sich selbst – sie würden auch jeden anderen verkaufen.«

»Bob!«, rief sie dem Kameramann zu. »Schaff mir diesen Typen vom Leib!«

»Zurück, Mister!« Die Hand des Kameramannes legte sich schwer auf Gabriels Schulter. Gabriel schüttelte sie ab, ohne den Blick von Zoe zu wenden. »Wenn Jane irgendetwas zustößt, dann schwöre ich …«

»Zurück, hab ich gesagt!« Wieder packte der Kameramann Gabriel an der Schulter.

In diesem Augenblick entzündete sich Gabriels ganze Angst und Verzweiflung in einer Explosion blinder Raserei. Er fuhr herum und rammte dem Mann mit voller Wucht den Ellbogen in die breite Brust. Er hörte das Zischen, mit dem die Luft aus den Lungen des anderen entwich, und erhaschte einen kurzen Blick auf sein verblüfftes Gesicht, als er rückwärts taumelte, das Gleichgewicht verlor und in einem Schlangennest von Elektrokabeln landete. Im nächsten Moment war Gabriel über ihm, die Faust erhoben, jeder Muskel zum Schlag angespannt. Dann aber zerriss plötzlich der Schleier vor seinen Augen, und er nahm wieder den Mann wahr, der sich da hilflos unter ihm duckte. Gleichzeitig registrierte er, dass sich schon ein Kreis von Schaulustigen um ihn und den Kameramann versammelt hatte, um das Schauspiel zu verfolgen. Diese Gratisshow wollte sich niemand entgehen lassen.

Schwer atmend rappelte Gabriel sich auf. Ein paar Meter weiter sah er Zoe stehen; ihre Augen blitzten vor Erregung.

»Hast du das im Kasten?«, rief sie einem anderen Kameramann zu. »Scheiße, hat *irgendjemand* das mitgeschnitten?«

Angewidert machte Gabriel kehrt und ging davon. Er blieb erst wieder stehen, als er die Reporterschar und das gleißende Licht der Scheinwerfer weit hinter sich gelassen hatte. Zwei Blocks von der Klinik entfernt hielt er an einer Straßenecke inne, endlich allein. Selbst hier in dieser dunklen Häuserschlucht konnte man der drückenden Sommerhitze nicht entfliehen; immer noch stieg sie von den Bürgersteigen auf, die sich den ganzen Tag über in der prallen Sonne aufgeheizt hatten. Er hatte plötzlich ein Gefühl, als hätten seine Füße im Asphalt Wurzeln geschlagen; so gelähmt war er von Kummer und Angst, dass er keinen Schritt weitergehen konnte.

Ich weiß nicht, wie ich dich retten soll. Es ist mein Job, Gefahren von den Menschen fern zu halten, aber den einen Menschen, den ich über alles liebe, kann ich nicht beschützen.

Sein Handy klingelte. Er erkannte die Nummer auf dem Display und nahm den Anruf nicht an. Es waren Janes Eltern. Sie hatten ihn schon einmal angerufen, als er im Wagen gesessen hatte, gleich nachdem Zoes Reportage gesendet worden war. Stumm hatte er Angela Rizzolis hysterisches Schluchzen über sich ergehen lassen, ebenso wie Franks Aufforderungen zum Handeln. Ich kann mich jetzt nicht mit ihnen befassen, dachte er. Vielleicht in fünf oder zehn Minuten. Aber nicht jetzt.

Er stand allein in der nächtlichen Straße und mühte sich, die Fassung wiederzuerlangen. Er war gewiss kein Mann, der so leicht die Beherrschung verlor, und doch hätte er vor wenigen Minuten um ein Haar einem Mann einen Faustschlag ins Gesicht versetzt. Jane wäre schockiert, dachte er. Und vermutlich auch amüsiert, wenn sie gesehen hätte, wie ihr Mann endlich auch einmal die Nerven verlor. *Der Mann im grauen Anzug*, so hatte sie ihn einmal verärgert genannt, weil er gar so unerschütterlich war, während ihr Temperament ständig mit ihr durchging. Du wärst stolz auf mich, Jane, dachte er. Endlich habe ich bewiesen, dass ich auch nur ein Mensch bin.

Aber du bist nicht hier, du kannst es nicht sehen. Du weißt nicht, dass das alles nur deinetwegen ist.

»Gabriel?«

Er hob den Kopf. Drehte sich um und erblickte Maura, die so lautlos an ihn herangetreten war, dass er sie gar nicht bemerkt hatte.

»Ich musste dringend weg von diesem Affenzirkus«, sagte er. »Sonst hätte ich diesem Weib noch den Hals umgedreht, das schwöre ich. Schlimm genug, dass ich es an dem Kameramann ausgelassen habe.«

»Das habe ich gehört.« Sie hielt inne. »Janes Eltern sind gerade gekommen. Ich habe sie auf dem Parkplatz gesehen.«

»Sie haben mich angerufen, gleich nachdem sie den Bericht in den Fernsehnachrichten gesehen hatten.«

»Sie suchen nach dir. Du solltest besser hingehen.«

»Ich kann mich im Moment nicht mit ihnen befassen.«

»Ich fürchte, du hast noch ein ganz anderes Problem.«

»Welches?«

»Detective Korsak ist hier. Er findet es gar nicht toll, dass *er* überhaupt nicht informiert wurde.«

»Ach du lieber Gott. Er ist wirklich der letzte Mensch, den ich jetzt sehen will.«

»Korsak ist Janes Freund. Er kennt sie schon genauso lange wie du. Du magst dich vielleicht nicht sonderlich gut mit ihm verstehen, aber ihm bedeutet Jane sehr viel.«

»Ja, ich weiß.« Er seufzte. »Ich weiß.«

»Das sind alles Menschen, die sie lieben. Du bist nicht der Einzige, Gabriel. Barry Frost hat den ganzen Abend hier ausgeharrt. Sogar Detective Crowe hat vorbeigeschaut. Wir sind alle krank vor Sorge, wir haben alle Angst um sie.« Sie hielt inne. Und fügte hinzu: »Ich habe jedenfalls Angst, das kannst du mir glauben.«

Er drehte sich um und blickte die Straße hinauf zur Klinik. »Ich soll sie trösten, ja? Dabei muss ich selbst aufpassen, dass ich nicht zusammenbreche.«

»Das ist es ja gerade. Du hast alles auf dich genommen. Du hast die ganze Last allein geschultert.« Sie berührte seinen Arm. »Geh hin. Geh zu Janes Familie, ihren Freunden. Ihr braucht einander jetzt.«

Er nickte. Dann atmete er tief durch und machte sich auf den Weg zurück zum Krankenhaus.

Es war Vince Korsak, der ihn als Erster entdeckte. Der ehemalige Detective vom Revier Newton stürzte sich sofort auf ihn und hielt ihn schon auf dem Gehsteig an. Im Schein der Straßenlaterne wirkte Korsak wie ein finster dreinblickender Troll, stiernackig und aggressiv.

»Wieso haben Sie mich nicht angerufen?«, wollte er wissen.

»Ich bin nicht dazugekommen, Vince. Es ging alles so schnell …«

»Es heißt, sie wird schon den ganzen Tag da drin festgehalten.«

»Hören Sie, Sie haben ja Recht. Ich hätte anrufen sollen.«

»*Hätte, sollte, würde* – davon kann ich mir nichts kaufen. Was soll das, Dean? Denken Sie, dass ich es nicht wert bin, angerufen zu werden? Sind Sie nicht auf die Idee gekommen, dass es mich vielleicht interessieren könnte, was hier läuft?«

»Vince, beruhigen Sie sich.« Er streckte die Hand nach Korsak aus, doch der schlug sie wütend weg.

»Sie ist meine *Freundin*, verdammt noch mal!«

»Das weiß ich. Aber wir wollten unbedingt verhindern, dass etwas durchsickert. Wir wollten nicht, dass die Presse erfährt, dass sie bei der Polizei ist.«

»Sie denken, ich hätte nicht dichtgehalten? Sie glauben im Ernst, dass ich so was Saublödes gemacht hätte?«

»Nein, natürlich nicht.«

»Dann hätten Sie mich anrufen müssen. Sie sind vielleicht derjenige, der sie geheiratet hat, Dean. Aber ich habe Jane auch gern!« Korsaks Stimme versagte. »Ich habe sie auch gern«, wiederholte er leise und wandte sich dann unvermittelt ab.

Ich weiß, dass du sie gern hast. Ich weiß auch, dass du in sie verliebt bist, wenn du es auch niemals zugeben würdest. Und deshalb können wir nie Freunde sein. Wir haben sie beide begehrt, aber ich bin derjenige, den sie geheiratet hat.

»Was geht da drin vor sich?«, fragte Korsak. Seine Stimme klang gedämpft, und noch immer sah er Gabriel nicht in die Augen. »Weiß das irgendjemand?«

»Wir wissen rein gar nichts.«

»Es ist jetzt eine halbe Stunde her, dass diese blöde Zicke vor laufender Kamera das Geheimnis ausgeplaudert hat. Und es sind keine Anrufe von den Geiselnehmern eingegangen? Es waren keine Schüsse zu …« Korsak brach den Satz ab. »Keine Reaktion?«

»Vielleicht haben sie die Nachrichten nicht gesehen. Vielleicht haben sie noch nicht mitbekommen, dass sie eine Polizistin in ihrer Gewalt haben. Das ist meine Hoffnung – dass sie es noch nicht wissen.«

»Wann war die letzte Kontaktaufnahme?«

»Sie haben gegen fünf Uhr angerufen, um einen Deal auszuhandeln.«

»Was für einen Deal?«

»Sie wollen ein Live-Interview im Fernsehen. Als Gegenleistung werden sie zwei Geiseln freilassen.«

»Dann machen wir das doch! Was brauchen die denn so lange?«

»Die Polizei hat gezögert, Zivilisten dort hineinzuschicken. Es würde bedeuten, das Leben eines Reporters und eines Kameramannes zu gefährden.«

»Mann, ich bediene selbst die Scheiß-Kamera, wenn mir

jemand zeigt, wie's geht! Und Sie können den Reporter spielen. Die sollten uns schicken.«

»Die Geiselnehmer haben auf einem ganz bestimmten Reporter bestanden. Er heißt Peter Lukas.«

»Sie meinen den Typen, der für die *Tribune* schreibt? Wieso er?«

»Das wüssten wir alle gern.«

»Also, worauf warten wir noch? Sehen wir zu, dass wir sie da rausholen, ehe ...«

Gabriels Handy klingelte. Er zuckte zusammen, überzeugt, dass es wieder Janes Eltern waren, die mit ihm reden wollten. Er konnte sie nicht länger abwimmeln. Resigniert zog er das Telefon aus der Tasche und runzelte die Stirn, als er die Digitalanzeige las. Es war eine Nummer, die er nicht kannte.

»Hier Gabriel Dean«, meldete er sich.

»Agent Dean? Vom FBI?«

»Wer ist da?«

»Hier ist Joe. Ich glaube, Sie wissen, wer ich bin.«

Gabriel erstarrte. Korsak beobachtete ihn, augenblicklich alarmiert.

»Wir haben etwas miteinander zu bereden, Agent Dean.«

»Woher haben Sie ...«

»Ihre Frau sagt, dass man Ihnen vertrauen kann. Dass Sie zu Ihrem Wort stehen. Wir hoffen, dass das stimmt.«

»Lassen Sie mich mit ihr sprechen. Lassen Sie mich ihre Stimme hören.«

»Gleich. Wenn Sie uns etwas versprechen.«

»Was? Sagen Sie mir, was Sie wollen!«

»Gerechtigkeit. Sie sollen uns versprechen, dass Sie Ihre Pflicht tun werden.«

»Ich verstehe nicht.«

»Wir brauchen Sie als Zeugen. Sie sollen sich anhören, was wir zu sagen haben, weil es ziemlich wahrscheinlich ist, dass wir diese Nacht nicht überleben werden.«

Ein kalter Schauer überlief Dean. *Sie sind lebensmüde. Werden sie alle anderen mit in den Tod reißen?*

»Wir wollen, dass Sie der Welt die Wahrheit verkünden«, sagte Joe. »Ihnen wird man zuhören. Kommen Sie mit diesem Reporter, Agent Dean. Sprechen Sie mit uns. Und wenn es vorbei ist, berichten Sie der Welt, was Sie gehört haben.«

»Sie werden nicht sterben. Dazu muss es nicht kommen.«

»Denken Sie, wir *wollen* sterben? Wir haben versucht, ihnen zu entkommen, aber es ist unmöglich. Es bleibt uns keine andere Wahl.«

»Warum haben Sie diesen Weg gewählt? Warum bedrohen Sie das Leben unschuldiger Menschen?«

»Weil uns sonst niemand zuhört.«

»Kommen Sie einfach heraus! Lassen Sie die Geiseln frei, und ergeben Sie sich!«

»Und Sie werden uns nie lebend wiedersehen. Die werden eine logische Erklärung parat haben. Sie haben immer eine Erklärung. Passen Sie auf, Sie werden es in den Nachrichten sehen. Sie werden behaupten, wir hätten Selbstmord begangen. Wir werden im Gefängnis sterben, bevor es überhaupt zum Prozess kommt. Und alle werden denken: ›Ja, so was passiert nun mal im Gefängnis.‹ Das hier ist unsere letzte Chance, die Aufmerksamkeit der Weltöffentlichkeit zu erlangen, Agent Dean. Und es allen zu sagen.«

»Ihnen was zu sagen?«

»Was in Ashburn wirklich passiert ist.«

»Hören Sie, ich weiß nicht, wovon Sie reden. Aber ich werde tun, was immer Sie verlangen, wenn Sie nur meine Frau gehen lassen.«

»Sie sitzt hier neben mir. Es geht ihr gut. Ich lasse Sie …«

Die Verbindung brach plötzlich ab.

»Joe? *Joe?*«

»Was ist?«, wollte Korsak wissen. »Was hat er gesagt?«

Gabriel ignorierte ihn; der Versuch, die Verbindung wiederherzustellen, nahm seine ganze Aufmerksamkeit in Anspruch. Er rief die Nummer auf und drückte die Verbindungstaste.

»Der gewünschte Teilnehmer ist zurzeit leider nicht erreichbar.«

»Was zum Teufel ist da los?«, rief Korsak.

»Ich komme nicht durch.«

»Er hat einfach aufgelegt?«

»Nein, wir wurden unterbrochen. Gleich nachdem …« Gabriel brach ab. Sein Blick ging zum Container des Einsatzkommandos, der in einiger Entfernung am Straßenrand stand. Sie haben mitgehört, dachte er. Jemand da drin hat alles, was Joe gesagt hat, mit angehört.

»He!«, rief Korsak. »Wo wollen Sie hin?«

Gabriel lief bereits auf den Container zu. Er hielt sich nicht lange mit Anklopfen auf, sondern stieß gleich die Tür auf und trat ein. Hayder und Stillman blickten von ihren Videomonitoren auf und sahen ihn an.

»Wir haben jetzt keine Zeit für Sie, Agent Dean«, sagte Hayder.

»Ich gehe jetzt in das Gebäude. Ich hole meine Frau da raus.«

»Ja, klar.« Hayder lachte. »Die werden Sie sicher mit offenen Armen empfangen.«

»Joe hat mich auf meinem Handy angerufen. Sie haben mich zu sich bestellt. Sie wollen mit mir reden.«

Stillman richtete sich abrupt auf; die Verblüffung in seiner Miene wirkte echt. »Wann hat er Sie angerufen? Uns hat niemand etwas gesagt.«

»Erst vor ein paar Minuten. Joe weiß, wer ich bin. Er weiß, dass Jane meine Frau ist. Ich kann diesen Leuten ins Gewissen reden.«

»Das kommt nicht in Frage«, erwiderte Hayder.

»Sie waren bereit, diesen Reporter hineinzuschicken.«

»Sie wissen, dass Sie FBI-Agent sind. In deren Vorstellung

sind Sie vermutlich ein Teil dieser verrückten Regierungsverschwörung, vor der sie solche Angst haben. Sie könnten von Glück sagen, wenn Sie da drin fünf Minuten überleben.«

»Das Risiko nehme ich auf mich.«

»Sie wären eine begehrte Beute für diese Leute«, meinte Stillman. »Eine besonders wertvolle Geisel.«

»Sie sind der Unterhändler. Sie sind es doch, der immer davon spricht, die Abläufe zu verlangsamen. Nun, diese Leute *wollen* verhandeln.«

»Wieso mit Ihnen?«

»Weil sie wissen, dass ich nichts tun würde, was Jane gefährdet. Ich werde nicht versuchen, sie reinzulegen. Ich werde keine Sprengsätze hineinschmuggeln. Sie werden es nur mit mir zu tun haben, und ich werde mich an ihre Spielregeln halten.«

»Es ist zu spät, Dean«, sagte Stillman. »Wir haben hier nichts mehr zu melden. Der Zugriffstrupp steht schon bereit.«

»Welcher Trupp?«

»Er wurde von den Bundesbehörden direkt aus Washington eingeflogen. Es handelt sich um irgendeine Elite-Antiterroreinheit.«

Das war genau das, was Senator Conway Gabriel vorausgesagt hatte. Die Zeit für Verhandlungen war offenbar vorbei.

»Das Boston PD wurde aufgefordert, sich im Hintergrund zu halten«, sagte Hayder. »Unser Job ist es nur, die Absperrungen zu sichern, während sie das Gebäude stürmen.«

»Wann soll das passieren?«

»Wir haben keine Ahnung. Andere haben jetzt das Sagen.«

»Was ist mit dem Deal, den Sie mit Joe ausgehandelt haben? Mit dem Kameramann und dem Reporter? Er denkt immer noch, dass das Interview stattfinden wird.«

»Das wird es nicht.«

»Wer hat es abgeblasen?«

»Die Bundesbehörden. Wir haben es bloß Joe noch nicht gesagt.«

»Er hat sich schon bereit erklärt, zwei Geiseln freizulassen.«

»Und wir hoffen immer noch, dass er das tut. Dann hätten wir wenigstens zwei Menschenleben gerettet.«

»Wenn Sie sich nicht an Ihren Teil der Abmachung halten – wenn Sie ihnen nicht Peter Lukas schicken –, dann gibt es da drin vier Geiseln, die Sie *nicht* retten werden.«

»Bis dahin wird der Zugriffstrupp hoffentlich schon drin sein.«

Gabriel starrte ihn entgeistert an. »*Wollen* Sie unbedingt ein Blutbad? Denn auf die Weise werden Sie es sicher bekommen! Sie geben zwei Paranoikern allen Grund zu der Annahme, dass ihre Wahnvorstellungen real sind. Dass Sie ihnen tatsächlich nach dem Leben trachten. Verdammt, vielleicht haben diese Leute ja Recht!«

»Jetzt sind *Sie* es aber, der sich wie ein Paranoiker anhört.«

»Ich glaube eher, dass ich hier der einzige vernünftig denkende Mensch bin.« Damit machte Gabriel kehrt und verließ den Container.

Er hörte, wie der Unterhändler ihm hinterherrief: »Agent Dean?«

Gabriel ging einfach weiter auf die Polizeiabsperrung zu.

»Dean!« Endlich hatte Stillman ihn eingeholt. »Ich will nur, dass Sie wissen, dass ich dem Plan, die Klinik zu stürmen, nicht zugestimmt habe. Sie haben Recht, damit fordert man ein Blutbad geradezu heraus.«

»Und warum lassen Sie es dann zu?«

»Als ob ich da noch irgendetwas verhindern könnte! Oder Hayder. Hier hat jetzt Washington das Sagen. Wir sollen uns schön brav zurückhalten und sie einfach machen lassen.«

In diesem Moment hörten sie es – ein Raunen ging plötzlich durch die Menge. Der Pulk der Reporter zog sich dichter zusammen, drängte gegen die Absperrung.

Was passiert da?

Sie hörten einen Ruf, sahen die Flügel der Eingangstür aufschwingen, und ein hochgewachsener Schwarzer in einer Pflegeruniform trat heraus, flankiert von zwei Beamten des Sondereinsatzkommandos. Er blieb stehen und blinzelte, geblendet vom gleißenden Licht Dutzender von Scheinwerfern, ehe man ihn hastig in ein wartendes Fahrzeug verfrachtete. Sekunden später erschien ein Mann in einem Rollstuhl, der von einem Polizisten des Boston PD geschoben wurde.

»Sie haben es getan«, murmelte Stillman. »Sie haben zwei Personen freigelassen.«

Aber nicht Jane. Jane ist noch immer da drin. Und die Attacke könnte jeden Moment beginnen.

Er kämpfte sich zur Absperrung vor.

»Dean«, sagte Stillman und fasste ihn am Arm.

Gabriel drehte sich zu ihm um. »Wir könnten das alles beenden, ohne dass ein einziger Schuss fällt. Lassen Sie mich hineingehen. Lassen Sie mich mit ihnen reden.«

»Das werden die aus Washington nie genehmigen.«

»Das Boston PD bewacht die Absperrung. Befehlen Sie Ihren Leuten, mich durchzulassen.«

»Das könnte eine tödliche Falle sein.«

»Meine Frau ist da drin.« Er sah Stillman fest in die Augen. »Sie wissen, dass ich das tun muss. Sie wissen, dass es vielleicht ihre einzige Chance ist. Die einzige Chance für *jeden* da drin.«

Stillman atmete hörbar aus. Und nickte müde: »Viel Glück.«

Gabriel bückte sich und schlüpfte unter dem Absperrband hindurch. Ein Bostoner SEK-Mann wollte ihn aufhalten.

»Lassen Sie ihn durch«, sagte Stillman. »Er darf das Gebäude betreten.«

»Sir?«

»Agent Dean ist unser neuer Unterhändler.«

Gabriel dankte Stillman mit einem Nicken. Dann drehte er sich um und ging auf den Klinikeingang zu.

19

Mila

Weder Olena noch ich kennen den Weg.

Wir sind noch nie durch diesen Wald gegangen, und wir wissen nicht, wo wir herauskommen werden. Ich trage keine Strümpfe; schon bald dringt die Kälte durch meine dünnen Schuhe. Trotz des Rollkragenpullis und der Strickweste der Mutter friere ich und zittere am ganzen Leib. Die Lichter des Hauses sind hinter uns verschwunden, und wenn ich mich umdrehe, sehe ich nur noch den finsteren Wald. Auf tauben Füßen schleppe ich mich durch das gefrorene Laub, den Blick stur auf die Silhouette von Olena gerichtet, die vor mir geht und die Tasche trägt. Mein Atem ist wie Rauch. Das Eis knackt und knirscht unter unseren Sohlen. Ich denke an einen Kriegsfilm, den ich einmal in der Schule gesehen habe, an die Bilder von frierenden und ausgehungerten deutschen Soldaten, die durch den Schnee zur russischen Front wankten, ihrem Verhängnis entgegen. Nicht stehen bleiben. Keine Fragen stellen. Immer weitermarschieren – das müssen diese verzweifelten Soldaten gedacht haben. Und dasselbe denke ich nun, während ich durch diesen Wald stolpere.

Plötzlich blitzt vor uns ein Licht auf.

Olena bleibt stehen und hebt den Arm. Ich halte auch an, und wir stehen still wie die Bäume, während wir zusehen, wie die Lichter vorüberziehen, während wir das Rauschen von Reifen auf nassem Asphalt hören. Wir zwängen uns durch das letzte Stück Unterholz, und dann haben wir auf einmal festen Boden unter den Füßen.

Wir haben eine Straße erreicht.

Inzwischen sind meine Füße von der Kälte so gefühllos, dass meine Bewegungen immer unbeholfener werden und ich nur mühsam mit ihr Schritt halten kann. Aber Olena stapft unbeirrt weiter, gleichmäßig wie ein Roboter. Wir sehen die ersten Häuser, doch sie bleibt nicht stehen. Sie ist der General, und ich bin nur ein einfacher Fußsoldat; und so folge ich einer Frau, die auch nicht mehr weiß als ich.

»Wir können doch nicht ewig so weitergehen«, sage ich.

»Wir können auch nicht hier bleiben.«

»Schau, in dem Haus da brennt Licht. Wir könnten die Leute um Hilfe bitten.«

»Nicht jetzt.«

»Wie lange sollen wir denn noch weitergehen? Die ganze Nacht, die ganze Woche?«

»So lange, wie wir müssen.«

»Weißt du überhaupt, wo wir hingehen?«

Plötzlich dreht sie sich um, und ihr Miene ist so wutentbrannt, dass ich erstarre. »Weißt du was? Ich habe die Schnauze voll von dir! Du bist nichts als ein kleines Baby. Ein dummes, verschrecktes Angsthäschen.«

»Ich will doch nur wissen, wo wir hingehen.«

»Du kannst immer nur jammern und rummeckern! Mir reicht's jetzt. Ich bin fertig mit dir.« Sie greift in die Tasche und holt das Bündel amerikanischer Banknoten hervor. Sie zerreißt das Gummiband und drückt mir die Hälfte des Geldes in die Hand. »Da, nimm das, und geh mir aus den Augen. Wenn du so schlau bist, dann sieh doch selbst zu, wo du bleibst.«

»Warum tust du das?« Ich spüre, wie mir die heißen Tränen in die Augen steigen. Nicht, weil ich Angst habe, sondern weil sie meine einzige Freundin ist. Und weil ich weiß, dass ich im Begriff bin, sie zu verlieren.

»Du bist nur ein Klotz an meinem Bein, Mila. Du hältst mich auf. Ich will nicht die ganze Zeit auf dich aufpassen müssen. Ich bin *nicht* deine Scheiß-Mutter!«

»Das habe ich doch auch nie gewollt.«

»Und warum wirst du dann nicht endlich erwachsen?«

»Und warum hörst du nicht auf, dich so aufzuspielen?«

Das Auto überrascht uns beide. Wir sind so in unseren Streit vertieft, dass wir sein Herannahen gar nicht bemerken. Urplötzlich schießt es um die Kurve, und wir verharren erschrocken im Scheinwerferstrahl wie todgeweihte Tiere. Mit kreischenden Reifen kommt der Wagen zum Stehen. Es ist ein altes Auto, und der Motor macht im Leerlauf klopfende Geräusche.

Der Fahrer steckt den Kopf aus dem Fenster. »Ihr braucht Hilfe, Ladys«, sagt er. Es scheint eher eine Feststellung als eine Frage zu sein, aber unsere Situation ist ja auch offensichtlich. Eine eiskalte Nacht. Zwei verirrte Frauen auf einer einsamen Landstraße. Natürlich brauchen wir Hilfe.

Ich stehe nur da und glotze ihn stumm an. Es ist Olena, die das Kommando übernimmt, so, wie sie es immer tut. Im Handumdrehen hat sie sich komplett verwandelt. Ihr Gang, ihre Stimme, die aufreizende Art, wie sie die Hüfte schwingt – Olena setzt ihre ganze Verführungskunst ein. Sie lächelt und sagt in ihrem kehligen Englisch: »Wir hatten eine Autopanne. Können wir bei Ihnen mitfahren?«

Der Mann betrachtet sie eingehend. Ist er nur vorsichtig? Irgendwie scheint ihm klar zu sein, dass hier etwas ganz und gar nicht stimmt. Ich bin kurz davor, wieder in den Wald zu flüchten, bevor er die Polizei rufen kann.

Als er dann schließlich antwortet, ist seine Stimme ausdruckslos und lässt nicht erkennen, dass Olenas Reize ihn irgendwie beeindruckt hätten. »Es ist nicht weit bis zur nächsten Werkstatt. Ich muss dort sowieso tanken, dann frage ich gleich nach einem Abschleppwagen.«

Wir steigen ein. Olena sitzt vorn, ich kauere mich auf den Rücksitz. Ich habe das Geld, das sie mir gegeben hat, in die Hosentasche gestopft, und jetzt fühlt es sich dort an wie ein glühender Kohleklumpen. Ich bin immer noch wütend, immer noch verletzt von ihrer Grausamkeit. Mit diesem Geld kann ich auch ohne sie klarkommen, ohne irgendeinen Menschen. Und das werde ich auch.

Während der Fahrt spricht der Mann kein Wort. Anfangs glaube ich, dass er uns einfach nur ignoriert, dass wir für ihn vollkommen uninteressant sind. Dann sehe ich seine Augen im Innenspiegel aufblitzen, und ich merke, dass er mich beobachtet hat, dass er uns beide unentwegt beobachtet. In seinem Schweigen ist er wachsam wie eine Katze.

Vor uns tauchen die Lichter der Tankstelle auf. Wir biegen von der Straße ab und halten neben der Zapfsäule. Der Mann steigt aus, um zu tanken. Als er fertig ist, sagt er: »Ich frage mal nach dem Abschleppfahrzeug.« Er geht hinein.

Olena und ich bleiben im Wagen sitzen. Wir sind unsicher, was wir als Nächstes tun sollen. Durch das Fenster können wir sehen, wie unser Fahrer mit dem Kassierer spricht. Er zeigt in unsere Richtung, und der Tankwart greift zum Telefon.

»Er ruft die Polizei an«, flüstere ich Olena zu. »Wir sollten verschwinden. Am besten hauen wir gleich ab.« Ich packe den Türgriff und will schon aussteigen, als plötzlich ein schwarzes Auto zur Tankstelle abbiegt und direkt neben uns stehen bleibt. Zwei Männer steigen aus, beide dunkel gekleidet. Der eine hat einen weißblonden Bürstenschnitt. Sie sehen uns an.

Augenblicklich wird mir eiskalt.

Wir sind im Wagen dieses Fremden gefangen wie Tiere, und nun sind wir von zwei Jägern umzingelt. Der blonde Mann steht direkt vor meiner Tür und starrt zu mir herein; ich kann nur durch das Fenster zurückstarren, in das letzte Gesicht, das die Mutter in ihrem Leben gesehen hat. Und wahrscheinlich auch das letzte Gesicht, das ich je sehen werde.

Da hebt der Mann ruckartig den Kopf, und sein Blick geht

zum Tankstellengebäude. Ich blicke mich um und sehe, dass unser Fahrer gerade herausgekommen ist und auf das Auto zugeht. Er hat für das Benzin bezahlt und steckt seine Brieftasche zurück in die Hosentasche. Dann verlangsamt er seinen Schritt und betrachtet stirnrunzelnd die beiden Männer, die links und rechts von seinem Wagen stehen.

»Kann ich den Herrschaften irgendwie behilflich sein?«, fragt unser Fahrer.

Der blonde Mann antwortet: »Sir, dürften wir Ihnen ein paar Fragen stellen?«

»Wer sind Sie?«

»Ich bin Special Agent Steve Ullman. Federal Bureau of Investigation.«

Das scheint unseren Fahrer nicht sonderlich zu beeindrucken. Er greift in den Eimer neben der Zapfsäule und nimmt den Gummiwischer heraus. Nachdem er das überschüssige Wasser abgestreift hat, beginnt er, seine schmutzige Windschutzscheibe zu reinigen. »Worüber wollen Sie beide denn mit mir reden?«, fragt er, während er den Wischer über die Scheibe zieht.

Der Blonde beugt sich zu unserem Fahrer vor und spricht mit gedämpfter Stimme. Ich schnappe die Worte *flüchtige Frauen* und *gefährlich* auf.

»Und wieso wollen Sie mit mir reden?«, fragt der Fahrer.

»Das ist doch Ihr Wagen, oder?«

»Klar.« Unser Fahrer fängt plötzlich an zu lachen. »Ah, jetzt verstehe ich. Falls es Sie interessiert – die beiden da im Wagen sind meine Frau und ihre Cousine. Sehen echt gefährlich aus, finden Sie nicht?«

Der blonde Mann wirft seinem Partner einen Blick zu. Einen überraschten Blick. Sie wissen nicht, was sie sagen sollen.

Unser Fahrer lässt den Wischer wieder in den Eimer fallen. Das Wasser spritzt auf. »Viel Glück, Jungs«, sagt er und öffnet die Fahrertür. Als er sich hinters Steuer setzt, sagt er laut zu Olena: »Tut mir Leid, Schatz, es gab kein Aspirin. Wir müssen es an der nächsten Tankstelle versuchen.«

Als wir davonfahren, schaue ich mich um und sehe, dass die Männer uns noch immer nachstarren. Einer der beiden notiert sich das Kennzeichen.

Eine Zeit lang sagt niemand im Wagen etwas. Ich bin immer noch so gelähmt vor Angst, dass ich kein Wort hervorbringe. Ich kann nur stumm den Hinterkopf unseres Fahrers anstarren. Des Mannes, der uns gerade das Leben gerettet hat.

Schließlich sagt er: »Wollt ihr mir vielleicht verraten, was das alles sollte?«

»Die haben Sie angelogen«, sagt Olena. »Wir sind gar nicht gefährlich!«

»Und die zwei sind nicht vom FBI.«

»Das wissen Sie schon?«

Der Mann sieht sie von der Seite an. »Ich bin schließlich nicht blöd. Ich merke doch, ob ich einen echten FBI-Mann vor mir habe oder nicht. Und ich merke es, wenn mich jemand verarschen will. Also, wie wär's, wenn ihr mir die Wahrheit sagt?«

Olena stößt einen resignierten Seufzer aus. Und sagt im Flüsterton: »Sie wollen uns töten.«

»Das habe ich schon kapiert.« Er schüttelt den Kopf und lacht, aber es klingt alles andere als amüsiert. Es ist das Lachen eines Mannes, der nicht glauben kann, was für ein Pech er hat. »O Mann, warum habe ich nur immer wieder so ein beschissenes Pech?«, sagt er. »Also, wer sind die beiden, und warum wollen sie euch umbringen?«

»Wegen dem, was wir heute Abend gesehen haben.«

»Was habt ihr gesehen?«

Sie blickt aus dem Fenster. »Zu viel«, murmelt sie. »Wir haben zu viel gesehen.«

Vorläufig begnügt er sich mit dieser Antwort, denn wir sind gerade von der Straße abgebogen, und die Räder rumpeln nun über einen ungeteerten Weg, der uns tief in den Wald hineinführt. Vor einem baufälligen, von Bäumen umstandenen Häuschen hält er an. Es ist kaum mehr als eine grob gezimmerte Hütte, eine Behausung, in der nur ein armer Mann wohnen würde. Doch auf dem Dach ist eine riesige Satellitenschüssel montiert.

»Hier wohnen Sie?« fragt Olena.

»Hier lebe ich«, lautet seine merkwürdige Antwort.

Er benutzt drei verschiedene Schlüssel, um die Haustür aufzuschließen. Während ich auf der Veranda stehe und warte, bis er die diversen Schlösser entriegelt hat, bemerke ich, dass die Fenster seines Hauses alle vergittert sind. Einen Moment lang zögere ich, über die Schwelle zu treten, weil ich an jenes andere Haus denken muss, dem wir gerade entflohen sind. Aber diese Gitterstäbe sind anders, wie ich bald erkenne; sie dienen nicht dazu, irgendjemanden gefangen zu halten, sondern dazu, alle anderen auszusperren.

Drinnen rieche ich Holzrauch und feuchte Wolle. Er schaltet kein Licht ein, sondern bewegt sich durch das dunkle Zimmer, als ob er jeden Quadratzentimeter auch mit verbundenen Augen kennt. »Es wird immer ein bisschen muffig hier drin, wenn ich ein paar Tage weg bin«, sagt er. Er entzündet ein Streichholz, und ich sehe, dass er vor einem Kamin kniet. Das Bündel Anzündholz und die Scheite liegen schon bereit, und bald lodern die Flammen auf. Ihr Schein erhellt sein Gesicht, das im Halbdunkel dieses Zimmers noch hagerer, noch düsterer wirkt. Früher, denke ich, war das vielleicht einmal ein hübsches Gesicht, aber jetzt sind die Augen allzu eingesunken, der schmale Unterkiefer ist dunkel von mehrere Tage alten Stoppeln. Als das Feuer heller brennt, blicke ich mich in dem kleinen Zimmer um, das von hohen Zeitungs- und Zeitschriftenstapeln noch enger gemacht wird. Die Wände sind mit Dutzenden und Aberdutzenden von Zeitungsausschnitten gepflastert. Sie wuchern überall wie vergilbte Schuppen, und ich stelle ihn mir vor, wie er sich tagelang, monatelang in seiner kleinen Hütte verbarrikadiert und fieberhaft Artikel ausschneidet, deren Bedeutung nur ihm klar ist. Ich lasse den Blick über die vergitterten Fenster wandern, erinnere mich an die drei Schlösser an der Tür, und ich denke: Dies ist das Haus eines Mannes, der in Angst lebt.

Er geht zu einem Schrank und schließt ihn auf. Ich bekomme einen Schreck, als darin ein halbes Dutzend Gewehre zum Vorschein kommen. Beim Anblick der Waffe in seiner Hand weiche ich einen Schritt zurück.

»Ist schon okay. Kein Grund zur Panik«, sagt er, als er meine entsetzte Miene sieht. »Es ist nur so, dass ich heute Abend lieber eine Knarre in Reichweite habe.«

Wir hören ein Läuten wie von einer kleinen Glocke.

Bei dem Geräusch schnellt der Kopf des Mannes hoch. Mit dem Gewehr in der Hand tritt er ans Fenster und späht in den Wald hinaus. »Da ist gerade etwas über den Sensor gelaufen«, sagt er. »War vielleicht nur irgendein Tier. Andererseits …« Er harrt noch eine ganze Weile am Fenster aus, die Hand am Abzug. Ich erinnere mich an die zwei Männer, die uns an der Tankstelle nachgeschaut haben. Die unser Kennzeichen aufgeschrieben haben. Inzwischen müssen sie herausgefunden haben, wem der Wagen gehört. Und damit kennen sie auch die Adresse.

Der Mann geht zu einem Holzstapel, nimmt ein neues Scheit und wirft es ins Feuer. Dann setzt er sich in einen Schaukelstuhl, legt die Flinte quer über den Schoß und betrachtet uns. Im Kamin knistert das Holz, und Funken tanzen über den Flammen.

»Ich heiße Joe«, sagt er. »Und jetzt sagt mir, wer ihr seid.«

Ich sehe Olena an. Keine von uns sagt etwas. Obwohl dieser merkwürdige Fremde uns heute Abend das Leben gerettet hat, haben wir immer noch Angst vor ihm.

»Seht mal, ihr habt es selbst so gewählt. Ihr seid in mein

Auto eingestiegen.« Sein Schaukelstuhl knarrt auf dem Holzfußboden. »Jetzt braucht ihr euch auch nicht mehr zu zieren, Ladys«, sagt er. »Die Würfel sind gefallen.«

Als ich aufwache, ist es draußen noch dunkel, doch das Feuer ist bis auf die Glut heruntergebrannt. Das Letzte, woran ich mich erinnere, bevor ich eingenickt bin, sind die Stimmen von Olena und Joe, die sich leise unterhielten. Jetzt kann ich Olena im schwachen Schein des Kamins neben mir auf dem geflochtenen Teppich schlafen sehen. Ich bin immer noch wütend auf sie und habe ihr die Dinge, die sie mir an den Kopf geworfen hat, nicht verziehen. Ein paar Stunden Schlaf haben mir Klarheit über das Unvermeidliche verschafft. Wir können nicht für immer zusammenbleiben.

Das Knarren des Schaukelstuhls zieht meinen Blick an; ich sehe das schwache Schimmern von Joes Gewehr, und ich spüre, dass er mich beobachtet. Wahrscheinlich sieht er uns schon eine ganze Weile beim Schlafen zu.

»Weck sie«, sagt er zu mir. »Wir müssen jetzt los.«

»Warum?«

»Sie sind da draußen. Sie haben das Haus die ganze Zeit beobachtet.«

»Was?« Ich rappele mich hastig hoch, und mein Herz pocht plötzlich wie wild, als ich ans Fenster eile. Aber draußen sehe ich nichts als dunklen Wald. Dann bemerke ich, dass die Sterne schon verlöschen. Die Nacht wird bald dem Morgengrauen weichen.

»Ich glaube, sie parken immer noch unten an der Straße. Sie haben die nächste Reihe von Bewegungsdetektoren noch nicht überschritten«, sagt er. »Aber wir müssen uns jetzt auf den Weg machen, bevor es hell wird.« Er steht auf, geht zu einem Schrank und nimmt einen Rucksack heraus. Der Inhalt, was immer es sein mag, klirrt metallisch. »Olena«, sagt er und stößt sie mit der Stiefelspitze an. Sie regt sich und blickt zu ihm auf. »Zeit zu gehen«, sagt er. »Wenn dir dein Leben lieb ist.«

Er führt uns nicht zur Vordertür hinaus. Stattdessen hebt er einige Bodenbretter an, und aus dem Dunkel darunter steigt der Geruch von feuchter Erde auf. Er klettert rückwärts die Leiter hinunter und ruft uns zu: »Auf geht's, Ladys.«

Ich reiche ihm die Einkaufstasche der Mutter und steige ebenfalls durch die Luke. Er hat eine Taschenlampe eingeschaltet, und im Halbdunkel erhasche ich einen Blick auf Stapel von Kisten vor einer Steinmauer.

»In Vietnam hatten die Dorfbewohner Tunnel wie diesen hier unter ihren Häusern«, erklärt er, als er uns einen niedrigen Gang entlangführt. »Sie dienten in erster Linie als Vorratslager. Aber manchmal retteten sie ihnen auch das Leben.« Er bleibt stehen, schließt ein Vorhängeschloss auf. Nachdem er seine Taschenlampe ausgeschaltet hat, hebt er eine hölzerne Klappe über seinem Kopf an.

Wir steigen aus dem Tunnel und finden uns im dunklen Wald wieder. Die Bäume hüllen uns ein, als er uns vom Haus wegführt. Wir sprechen kein Wort; wir würden es nicht wagen. Wieder einmal folge ich blindlings einem andern, immer der Fußsoldat, nie der General. Aber diesmal vertraue ich der Person, die mich führt. Joe geht mit ruhigen Schritten voran, er strahlt die Sicherheit eines Mannes aus, der genau weiß, wo es langgeht. Ich halte mich dicht hinter ihm, und als die Morgendämmerung den Himmel zu erhellen beginnt, sehe ich, dass er hinkt. Er zieht das linke Bein leicht nach, und einmal, als er sich umblickt, sehe ich sein schmerzverzerrtes Gesicht. Aber er kämpft sich weiter voran im schwachen Licht des Morgengrauens.

Endlich erspähe ich zwischen den Bäumen vor uns einen verfallenen Hof. Als wir näher kommen, kann ich erkennen, dass hier niemand mehr wohnt. Die Fenster sind zerbrochen, und das Dach ist an einer Seite eingefallen. Aber

Joe geht nicht auf das Haus zu, stattdessen steuert er die Scheune an, die nicht minder einsturzgefährdet scheint. Er öffnet ein Vorhängeschloss und schiebt das Scheunentor auf.

Drinnen steht ein Wagen.

»Hab mich immer gefragt, ob ich ihn je brauchen würde«, sagt er, als er sich ans Steuer setzt.

Ich steige hinten ein. Auf der Rückbank liegen eine Decke und ein Kissen, und zu meinen Füßen stehen Konservendosen. Genug Proviant für mehrere Tage.

Joe dreht den Zündschlüssel um, und der Motor erwacht stotternd zum Leben. »Ich gehe ja nur äußerst ungern hier weg«, sagt er. »Aber vielleicht wird es Zeit, mal für eine Weile zu verreisen.«

»Tun Sie das für uns?«, frage ich ihn.

Er sieht mich über die Schulter an. »Ich tue das, um mir Ärger vom Leib zu halten. Denn davon scheint ihr zwei Ladys mir eine gewaltige Portion beschert zu haben.«

Er lenkt den Wagen rückwärts aus der Scheune, und wir fahren rumpelnd den ungeteerten Feldweg entlang, vorbei an dem baufälligen Bauernhaus, an einem stillen Teich. Plötzlich hören wir einen dumpfen Donnerschlag. Sofort hält Joe an, dreht sein Fenster herunter und blickt sich zu dem Wald um, den wir gerade hinter uns gelassen haben.

Schwarzer Rauch hängt über den Wipfeln, wallt in einer gewaltigen Säule in den heller werdenden Himmel auf. Ich höre Olena erschrocken aufschreien. Meine Hände schwitzen und zittern, als ich an die Hütte denke, die wir eben erst verlassen haben und die jetzt ein Raub der Flammen ist. Und ich denke an brennendes Fleisch. Joe sagt nichts; er starrt nur in entsetztem Schweigen die Rauchwolken an. Ich frage mich, ob er in diesem Moment sein Pech verflucht, das ihn uns über den Weg geführt hat.

Nach einer Weile atmet er tief aus. »Mein Gott«, murmelt er. »Wer immer diese Leute sind, sie meinen es verdammt ernst.« Er wendet seine Aufmerksamkeit wieder der Straße zu. Ich weiß, dass er Angst hat, denn ich sehe, wie seine Hände das Lenkrad umklammern. Ich sehe, dass seine Knöchel ganz weiß sind. »Ladys«, sagt er leise, »ich glaube, es ist höchste Zeit, dass wir verschwinden.«

20

Jane schloss die Augen und ließ sich auf dem Wellenkamm des Schmerzes treiben wie eine Surferin. *Bitte, lass es schnell vorbei sein. Es soll aufhören, aufhören!* Sie spürte, wie ihr der Schweiß übers Gesicht lief, während die Wehe ihrem Höhepunkt zustrebte und sie so fest in ihrem Klammergriff hielt, dass sie nicht einmal mehr stöhnen, nicht einmal mehr atmen konnte. Hinter ihren geschlossenen Lidern schien das Licht schwächer zu werden, und das Tosen ihres eigenen Pulsschlags dämpfte alle Geräusche. Nur undeutlich registrierte sie die Unruhe im Zimmer. Ein Klopfen an der Tür. Joes nervöse Fragen.

Dann schloss sich plötzlich eine Hand um ihre. Die Berührung war warm und vertraut.

Das kann nicht sein, dachte sie, während die Wehenschmerzen schon nachließen und der Schleier sich nach und nach von ihren Augen hob. Sie fixierte das Gesicht, das auf sie herabblickte, und verharrte reglos vor Verwunderung.

»Nein«, flüsterte sie. »Nein, du darfst nicht hier sein.«

Er nahm ihr Gesicht zärtlich in beide Hände, drückte die Lippen auf ihre Stirn, ihr Haar. »Es wird alles gut, mein Schatz. Alles wird gut.«

»Das ist das Blödeste, was du je gemacht hast.«

Er lächelte. »Du hast doch gewusst, dass ich nicht der Hellste bin, als du mich geheiratet hast.«

»Was hast du dir dabei gedacht?«

»Ich habe an dich gedacht. Nur an dich.«

»Agent Dean«, sagte Joe.

Langsam richtete Gabriel sich auf. Wie oft hatte Jane ihren Ehemann schon angeschaut und sich gedacht, wie glücklich sie sich schätzen konnte, ihn gefunden zu haben, aber noch nie so sehr wie in diesem Augenblick. Er war unbewaffnet, war in der schwächeren Position, doch als er sich Joe zuwandte, strahlte er nur ruhige Entschlossenheit aus. »Ich bin hier. Werden Sie jetzt meine Frau gehen lassen?«

»Nachdem wir uns unterhalten haben. Nachdem Sie sich angehört haben, was wir zu sagen haben.«

»Ich höre.«

»Sie müssen uns versprechen, dass Sie dem, was wir Ihnen sagen, nachgehen werden. Dass Sie es nicht mit uns untergehen lassen.«

»Ich sagte, dass ich Sie anhören würde. Mehr haben Sie nicht verlangt. Und Sie sagten, Sie würden diese Leute gehen lassen. Sie mögen vielleicht lebensmüde sein, aber diese Menschen sind es nicht.«

»Wir wollen nicht, dass irgendjemand stirbt«, warf Olena ein.

»Dann beweisen Sie es. Lassen Sie diese Leute frei. Dann werde ich mich hinsetzen und Ihnen solange zuhören, wie Sie wollen. Stundenlang, tagelang. Ich stehe zu Ihrer Verfügung.« Er sah den Geiselnehmern unverwandt in die Augen.

Einige Sekunden verstrichen in allgemeinem Schweigen.

Unvermittelt trat Joe auf die Couch zu, packte Dr. Tam am Handgelenk und riss sie hoch.

»Gehen Sie zur Tür, und bleiben Sie da stehen«, befahl er. Dann drehte er sich um und deutete auf die beiden Frauen auf der anderen Couch. »Los, aufstehen. Alle beide.«

Die Frauen rührten sich nicht vom Fleck, sie starrten Joe nur stumm an, als seien sie überzeugt, dass es sich nur um einen Trick handeln könne, dass jede Bewegung fatale Folgen haben könnte.

»Na los, stehen Sie schon auf!«

Die Empfangsschwester schluchzte und erhob sich unsicher. Dann tat die zweite Frau es ihr gleich. Beide gingen langsam zur Tür, wo Dr. Tam immer noch wie angewurzelt stand. Die langen Stunden der Gefangenschaft hatten sie alle so eingeschüchtert, dass sie noch nicht glauben konnten, dass ihr Leiden bald ein Ende haben würde. Als Dr. Tam dann nach der Türklinke griff, sah sie Joe dabei immer noch an, als wartete sie nur darauf, dass er ihr Einhalt gebot.

»Sie drei können gehen«, sagte Joe.

Kaum hatten die Frauen den Raum verlassen, schlug Olena die Tür hinter ihnen zu und schloss sie wieder ab.

»Was ist mit meiner Frau?«, fragte Gabriel. »Lassen Sie sie auch gehen.«

»Das kann ich nicht. Noch nicht.«

»Unsere Abmachung...«

»Es war abgemacht, dass ich Geiseln freilassen würde, Agent Dean. Welche, das habe ich nicht gesagt.«

Gabriel stieg die Zornesröte ins Gesicht. »Und Sie glauben, dass ich Ihnen jetzt noch vertraue? Sie glauben im Ernst, dass ich mir von Ihnen noch irgendetwas anhöre?«

Jane griff nach der Hand ihres Mannes und fühlte vor Wut straff angespannte Sehnen unter ihren Fingern. »Hör ihn einfach an. Lass ihn sagen, was er zu sagen hat.«

Gabriel ließ den angehaltenen Atem entweichen. »Okay, Joe. Was wollen Sie mir sagen?«

Joe schnappte sich zwei Stühle, zog sie in die Mitte des Zimmers und stellte sie gegenüber voneinander auf. »Setzen wir uns, Sie und ich.«

»Meine Frau liegt in den Wehen. Sie kann nicht mehr allzu lange hier bleiben.«

»Olena wird sich um sie kümmern.« Er wies auf die Stühle. »Ich werde Ihnen eine Geschichte erzählen.«

Gabriel blickte sich zu Jane um. In seinen Augen las sie Liebe, aber auch Sorge. *Wem vertrauen Sie?*, hatte Joe sie vorhin gefragt. *Wer würde sich für Sie diese Kugel in den Kopf jagen lassen?* Sie sah ihren Ehemann an, und sie dachte: Ich werde nie einem Menschen mehr vertrauen als dir.

Widerstrebend wandte Gabriel seine Aufmerksamkeit wieder Joe zu, und die beiden Männer nahmen gegenüber voneinander Platz. Man hätte das Ganze für ein vollkommen zivilisiertes Gipfeltreffen halten können, wäre da nicht die Pistole gewesen, die einer der beiden Männer auf dem Schoß hielt. Olena, die inzwischen neben Jane auf der Couch Platz genommen hatte, trug eine nicht minder tödliche Waffe in der Hand. Bloß ein nettes kleines Treffen von zwei Paaren. *Und welches von den beiden wird die Nacht überleben?*

»Was haben sie Ihnen über mich erzählt?«, fragte Joe. »Was sagt das FBI?«

»Dies und das.«

»Ich bin verrückt, nicht wahr? Ein Einzelgänger. Paranoid.«

»Ja.«

»Und Sie glauben denen?«

»Ich habe keinen Grund, daran zu zweifeln.«

Jane beobachtete das Gesicht ihres Mannes. Obwohl er ganz ruhig sprach, konnte sie die Anspannung in seinen Augen erkennen, in den straff gespannten Halsmuskeln. Du hast gewusst, dass dieser Mann wahnsinnig ist, dachte sie, und trotzdem hast du dich hier hereingewagt. Und alles nur für mich... Sie unterdrückte ein Stöhnen, als die nächste Wehe sich ankündigte. *Verhalte dich ruhig. Lenk Gabriel nicht ab; lass ihn tun, was er tun muss.* Sie sank auf die Couch zurück, biss die Zähne zusammen und litt stumm. Hielt den Blick starr auf die Zimmerdecke gerichtet, auf einen einzelnen dunklen Fleck auf einer der Schallschutzplatten. *Konzentriere dich auf einen bestimmten Punkt. Den Schmerz mit dem Geist besiegen.* Die Decke verschwamm vor ihren Augen, der dunkle Fleck schien in einem unruhigen Meer von Weiß zu treiben. Vom bloßen

Hinsehen wurde ihr schon schlecht. Sie schloss die Augen wie eine seekranke Schiffspassagierin, der sich vom Schaukeln der Wellen der Kopf dreht.

Erst als die Wehe nachzulassen begann, als der Schmerz seinen Griff endlich lockerte, schlug sie die Augen wieder auf. Wie zuvor richtete sie den Blick auf die Decke. Irgendetwas hatte sich verändert. Neben dem dunklen Fleck war jetzt ein kleines Loch zu sehen, kaum zu unterscheiden von den Poren der Schallschutzplatte.

Sie warf Gabriel einen Blick zu, doch er sah nicht in ihre Richtung. Er war voll und ganz auf den Mann konzentriert, der ihm gegenübersaß.

Joe fragte: »Glauben Sie, dass ich verrückt bin?«

Gabriel betrachtete ihn einen Moment. »Ich bin kein Psychiater. Ich kann das nicht beurteilen.«

»Sie sind hierher gekommen in der Erwartung, einen Irren anzutreffen, der mit einer Knarre herumfuchtelt, nicht wahr?« Er beugte sich vor. »Das haben sie Ihnen doch erzählt. Seien Sie ehrlich.«

»Soll ich wirklich ehrlich sein?«

»Absolut.«

»Sie haben mir gesagt, dass ich es mit zwei Terroristen zu tun hätte. Das wollten sie mich glauben machen.«

Joe lehnte sich zurück. Seine Miene war grimmig. »So werden sie es also beenden«, sagte er leise. »Natürlich. Das sieht ihnen ähnlich, es so zu beenden. Welche Art von Terroristen sollen wir denn sein?« Er sah zu Olena hinüber, dann lachte er. »Ach so. Wahrscheinlich tschetschenische.«

»Ja.«

»Wer hat das Kommando – John Barsanti?«

Gabriel runzelte die Stirn. »Sie kennen ihn?«

»Er ist uns schon seit Virginia auf der Spur. Wo wir auch hingehen, überall taucht er auf. Ich wusste, dass er auch hier aufkreuzen würde. Er kann es sicher kaum erwarten, uns in Leichensäcke zu verpacken.«

»Sie müssen nicht sterben. Geben Sie mir Ihre Waffen, und dann gehen wir alle zusammen hinaus. Keine Schüsse, kein Blutvergießen. Ich gebe Ihnen mein Wort.«

»Ja, tolle Garantie.«

»Sie haben mich hier hereingelassen. Das bedeutet, dass Sie mir bis zu einem gewissen Grad vertrauen.«

»Ich kann es mir nicht leisten, irgendwem zu vertrauen.«

»Wieso bin ich dann hier?«

»Weil ich mich weigere, den Löffel abzugeben, solange es nicht wenigstens einen Funken Hoffnung auf Gerechtigkeit gibt. Wir haben versucht, mit der Sache an die Presse zu gehen. Wir haben ihnen die verdammten Beweise auf den Tisch gelegt. Aber kein Schwein hat sich dafür interessiert.« Er sah Olena an. »Zeig Ihnen deinen Arm. Zeig ihnen, was Ballentree mit dir gemacht hat.«

Olena zog den Ärmel über den Ellbogen und deutete auf eine gezackte Narbe.

»Sehen Sie es?«, fragte Joe. »Was sie ihr in den Arm eingepflanzt haben?«

»Ballentree? Meinen Sie etwa das Rüstungsunternehmen?«

»Neueste Mikrochiptechnologie. Eine Methode, mit der Ballentree sein Eigentum jederzeit aufspüren kann. Sie war ein Stück menschliches Frachtgut, direkt aus Moskau importiert. Ein kleines Nebengeschäft, das Ballentree betreibt.«

Jane blickte wieder zur Decke auf. Plötzlich bemerkte sie, dass noch weitere Löcher in den Schallschutzplatten aufgetaucht waren. Sie sah zu den beiden Männern hinüber, doch sie waren immer noch ganz aufeinander konzentriert. Niemand sonst schaute nach oben; niemand sonst sah, dass die Decke schon fast wie ein Sieb durchlöchert war.

»Es geht hier also letztlich um ein Rüstungsunternehmen?«, fragte Gabriel. Seine Stimme war vollkommen ruhig, sein Ton verriet nichts von der Skepsis, die er gewiss empfand.

»Nicht einfach irgendein Rüstungsunternehmen. Wir sprechen von der Ballentree Company. Beste Verbindungen zum Weißen Haus und zum Pentagon. Wir sprechen von Topmanagern, die jedes Mal, wenn unser Land in den Krieg zieht, Milliarden von Dollars verdienen. Was glauben Sie denn, wieso Ballentree fast jeden Großauftrag an Land zieht? Weil denen das Weiße Haus *gehört.*«

»Ich sag's Ihnen nur ungern, Joe, aber das ist nicht gerade eine neue Verschwörungstheorie. Ballentree ist doch inzwischen jedermanns liebster Buhmann. Eine Menge Leute brennen darauf, den Konzern zu Fall zu bringen.«

»Aber Olena kann es tatsächlich schaffen.«

Gabriel sah die Frau an. Sein Blick verriet Skepsis. »Wie?«

»Sie weiß, was Ballentree in Ashburn getan hat. Sie weiß, was das für Menschen sind.«

Jane starrte noch immer an die Decke und versuchte zu begreifen, was sie da sah. Nadeldünne Dampfstrahlen strömten von oben herab in den Raum. Gas. Sie pumpen Gas ins Zimmer.

Sie sah ihren Mann an. Hatte er gewusst, dass das passieren würde? Hatte er gewusst, dass dies der Plan war? Niemand sonst schien den lautlosen Eindringling zu bemerken. Niemand sonst schien erkannt zu haben, dass die Erstürmung unmittelbar bevorstand, angekündigt durch diese hauchdünnen Gaswolken.

Wir atmen es alle ein.

Sie spannte die Muskeln an, als sie das Herannahen der nächsten Wehe spürte. O Gott, nicht jetzt, dachte sie. Nicht, wenn hier jeden Moment die Hölle los sein kann. Sie packte das Couchkissen, wartete auf den Höhepunkt der Wehe. Der Schmerz hatte sie jetzt fest im Griff, und sie konnte nur das Kissen umklammern und ausharren. Die hier wird schlimm, dachte sie. Oh, die ist wirklich verdammt schlimm.

Doch der Schmerz erreichte nie den Höhepunkt. Plötzlich schien das Kissen in Janes Faust dahinzuschmelzen. Sie hatte das Gefühl, nach unten gezogen zu werden, hinab in einen seligen Schlummer. In der wachsenden Benommenheit, die sie umfing, hörte sie noch ein Poltern, Männerstimmen. Und sie hörte Gabriels Stimme – gedämpft, wie aus großer Ferne, rief er ihren Namen.

Die Schmerzen waren jetzt fast verschwunden.

Sie spürte einen leichten Stoß, und etwas Zartes streifte ihr Gesicht. Die Berührung einer Hand, die ihre Wange ganz zart streichelte. Eine Stimme flüsterte ihr etwas zu – Worte, die sie nicht verstand; leise, eindringliche Worte, die in dem Gepolter, dem plötzlichen Krachen der Tür fast untergingen. Ein Geheimnis, dachte sie. Sie vertraut mir ein Geheimnis an.

Mila. Mila weiß Bescheid.

Ein ohrenbetäubender Knall, und etwas Warmes spritzte ihr ins Gesicht.

Gabriel, dachte sie. Wo bist du?

21

Als die ersten Schüsse fielen, konnte man die Schaulustigen auf der Straße erschrocken nach Luft schnappen hören. Maura blieb fast das Herz stehen. Beamte des Sondereinsatzkommandos sicherten weiter die Absperrung, während von drinnen erneut dumpfe Explosionen zu hören waren. Sie sah die Verwirrung in den Mienen der Polizisten, als die Minuten verstrichen und alles auf Nachrichten vom Geschehen in der Klinik wartete. Niemand rührte sich von der Stelle, niemand stürmte das Gebäude.

Worauf warten sie alle?

Plötzlich knackte es in den Funkgeräten der Cops. »Gebäude gesichert! Der Zugriffstrupp ist draußen, und das Gebäude ist jetzt sicher! Holt die Sanis. Wir brauchen Tragbahren …«

Notarztteams stürmten herbei und durchbrachen das Absperrband wie Sprinter die Zielmarkierung. Das Zerreißen dieses gelben Bandes löste das totale Chaos aus. Plötzlich strömten auch Reporter und Kameraleute auf den Klinikeingang zu, während Beamte des Boston PD sie aufzuhalten suchten. Über den Köpfen der Menge wummerten die Rotorblätter eines Helikopters.

Inmitten der Kakophonie hörte Maura Korsak rufen: »Ich bin Polizist, verdammt! Eine Freundin von mir ist da drin! Lasst mich durch!« Dann sah er Maura und rief: »Doc, Sie müssen rausfinden, ob sie okay ist!«

Maura kämpfte sich bis zur Polizeiabsperrung vor. Der Cop warf einen gehetzten Blick auf ihren Dienstausweis und schüttelte den Kopf.

»Die müssen sich jetzt erst mal um die Lebenden kümmern, Dr. Isles.«

»Ich bin Ärztin. Ich kann helfen.«

Ihre Worte gingen fast unter im Getöse des Hubschraubers, der gerade auf dem Parkplatz auf der anderen Straßenseite gelandet war. Zugleich wurde der Polizist einen Moment lang von einem Reporter abgelenkt und schrie den Mann an: »He, Sie! Sofort zurücktreten!«

Maura nutzte die Gelegenheit, um an ihm vorbeizuschlüpfen und in das Gebäude zu laufen. Ihr graute schon vor dem, was sie dort vorfinden würde. Als sie gerade in den Flur einbog, der zur Bilddiagnostik führte, kam eine Rollbahre auf sie zugeschossen, geschoben von zwei Sanitätern, und sie schlug instinktiv die Hand vor den Mund, um einen Schrei zu unterdrücken. Sie sah den hochschwangeren Bauch, die dunklen Haare, und sie dachte: Nein. O Gott, nein.

Jane Rizzoli war über und über mit Blut bespritzt.

In diesem Moment schien Mauras ganze medizinische Ausbildung sie schlagartig im Stich zu lassen. In ihrer Panik sah sie nur das Blut und sonst nichts. *Und so viel davon.* Dann, als die Trage an ihr vorbeirollte, bemerkte sie, dass Janes Brust sich hob und senkte. Sah, wie sich ihre Hand bewegte.

»Jane?«, rief Maura.

Die Sanitäter schoben die Rolltrage bereits im Laufschritt durch die Eingangshalle. Maura musste sprinten, um sie einzuholen.

»Warten Sie! Wie ist ihr Zustand?«

Einer der Männer blickte über die Schulter. »Sie liegt in den Wehen. Wir bringen sie ins Brigham.«

»Aber das ganze Blut…«

»Das ist nicht ihres.«

»Wessen dann?«

»Von dem Mädel da drin.« Er deutete mit dem Daumen den Flur hinunter. »*Die* bringen wir nirgends mehr hin.«

Sie starrte der Trage nach, als diese ratternd zur Tür hinausgefahren wurde. Dann machte sie kehrt und rannte den Flur hinunter, vorbei an Sanitätern und Bostoner Cops, auf den Brennpunkt des Geschehens zu.

»Maura?«, rief eine Stimme, die merkwürdig fern und gedämpft klang.

Sie drehte sich um und entdeckte Gabriel, der sich gerade auf einer Trage aufzusetzen versuchte. Man hatte ihm eine Sauerstoffmaske vors Gesicht gebunden, und sein Arm war durch einen Infusionsschlauch mit einem Beutel Kochsalzlösung verbunden.

»Bist du okay?«

Stöhnend ließ er den Kopf sinken. »Nur... ein bisschen schwindlig.«

»Das sind die Nachwirkungen des Gases«, erklärte der Sanitäter. »Ich habe ihm gerade ein wenig Narcan verabreicht. Er muss es nur die erste Zeit noch etwas ruhig angehen lassen. Das ist so, wie wenn man aus einer Narkose erwacht.«

Gabriel schob die Maske hoch. »Jane...«

»Ich habe sie gerade gesehen«, sagte Maura. »Es geht ihr gut. Sie bringen sie ins Brigham Hospital.«

»Ich kann hier nicht länger untätig herumsitzen.«

»Was ist da drin passiert? Wir haben Schüsse gehört.«

Gabriel schüttelte den Kopf. »Ich kann mich nicht erinnern.«

»Ihre Maske«, mahnte der Sanitäter. »Sie brauchen jetzt den Sauerstoff.«

»Es hätte nicht so laufen müssen«, sagte Gabriel. »Ich hätte es ihnen ausreden können. Ich hätte sie davon überzeugen können, dass es besser wäre, sich zu ergeben.«

»Sir, Sie müssen Ihre Maske wieder aufsetzen.«

»Nein!«, fuhr Gabriel ihn an. »Ich muss jetzt zu meiner Frau. Und sonst gar nichts.«

»Sie sind noch nicht fit genug.«

»Gabriel, er hat Recht«, sagte Maura. »Schau dich doch an, du kannst ja kaum aufrecht sitzen. Bleib noch eine Weile liegen. Ich fahre dich selbst ins Brigham Hospital, aber erst, nachdem du dich ein wenig erholt hast.«

»Nur ein paar Minuten noch«, murmelte Gabriel, während er erschöpft auf die Trage zurücksank. »Dann bin ich wieder auf dem Damm …«

»Ich bin gleich wieder da.«

Sie fand den Eingang zur Bilddiagnostik. Das Erste, was ihr beim Eintreten in die Augen sprang, war das Blut. Es war immer das Blut, das die Aufmerksamkeit auf sich zog; diese schockierenden roten Spritzer, die dem Betrachter zuriefen: Hier ist etwas Schlimmes, etwas wirklich Schreckliches passiert. Obwohl ein halbes Dutzend Männer im Raum herumstanden, obwohl die Hinterlassenschaften des Notarzteinsatzes auf dem Boden verstreut lagen, waren es zu allererst die Spuren des tödlichen Kampfes an den Wänden, die Maura in ihren Bann zogen. Dann fiel ihr Blick auf die Frau, die zusammengesunken an der Couch lehnte. Blut troff von ihren schwarzen Haaren auf den Boden. Nie zuvor hatte Maura beim Anblick von Blut weiche Knie bekommen, aber nun musste sie plötzlich feststellen, dass sie bedenklich schwankte, und sie hielt sich mit einer Hand am Türrahmen fest. Das sind die Reste des Gases, das sie hier drin eingesetzt haben, sagte sie sich. Es ist noch nicht ganz verflogen.

Sie hörte ein flatterndes Geräusch, und durch den Nebel der Benommenheit sah sie, wie eine weiße Plastikplane auf dem Boden ausgebreitet wurde. Sah, wie zwei Männer mit Latexhandschuhen unter den Blicken von Agent Barsanti und Captain Hayder Joseph Rokes blutüberströmte Leiche auf die Plane rollten.

»Was tun Sie da?«, fragte sie.

Niemand schien ihre Anwesenheit zu registrieren.

»Wieso transportieren Sie die Leichen ab?«

Die zwei Männer, die sich gerade über die Leiche beugten, hielten inne und blickten in Barsantis Richtung.

»Sie werden nach Washington geflogen«, sagte Barsanti.

»Sie nehmen hier gar nichts mit, solange nicht jemand von unserem Institut den Tatort in Augenschein genommen hat.« Sie sah die beiden Männer an, die schon im Begriff waren, den Reißverschluss des Leichensacks zuzuziehen. »Wer sind Sie? Sie arbeiten doch nicht für uns.«

»Sie sind vom FBI«, antwortete Barsanti.

Ihr Kopf war jetzt wieder vollkommen klar; die Wut hatte den letzten Rest von Schwindelgefühl vertrieben. »Warum nehmen Sie die Leichen mit?«

»Unsere Pathologen werden die Autopsie durchführen.«

»Ich habe diese Leichen nicht freigegeben.«

»Das ist nur eine Formalität, Dr. Isles. Eine Unterschrift genügt.«

»Die werden Sie von mir nicht bekommen.«

Alle Augen im Raum waren jetzt auf sie und Barsanti gerichtet. Die meisten der Umstehenden waren wie Hayder Beamte des Boston PD.

»Dr. Isles«, sagte Barsanti seufzend, »muss dieses Kompetenzgerangel denn sein?«

Sie sah Hayder an. »Diese Todesfälle fallen in unsere Zuständigkeit. Sie wissen, dass damit die sterblichen Überreste in unseren Gewahrsam übergehen.«

»Das hört sich an, als ob Sie dem FBI nicht vertrauen«, sagte Barsanti.

Sie sind es, dem ich nicht vertraue.

Sie trat auf ihn zu. »Ich warte immer noch auf eine plausible Erklärung für Ihre Anwesenheit hier, Agent Barsanti. Was haben Sie mit dem Fall zu tun?«

»Diese beiden Personen wurden wegen eines tödlichen Schusswaffengebrauchs gesucht. Ich denke, Sie haben schon davon gehört. Sie haben die Staatsgrenze überschritten.«

»Das erklärt nicht, warum Sie Anspruch auf die Leichen erheben.«

»Sie werden die abschließenden Obduktionsberichte erhalten.«

»Was fürchten Sie, dass ich finden könnte?«

»Wissen Sie, Dr. Isles, Sie hören sich allmählich schon genauso paranoid an wie die zwei hier.« Er wandte sich zu den beiden Männern um, die vor Rokes Leiche standen. »Los, packen wir sie ein.«

»Sie werden sie nicht anrühren«, sagte Maura. Sie nahm ihr Handy aus der Tasche und rief Abe Bristol an. »Hier gibt es Arbeit für uns, Abe.«

»Ja, ich hab's schon im Fernsehen gesehen. Wie viele sind es?«

»Zwei. Beide Geiselnehmer wurden beim Sturm auf das Gebäude getötet. Das FBI will die Leichen nach Washington fliegen.«

»Moment mal. Erst schießen die Bundesbehörden die Leute über den Haufen, und jetzt wollen sie selbst die Autopsie übernehmen? Was soll der Scheiß?«

»Ich habe mir gedacht, dass du so reagieren würdest. Danke für die Rückendeckung.« Sie beendete das Gespräch und sah Barsanti an. »Das Rechtsmedizinische Institut weigert sich, diese beiden Leichen freizugeben. Bitte verlassen Sie den Raum. Wenn die Spurensicherung hier fertig ist, werden unsere Mitarbeiter die Opfer ins Leichenschauhaus transportieren.«

Barsanti schien zu einer Widerrede ansetzen zu wollen, doch ihr kalter, entschlossener Blick verriet ihm, dass sie sich in diesem Kleinkrieg nicht so schnell geschlagen geben würde.

»Captain Hayder«, sagte sie. »Muss ich wegen dieser Sache den Gouverneur einschalten?«

Hayder seufzte. »Nein, es ist Ihr Zuständigkeitsbereich.« Er sah Barsanti an. »Sieht aus, als ob das Rechtsmedizinische Institut hier das Kommando übernimmt.«

Ohne ein weiteres Wort verließen Barsanti und seine Männer den Raum.

Sie folgte ihnen und sah ihnen von der Tür aus nach, als

sie den Flur zur Eingangshalle entlanggingen. Diese Todesfälle, dachte sie, werden so behandelt werden wie alle anderen. Nicht vom FBI, sondern von der Mordkommission des Boston PD. Sie wollte eben die nächste Nummer wählen, diesmal die von Detective Moore, als sie plötzlich die leere Rolltrage im Gang stehen sah. Der Sanitäter packte gerade seine Geräte zusammen.

»Wo ist Agent Dean?«, fragte Maura. »Der Mann, der vorhin dort lag?«

»Der wollte partout nicht länger bleiben. Ist einfach aufgestanden und gegangen.«

»Und Sie konnten ihn nicht aufhalten?«

»Ma'am, den Mann hätte nichts und niemand aufhalten können. Er sagte, er muss bei seiner Frau sein.«

»Wie kommt er dorthin?«

»So ein glatzköpfiger Typ hat ihn mitgenommen. Ein Cop, glaube ich.«

Vince Korsak, dachte sie.

»Sie sind schon auf dem Weg ins Brigham.«

Jane konnte sich nicht entsinnen, wie sie an diesen Ort gekommen war, mit all den hellen Lichtern, glänzenden Oberflächen und maskierten Gesichtern. Nur vereinzelte Erinnerungsfetzen schwirrten ihr im Kopf herum. Männerstimmen, die quietschenden Räder von Krankentragen. Das Flackern von Blaulicht. Und dann die weiße Decke, die über sie hinwegzog, als sie durch einen Flur in diesen Raum gebracht wurde. Immer wieder hatte sie nach Gabriel gefragt, aber niemand konnte ihr sagen, wo er war.

Oder sie wagten nicht, es ihr zu sagen.

»Mom, Ihnen fehlt absolut nichts«, sagte der Arzt.

Jane blickte blinzelnd zu dem blauen Augenpaar auf, das sie über der Atemschutzmaske anlächelte. Mir fehlt sehr wohl etwas, dachte sie. Mein Mann sollte hier sein. Ich brauche ihn.

Und hört endlich auf, mich Mom zu nennen.

»Wenn Sie die nächste Wehe spüren«, sagte der Arzt, »dann müssen Sie ordentlich pressen, okay? Und nicht lockerlassen.«

»Kann nicht mal jemand anrufen?«, sagte Jane. »Ich muss wissen, was mit Gabriel ist.«

»Zuerst müssen wir mal Ihr Baby auf die Welt bringen.«

»Nein, zuerst müssen Sie mal tun, was ich will! Sie müssen – Sie müssen …« Jane sog die Luft durch die Zähne ein, als eine neue Wehe sie überkam. Mit den Schmerzen erreichte auch ihre Wut den Höhepunkt. Warum hörten diese Leute ihr nicht zu?

»Pressen, Mom! Sie haben es fast geschafft!«

»Oh – verdammt …«

»Kommen Sie. *Pressen.*«

Sie schnappte nach Luft, als der Schmerz sie wie mit glühenden Zangen packte. Aber es war die Wut, die ihr half durchzuhalten, die sie mit so wilder Entschlossenheit weiterpressen ließ, dass ihr ganz schwarz vor Augen wurde. Sie hörte nicht das Zischen, mit dem die Schiebetür sich öffnete, und sie sah auch nicht, wie der Mann in der blauen OP-Kleidung lautlos hereinschlüpfte. Mit einem Schrei sank sie auf das Bett zurück und rang heftig nach Luft. Da erst erblickte sie ihn – die Silhouette seines Kopfes hob sich gegen das grelle Licht ab, als er sich zu ihr hinabbeugte.

»Gabriel«, flüsterte sie.

Er nahm ihre Hand und strich ihr übers Haar. »Ich bin hier. Ich bin hier bei dir.«

»Ich kann mich an nichts erinnern. Ich weiß nicht mehr, was passiert ist …«

»Das ist jetzt nicht wichtig.«

»Doch, das ist es. Ich muss es wissen.«

Die nächste Wehe war schon im Anmarsch. Sie holte tief Luft und umfasste seine Hand. Klammerte sich daran fest wie eine Frau, die über einem gähnenden Abgrund hängt.

»Pressen«, sagte der Arzt.

Ächzend krümmte sie sich zusammen, alle Muskeln zum Zerreißen gespannt, bis der Schweiß ihr in die Augen rann.

»So ist's gut. Fast geschafft …«

Komm schon, Baby. Musst du denn immer so verdammt stur sein? Jetzt hilf deiner Mama mal ein bisschen!

Ein Schrei steckte in ihrer Kehle fest; sie glaubte schon, es würde sie zerreißen, wenn sie ihn nicht herausließ. Und dann spürte sie plötzlich, wie etwas zwischen ihren Beinen hervorquoll. Hörte wütendes Geschrei wie das Kreischen einer Katze.

»Wir haben sie!«, sagte der Arzt.

Sie?

Gabriel lachte. Seine Stimme war heiser, tränenerstickt. Er drückte Jane einen Kuss auf die Haare. »Ein Mädchen. Wir haben ein kleines Mädchen.«

»Und Temperament hat sie«, meinte der Arzt. »Schauen Sie mal.«

Jane drehte den Kopf und sah winzige Fäuste, die wild in der Luft herumfuchtelten, ein Gesichtchen, leuchtend rosa vor Zorn. Und dunkle Haare – jede Menge dunkler Haare, die in feuchten Löckchen am Schädel klebten. Ergriffen sah sie zu, wie die Schwester den Säugling abtrocknete und in eine Decke hüllte.

»Möchten Sie sie halten, Mom?«

Jane brachte kein Wort hervor; ihre Kehle war wie zugeschnürt. Sie konnte nur staunend die Augen aufreißen, während das Bündel ihr in den Arm gelegt wurde. Als sie auf das vom Schreien ganz angeschwollene Gesicht hinabblickte, begann das Baby, sich zu winden, als wollte es sich unbedingt aus der Decke befreien. Aus den Armen seiner Mutter.

Bist du wirklich mein Baby? Sie hatte sich vorgestellt, dass dies ein Augenblick sofortiger Vertrautheit sein würde, dass sie nur ihrem Neugeborenen in die Augen schauen müsste und die Seele darin erkennen würde. Aber da wollte sich kein Gefühl von Vertrautheit einstellen, als sie sich nun unbeholfen mühte, das zappelnde Bündel zu besänftigen. Alles, was sie sah, wenn sie ihre Tochter betrachtete, war ein wütendes kleines Wesen mit verquollenen Augen und geballten Fäustchen. Ein Wesen, das plötzlich in lautes Protestgeheul ausbrach.

»Sie haben ein wunderschönes Baby«, sagte die Schwester. »Ist Ihnen wie aus dem Gesicht geschnitten.«

22

Als Jane erwachte, strömte helles Sonnenlicht durch das Fenster ihres Klinikzimmers. Ihr Blick fiel auf Gabriel, der auf der Liege neben ihrem Bett schlief, und sie entdeckte graue Strähnen in seinen Haaren, die ihr zuvor nie aufgefallen waren. Er trug noch immer das zerknitterte Hemd vom Vorabend, dessen Ärmel mit Blut befleckt waren.

Wessen Blut?

Als hätte er gespürt, dass sie ihn anschaute, schlug er die Augen auf und blinzelte gegen die Sonne zu ihr herüber.

»Guten Morgen, Daddy«, sagte sie.

Er schenkte ihr ein müdes Lächeln. »Ich glaube, Mummy sollte noch eine Runde schlafen.«

»Ich kann nicht.«

»Das ist vielleicht für lange Zeit unsere letzte Chance, richtig auszuschlafen. Wenn wir das Baby erst mal zu Hause haben, werden wir nicht mehr viel Schlaf kriegen.«

»Ich muss es jetzt wissen, Gabriel. Du hast mir noch nicht erzählt, was passiert ist.«

Sein Lächeln schwand. Er setzte sich auf und rieb sich das Gesicht. Mit einem Mal wirkte er gealtert und unendlich erschöpft. »Sie sind tot.«

»Beide?«

»Sie wurden beim Sturm auf das Gebäude erschossen. Das hat Captain Hayder mir berichtet.«

»Wann hast du mit ihm gesprochen?«

»Er ist gestern Abend noch vorbeigekommen. Du hast schon geschlafen, und ich wollte dich nicht wecken.«

Sie ließ den Kopf auf das Kissen sinken und starrte zur Decke empor. »Ich versuche, mich zu erinnern. Mein Gott, wieso kann ich mich an nichts erinnern?«

»Das kann ich auch nicht, Jane. Sie haben da drin Fentanylgas eingesetzt. Das haben sie Maura gesagt.«

Sie sah ihn erstaunt an. »Du hast es also nicht selbst mit angesehen? Du weißt nicht, ob Hayder dir die Wahrheit gesagt hat?«

»Ich weiß, dass Joe und Olena tot sind. Die Rechtsmedizin hat ihre Leichen beschlagnahmt.«

Jane verstummte für eine Weile, während sie sich ihre letzten Minuten in jenem Zimmer ins Gedächtnis zu rufen versuchte. Sie erinnerte sich, dass Gabriel und Joe einander gegenübergesessen und miteinander geredet hatten. Joe wollte uns etwas erzählen, dachte sie. Aber sie haben ihn nicht ausreden lassen ...

»Musste es so enden?«, fragte sie. »Mussten sie beide dabei umkommen?«

Er stand auf, trat ans Fenster und blickte hinaus. »Es war die einzig sichere Methode, dem Ganzen ein Ende zu bereiten.«

»Wir waren alle bewusstlos. Er war nicht nötig, die beiden zu töten.«

»Das Sturmkommando war da offenbar anderer Meinung.«

Sie starrte den Rücken ihres Mannes an. »Dieses ganze verrückte Zeugs, das Joe von sich gegeben hat – davon war doch nichts wahr, oder?«

»Ich weiß es nicht.«

»Ein Mikrochip in Olenas Arm? Das FBI war hinter ihnen her? Das sind doch die klassischen Wahnvorstellungen von Paranoiden.«

Er gab keine Antwort.

»Okay«, meinte sie schließlich. »Sag mir, was du denkst.«

Er wandte sich zu ihr um. »Wieso war John Barsanti hier? Auf diese Frage habe ich noch keine brauchbare Antwort bekommen.«

»Hast du beim FBI nachgefragt?«

»Alles, was ich aus dem Büro des stellvertretenden Direktors erfahren habe, ist, dass Barsanti im Sonderauftrag des Justizministeriums handelt. Darüber hinaus wollte mir niemand irgendetwas sagen. Und gestern Abend, als ich bei Senator Conway mit David Silver gesprochen habe, wusste er nichts von einer Beteiligung des FBI.«

»Tja, Joe hat jedenfalls dem FBI nicht über den Weg getraut.«

»Und jetzt ist Joe tot.«

Sie starrte ihn an. »Allmählich machst du mir Angst. Ich frage mich langsam …«

Sie fuhr zusammen, als es plötzlich an der Tür klopfte. Mit pochendem Herzen blickte sie sich um und sah Angela Rizzoli den Kopf ins Zimmer stecken.

»Janie, bist du wach? Dürfen wir reinkommen?«

»Oh.« Jane lachte überrascht auf. »Hallo, Mom.«

»Sie ist wunderschön, einfach wunderschön! Wir haben sie durch die Scheibe gesehen.« Angela kam geschäftig ins Zimmer getrippelt. Sie hatte ihre alte Suppenterrine in der Hand, und der Duft, der ihr entströmte, war für Jane immer noch der köstlichste auf der Welt: das Aroma der Küche ihrer Mutter. Frank Rizzoli folgte seiner Frau auf den Fersen. Er trug einen so riesigen Blumenstrauß vor sich her, dass er an einen Naturforscher erinnerte, der durch ein Dickicht von Dschungelpflanzen späht.

»Na, wie geht's meinem Mädchen?«, sagte Frank.

»Mir geht's prima, Dad.«

»Die Kleine schreit schon die ganze Säuglingsstation zusammen. Kräftige Lungen hat sie jedenfalls.«

»Mikey wird nach der Arbeit noch bei dir vorbeischauen«, sagte Angela. »Sieh mal, ich hab dir Spaghetti mit Lamm mitgebracht. Ich weiß doch, was für einen Fraß die einem im Krankenhaus servieren. Was hast du überhaupt zum Frühstück bekommen?« Sie trat an das Nachtschränkchen und deckte das Tablett auf. »Um Himmels willen, sieh dir bloß diese Eier an, Frank! Wie Gummi! Geben die sich eigentlich absichtlich Mühe, das Essen zu verderben?«

»'n kleines Mädchen – ist doch wunderbar«, meinte Frank. »Töchter sind 'ne feine Sache, nicht wahr, Gabe? Aber pass bloß gut auf sie auf. Wenn sie erst mal sechzehn ist, musst du zusehen, dass du ihr die jungen Burschen vom Leib hältst.«

»Sechzehn?« Jane schnaubte verächtlich. »Dad, bis dahin ist das Kind doch längst in den Brunnen gefallen.«

»Was erzählst du denn da? Soll das heißen, als *du* sechzehn warst…«

»… und wie willst du sie eigentlich nennen, Schatz? Ich kann's nicht glauben, dass ihr noch gar keinen Namen ausgesucht habt.«

»Wir überlegen noch.«

»Was gibt's denn da zu überlegen? Nenn sie nach deiner Großmutter Regina.«

»Sie hat schließlich auch noch eine andere Großmutter«, gab Frank zu bedenken.

»Wie kann man ein Mädchen denn Ignatia nennen?«

»Für meine Mutter war der Name gut genug.«

Jane blickte zu Gabriel hinüber und sah, dass er wieder zum Fenster hinausschaute. *Er denkt immer noch über Joseph Roke nach. Zerbricht sich immer noch den Kopf über seinen Tod.*

Es klopfte erneut, und wieder erschien ein vertrautes Gesicht in der Tür. »Hey, Rizzoli!«, sagte Vince Korsak. »Na, schon wieder rank und schlank?« Er kam herein, in der Hand die Schnüre von drei bunten Luftballons, die über seinem Kopf tanzten. »Wie geht's, Mrs. Rizzoli? Mr. Rizzoli? Darf man den frisch gebackenen Großeltern gratulieren?«

»Detective Korsak«, sagte Angela. »Sind Sie hungrig? Ich habe Janes Lieblingsspaghetti mitgebracht. Und wir haben Pappteller da.«

»Na ja, eigentlich bin ich auf Diät, Ma'am.«

»Es sind Spaghetti mit Lamm.«

»Oh, Sie sind ja eine ganz Schlimme – wollen mich dazu verführen, meine Diät zu unterbrechen!« Korsak wedelte mit einem Wurstfinger vor ihrem Gesicht herum, und Angela reagierte mit einem schrillen, mädchenhaften Lachen.

Mein Gott, dachte Jane. Korsak flirtet mit meiner Mutter. Ich glaube nicht, dass ich mir das mit ansehen will.

»Frank, würdest du bitte die Pappteller auspacken? Sie sind im Rucksack.«

»Es ist doch erst zehn. Noch längst nicht Mittagessenszeit.«

»Detective Korsak ist hungrig.«

»Er hat dir gerade gesagt, dass er auf Diät ist. Wieso hörst du nicht auf ihn?«

Wieder klopfte es an der Tür. Diesmal war es eine Krankenschwester, die einen Stubenwagen hereinrollte. Sie schob ihn an Janes Bett und erklärte: »Zeit für einen Besuch bei Mama.« Sie hob den in Windeln gewickelten Säugling heraus und legte ihn Jane in den Arm.

Angela stürzte sich wie ein ausgehungerter Geier auf sie. »Ooh, schau sie dir nur an, Frank! O Gott, sie ist ja so ein Schatz! Sieh nur, dieses entzückende Gesichtchen!«

»Wie soll ich denn was sehen, wenn du so über ihr hängst?«

»Sie hat den Mund von meiner Mutter...«

»Na, da kann man aber auch mächtig stolz drauf sein.«

»Janie, du solltest sie jetzt stillen. Du musst schon mal üben, bevor die Milch einschießt.«

Jane ließ den Blick über die Zuschauer wandern, die sich um ihr Bett drängten. »Ma, das ist mir ein bisschen unangenehm...« Sie hielt inne und sah auf das Baby hinab, das plötzlich zu schreien begann. *Was soll ich denn jetzt machen?*

»Vielleicht hat sie ja Blähungen«, meinte Frank. »Babys kriegen immer Blähungen.«

»Oder sie hat Hunger«, mutmaßte Korsak, der wohl von sich auf andere schloss.

Das Baby schrie nur noch lauter.

»Komm, ich nehme sie«, sagte Angela.

»Wer ist denn hier die junge Mama?«, fragte Frank. »Sie braucht Übung.«

»Man lässt ein Baby nicht einfach so schreien.«

»Vielleicht hilft's, wenn du ihr den Finger in den Mund steckst«, sagte Frank. »So haben wir es bei dir immer gemacht, Janie. Siehst du, so ...«

»Halt!«, fuhr Angela dazwischen. »Hast du dir die Hände gewaschen, Frank?«

Das Klingeln von Gabriels Handy wäre in dem Tohuwabohu beinahe untergegangen. Jane blickte sich zu ihrem Mann um, als er das Gespräch annahm, und beobachtete, wie er mit ernster Miene auf seine Uhr sah. Sie hörte ihn sagen: »Ich kann im Moment nicht hier weg. Warum fangt ihr nicht schon mal ohne mich an?«

»Gabriel?«, fragte Jane. »Wer ist dran?«

»Maura fängt jetzt mit der Autopsie von Olena an.«

»Du solltest hingehen.«

»Ich will dich aber nicht allein lassen.«

»Nein, du musst unbedingt hingehen.« Das Baby schrie jetzt noch lauter und wand sich, als wollte es mit aller Gewalt aus den Armen seiner Mutter entfliehen. »Einer von uns sollte dabei sein.«

»Bist du sicher, dass es dir nichts ausmacht?«

»Du siehst doch, wie viel Gesellschaft ich hier habe. Nun *geh* schon.«

Gabriel beugte sich über sie und gab ihr einen Kuss. »Bis dann«, murmelte er. »Ich liebe dich.«

»Also nein, so was«, meinte Angela, als Gabriel das Zimmer verlassen hatte, und schüttelte missbilligend den Kopf. »Ich fasse es nicht.«

»Was denn, Mom?«

»Er lässt seine Frau und sein neugeborenes Kind einfach allein und rennt los, um zuzusehen, wie irgendeine Leiche aufgeschnitten wird?«

Jane blickte auf ihre Tochter hinab, die immer noch schreiend und mit hochrotem Gesicht in ihren Armen lag, und seufzte. *Ich wünschte nur, ich könnte mit ihm gehen.*

Als Gabriel endlich den Seziersaal betrat, angetan mit Schutzkittel und Schuhüberziehern, hatte Maura bereits das Brustbein herausgehoben und griff soeben in die geöffnete Brusthöhle. Sie und Yoshima verloren kein unnötiges Wort, während sie mit dem Skalpell Blutgefäße und Bänder durchtrennte, um Herz und Lungen freizulegen. Sie arbeitete mit lautloser Präzision, und die Augen über der Maske verrieten keine Gefühlsregung. Hätte Gabriel sie nicht schon so gut gekannt, er hätte ihre klinische Effizienz als geradezu beängstigend empfunden.

»Du hast es also doch geschafft«, sagte sie.

»Habe ich etwas Wichtiges verpasst?«

»Bis jetzt keine Überraschungen.« Sie blickte auf Olena herab. »Derselbe Raum, derselbe Körper. Merkwürdige Vorstellung, dass ich diese Frau nun schon zum zweiten Mal hier im Leichenschauhaus habe.«

Nur dass sie diesmal tot bleiben wird, dachte Gabriel.

»Und wie geht es Jane?«

»Gut. Im Moment werden ihr höchstens die Scharen von Besuchern ein bisschen zu viel, denke ich.«

»Und das Baby?« Sie ließ die rosafarbenen Lungen in eine Schüssel gleiten. Lungen, die sich nie wieder mit Luft füllen oder Blut mit Sauerstoff anreichern würden.

»Ein Prachtexemplar. Sieben Pfund und dreihundertsiebzig Gramm, zehn Finger und zehn Zehen. Sie gleicht Jane aufs Haar.«

Zum ersten Mal zuckte ein Lächeln um Mauras Augenwinkel. »Wie heißt sie?«

»Im Moment noch ›Baby Rizzoli-Dean‹.«

»Na, das wird sich doch hoffentlich bald ändern.«

»Ich weiß nicht. Ich könnte mich fast daran gewöhnen.« Es kam ihm irgendwie respektlos vor, über dieses freudige Ereignis zu plaudern, während zwischen ihnen eine tote Frau auf dem Tisch lag. Er dachte daran, wie seine neugeborene Tochter ihre ersten Atemzüge tat, ihre ersten verschwommenen Eindrücke von der Welt sammelte, während Olenas Körper zur gleichen Zeit langsam erkaltete.

»Ich schaue heute Nachmittag mal bei ihr im Krankenhaus vorbei«, sagte Maura. »Oder leidet sie schon an einer Überdosis von Besuchern?«

»Glaub mir, du wirst immer zu denen gehören, die ihr ehrlich willkommen sind.«

»War Detective Korsak schon da?«

Er seufzte. »Ja, mit Luftballons und allem drum und dran. Der gute alte Onkel Vince.«

»Lästere nicht so viel über ihn. Vielleicht meldet er sich ja mal freiwillig zum Babysitten.«

»Das braucht so ein Baby ja auch unbedingt – jemanden, der ihm die hohe Kunst des lautstarken Rülpsens beibringt.«

Maura lachte. »Korsak ist ein guter Kerl. Wirklich.«

»Ja, wenn er nur nicht in meine Frau verliebt wäre.«

Maura legte das Skalpell hin und sah ihn an. »Dann will er doch sicher, dass sie glücklich ist. Und er kann sehen, dass ihr beide es zusammen seid.« Während sie das Skalpell wieder zur Hand nahm, fügte sie hinzu: »Du und Jane, ihr gebt Leuten wie mir Hoffnung.«

Leuten wie mir. Also allen einsamen Menschen auf dieser Welt, dachte er. Es ist noch nicht lange her, da habe ich auch zu ihnen gehört.

Er sah Maura zu, wie sie die Koronararterien durchtrennte. Wie gelassen und ruhig sie das Herz einer Toten in der Hand hielt. Mit dem Skalpell schnitt sie die Herzkammern auf, legte sie bloß, um sie zu inspizieren. Das Herz einer anderen Frau konnte sie untersuchen, messen und wiegen. Doch ihr eigenes Herz schien Maura Isles stets sicher unter Verschluss zu halten.

Sein Blick fiel auf das Gesicht der Frau, die sie alle nur als Olena kannten. Noch vor wenigen Stunden habe ich mit ihr gesprochen, dachte er, und diese Augen haben meinen Blick erwidert, haben mich wahrgenommen. Jetzt waren sie leer, die Hornhäute trüb und glasig. Das Blut war schon abgewaschen worden, und die Einschusswunde in der linken Schläfe war als rot umrändertes, wie eingestanzt wirkendes Loch zu erkennen.

»Das sieht aus wie eine Hinrichtung«, sagte er.

»In der linken Rumpfseite sind noch weitere Wunden.« Sie deutete auf den Leuchtkasten. »Auf der Röntgenaufnahme kann man zwei Kugeln erkennen, dicht neben der Wirbelsäule.«

»Aber diese Wunde hier.« Er starrte auf das Gesicht hinunter. »Das war ein gezielter Todesschuss.«

»Der Zugriffstrupp wollte offensichtlich auf Nummer Sicher gehen. Joseph Roke wurde auch mit einem Kopfschuss getötet.«

»Hast du ihn schon obduziert?«

»Dr. Bristol hat das übernommen. Er ist vor einer Stunde damit fertig geworden.«

»Wieso diese Exekutionen? Sie waren doch schon ausgeschaltet. Wir waren *alle* ausgeschaltet.«

Maura blickte von dem Lungengewebe auf, das tropfend auf der Schneidunterlage lag. »Sie hätten Sprengstoffgürtel am Körper tragen können.«

»Es wurde aber nichts dergleichen gefunden. Diese Leute waren keine Terroristen.«

»Das Befreiungskommando konnte das nicht wissen. Außerdem hatte man wohl gewisse Bedenken, was den Einsatz des Fentanylgases betraf. Du weißt, dass ein Fentanylderivat benutzt wurde, um die Geiselnahme im Moskauer Musicaltheater zu beenden?«

»Ja.«

»In Moskau hat es durch den Gaseinsatz mehrere Tote gegeben. Und hier hat man nun einen ähnlichen Wirkstoff verwendet, obwohl man es mit einer schwangeren Geisel zu tun hatte. Sie konnten ein ungeborenes Kind nicht über längere Zeit diesem Mittel aussetzen. Die Operation musste schnell und sauber durchgezogen werden. So haben sie es jedenfalls gerechtfertigt.«

»Die Einsatzleitung behauptet also, diese Todesschüsse seien notwenig gewesen.«

»Das hat man Lieutenant Stillman gesagt. Das Boston PD war an der Planung und Durchführung der Operation nicht beteiligt.«

Gabriel wandte sich dem Leuchtkasten zu, an dem die Röntgenaufnahmen hingen, und fragte: »Sind die von Olena?«

»Ja.«

Er trat näher, um sie sich genauer anzusehen, und erkannte einen kommaförmigen hellen Bereich an der Schädelwand, dazu über die ganze Schädelhöhle verstreute Fragmente.

»Das stammt alles von einem Querschläger im Schädelinneren.«

»Und dieser c-förmige Schatten hier?«

»Das ist ein Fragment, das zwischen Kopfhaut und Schädelknochen klemmt. Nur ein Stückchen Blei, das abgerissen wurde, als das Projektil den Knochen durchschlug.«

»Wissen wir, welches Mitglied des Zugriffstrupps diesen Kopfschuss abgefeuert hat?«

»Nicht einmal Hayder hat eine Liste der Namen. Als unsere Spurensicherer den Tatort in Augenschein nahmen, war der Zugriffstrupp wahrscheinlich schon auf dem Weg zurück nach Washington und damit für uns nicht mehr erreichbar. Sie haben alles eingesackt, bevor sie gingen. Waffen, Patronenhülsen und andere Beweisstücke. Sie haben sogar den Rucksack mitgenommen, den Joseph Roke dabeihatte, als er das Gebäude betrat. Uns haben sie nur die Leichen gelassen.«

»So läuft das nun mal heutzutage, Maura. Das Pentagon ist befugt, Kommandoeinheiten in jede amerikanische Stadt zu entsenden.«

»Ich will dir mal was sagen.« Sie legte das Skalpell ab und sah ihn an. »Das jagt mir eine Wahnsinnsangst ein.«

Die Sprechanlage summte. Maura blickte auf, als die Stimme ihrer Sekretärin aus dem Lautsprecher drang: »Dr. Isles, Agent Barsanti ist wieder dran. Er möchte Sie sprechen.«

»Was haben Sie ihm gesagt?

»Gar nichts.«

»Gut. Sagen Sie einfach, ich rufe zurück.« Nach einer kurzen Pause setzte sie hinzu: »*Falls* ich irgendwann Zeit für ihn habe.«

»Er wird allmählich richtig unverschämt.«

»Dann müssen Sie auch nicht höflich zu ihm sein.« Maura sah Yoshima an. »Sehen wir zu, dass wir hier fertig werden, ehe wir wieder unterbrochen werden.«

Sie griff tief in die offene Bauchhöhle und begann, die Organe daraus zu resezieren. Magen, Leber und Bauchspeicheldrüse, die scheinbar endlosen Schlingen des Dünndarms. Als Maura den Magen aufschnitt, fand sie keine Speisereste darin; nur etwas grünliches Sekret rann heraus und tropfte in die Schüssel. »Leber, Milz und Bauchspeicheldrüse im normalen Bereich«, vermerkte sie. Gabriel betrachtete den übel riechenden Berg von Eingeweiden in der Schüssel und ertappte sich bei dem verstörenden Gedanken, dass genau die gleichen schmierig glänzenden Organe sich auch in seinem Bauch verbargen. Als sein Blick auf Olenas Gesicht fiel, dachte er: Sobald man im wahrsten

Sinne des Wortes unter die Haut geht, sieht auch die schönste Frau nicht anders aus als alle anderen. Ein Haufen Organe, verpackt in einer Hülle aus Haut und Knochen.

»Aha.« Mauras Stimme klang gedämpft, als sie noch tiefer in die Bauchhöhle spähte. »Ich kann den Verlauf der anderen Geschosse erkennen. Sie sind hier an der Wirbelsäule hängen geblieben, und es liegen retroperitoneale Blutungen vor.« Der Bauchraum war nun von den meisten Organen befreit, und Maura blickte in eine fast leere Höhle. »Könnten Sie mal die Abdominal- und Thoraxaufnahmen aufhängen? Ich will nur rasch die Positionen dieser zwei anderen Projektile vergleichen.«

Yoshima ging zum Leuchtkasten, nahm die Schädelaufnahmen ab und hängte einen neuen Satz Röntgenbilder auf. Man sah die geisterhaften Schatten von Herz und Lungen durch die Gitterstäbe des Rippenkäfigs schimmern. Dunkle Gaseinschlüsse reihten sich in den Darmschlingen aneinander wie Autos, die sich in einem Tunnel stauen. In deutlichem Kontrast zu dem weicheren, verschwommenen Hintergrund der Organe zeichneten sich die Geschosse wie helle Splitter vor der Lendenwirbelsäule ab.

Gabriel starrte die Bilder eine Zeit lang an, und sein Blick verengte sich plötzlich, als ihm einfiel, was Joe ihm erzählt hatte. »Von den Armen gibt es keine Aufnahmen?«, fragte er.

»Außer bei offensichtlichen Verletzungen machen wir normalerweise keine Röntgenaufnahmen der Gliedmaßen«, erklärte Yoshima.

»Das sollte man aber vielleicht tun.«

Maura blickte auf. »Wieso?«

Gabriel ging zum Tisch zurück und betrachtete Olenas linken Arm. »Sieh dir diese Narbe an. Was hältst du davon?«

Maura ging um den Tisch herum und trat an die linke Seite der Leiche, um den Arm zu untersuchen. »Ich sehe sie – direkt oberhalb des Ellbogens. Sie ist gut verheilt. Ich kann keine Massen tasten.« Sie sah Gabriel fragend an. »Was ist damit?«

»Es geht um etwas, was Joe mir gesagt hat. Ich weiß, es klingt verrückt.«

»Was?«

»Er behauptete, man hätte ihr einen Mikrochip in den Arm eingepflanzt. Genau hier, unter der Haut. Um sie jederzeit orten zu können.«

Einen Moment lang starrte Maura ihn nur an. Dann lachte sie plötzlich auf. »Das ist aber keine sehr originelle Wahnvorstellung.«

»Ich weiß. Ich weiß, wie sich das anhört.«

»Es ist ein Klassiker. Der von der Regierung eingepflanzte Mikrochip.«

Gabriel wandte sich ab und warf noch einmal einen Blick auf die Röntgenaufnahmen. »Was glaubst du, wieso Barsanti so erpicht darauf war, die Leichen abzutransportieren? Was denkt er wohl, was du bei der Autopsie finden könntest?«

Maura schwieg, den Blick auf Olenas Arm geheftet.

»Ich kann den Arm jetzt gleich röntgen«, sagte Yoshima. »Das dauert nur ein paar Minuten.«

Maura seufzte und streifte ihre blutverschmierten Handschuhe ab. »Es ist ziemlich sicher reine Zeitverschwendung, aber von mir aus können wir die Frage auch gleich an Ort und Stelle klären.«

Im Vorraum, geschützt hinter Bleiplatten, beobachteten Maura und Gabriel durch das Sichtfenster, wie Yoshima den Arm der Leiche auf der Filmkassette platzierte und den Kollimator ausrichtete. Maura hat Recht, dachte Gabriel; das ist vermutlich die reinste Zeitverschwendung, aber ich muss einfach wissen, wo die Grenze zwischen berechtigter Angst und Paranoia, zwischen Wahrheit und Wahnvorstellung verläuft. Er sah Maura nach der Uhr an der Wand schielen und wusste, dass sie es kaum erwarten konnte, die Obduktion fortzusetzen. Der wichtigste Teil – die Sektion von Kopf und Hals – stand noch aus.

Yoshima zog die Filmkassette heraus und verschwand in der Dunkelkammer.

»Okay, er ist fertig. Gehen wir wieder an die Arbeit«, sagte Maura. Sie zog neue Handschuhe an und trat ans Kopfende des Tisches. Ihre Finger glitten durch das wirre schwarze Haar der Toten, als sie den Schädel abtastete. Dann trennte sie mit einem sauberen Schnitt die Kopfhaut auf. Er konnte kaum mit ansehen, wie diese schöne Frau so verstümmelt wurde. Ein hübsches Gesicht wie dieses war auch nicht mehr als Haut und Muskeln und Knorpel, und es bot dem Skalpell der Pathologin kaum Widerstand. Maura packte die Kopfhaut an der Schnittstelle und zog sie nach vorn ab, bis das lange Haar wie ein Vorhang über das Gesicht fiel.

Yoshima kam aus der Dunkelkammer. »Dr. Isles?«

»Aufnahme fertig?«

»Ja. Und da ist etwas zu sehen.«

Maura blickte auf. »Was?«

»Sie können es direkt unter der Haut erkennen.« Er klemmte die Röntgenaufnahme an den Leuchtkasten. »Das da«, sagte er und zeigte darauf.

Maura trat näher und betrachtete schweigend den dünnen weißen Streifen, der sich durch das weiche Gewebe zog. Kein natürliches Objekt konnte derart gerade und gleichförmig sein.

»Es ist etwas Künstliches«, stellte Gabriel fest. »Glaubst du …«

»Das ist kein Mikrochip«, unterbrach ihn Maura.

»Aber da *ist* doch etwas.«

»Es ist kein Metall. Dazu ist es nicht dicht genug.«

»Und was ist es, was wir da sehen?«

»Finden wir es heraus.« Maura wandte sich wieder zu der Leiche um und nahm das Skalpell zur Hand. Sie drehte den linken Arm der Toten so, dass die Narbe oben lag. Der Schnitt, den sie führte, war verblüffend schnell und tief, ein einziger Streich, der Haut und subkutanes Fettgewebe bis auf den Muskel hinab teilte. Diese Patientin würde sich nie über eine hässliche Narbe oder einen durchtrennten Nerv beschweren; die Demütigungen, denen sie in diesem Raum unterworfen wurde, nahm ihr fühlloses Fleisch nicht mehr wahr.

Maura griff nach einer Pinzette. Als sie in dem frisch aufgeschnittenen Gewebe herumstocherte, fühlte sich Gabriel von der brutalen Untersuchungsmethode abgestoßen, konnte den Blick aber dennoch nicht abwenden. Ein zufriedenes Murmeln von Maura, und dann kamen die Enden der Pinzette wieder zum Vorschein. Was sie hielten, sah aus wie ein glänzendes Streichholz.

»Ich weiß, was das ist«, sagte sie, während sie den Gegenstand in einen Probenbehälter legte. »Das ist ein Implantat aus Silikonkautschuk. Es ist lediglich nach dem Einführen tiefer eingesunken, als es sollte. Es war von Narbengewebe eingeschlossen. Deshalb konnte ich das Implantat durch die Haut nicht fühlen. Ohne die Röntgenaufnahme hätten wir es nie entdeckt.«

»Und wozu ist das Ding gut?«

»Es wurde unter dem Namen ›Norplant‹ vermarktet. Dieser kleine Schlauch enthielt Progestin, ein künstliches Hormon, das kontinuierlich in kleinen Dosen abgegeben wird und den Eisprung verhindert.«

»Ein Verhütungsmittel.«

»Ja. Heutzutage trifft man solche Implantate kaum noch an. In den USA wird das Produkt nicht mehr hergestellt. Gewöhnlich wurden sechs auf einmal eingepflanzt, in einer fächerförmigen Anordnung. Wer immer die anderen fünf entfernt hat, muss dieses eine übersehen haben.«

Der Summer der Sprechanlage ertönte. »Dr. Isles?« Es war wieder Louise. »Anruf für Sie.«

»Können Sie eine Nachricht entgegennehmen?«

»Ich glaube, diesen Anruf sollten Sie annehmen. Es ist Joan Anstead aus dem Büro des Gouverneurs.«

Mauras Kopf schnellte hoch. Sie sah Gabriel an, und zum ersten Mal bemerkte er ein nervöses Flackern in ihren Augen. Sie legte das Skalpell hin, streifte die Handschuhe ab und ging zum Telefon.

»Hier Dr. Isles«, sagte sie. Obwohl Gabriel die andere Hälfte des Gesprächs nicht hören konnte, verriet ihm allein Mauras Körpersprache, dass der Anruf alles andere als willkommen war. »Ja, ich habe bereits angefangen. Unser Institut ist für den Fall zuständig. Wieso glaubt das FBI, es könnte hier einfach ...« Eine lange Pause. Maura hatte das Gesicht zur Wand gedreht, und ihr Rückgrat war jetzt stocksteif. »Aber ich habe die Obduktion noch nicht abgeschlossen. Ich bin im Begriff, den Schädel zu öffnen. Wenn Sie mir nur noch eine halbe Stunde geben ...« Wieder eine Pause. Und dann mit kalter Stimme: »Ich verstehe. Die Leichen werden in einer Stunde abholbereit sein.« Sie legte auf. Holte tief Luft und wandte sich zu Yoshima um. »Packen Sie sie ein. Sie wollen auch Joseph Rokes Leiche.«

»Was geht denn da vor?«, fragte Yoshima.

»Sie werden ins Labor des FBI gebracht. Sie wollen alles – sämtliche Organe und Gewebeproben. Agent Barsanti wird sie in Gewahrsam nehmen.«

»Das ist noch nie vorgekommen«, sagte Yoshima.

Sie riss sich die Maske herunter und griff hinter sich, um den Kittel am Rücken aufzubinden. Nachdem sie ihn mit einer unwirschen Bewegung ausgezogen hatte, feuerte sie ihn in die Tonne für die Schmutzwäsche. »Die Anweisung kommt direkt aus dem Büro des Gouverneurs.«

23

Jane fuhr aus dem Schlaf hoch, und alle Muskeln in ihrem Körper verkrampften sich schlagartig. Es war stockfinster um sie herum; sie hörte nur das gedämpfte Brummen eines Autos, das unten auf der Straße vorbeifuhr, und die gleichmäßigen Atemzüge Gabriels, der neben ihr tief und fest schlief. Ich bin zu Hause, dachte sie. Ich liege in meinem eigenen Bett, in meiner eigenen Wohnung, und wir sind alle in Sicherheit. Alle drei. Sie atmete tief durch und wartete darauf, dass das Herzklopfen sich legte. Das schweißnasse Nachthemd klebte kühl an ihrer Haut. Irgendwann werden diese Albträume aufhören, dachte sie. Es sind nur die verhallenden Echos von Schreien.

Sie drehte sich zu ihrem Mann um, suchte die Wärme seines Körpers, die beruhigende Vertrautheit seines Dufts. Doch gerade als sie den Arm um seine Taille schlingen wollte, hörte sie das Baby im Nebenzimmer schreien. Oh, bitte, noch nicht jetzt, dachte sie. Es ist doch erst drei Stunden her, dass ich dich gestillt habe. Gib mir noch zwanzig Minuten. Gib mir zehn Minuten. Lass mich nur noch ein bisschen länger in meinem eigenen Bett liegen. Lass mich erst diese bösen Träume abschütteln.

Aber das Schreien hörte nicht auf, wurde mit jedem neuen Anschwellen der Sirene nur lauter und fordernder.

Jane stand auf, schlurfte durch das dunkle Schlafzimmer zur Tür und zog sie leise hinter sich zu, um Gabriel nicht zu wecken. Im Kinderzimmer schaltete sie das Licht ein und sah auf ihre rotgesichtige, schreiende Tochter hinab. Erst drei Tage alt, und schon hast du mich an den Rand der totalen Erschöpfung gebracht, dachte sie. Als sie das Baby aus dem Bettchen hob, spürte sie, wie das gierige Mündchen sofort nach ihrer Brust zu suchen begann. Und als Jane sich in den Schaukelstuhl sinken ließ, wurde ihre Brustwarze von den zahnlosen Kiefern wie in einem Schraubstock eingezwängt. Doch die dargebotene Brust konnte die Kleine nur kurze Zeit befriedigen; bald schon begann sie wieder zu zappeln, und so eifrig Jane sie auch knuddelte und hätschelte und wiegte, ihre Tochter wollte sich einfach nicht beruhigen. Was mache ich nur falsch, fragte sie sich, während sie den frustrierten Säugling betrachtete. Warum stelle ich mich nur so ungeschickt an? Selten zuvor hatte Jane sich so überfordert gefühlt. Dieses drei Tage alte Baby ließ in ihr plötzlich den verzweifelten Wunsch aufkeimen, ihre Mutter anzurufen und sie um ihren Rat zu bitten. Sie anzuflehen, ihr jenes Wissen weiterzugeben, das angeblich angeboren war, das Jane aber aus irgendeinem Grund nicht mitbekommen hatte. Hör auf zu schreien, Baby, hör bitte auf zu schreien, dachte sie. Ich bin so müde. Ich will nur zurück in mein Bett, aber du lässt mich nicht. Und ich weiß nicht, wie ich dich zum Schlafen bringen soll.

Sie hievte sich aus dem Schaukelstuhl hoch und ging im Zimmer auf und ab, wobei sie das Baby auf dem Arm wiegte. Was wollte die Kleine nur? Warum weinte sie immer noch? Jane trug das Baby in die Küche und ruckelte es auf dem Arm, während sie mit vor Erschöpfung benebeltem Blick auf die unaufgeräumte Arbeitsfläche blickte. Sie dachte an ihr Leben vor der Mutterschaft zurück, vor Gabriel. Wenn sie damals von der Arbeit nach Hause gekommen war, hatte sie sich erst einmal ein Bier aufgemacht, sich gemütlich auf die Couch gepflanzt und die Beine hochgelegt. Sie liebte ihre Tochter, und sie liebte ihren Mann, aber sie war so todmüde und wusste nicht, wann es ihr vergönnt sein würde, wieder ins Bett zu kriechen. Die Nacht dehnte sich vor ihr aus wie eine endlose Tortur.

Ich halte das nicht mehr aus. Ich brauche Hilfe.

Sie öffnete den Küchenschrank und starrte die Dosen mit

Babymilchpulver an – Gratisproben aus dem Krankenhaus. Das Baby schrie noch lauter. Sie wusste sich einfach nicht anders zu helfen. Endgültig demoralisiert griff sie nach einer Dose, schüttete etwas von dem Pulver in ein Fläschchen, gab Wasser dazu und stellte es dann zum Aufwärmen in einen Topf mit heißem Leitungswasser – ein Zeugnis ihrer Niederlage; ein Symbol ihres kompletten Versagens als Mutter.

Kaum hatte sie der Kleinen das Fläschchen hingehalten, da schlossen sich auch schon die rosigen Lippen fest um den Gummisauger, und das Baby begann ebenso genuss- wie geräuschvoll zu trinken. Kein Schreien und kein Zappeln mehr, nur noch zufriedene Babylaute.

Wow. Das Wunder aus der Dose.

Erschöpft ließ sich Jane auf einen Stuhl sinken. Ich geb's auf, dachte sie, während die Flasche sich rapide leerte. Eins zu null für die Dose. Ihr Blick fiel auf das Buch, das auf dem Küchentisch lag: *Ein Name für unser Baby*. Es war immer noch beim Buchstaben L aufgeschlagen, wo sie die Suche nach einem passenden Mädchennamen zuletzt unterbrochen hatte. Ihre Tochter hatte das Krankenhaus immer noch namenlos verlassen, und ein Gefühl der Verzweiflung überkam Jane, als sie nun nach dem Buch griff.

Wer bist du, Baby? Sag mir deinen Namen.

Aber ihrer Tochter war nicht danach, irgendwelche Geheimnisse preiszugeben; sie war zu sehr damit beschäftigt, sich den Bauch mit Fertigmilch voll zu schlagen.

Laura? Laurel? Laurelia? Zu zart, zu niedlich. Dieses Kind war keins von beiden. Das würde ein richtiger Wirbelwind werden.

Die Flasche war schon halb leer.

Kleines Ferkel. Das wäre doch ein passender Name.

Jane blätterte weiter zu den Namen mit M. Mit trüben Augen überflog sie die Liste, prüfte jeden Vorschlag und sah dann wieder auf ihr ungestümes Neugeborenes hinab.

Mercy? Meryl? Mignon? Kam alles nicht in Frage. Sie blätterte weiter; ihre Augen waren inzwischen so müde, dass sie die Buchstaben kaum noch entziffern konnte. Warum ist das bloß so schwer? Das Mädchen braucht einen Namen, also such einfach einen aus! Ihr Blick wanderte die Seite hinunter und stoppte unvermittelt.

Mila.

Jane erstarrte, als sie den Namen las, und ein kalter Schauer kroch ihr über den Rücken. Sie merkte, dass sie den Namen laut ausgesprochen hatte.

Mila.

Es wurde urplötzlich kalt im Zimmer, als wäre ein Geist zur Tür hereingeglitten, der nun direkt hinter ihr schwebte. Sie musste sich unwillkürlich umdrehen. Zitternd stand sie auf und trug ihre inzwischen eingeschlafene Tochter zu ihrem Bettchen. Aber die kalte Hand der Angst hielt sie weiter gepackt, und sie blieb noch einem Moment im Kinderzimmer, setzte sich in den Schaukelstuhl und schlang die Arme um die Brust. Warum zitterte sie so? Wieso hatte der Name Mila sie so beunruhigt? Während ihr Baby schlief und die Minuten bis zur Morgendämmerung verrannen, schaukelte sie und schaukelte …

»Jane?«

Erschrocken blickte sie auf und sah Gabriel in der Tür stehen. »Wieso kommst du nicht ins Bett?«

»Ich kann nicht schlafen.« Sie schüttelte den Kopf. »Ich weiß nicht, was mit mir los ist.«

»Ich glaube, du bist einfach nur müde.« Er kam ins Zimmer und drückte ihr einen Kuss auf den Scheitel. »Du musst schleunigst wieder ins Bett.«

»Mein Gott, ich stelle mich so furchtbar blöd an.«

»Wovon redest du?«

»Niemand hat mir gesagt, wie schwer es sein würde, dieses Muttersein. Ich kann sie noch nicht mal stillen. Jede Katze weiß, wie sie ihre Jungen füttern muss, aber ich bin einfach ein hoffnungsloser Fall. Sie will und will sich nicht beruhigen.«

»Jetzt scheint sie ja gut zu schlafen.«

»Das ist nur, weil ich ihr Fertigmilch gegeben habe. Aus einer *Flasche*.« Sie schnaubte verächtlich. »Ich konnte nicht länger dagegen ankämpfen. Sie war hungrig und hat geschrien, und da stand diese Dose im Schrank. Pah, wer braucht noch Mütter, wo es doch Milchpulver gibt?«

»Oh, Jane. Darüber hast du dich also so aufgeregt?«

»Das ist nicht witzig.«

»Ich lache ja gar nicht.«

»Aber ich höre doch an deiner Stimme, was du denkst. *Wie kann man nur so albern sein*.«

»Ich glaube, dass du erschöpft bist, sonst nichts. Wie oft bist du aufgestanden?«

»Zweimal. Nein, dreimal. Herrgott, ich kann mich nicht mal mehr erinnern.«

»Du hättest mir einen Schubs geben sollen. Ich habe gar nicht gemerkt, dass du aufgestanden bist.«

»Es ist nicht bloß das Baby. Es sind auch …« Jane hielt inne. Und sagte leise: »Es sind die Träume.«

Er zog einen Stuhl heran und setzte sich neben sie. »Was sind das für Träume?«

»Es ist immer wieder ein und derselbe. Ich träume von dieser Nacht im Krankenhaus. Im Traum weiß ich, dass etwas Furchtbares passiert ist, aber ich kann mich nicht bewegen, ich kann nicht sprechen. Ich spüre Blut auf meinem Gesicht, ich kann es schmecken. Und ich habe solche Angst, dass …« Sie holte tief Luft. »Ich stehe Todesängste aus, weil ich denke, es ist dein Blut.«

»Es ist erst drei Tage her, Jane. Du hast die Ereignisse noch nicht ganz verarbeitet.«

»Ich will nur, dass es endlich aufhört.«

»Du brauchst Zeit, um über die Albträume hinwegzukommen.« Leise fügte er hinzu: »Wir brauchen beide Zeit.«

Sie hob den Kopf, blickte in seine müden Augen, sein unrasiertes Gesicht. »Du hast sie auch?«

Er nickte. »Das sind die Nachwirkungen des Schocks.«

»Das hast du mir noch gar nicht erzählt.«

»Es wäre verwunderlich, wenn wir keine Albträume hätten.«

»Worum drehen sich deine?«

»Um dich. Das Baby…« Er brach ab, und sein Blick glitt von ihr ab. »Ich möchte lieber nicht darüber reden.«

Sie schwiegen eine Weile, ohne einander anzusehen. Nur ein paar Schritte weiter schlief ihre Tochter friedlich in ihrem Bettchen, das einzige Familienmitglied, das nicht von Albträumen geplagt wurde. Das ist es, was die Liebe mit einem macht, dachte Jane. Sie macht einen ängstlicher, nicht mutiger. Sie macht die ganze Welt zu einem reißenden Raubtier, das nur darauf lauert, ganze Stücke aus deinem Leben herauszureißen.

Gabriel streckte die Hand aus und ergriff ihre. »Komm jetzt, Schatz«, sagte er leise. »Lass uns ins Bett gehen.«

Sie schalteten das Licht im Kinderzimmer aus und schlüpften leise in ihr dunkles Schlafzimmer. Unter der kühlen Decke hielt er sie im Arm. Draußen färbte sich der Nachthimmel allmählich schon grau, und die typischen Geräusche des Tagesanbruchs drangen durchs Fenster. Für ein Stadtkind wie Jane waren das Getöse eines Müllwagens oder das Wummern von Autoradios so vertraut wie ein Wiegenlied. Während Boston sich allmählich aus den Federn wälzte, um den Tag zu begrüßen, schlief Jane endlich ein.

Sie erwachte mit einem fröhlichen Lied im Ohr. Im ersten Moment fragte sie sich, ob es wieder nur ein Traum war, ein viel angenehmerer allerdings, geknüpft aus alten Kindheitserinnerungen. Als sie die Augen aufschlug, sah sie die Sonne durch die Jalousien blitzen. Es war schon zwei Uhr mittags, und Gabriel war verschwunden.

Sie stand auf und tappte barfuß in die Küche. An der Tür

blieb sie stehen und blinzelte verdutzt. Da saß ihre Mutter mit dem Baby im Arm am Küchentisch. Angela blickte zu ihrer Tochter auf, die sie nur entgeistert anstarrte.

»Schon zwei Fläschchen. Um ihren Appetit brauchst du dir wirklich keine Sorgen zu machen.«

»Mom. Du hier?«

»Habe ich dich geweckt? Das tut mir aber Leid.«

»Wann bist du gekommen?«

»Vor ein paar Stunden. Gabriel sagte, du müsstest mal ausschlafen.«

Jane lachte verwirrt. »Er hat dich angerufen?«

»Wen soll er denn sonst anrufen? Hast du vielleicht sonst noch irgendwo eine Mutter?«

»Nein, ich bin bloß...« Jane sank auf einen Stuhl und rieb sich die Augen. »Ich bin noch nicht richtig wach. Wo ist er?«

»Er ist vor einer Weile gegangen. Hat einen Anruf von diesem Detective Moore gekriegt und ist sofort aufgebrochen.«

»Worum ging es bei dem Anruf?«

»Ich weiß es nicht. Irgendeine Polizeisache. Da ist frischer Kaffee. Und du solltest dir die Haare waschen. Du siehst aus wie ein Höhlenmensch. Wann hast du eigentlich zuletzt was gegessen?«

»Gestern Abend, glaube ich. Gabriel hat was vom Chinesen mitgebracht.«

»Vom Chinesen? Na, das hält doch nicht lange vor. Mach dir Frühstück, trink einen Kaffee. Ich habe hier alles im Griff.«

Ja, Mom. Das hattest du immer schon.

Jane stand nicht gleich auf. Stattdessen blieb sie noch eine Weile sitzen und betrachtete Angela, die ihre Enkelin im Arm hielt. Sah zu, wie das Baby die winzigen Händchen ausstreckte und neugierig Angelas lächelndes Gesicht betastete.

»Wie hast du das geschafft, Mom?«, fragte Jane.

»Gib ihr zu trinken, sing ihr was vor – sie will, dass du dich um sie kümmerst, das ist alles.«

»Nein, ich meine, wie du es geschafft hast, uns drei großzuziehen. Mir war nie so richtig klar, wie schwer das für dich gewesen sein muss mit drei Kindern in fünf Jahren.« Lachend fügte sie hinzu: »Zumal, da einer von den dreien unser Frankie war.«

»Ha! Dein Bruder war nicht das Problemkind. Das warst *du*.«

»Ich?«

»Die ganze Zeit hast du geschrien. Bist alle drei Stunden aufgewacht. Bei dir konnte keine Rede sein von *schlummern wie ein Baby*. Frankie ist damals noch in Windeln durchs Haus gekrabbelt, und ich war die ganze Nacht auf den Beinen und bin mit dir auf dem Arm im Zimmer auf und ab gegangen. Von deinem Vater konnte ich keine Hilfe erwarten. Du kannst von Glück sagen – dein Gabriel, der versucht ja immerhin, dir ein bisschen was abzunehmen. Aber dein Papa?« Angela schnaubte verächtlich. »Der hat behauptet, von dem Windelgestank würde ihm schlecht und deswegen könnte er das nicht machen. Als ob ich eine Wahl gehabt hätte. Er hat sich jeden Morgen in die Arbeit verdrückt, und ich saß da mit euch beiden, und Mikey war auch schon unterwegs. Frankie hat ständig seine Patschhändchen in irgendwas dringehabt, und du hast dir die Seele aus dem Leib gebrüllt.«

»Warum habe ich so viel geschrien?«

»Manche Babys sind nun mal geborene Schreikinder. Sie lassen partout nicht zu, dass man sie ignoriert.«

Na, das erklärt ja einiges, dachte Jane und sah ihr Baby an. Ich habe bekommen, was ich verdiene. Ich habe mich selbst als Tochter gekriegt.

»Und wie hast du es nun eigentlich geschafft?«, fragte Jane. »Ich habe nämlich riesige Probleme damit. Ich weiß überhaupt nicht, was ich tun soll.«

»Du solltest einfach das Gleiche tun, was ich damals getan habe, wenn ich wieder mal dachte, ich müsste gleich den Verstand verlieren. Wenn ich dachte, ich könnte es keine Stunde, keine Minute länger ertragen, in diesem Haus eingesperrt zu sein.«

»Was hast du getan?«

»Ich habe zum Telefon gegriffen und meine Mutter angerufen.« Angela blickte zu ihr auf. »Ruf mich einfach an, Janie. Dazu bin ich doch da. Gott hat schon gewusst, warum er die Mütter in die Welt gesetzt hat. Ich behaupte ja nicht, dass man gleich ein ganzes Dorf braucht, um ein Kind großzuziehen.« Sie senkte den Blick auf das Baby in ihrem Arm. »Aber es kann gewiss nicht schaden, eine Oma zu haben.«

Jane sah zu, wie Angela mit dem Baby schäkerte, und sie dachte: Oh, Mom, ich hätte nie gedacht, dass ich dich noch einmal so sehr brauchen würde. Kommt überhaupt je eine Zeit, wenn wir unsere Mütter nicht mehr brauchen?

Sie musste mit den Tränen kämpfen und stand abrupt auf, um sich an der Anrichte eine Tasse Kaffee einzuschenken. Dort stand sie und trank das belebende Gebräu, während sie den Rücken durchdrückte und ihre steifen Muskeln streckte. Zum ersten Mal seit drei Tagen fühlte sie sich richtig erholt und war fast schon wieder die Alte. Nur dass jetzt alles ganz anders ist, dachte sie. Jetzt bin ich eine Mutter.

»Du bist ja so eine Hübsche, nicht wahr, Regina?«

Jane sah ihre Mutter an. »Wir haben uns eigentlich noch gar nicht für einen Namen entschieden.«

»Du musst doch wissen, wie du sie nennen willst. Was hast du gegen den Namen deiner Großmutter?«

»Ich muss sofort ein gutes Gefühl dabei haben, verstehst du? Wenn sie den Rest ihres Lebens damit herumlaufen muss, dann soll sie auch einen Namen bekommen, der zu ihr passt.«

»Regina ist doch ein schöner Name. Das bedeutet *Königin*, weißt du.«

»Meinst du, ich will dem Kind Flausen in den Kopf setzen?«

»Na, und wie willst du sie nun nennen?«

Jane sah das Namensbuch auf der Anrichte liegen. Sie goss sich noch etwas Kaffee nach und nippte daran, während sie die Seiten umblätterte. Wenn ich mich nicht bald entscheide, dachte sie mit einem Anflug von Verzweiflung, bleibt am Ende doch nur Regina übrig.

Yolanthe. Yseult. Zerlena.

Ach, du liebe Zeit. Regina klang allmählich immer besser. Die kleine Königin.

Sie legte das Buch hin. Nachdem sie es eine Weile stirnrunzelnd betrachtet hatte, nahm sie es wieder zur Hand und schlug es bei M auf. Suchte den Namen, der ihr letzte Nacht ins Auge gesprungen war.

Mila.

Wieder spürte sie diesen kalten Hauch im Nacken. Ich weiß, dass ich diesen Namen schon einmal gehört habe, dachte sie. Warum jagt er mir einen solchen Schauer über den Rücken? Ich muss mich erinnern. Es ist wichtig, dass ich mich erinnere…

Das Klingeln des Telefons ließ sie zusammenfahren. Das Buch fiel ihr aus der Hand und landete mit einem Knall auf dem Boden.

Angela sah sie stirnrunzelnd an. »Willst du nicht drangehen?«

Jane atmete einmal tief durch und nahm den Hörer ab. Es war Gabriel.

»Ich hoffe, ich habe dich nicht geweckt.«

»Nein, ich trinke gerade Kaffee mit Mom.«

»Ist es okay, dass ich sie angerufen habe?«

Sie blickte sich zu Angela um, die gerade mit dem Baby ins Nebenzimmer ging, um die Windeln zu wechseln. »Du bist ein Genie. Hab ich dir das schon mal gesagt?«

»Ich glaube, ich sollte Mama Rizzoli öfter mal anrufen.«

»Ich habe acht Stunden durchgeschlafen. Kaum zu glauben, was das ausmacht. Mein Gehirn scheint endlich wieder zu funktionieren.«

»Dann kann ich dir das hier ja vielleicht zumuten.«

»Was?«

»Moore hat mich heute Morgen angerufen.«

»Ja, hab schon gehört.«

»Wir sind jetzt hier im Präsidium. Jane, sie haben einen Treffer in der zentralen IBIS-Datenbank. Eine Patrone mit identischen Schlagbolzenabdrücken. Sie war bei der Schusswaffenbehörde registriert.«

»Um welche Patrone geht es?«

»Die aus Olenas Krankenzimmer. Nachdem sie diesen Wachmann erschossen hatte, wurde eine einzelne Patrone am Tatort sichergestellt.«

»Er wurde mit seiner eigenen Waffe erschossen.«

»Und wir haben gerade herausgefunden, dass diese Waffe schon einmal benutzt wurde.«

»Wo? Wann?«

»Am dritten Januar. Eine Schießerei mit mehreren Todesopfern in Ashburn, Virginia.«

Sie hielt den Hörer umklammert, hielt ihn so fest an ihr Ohr gepresst, dass sie das Pochen ihres eigenen Pulsschlags hören konnte. *Ashburn. Joe wollte uns von Ashburn erzählen.*

Angela kam in die Küche zurück, im Arm das Baby, dessen schwarze Haare jetzt wuschelig vom Kopf abstanden wie eine Lockenkrone. Regina, die kleine Königin. Plötzlich schien der Name zu ihr zu passen.

»Was wissen wir über diese Schießerei?«

»Moore hat die Akte hier.«

Sie sah Angela an. »Mom, ich muss für eine Weile weg. Ist das okay?«

»Ja, geh nur. Und wir bleiben hier, weil's uns hier so gut gefällt, nicht wahr, Regina?« Angela beugte sich vor und rieb ihre Nase an der des Babys. »Und nachher nehmen wir ein schönes Bad.«

Jane sagte zu Gabriel: »Gib mir zwanzig Minuten, dann bin ich bei euch.«

»Nein. Treffen wir uns woanders.«

»Wieso?«

»Wir möchten hier im Präsidium lieber nicht darüber reden.«

»Gabriel, was zum Teufel geht da vor?«

Eine Pause trat ein, in der sie Moores Stimme leise im Hintergrund hören konnte. Dann meldete Gabriel sich wieder.

»JP Doyle's. Wir sehen uns dort.«

24

Sie verlor keine Zeit mit Duschen, sondern schlüpfte einfach in die ersten Sachen, die ihr aus dem Kleiderschrank entgegenfielen – eine sackartige Umstandshose und das T-Shirt, das ihr die Kollegen von der Mordkommission bei der Baby-Party geschenkt hatten, mit dem aufgenähten Schriftzug MOM COP mitten auf dem Bauch. Im Wagen aß sie zwei Scheiben Toast mit Butter, während sie den Weg zum Stadtviertel Jamaica Plains einschlug. Das Telefonat mit Gabriel zerrte an ihren Nerven, und sie ertappte sich dabei, wie sie an den Ampeln stets in den Rückspiegel sah und sich die Autos hinter ihr genau anschaute. Hatte sie diesen grünen Taurus nicht vier Kreuzungen vorher schon einmal gesehen? Und war das nicht derselbe weiße Van, den sie gegenüber von ihrer Wohnung am Straßenrand hatte stehen sehen?

JP Doyle's Bar war eine in Bostoner Polizeikreisen äußerst beliebte Kneipe, und abends war das Lokal gewöhnlich brechend voll mit Cops, die ihren Dienstschluss begossen. Aber jetzt, um drei Uhr nachmittags, saß nur eine einsame Frau auf einem Barhocker und nippte an einem Glas Weißwein, während im Fernseher über der Theke der Sportkanal lief. Jane ging gleich durch in den angrenzenden Restaurantbereich, wo die Wände mit Erinnerungsstücken an Bostons irische Tradition dekoriert waren. Zeitungsausschnitte über die Kennedys, das demokratische Urgestein Tip O'Neill und die stolze Polizeitruppe der Stadt hingen schon so lange dort, dass das Papier ganz brüchig geworden war, und das Weiß in der irischen Flagge über einer der Nischen hatte vom Tabakrauch bereits einen deutlichen nikotingelben Stich. In den ruhigen Stunden zwischen Mittag- und Abendessenszeit waren nur zwei der Nischen besetzt. In einer saß ein Paar in mittleren Jahren, offensichtlich Touristen, nach dem Stadtplan von Boston zu schließen, den sie zwischen sich auf dem Tisch ausgebreitet hatten. Jane ging an den beiden vorbei und weiter bis zu dem Ecktisch, an dem Moore und Gabriel schon auf sie warteten.

Sie schlüpfte auf den Platz neben ihrem Mann, und ihr Blick fiel auf die Aktenmappe, die auf dem Tisch lag. »Was wolltet ihr mir zeigen?«

Moore gab keine Antwort, sondern blickte nur mit einem mechanischen Lächeln auf, als die Bedienung an ihren Tisch kam.

»Hallo, Detective Rizzoli. Sie sind ja wieder ganz schlank«, begrüßte die Bedienung Jane.

»Nicht so schlank, wie ich gerne wäre.«

»Ich habe gehört, Sie haben ein kleines Mädchen bekommen.«

»Ja, und sie hält uns die ganze Nacht wach. Das hier ist vielleicht meine einmalige Chance, ungestört zu essen.«

Die Bedienung zückte lachend ihren Notizblock. »Dann wollen wir Sie mal nicht länger hungern lassen.«

»Eigentlich möchte ich nur Kaffee und eine Portion von Ihrem Apple Crisp.«

»Gute Wahl.« Die Bedienung wandte sich an die Männer: »Und für Sie?«

»Schenken Sie uns nur noch ein bisschen Kaffee nach, danke«, sagte Moore. »Wir sehen ihr einfach beim Essen zu.«

Schweigend ließen sie die Bedienung ihre Tassen auffüllen. Erst nachdem die junge Frau den Apfelstreusel serviert hatte und wieder verschwunden war, schob Moore Jane die Mappe hin.

Sie enthielt einen Bogen mit Digitalfotos. Jane erkannte sie sofort als Mikroaufnahmen einer ausgeworfenen Patronenhülse. Deutlich waren die Muster zu erkennen, die das Auftreffen des Schlagbolzens auf den Zünder und der Rückstoß der Patrone gegen den Verschlussblock hinterlassen hatten.

»Stammt die aus dem Krankenhaus?«, fragte sie.

Moore nickte. »Diese Patrone wurde aus der Waffe abgefeuert, mit der der Unbekannte in Olenas Zimmer eingedrungen ist. Und mit der sie ihn dann getötet hat. Unsere Ballistiker haben sie in die IBIS-Datenbank eingegeben und einen Treffer bekommen – von der Schusswaffenbehörde. Eine Schießerei mit mehreren Toten in Ashburn, Virginia.«

Sie wandte sich dem nächsten Satz Fotos zu, wieder eine Serie von Mikroaufnahmen einer Patrone. »Und sie stimmen überein?«

»Identische Schlagbolzenspuren. Zwei verschiedene Patronen, gefunden an zwei verschiedenen Tatorten. Sie wurden beide aus derselben Waffe ausgeworfen.«

»Und jetzt haben wir diese Waffe.«

»Nein, eben nicht.«

Sie sah Moore erstaunt an. »Sie hätte aber doch bei Olena gefunden werden müssen. Sie hatte sie als Letzte bei sich.«

»Sie war aber nicht da.«

»Unsere Spurensicherung hat aber doch den Tatort unter die Lupe genommen, oder nicht?«

»Es waren überhaupt keine Waffen mehr da. Das Einsatzkommando der Bundesbehörden hat alle ballistischen Beweisstücke konfisziert. Sie haben die Waffen mitgenommen, Joes Rucksack, sogar die Patronen. Als das Boston PD den Tatort inspizierte, war schon alles weg.«

»Sie haben Beweisstücke von einem Tatort abgeräumt? Was wird das Boston PD in der Sache unternehmen?«

»Offenbar können wir da rein gar nichts machen«, erwiderte Moore. »Die Bundesbehörden sagen, es handelt sich um eine Angelegenheit, bei der die nationale Sicherheit betroffen ist, und sie wollen nicht, dass irgendwelche Informationen durchsickern.«

»Sie trauen dem Boston PD nicht?«

»Hier traut keiner keinem. Wir sind nicht die Einzigen, die außen vor bleiben. Agent Barsanti wollte auch diese ballistischen Beweisstücke, und er war nicht gerade begeistert, als er erfuhr, dass unser Sondereinsatzkommando sie mitgenommen hatte. Das wird allmählich zu einem Kampf der Giganten zwischen den verschiedenen Behörden. Das Boston PD ist da wie eine Maus, die zuschaut, wie zwei Elefanten aufeinander losgehen.«

Janes Blick richtete sich wieder auf die Mikroaufnahmen. »Sie sagten, dass diese Patrone von einer Schießerei mit mehreren Toten in Ashburn stammt. Kurz vor dem Sturm auf die Klinik wollte Joseph Roke uns von einem Vorfall erzählen, der sich in Ashburn ereignet hat.«

»Gut möglich, dass Mr. Roke hiervon gesprochen hat.« Moore griff in seine Aktentasche und zog eine zweite Mappe hervor, die er auf den Tisch legte. »Das hier habe ich heute Morgen von den Kollegen aus Leesburg bekommen. Ashburn ist bloß eine Kleinstadt; das Police Department von Leesburg hat damals den Fall bearbeitet.«

»Es ist kein angenehmer Anblick, Jane«, sagte Gabriel.

Seine Warnung überraschte sie. Zusammen hatten sie schon die ausgesuchtesten Scheußlichkeiten des Seziersaals über sich ergehen lassen, und sie hatte es noch nie erlebt, dass er dabei auch nur mit der Wimper gezuckt hätte. Wenn dieser Fall schon Gabriel so schockiert, dachte sie, will ich mir das dann überhaupt antun? Sie ließ sich jedoch keine Zeit, darüber nachzudenken, sondern schlug einfach die Mappe auf und nahm sich das erste Foto vor. Das ist doch nicht so schlimm, dachte sie. Da hatte sie schon weit Übleres zu Gesicht bekommen. Eine schlanke, brünette Frau lag mit dem Gesicht nach unten auf einer Treppe, als ob sie einen Kopfsprung von der obersten Stufe gemacht hätte. Ein Strom ihres Blutes zog sich bis zum Fuß der Treppe, wo es sich in einer Lache sammelte.

»Das ist die erste unbekannte Tote.«

»Sie wurde nicht identifiziert?«

»Keines der Opfer in diesem Haus wurde bisher identifiziert.«

Sie wandte sich dem nächsten Foto zu. Diesmal war das Opfer eine junge Blondine. Sie lag auf einem Feldbett, die Decke bis zum Hals hochgezogen; ihre Finger umklammerten noch den Stoff, als könne sie sich damit schützen. Aus einer Schusswunde in ihrer Stirn sickerte ein kleines Rinnsal von Blut. Eine schnelle Hinrichtung, ausgeführt mit der tödlichen Effizienz einer einzigen Kugel.

»Das ist das zweite Opfer«, sagte Moore. Als er ihren beunruhigten Blick bemerkte, fügte er hinzu: »Es sind noch mehr.«

Jane hörte den warnenden Unterton in seiner Stimme. Ihre Nerven begannen wieder zu flattern, als sie zum nächsten Foto griff. Während sie die dritte Tatortaufnahme anstarrte, dachte sie: Es wird immer schlimmer, aber noch kann ich es ertragen. Das Foto zeigte den Blick durch die geöffnete Tür eines begehbaren Wandschranks in das blutbespritzte Innere. Zwei junge Frauen, beide nur teilweise bekleidet, lehnten zusammengesunken an der Wand, mit verschlungenen Armen und mit ineinander fließenden langen Haaren, wie in einer letzten innigen Umarmung.

»Opfer Nummer drei und vier«, erklärte Moore.

»Und keine dieser Frauen wurde identifiziert?«

»Ihre Fingerabdrücke sind in keiner Datenbank.«

»Das sind vier attraktive junge Frauen. Und niemand soll sie als vermisst gemeldet haben?«

Moore schüttelte den Kopf. »Keine der Beschreibungen in der Vermisstenliste des NCIC passt auf sie.« Er deutete mit einer Kopfbewegung auf das Bild der beiden Opfer in dem Wandschrank. »Die Patrone, die bei der IBIS-Suche auftauchte, wurde in diesem Wandschrank gefunden. Die beiden Frauen wurden mit derselben Waffe erschossen, die der falsche Wachmann dabeihatte, als er in Olenas Krankenzimmer eindrang.«

»Und die anderen Opfer in diesem Haus? War das auch dieselbe Waffe?«

»Nein. Sie wurden mit einer anderen Waffe getötet.«

»Zwei Tatwaffen? Zwei Täter?«

»Ja.«

Bis jetzt hatte keines der Fotos sie wirklich aus der Fassung gebracht, und so griff sie unerschrocken nach dem letzten Bild, das Opfer Nummer fünf zeigte. Was sie da sah, ließ sie entsetzt zurückfahren, und doch konnte sie den Blick nicht von dem Bild losreißen. Sie konnte nur stumm das Gesicht der toten Frau anstarren, das von entsetzlichen Todesqualen gezeichnet war. Diese Frau war älter und kräftiger als die anderen, in den Vierzigern. Ihr Oberkörper war mit einem weißen Kabel an eine Stuhllehne gefesselt.

»Das ist das fünfte und letzte Opfer«, sagte Moore. »Mit den vier anderen Frauen haben die Täter kurzen Prozess gemacht. Eine Kugel in den Kopf, und das war's.« Er blickte auf die aufgeschlagene Mappe. »Diese Frau ist letztlich auch durch einen Kopfschuss getötet worden. Aber nicht, bevor …« Moore hielt einen Moment inne. »Nicht, bevor ihr das angetan worden war.«

»Wie lange …« Jane schluckte. »Wie lange wurde sie noch am Leben gehalten?«

»Aufgrund der Anzahl der Frakturen in ihren Händen und Handgelenken und der Tatsache, dass sämtliche Knochen quasi pulverisiert waren, kam der Gerichtsmediziner zu dem Schluss, dass es sich um mindestens vierzig oder fünfzig Hammerschläge gehandelt haben muss. Der Kopf des Hammers war nicht sehr groß; jeder einzelne Schlag dürfte nur einen relativ kleinen Bereich zertrümmert haben. Aber nicht ein einziger Knochen, nicht ein Finger blieb verschont.«

Unvermittelt schlug Jane die Mappe zu. Sie konnte den Anblick einfach nicht länger ertragen. Doch der Schaden war schon angerichtet, das Bild hatte sich unauslöschlich in ihr Gedächtnis eingebrannt.

»Es müssen mindestens zwei Täter gewesen sein«, sagte Moore. »Jemand musste sie festhalten, während ein anderer sie an den Stuhl fesselte. Und jemand musste ihre Unterarme auf der Tischplatte festhalten, während der andere ihr das da antat.«

»Sie muss geschrien haben«, murmelte Jane. Sie blickte zu Moore auf. »Wieso hat niemand ihre Schreie gehört?«

»Das Haus liegt an einem unbefestigten Privatweg, ein gutes Stück von den nächsten Nachbarn entfernt. Und vergessen Sie nicht, es war Januar.«

Eine Jahreszeit, in der die Leute ihre Fenster geschlossen halten. Der Frau musste klar gewesen sein, dass niemand ihre Schreie hören würde. Dass es keine Rettung geben würde. Alles, worauf sie noch hoffen konnte, war die erlösende Kugel, der Gnadenschuss.

»Was haben sie von ihr gewollt?«, fragte Jane.

»Das wissen wir nicht.«

»Es muss doch einen Grund dafür gegeben haben. Etwas, was sie wusste.«

»Wir wissen noch nicht einmal, wer sie war. Fünf unbekannte Tote. Keines dieser Opfer wurde irgendwo als vermisst gemeldet.«

»Wie kann es sein, dass wir rein gar nichts über sie wissen?« Sie sah ihren Mann an.

Gabriel schüttelte den Kopf. »Sie sind wie Phantome, Jane. Keine Namen, keine Identitäten.«

»Was ist mit dem Haus?«

»Das war zum damaligen Zeitpunkt an eine gewisse Marguerite Fisher vermietet.«

»Wer ist das?«

»Es gibt keine Frau, die so heißt. Das ist ein erfundener Name.«

»Mein Gott. Das ist ja wie ein schwarzes Loch. Namenlose Opfer. Mieter, die gar nicht existieren.«

»Aber wir wissen, wem dieses Haus gehört«, sagte Gabriel. »Nämlich der Firma KTE Investments.«

»Ist das von Belang?«

»Allerdings. Die Polizei von Leesburg hat einen Monat gebraucht, um die Verbindung aufzudecken. KTE ist eine nicht eingetragene Tochtergesellschaft der Ballantree Company.«

Eiskalte Finger schienen über Janes Nacken zu streichen. »Da sind wir wieder bei Joseph Roke«, murmelte sie. »Er hat über Ballentree gesprochen. Und über Ashburn. Was ist, wenn er gar nicht verrückt war?«

Sie verstummten, als die Bedienung wieder mit der Kaffeekanne auftauchte. »Schmeckt Ihnen unser Apple Crisp nicht, Detective?«, fragte sie, als sie sah, dass Jane ihr Dessert kaum angerührt hatte.

»Doch, ganz hervorragend. Aber ich bin wohl doch nicht so hungrig, wie ich dachte.«

»Tja, irgendwie scheint niemand Appetit zu haben«, meinte die Bedienung, als sie sich über den Tisch beugte, um Gabriel Kaffee nachzuschenken. »Sind alles nur Kaffeetrinker, die heute Nachmittag hier sitzen.«

Gabriel blickte auf. »Wer denn noch außer uns?«, fragte er.

»Na, der Mann dort…« Die Kellnerin brach ab und betrachtete stirnrunzelnd einen leeren Tisch ganz in der Nähe. Sie zuckte mit den Achseln. »Na, dem hat wohl der Kaffee nicht geschmeckt«, sagte sie und ging.

»Okay«, sagte Jane leise. »Langsam wird mir die Sache unheimlich, Leute.«

Moore raffte eilig die Mappen zusammen und steckte sie in einen großen Umschlag. »Wir sollten gehen«, sagte er.

Sie verließen JP Doyle's Bar und traten in die grelle Hitze

des Nachmittags hinaus. Auf dem Parkplatz blieben sie alle drei vor Moores Wagen stehen und ließen ihre Blicke über die Straße und die in der Nähe abgestellten Fahrzeuge schweifen. Wir sind vielleicht Helden, dachte sie – zwei Cops und ein FBI-Agent, und alle drei werden wir plötzlich ganz kribblig, alle drei kundschaften wir instinktiv die Umgebung aus.

»Und was nun?«, fragte Jane.

»Was das Boston PD betrifft, heißt es erst mal ›Finger weg‹. Ich habe Anweisung, einen großen Bogen um diese Sache zu machen.«

»Und diese Akten?« Sie blickte auf den Umschlag, den Moore unterm Arm trug.

»Die dürfte ich eigentlich gar nicht haben.«

»Na ja, ich bin ja noch im Mutterschaftsurlaub. *Mir* hat niemand irgendwelche Anweisungen erteilt.« Sie nahm Moore den Umschlag ab.

»Jane«, sagte Gabriel.

Sie wandte sich zu ihrem Subaru um. »Wir sehen uns dann zu Hause.«

»Jane.«

Als sie sich ans Steuer setzte, riss Gabriel die Beifahrertür auf und stieg neben ihr ein. »Du weißt ja nicht, worauf du dich da einlässt«, sagte er.

»Weißt du es denn?«

»Du hast gesehen, was mit den Händen dieser Frau geschehen ist. Daran erkennst du, mit was für Typen wir es hier zu tun haben.«

Sie starrte aus dem Fenster, sah zu, wie Moore in seinen Wagen stieg und davonfuhr. »Ich dachte, es wäre vorbei«, sagte sie leise. »Ich dachte: Okay, wir haben es heil überstanden, und jetzt leben wir einfach unser Leben weiter. Aber es ist nicht vorbei.« Endlich sah sie ihn an. »Ich muss wissen, warum das alles passiert ist. Ich muss wissen, was es bedeutet.«

»Überlass mir die Nachforschungen. Ich werde sehen, was ich herausfinden kann.«

»Und was soll ich tun?«

»Du bist doch gerade erst aus dem Krankenhaus gekommen.«

Sie steckte den Schlüssel ins Zündschloss und ließ den Motor an, worauf ein Schwall heißer Luft aus den Lüftungsschlitzen strömte. »Ich hatte doch keine komplizierte Operation«, sagte sie. »Ich habe ein Kind gekriegt, das ist alles.«

»Grund genug, dich aus dieser Sache herauszuhalten.«

»Aber *das* ist es doch, was mich so beschäftigt, Gabriel. *Das* ist der Grund, weshalb ich nicht schlafen kann!« Sie sank in den Sitz zurück. »Das ist der Grund, weshalb die Albträume nicht aufhören wollen.«

»Es braucht seine Zeit.«

»Ich muss unentwegt daran denken.« Wieder schweifte ihr Blick über den Parkplatz. »Und nach und nach fallen mir immer mehr Einzelheiten ein.«

»Welche Einzelheiten?«

»Ein Hämmern an der Tür. Schreie, Schüsse. Und dann das Blut in meinem Gesicht …«

»Das ist der Traum, von dem du mir erzählt hast.«

»Und den träume ich immer wieder!«

»Natürlich hat es diese Geräusche und Schreie gegeben. Und da *war* auch Blut in deinem Gesicht – Olenas Blut. Nichts von dem, woran du dich erinnerst, ist in irgendeiner Weise überraschend.«

»Aber da ist noch etwas anderes. Ich habe dir noch nicht davon erzählt, weil ich Mühe hatte, mich zu erinnern. Kurz bevor Olena starb, hat sie versucht, mir etwas zu sagen.«

»Was wollte sie dir sagen?«

Sie sah Gabriel an. »Sie hat einen Namen genannt. Mila. Sie sagte: ›Mila weiß Bescheid.‹«

»Was soll das heißen?«

»Ich weiß es nicht.«

Gabriels Blick schwenkte plötzlich zur Straße. Er folgte einem Wagen, der im Schritttempo an ihnen vorbeifuhr, um die Ecke bog und verschwand.

»Warum fährst du nicht nach Hause?«, fragte er.

»Und was ist mit dir?«

»Ich komme auch bald nach.« Er beugte sich zu ihr hinüber, um ihr einen Kuss zu geben. »Ich liebe dich«, sagte er und stieg aus.

Sie sah ihm nach, als er zu seinem eigenen Wagen ging, den er ein paar Plätze weiter abgestellt hatte, und beobachtete, wie er in die Hosentasche griff und nach seinen Schlüsseln zu suchen schien. Sie kannte ihren Mann gut genug, um die Anspannung in seinen Schultern wahrzunehmen, um zu registrieren, wie er sich noch einmal rasch auf dem Parkplatz umschaute. Sie hatte es noch nicht oft erlebt, dass ihn etwas aus der Fassung brachte, und ihn jetzt so nervös zu sehen, erfüllte sie mit Sorge. Er ließ den Motor an und wartete dann, bis sie losgefahren war.

Erst als sie auf die Straße einbog, setzte er selbst aus der Parklücke zurück. Ein paar Straßenblocks lang blieb er direkt hinter ihr. Er will sehen, ob mir jemand folgt, dachte sie. Auch nachdem er schließlich abgebogen war, ertappte sie sich noch dabei, wie sie immer wieder in den Rückspiegel schaute, obwohl sie sich eigentlich nicht vorstellen konnte, warum jemand sie verfolgen sollte. Was wusste sie überhaupt? Nichts, was Moore und alle anderen in der Mordkommission nicht auch schon wussten. Bis auf die Erinnerung an einen geflüsterten Namen.

Mila. Wer ist Mila?

Sie warf einen Blick über die Schulter auf Moores Umschlag, den sie auf den Rücksitz geworfen hatte. Der Gedanke, sich diese Tatortfotos noch einmal vorzunehmen, war ihr alles andere als angenehm. Aber ich muss herausfinden, was hinter diesen Gräueln steckt, dachte sie. Ich muss wissen, was in Ashburn passiert ist.

25

Maura Isles' Arme waren bis zu den Ellbogen in Blut getaucht. Gabriel blieb im Vorraum stehen und sah durch die Glasscheibe zu, wie Maura in die Bauchhöhle griff, die verschlungenen Gedärme heraushob und sie in eine Schüssel klatschen ließ. Er las keinen Ekel in ihrer Miene, als sie in dem Haufen Fleisch herumstocherte, nur die ruhige Konzentration einer Wissenschaftlerin auf der Suche nach ungewöhnlichen Details. Schließlich übergab sie Yoshima die Schüssel und wollte gerade wieder nach dem Skalpell greifen, als sie Gabriel bemerkte.

»Ich brauche noch zwanzig Minuten«, sagte sie. »Du kannst reinkommen, wenn du möchtest.«

Er zog Überschuhe und einen Kittel an und betrat den Sektionssaal. Obwohl er es vermied, die Leiche auf dem Tisch anzusehen, war sie doch zwischen ihnen und unmöglich zu ignorieren. Eine Frau mit bis aufs Skelett abgemagerten Gliedmaßen, deren Haut wie loses Seidenpapier über den hervorstehenden Beckenknochen hing.

»Sie litt schon länger an Anorexie. Wurde in ihrer Wohnung tot aufgefunden«, beantwortete Maura seine unausgesprochene Frage.

»Sie ist noch so jung.«

»Siebenundzwanzig. Das Notarztteam sagte, in ihrem Kühlschrank hätte sie nur einen Kopf Salat und ein paar Dosen Diätcola gehabt. Verhungert im Land des Überflusses.« Maura griff erneut in die Bauchhöhle. Yoshima war inzwischen ans Kopfende getreten, um die Kopfhaut aufzuschneiden. Wie immer arbeiteten sie fast schweigend; jeder kannte die Bedürfnisse des anderen so gut, dass Worte überflüssig schienen.

»Du wolltest mir etwas erzählen?«, sagte Gabriel.

Maura hielt inne. In der hohlen Hand hielt sie eine einzelne Niere, eine schwarze, gallertartige Masse. Sie und Yoshima wechselten einen nervösen Blick. Gleich darauf schaltete Yoshima die Knochensäge ein, und das schrille Kreischen übertönte beinahe Mauras Antwort.

»Nicht hier«, sagte sie leise. »Noch nicht.«

Yoshima löste das Schädeldach ab.

Während Maura sich vorbeugte, um das Gehirn herauszulösen, fragte sie mit ganz normaler, fröhlicher Stimme: »Und, wie fühlt man sich so als Papa?«

»Es übertrifft alle meine Erwartungen.«

»Habt ihr euch jetzt auf Regina geeinigt?«

»Mama Rizzoli hat uns erfolgreich beschwatzt.«

»Also, ich finde den Namen schön.« Maura legte das Gehirn in ein Gefäß mit Formalin. »Ein würdevoller Name.«

»Jane hat ihn schon zu ›Reggie‹ abgekürzt.«

»Nicht ganz so würdevoll.« Maura streifte ihre Handschuhe ab und sah Yoshima an. »Ich brauche ein bisschen frische Luft«, sagte sie. »Machen wir eine Pause.«

Sie zogen ihre Kittel aus, und Maura führte Gabriel aus dem Sektionssaal hinaus in den Anlieferungsbereich. Erst nachdem sie das Gebäude verlassen hatten und auf dem Parkplatz standen, ergriff sie wieder das Wort.

»Tut mir Leid, dass ich so um den heißen Brei herumreden musste«, sagte sie. »In unserem Institut hat es einen Sicherheitsverstoß gegeben. Im Moment habe ich das Gefühl, dass ich da drin nicht offen reden kann.«

»Was ist passiert?«

»Letzte Nacht gegen drei Uhr hat der Rettungsdienst von Medford ein Todesopfer von einem Verkehrsunfall eingeliefert. Normalerweise halten wir das Tor zur Anlieferung geschlossen; man muss den Nachtdienst anrufen, um sich den Code durchgeben zu lassen. Die Sanitäter fanden das Tor aber offen, und als sie hineingingen, bemerkten sie, dass im

Sektionssaal das Licht brannte. Sie sagten dem Nachtportier Bescheid, worauf der Sicherheitsdienst das Gebäude überprüfte. Wer auch immer die Eindringlinge waren, sie müssen es eilig gehabt haben, denn die Schreibtischschublade in meinem Büro stand noch offen.«

»In deinem Büro?«

Maura nickte. »Und Dr. Bristols Computer war eingeschaltet. Er schaltet ihn immer aus, bevor er abends das Büro verlässt.« Sie schwieg einen Moment. »Die Datei über Joseph Rokes Autopsie war geöffnet.«

»Wurde irgendetwas aus den Büros entwendet?«

»Bis jetzt vermissen wir noch nichts. Aber seitdem sind wir alle misstrauisch geworden und vermeiden es nach Möglichkeit, vertrauliche Angelegenheiten im Haus zu besprechen. Irgendjemand ist in unseren Büros gewesen. Und in unserem Sektionssaal. Und wir wissen nicht, worauf es diese Leute abgesehen haben.«

Kein Wunder, dass Maura sich geweigert hatte, am Telefon über diese Sache zu sprechen. Selbst die nüchterne, besonnene Dr. Isles bekam es allmählich mit der Angst zu tun.

»Ich neige ja nicht zu Verschwörungstheorien«, sagte Maura. »Aber überleg doch einmal, was alles passiert ist. Zwei Leichen, für die wir laut Gesetz zuständig waren, wurden uns vor der Nase weggeschnappt. Ballistisches Beweismaterial wurde von Washington konfisziert. Wer gibt hier eigentlich die Befehle?«

Er ließ den Blick über den Parkplatz schweifen, wo die heiße Luft über dem Asphalt wie Wasser schimmerte. »Das kommt von ganz weit oben«, sagte er. »Es kann gar nicht anders sein.«

»Was bedeutet, dass wir nicht an sie herankommen.«

Er sah sie an. »Das heißt nicht, dass wir es nicht versuchen werden.«

Jane erwachte in der Dunkelheit, die letzten geflüsterten Worte aus ihrem Traum noch im Ohr. Wieder Olenas Stimme, die ihr aus dem Jenseits zuraunte. *Warum quälst du mich immer noch so? Sag mir, was du willst, Olena. Sag mir, wer Mila ist.*

Aber das Flüstern war verstummt, und sie hörte nur noch Gabriels ruhigen Atem. Und dann, einen Augenblick später, das ungehaltene Geschrei ihrer Tochter. Sie stand leise auf und ließ ihren Mann weiterschlafen. Inzwischen war sie hellwach, auch wenn das Echo ihres Traumes sie noch verfolgte.

Das Baby hatte sich aus der Decke freigestrampelt und fuchtelte mit den rosa Fäustchen in der Luft, als wollte es seine Mutter zu einem Boxkampf herausfordern. »Regina, Regina«, seufzte Jane, als sie ihre Tochter aus dem Bettchen hob, und mit einem Mal wurde ihr bewusst, wie natürlich der Name sich auf ihren Lippen anfühlte. Das Mädchen war in der Tat eine geborene Regina; Jane hatte nur eine Weile gebraucht, um es zu begreifen, um sich nicht länger starrsinnig gegen das zu wehren, was Angela von Anfang an gewusst hatte. So ungern sie es auch zugab, Angela lag ziemlich oft richtig, ob es nun um Namen für Babys oder um die wundersame Wirkung von Babymilchpulver ging oder darum, um Hilfe zu bitten, wenn man sie brauchte. Mit diesem letzten Punkt hatte Jane die größten Probleme: Es fiel ihr einfach schwer einzugestehen, dass sie Hilfe brauchte, dass sie allein nicht mehr weiterwusste. Sie konnte einen Mordfall aufklären, konnte Monster jagen und aufspüren, aber von ihr zu verlangen, dass sie dieses schreiende Bündel in ihrem Arm beruhigte, war ungefähr so, als forderte man sie auf, eine Atombombe zu entschärfen. Sie blickte sich im Kinderzimmer um, in der vergeblichen Hoffnung, dass aus irgendeiner Ecke plötzlich eine gute Fee auftauchen würde, die mit ihrem Zauberstab Reginas Tränen trocknen konnte.

Aber hier gibt's keine guten Feen. Ich bin auf mich allein gestellt.

Regina hielt es gerade mal fünf Minuten an der rechten Brust aus, dann noch einmal fünf Minuten an der linken, und dann war es wieder Zeit für das Fläschchen. Okay, als Milchkuh ist deine Mama also eine totale Niete, dachte Jane, als sie mit Regina in die Küche ging. Na schön, sondert mich von der Herde ab und erschießt mich. Während Regina selig an der Flasche nuckelte, ließ Jane sich auf den Küchenstuhl sinken und genoss diesen Moment der Stille, so kurz er auch sein mochte. Sie blickte auf die dunklen Haare ihrer Tochter hinunter. Lockig, genau wie meine, dachte sie. Einmal hatte Angela ihr in einem Anfall von Frustration an den Kopf geworfen: »Irgendwann kriegst du genau die Tochter, die du verdienst.« Und hier sitze ich nun, dachte sie, mit diesem unersättlichen kleinen Schreihals.

Der Stundenzeiger der Küchenuhr sprang auf drei.

Jane griff nach dem Stapel Akten, den ihr Detective Moore am Abend vorbeigebracht hatte. Sie hatte alles über die Morde von Ashburn gelesen; jetzt schlug sie eine neue Mappe auf und sah, dass es sich um eine Akte des Boston PD über Joseph Rokes Wagen handelte – über das Fahrzeug, das er ein paar Blocks von der Klinik entfernt abgestellt hatte. Sie fand mehrere Seiten mit Moores Notizen, Fotos vom Wageninneren, einen AFIS-Bericht über Fingerabdrücke und verschiedene Zeugenaussagen. Während sie dort in dem Wartezimmer gefangen gehalten wurde, waren ihre Kollegen nicht untätig gewesen. Sie hatten alles an Informationen über die Geiselnehmer zusammengekratzt, was sie finden konnten. Ich war nie allein, dachte sie; meine Freunde haben da draußen die ganze Zeit für mich gekämpft, und hier ist der Beweis.

Ihr Blick fiel auf die Unterschrift des Detectives unter einer der Zeugenaussagen, und sie lachte überrascht auf.

Mensch, sogar ihr alter Erzfeind Darren Crowe hatte sich ins Zeug gelegt, um sie zu retten – und warum auch nicht? Ohne sie hätte er ja niemanden mehr gehabt, den er beleidigen konnte.

Sie blätterte weiter zu den Fotos des Wageninneren, sah zerknüllte Erdnussriegelpapierchen und leere Red-Bull-Dosen. Jede Menge Zucker und Koffein – genau das Richtige, um die Nerven eines Psychotikers zu beruhigen. Auf dem Rücksitz lagen eine zusammengefaltete Decke, ein schmutziges Kopfkissen und eine Boulevardzeitung – die *Weekly Confidential.* Auf der Titelseite ein Foto von Melanie Griffith. Jane versuchte, sich Joe vorzustellen, wie er auf dem Rücksitz seines Wagens lag und in dem Heft blätterte, wie er sich die neuesten Nachrichten über Stars und Sternchen zu Gemüte führte, doch es wollte ihr nicht recht gelingen. War es wirklich denkbar, dass er sich dafür interessiert hatte, was die Verrückten in Hollywood trieben? Vielleicht war Joe sein eigenes Leben erträglicher vorgekommen, wenn er sich ihre verkorksten, verkoksten Existenzen angesehen hatte. Die *Weekly Confidential* als harmlose Zerstreuung für stressige Zeiten.

Sie legte die Akte des Boston PD zur Seite und griff nach der Mappe mit den Unterlagen zu den Ashburn-Morden. Wieder setzte sie sich den Tatortfotos der brutal abgeschlachteten Frauen aus. Wieder verweilte sie bei dem Foto von Nummer fünf. Urplötzlich konnte sie den Anblick von Blut und Tod nicht länger ertragen. Es überlief sie eiskalt, und rasch klappte sie die Mappe zu.

Regina war eingeschlafen.

Sie trug das Baby in sein Bettchen zurück, ging nach nebenan und schlüpfte wieder unter die Decke, doch obwohl die Laken von Gabriels Körper angenehm warm waren, konnte sie einfach nicht aufhören zu zittern. Sie brauchte den Schlaf so dringend, aber es gelang ihr nicht, das Chaos ihrer Gedanken zu besänftigen. Zu viele Bilder wirbelten ihr im Kopf herum. Zum ersten Mal begriff sie, was es bedeutete, wenn man zu müde zum Schlafen war. Sie hatte gehört, dass fortgesetzter Schlafmangel Psychosen auslösen konnte; vielleicht hatte sie die Schwelle ja schon überschritten, getrieben von den Albträumen und den ständigen Forderungen ihrer neugeborenen Tochter. *Ich muss dafür sorgen, dass diese Träume aufhören.*

Gabriels Arm legte sich um sie. »Jane?«

»Hallo«, murmelte sie.

»Du zitterst ja. Ist dir kalt?«

»Ein bisschen.«

Er schloss sie fester in den Arm, zog sie an seinen warmen Körper heran. »Ist Regina aufgewacht?«

»Vor einer Weile. Ich habe sie schon gefüttert.«

»Ich wäre doch dran gewesen.«

»Ich war sowieso wach.«

»Warum?«

Sie gab keine Antwort.

»Es ist wieder dieser Traum. Nicht wahr?«, fragte er.

»Es ist, als ob sie mich verfolgt. Sie lässt mir einfach keine Ruhe. Jede verdammte Nacht raubt sie mir den Schlaf.«

»Olena ist tot, Jane.«

»Dann ist es ihr Geist.«

»Du glaubst doch gar nicht an Geister.«

»Ich habe nie daran geglaubt. Aber jetzt...«

»Hast du deine Meinung geändert?«

Sie drehte sich auf die Seite, um ihm in die Augen schauen zu können, und sie sah, wie die Lichter der Stadt sich schwach darin spiegelten. Ihr wunderbarer Gabriel. Wie war es möglich, dass sie so viel Glück gehabt hatte? Was hatte sie getan, um ihn zu verdienen? Sie berührte sein Gesicht, strich mit den Fingerspitzen über raue Bartstoppeln. Auch nach sechs Monaten Ehe kam es ihr immer noch wie ein Wunder vor, dass sie ihr Bett mit diesem Mann teilen durfte.

»Ich will nur, dass alles wieder so ist wie vorher«, sagte sie. »Bevor das alles passiert ist.«

Er zog sie an sich, und sie roch Seife und warme Haut. Den Duft ihres Mannes. »Gib dir noch etwas Zeit«, sagte er. »Vielleicht brauchst du diese Träume ja. Du musst das Geschehene noch verarbeiten. Dich mit dem Trauma auseinander setzen.«

»Oder vielleicht muss ich etwas dagegen tun.«

»Was denn?«

»Was Olena wollte, das ich tue.«

Er seufzte. »Du sprichst wieder von diesem Geist.«

»Sie hat etwas zu mir gesagt. Das habe ich mir nicht eingebildet. Es ist kein Traum, sondern eine Erinnerung an etwas, was wirklich passiert ist.« Sie drehte sich auf den Rücken und starrte in die Dunkelheit. »›Mila weiß Bescheid.‹ Das waren ihre Worte. Das ist es, woran ich mich erinnere.«

»Mila weiß Bescheid – worüber?«

Sie sah Gabriel an. »Ich glaube, sie hat von Ashburn gesprochen.«

26

Als sie die Maschine nach Washington bestiegen, waren Janes Brüste schon schmerzhaft angeschwollen, und ihr Körper verzehrte sich nach der Erleichterung, die nur ein nuckelnder Säugling bringen konnte. Aber Regina war nicht greifbar; ihre Tochter verbrachte den Tag in Angelas kompetenten Händen und genoss in diesem Augenblick vermutlich die überschwänglichen Zärtlichkeiten einer Frau, die tatsächlich etwas von dem Geschäft verstand. Jane blickte aus dem Flugzeugfenster und dachte: Mein Baby ist erst zwei Wochen alt, und schon lasse ich es allein. Ich bin so eine schlechte Mutter. Aber als Boston dann tief unter der startenden Maschine zurückblieb, war es nicht Schuld, die sie empfand, sondern eine plötzliche Leichtigkeit, als hätte sie die Last der Mutterschaft, der schlaflosen Nächte und des stundenlangen Aufundabgehens mit einem Mal abgeworfen. Was ist nur los mit mir, fragte sie sich, dass ich so erleichtert bin, von meinem eigenen Kind getrennt zu sein?

Schlechte Mutter.

Gabriels Hand legte sich auf ihre. »Alles okay?«

»Klar.«

»Mach dir keine Gedanken. Deine Mutter sorgt so gut für sie.«

Sie nickte, ohne den Blick vom Fenster zu wenden. Wie konnte sie ihrem eigenen Mann beibringen, dass sein Kind eine miserable Mutter hatte, die heilfroh war, das Haus verlassen und wieder auf Verbrecherjagd gehen zu können? Dass ihr Job ihr so sehr fehlte, dass es schon wehtat, wenn sie sich nur einen Krimi im Fernsehen ansah?

Ein paar Sitzreihen hinter ihnen begann ein Baby zu

schreien, und Janes Brüste pochten, schwer von Milch. Mein Körper bestraft mich, dachte sie, weil ich Regina allein lasse.

Nachdem sie in Washington von Bord gegangen waren, verzog sie sich als Allererstes in die Damentoilette. Dort setzte sie sich auf den Klodeckel und pumpte ihre Milch in zusammengeknüllte Papiertaschentücher, wobei sie sich fragte, ob Kühe wohl die gleiche selige Erleichterung verspürten, wenn ihre Euter geleert wurden. So eine Verschwendung – aber sie wusste nicht, was sie sonst damit anfangen sollte, als sie auszustreichen und das voll gesogene Papier die Toilette hinunterzuspülen.

Als sie wieder herauskam, wartete Gabriel am Zeitungskiosk des Flughafens auf sie. »Geht's dir jetzt besser?«, fragte er.

»Muuh!«

Detective Eddie Wardlaw von der Polizei Leesburg schien nicht gerade begeistert, sie zu sehen. Er war in den Vierzigern, hatte ein säuerliches Gesicht und Augen, die nie lächelten, auch wenn seine Lippen es versuchten. Jane konnte nicht sagen, ob er müde war oder einfach nur ungehalten über ihren Besuch. Bevor er ihnen die Hand gab, wollte er ihre Dienstausweise sehen, und er nahm sich unverschämt viel Zeit, um sie zu inspizieren, als sei er sich sicher, dass die beiden Betrüger waren. Dann erst schüttelte er ihnen widerwillig die Hand und eskortierte sie am Empfangsschalter vorbei.

»Ich habe heute Morgen mit Detective Moore gesprochen«, sagte er, während er sie bedächtigen Schrittes einen Flur entlangführte.

»Wir haben ihm gesagt, dass wir hierher fliegen würden, um Sie zu sprechen«, sagte Jane.

»Er sagte, Sie beide wären in Ordnung.« Wardlaw griff in die Hosentasche und zog einen Schlüsselbund hervor, dann hielt er inne und sah seine Besucher an. »Ich musste wissen, mit wem ich es zu tun habe, also habe ich ein bisschen herumgefragt. Nur damit Sie wissen, was Sache ist.«

»Das wissen wir eben nicht«, erwiderte Jane. »Wir versuchen ja selbst zu verstehen, was hier eigentlich läuft.«

»Tatsächlich?« Wardlaw brummte missmutig. »Willkommen im Club.« Er schloss die Tür auf und führte sie in ein kleines Besprechungszimmer. Auf dem Tisch stand ein Pappkarton, etikettiert mit einer Fallnummer und angefüllt mit einem Stapel Akten, auf die Wardlaw nun deutete. »Sie sehen selbst, wie viel Material wir haben. Ich konnte es nicht alles kopieren. Ich habe Moore nur das geschickt, von dem ich damals glaubte, es ohne Bedenken weitergeben zu können. Das war von Anfang an eine vollkommen verrückte Geschichte, und ich musste mich auf jeden, der diese Akten zu Gesicht bekommen sollte, absolut verlassen können.«

»Wollen Sie meine Referenzen vielleicht noch einmal überprüfen?«, fragte Jane. »Sie können gerne jeden in meiner Einheit fragen. Die wissen alle über mich Bescheid.«

»Ich rede nicht von Ihnen, Detective. Mit Cops habe ich kein Problem. Aber FBI-Leute …« Er sah Gabriel an. »Da muss ich einfach ein bisschen vorsichtiger sein. Besonders, wenn man bedenkt, was bisher schon alles passiert ist.«

Gabriel reagierte mit jenem kühlen, undurchdringlichen Blick, den er jederzeit spontan aufsetzen konnte. Mit genau diesem Blick hatte er Jane damals bei ihrer ersten Begegnung auf Distanz gehalten. »Wenn Sie Bedenken wegen meiner Person haben, Detective, dann lassen Sie uns lieber gleich darüber sprechen, ehe wir hier fortfahren.«

»Wieso sind Sie hier, Agent Dean? Ihre Leute haben doch schon alles unter die Lupe genommen, was wir haben.«

»Das FBI hat sich in den Fall eingeschaltet?«, fragte Jane.

Wardlaw sah sie an. »Sie wollten von allem eine Kopie. Von jedem einzelnen Stück Papier in dem Karton dort.

Unserem kriminaltechnischen Labor haben sie nicht getraut, also mussten sie ihre eigenen Experten einfliegen, um das Beweismaterial in Augenschein zu nehmen.« Er wandte sich wieder an Gabriel. »Wenn Sie also Fragen zu dem Fall haben, wieso wenden Sie sich dann nicht an die Kollegen von der Bundespolizei?«

»Glauben Sie mir, ich kann mich für Agent Dean verbürgen«, sagte Jane. »Ich bin mit ihm verheiratet.«

»Ja, das hat Moore mir schon gesagt.« Wardlaw lachte und schüttelte den Kopf. »Ein FBI-Mann und eine Polizistin. Wenn Sie mich fragen – das passt zusammen wie Hund und Katze.« Er griff in den Karton. »Okay, da ist alles drin, was Sie interessiert. Ermittlungsakten. Berichte über besondere Vorfälle.« Er zog die Mappen eine nach der anderen aus der Kiste und knallte sie auf den Tisch. »Labor- und Obduktionsberichte. Opferfotos. Tägliche Protokolle. Pressemitteilungen und Zeitungsausschnitte …« Er hielt inne, als sei ihm plötzlich etwas eingefallen. »Ich habe da noch etwas, was Sie vielleicht nützlich finden könnten«, sagte er und wandte sich zur Tür. »Ich gehe es mal holen.«

Wenige Augenblicke später kam er mit einer Videokassette in der Hand zurück. »Die schließe ich immer in meinem Schreibtisch ein«, sagte er. »Ich dachte, es wäre wohl besser, das Video an einem sicheren Ort aufzubewahren.« Er ging zu einem Schrank und rollte einen Fernseher mit Videorekorder heraus. »Dadurch, dass wir hier so nahe an Washington sind, bekommen wir schon ab und zu mal einen Fall mit … nun ja, mit politischen Implikationen auf den Tisch«, sagte er, während er das Kabel entwirrte. »Sie wissen schon – gewählte Amtspersonen auf Abwegen. Vor ein paar Jahren zum Beispiel ist die Frau eines Senators ums Leben gekommen, als ihr Mercedes sich auf einer Nebenstraße in unserem Distrikt überschlug. Das Problem war nur, dass der Mann, der den Wagen fuhr, nicht ihr Gatte war. Schlimmer noch – der Typ arbeitete in der russischen

Botschaft. Sie hätten sehen sollen, wie schnell da das FBI zur Stelle war.« Er schloss den Fernseher an die Steckdose an, richtete sich auf und sah seine Besucher an. »Dieser Fall ist für mich wie ein Déjà-vu-Erlebnis.«

»Glauben Sie, dass es da politische Hintergründe gibt?«, fragte Gabriel.

»Sie wissen doch, wem das Haus in Wirklichkeit gehört? Wir haben Wochen gebraucht, um es herauszufinden.«

»Einer Tochtergesellschaft der Ballentree Company.«

»Und genau das ist der politische Hintergrund. Wir reden hier von einem Goliath in Washington. Von Leuten, die im Weißen Haus ein und aus gehen. Das größte Rüstungsunternehmen des Landes. Ich hatte ja keine Ahnung, was mir bevorstand, als ich damals den Fall übernahm. Dass wir in dem Haus fünf erschossene Frauen gefunden hatten, war ja schon schlimm genug. Dann noch die verdammte Politik und die Einmischung des FBI – und ich war reif für den vorgezogenen Ruhestand.« Wardlaw schob die Kassette in den Rekorder, nahm die Fernbedienung und drückte die Abspieltaste.

Auf dem Fernsehmonitor tauchte ein Bild von schneebedeckten Bäumen auf. Es war ein wolkenloser Tag, und das Sonnenlicht funkelte auf dem Eis.

»Der Notruf ging gegen zehn Uhr morgens ein«, sagte Wardlaw. »Männliche Stimme, weigerte sich, seinen Namen zu nennen. Wollte nur melden, dass in einem Haus an der Deerfield Road etwas passiert war und dass die Polizei dort mal vorbeischauen sollte. Es gibt nicht viele Wohnhäuser an der Deerfield Road – die Streife hat also ziemlich schnell gewusst, um welches Haus es ging.«

»Von wo kam der Anruf?«

»Aus einer Telefonzelle rund fünfunddreißig Meilen außerhalb von Ashburn. Wir konnten an dem Apparat keine brauchbaren Fingerabdrücke sicherstellen. Den Anrufer haben wir bis heute nicht identifiziert.«

Auf dem Bildschirm waren jetzt ein halbes Dutzend geparkte Fahrzeuge zu sehen. Während im Hintergrund Männerstimmen zu hören waren, begann der Mann mit der Videokamera seinen Kommentar: »Datum: vierter Januar; Uhrzeit: elf Uhr fünfunddreißig. Die Adresse ist Deerfield Road Nummer neun in Ashburn, Virginia. Anwesende: Detective Ed Wardlaw und ich, Detective Byron McMahon …«

»Mein Partner hat die Kamera bedient«, sagte Wardlow. »Diese Einstellung zeigt die Auffahrt zum Haus. Wie Sie sehen können, ist das Grundstück von Wald umgeben. Keine Nachbarn in der Nähe.«

Die Kamera schwenkte langsam an zwei wartenden Rettungswagen vorbei. Die Besatzungen standen daneben und steckten die Köpfe zusammen. In der eisigen Luft stieg ihr Atem in weißen Wolken auf. Das Objektiv wanderte weiter und richtete sich schließlich auf das Haus. Es war ein zweistöckiger Backsteinbau von imposanten Ausmaßen, doch was früher einmal ein prächtiges Anwesen gewesen sein musste, zeigte deutliche Anzeichen von Vernachlässigung. Die weiße Farbe blätterte von Fensterläden und Simsen ab; das Verandageländer hatte Schlagseite. Die Fenster waren mit schmiedeeisernen Gitterstäben versehen, ein architektonisches Detail, das eher zu einem Wohnblock im Zentrum einer Großstadt zu passen schien als zu einem Haus an einer ruhigen Landstraße. Nun richtete die Kamera sich auf Detective Wardlaw, der auf der Vortreppe stand wie ein grimmiger Hausherr, der seine Gäste in Empfang nimmt. Das Bild kippte einen Moment lang nach unten, als Detective McMahon sich bückte, um sich Überschuhe anzuziehen. Dann richtete das Objektiv sich erneut auf die Haustür, und der Mann mit der Kamera folgte Wardlaw ins Haus.

Das erste Bild, das die Kamera dort einfing, war das des blutverschmierten Treppenhauses. Jane war klar, was sie erwartete; sie hatte die Tatortfotos gesehen und wusste, wie jede der Frauen zu Tode gekommen war. Und doch spürte sie, wie ihr Puls sich beschleunigte, als die Kamera sich auf die Stufen richtete, und ihre Beklemmung wuchs.

Die Kamera verweilte auf dem ersten Opfer, das mit dem Gesicht nach unten auf der Treppe lag. »Auf die da wurde zweimal geschossen«, erklärte Wardlaw. »Der Gerichtsmediziner sagt, die erste Kugel hat sie im Rücken getroffen, wahrscheinlich als das Opfer über die Treppe zu fliehen versuchte. Das Geschoss hat eine Hohlvene verletzt und ist am Bauch wieder ausgetreten. Nach der Menge Blut zu urteilen, die sie verloren hat, dürfte sie noch fünf oder zehn Minuten gelebt haben, ehe die zweite Kugel in ihren Kopf abgefeuert wurde. So, wie ich die Situation interpretiere, hat der Täter sie mit dem ersten Schuss zu Fall gebracht und seine Aufmerksamkeit dann den anderen Frauen zugewandt. Als er wieder die Treppe herunterkam, sah er, dass diese Frau noch lebte, und hat sie mit einem Fangschuss erledigt.« Wardlaw sah Jane an. »Gründlich war er, das muss man sagen.«

»Das viele Blut«, murmelte Jane. »Es muss eine Fülle von Fußspuren gegeben haben.«

»Sowohl im Obergeschoss als auch unten. Aber die Spuren im Erdgeschoss sind eher verwirrend. Wir haben Abdrücke von zwei großen Sohlenpaaren gefunden, von denen wir annehmen, dass sie von den Tätern stammen. Aber es gab noch weitere Fußspuren. Sie waren kleiner, und sie führten durch die Küche.«

»Vielleicht von den Einsatzkräften?«

»Nein. Als die erste Streife eintraf, lag die Tat schon mindestens sechs Stunden zurück. Das Blut auf dem Küchenboden war fast völlig getrocknet. Aber die kleineren Abdrücke entstanden, als das Blut noch nass war.«

»Von wem stammen sie?«

Wardlaw sah sie an. »Das wissen wir immer noch nicht.«

Jetzt ging der Kameramann die Treppe hinauf; sie konnten das Rascheln der Schuhüberzieher aus Papier auf den Stufen hören. Im oberen Flur schwenkte die Kamera nach links und filmte durch eine offene Tür. Es war ein Schlafzimmer, voll gestellt mit sechs Feldbetten; am Boden lagen Berge von Kleidern, schmutziges Geschirr und eine große Tüte Kartoffelchips. Die Kamera machte einen Schwenk durch den Raum und richtete sich dann auf das Feldbett, in dem Opfer Nummer zwei gestorben war.

»Sieht aus, als hätte sie keine Chance gehabt, auch nur einen Fluchtversuch zu machen«, sagte Wardlaw. »Ist im Bett liegen geblieben, und dort hat sie dann auch die Kugel abbekommen.«

Wieder wanderte die Kamera weiter, drehte sich von den Betten weg und richtete sich auf einen Wandschrank. Durch die offene Tür zoomte sie auf zwei der bedauernswerten Bewohnerinnen, die zusammengesunken nebeneinander lagen. Sie hatten sich in die hinterste Ecke des Wandschranks verkrochen, als hätten sie verzweifelt versucht, sich unsichtbar zu machen. Aber für den Killer waren sie nur allzu gut sichtbar gewesen, als er die Tür aufgerissen und seine Waffe auf ihre gesenkten Köpfe gerichtet hatte.

»Je eine Kugel«, sagte Wardlaw. »Diese Typen waren schnell, präzise und methodisch. Jede Tür wurde geöffnet, jeder Wandschrank durchsucht. Im ganzen Haus gab es kein sicheres Versteck. Die Opfer hatten nicht die geringste Chance.«

Er griff nach der Fernbedienung und spulte vor. Die Bilder tanzten über den Schirm, ein rasend schneller Rundgang durch die anderen Zimmer, gefolgt von einem Sprung durch eine Luke hinauf auf den Dachboden. Dann ein wackliger Rückzug den Flur entlang und die Treppe hinunter. Wardlaw drückte auf PLAY. Die Bewegungen verlangsamten sich wieder, und sie bekamen Esszimmer und Küche zu Gesicht.

»Hier«, sagte er leise und betätigte die Pausetaste. »Das letzte Opfer. Sie hat es am schlimmsten erwischt.«

Die Frau saß auf einem Stuhl, an den sie mit einem Kabel gefesselt war. Die Kugel war unmittelbar über ihrer rechten Augenbraue eingedrungen, und die Wucht des Einschlags hatte ihren Kopf nach hinten geworfen. Sie war mit himmelwärts verdrehten Augen gestorben; im Tod war alle Farbe aus ihrem Gesicht gewichen. Beide Arme waren vor ihr auf dem Tisch ausgestreckt.

Der blutige Hammer lag noch neben ihren zerschmetterten Händen.

»Ganz offensichtlich wollten sie etwas von ihr«, sagte Wardlaw. »Etwas, was diese Dame ihnen nicht geben konnte oder wollte.« Er sah Jane an, und seine Augen spiegelten die Tortur, die sie alle sich in diesem Moment ausmalten. Der Hammer, der ein ums andere Mal herabfuhr, der Knochen und Gelenke zertrümmerte. Die Schreie, die durch dieses Haus der toten Frauen hallten.

Wardlaw drückte auf PLAY, und der Film lief zu ihrer aller Erleichterung weiter, ließ den blutbefleckten Tisch, das massakrierte Fleisch hinter sich. Immer noch erschüttert, sahen sie schweigend zu, wie das Video sie in ein Schlafzimmer im Erdgeschoss führte, dann weiter ins Wohnzimmer, das mit einer durchgesessenen Couch und einem grünen Florteppich eingerichtet war. Schließlich fanden sie sich wieder in der Diele, am Fuß der Treppe, wo die Reise begonnen hatte.

»Das ist es, was wir dort vorgefunden haben«, sagte Wardlaw. »Fünf weibliche Opfer, alle nicht identifiziert. Es wurden zwei verschiedene Schusswaffen benutzt. Wir gehen von mindestens zwei Tätern aus, die zusammenarbeiteten.«

Und nirgendwo in diesem Haus eine Zuflucht für die Opfer, dachte Jane. Sie musste an die zwei jungen Frauen denken, die in dem Wandschrank gekauert hatten, und sie stellte sich vor, wie ihr Atem zu einem leisen Wimmern geworden war, als sie eng umschlungen dalagen und die knarrenden Schritte langsam näher kamen.

»Sie spazieren da rein und exekutieren fünf Frauen«, sagte Gabriel. »Mit der letzten bringen sie vielleicht eine halbe Stunde in der Küche zu und zerschlagen ihr die Hände mit einem Hammer. Und Sie haben nichts über diese Killer in der Hand? Keine Mikrospuren, keine Fingerabdrücke?«

»Oh, wir haben im ganzen Haus massenhaft Fingerabdrücke gefunden. In jedem Zimmer – aber alle unidentifiziert. Falls unsere Täter auch welche hinterlassen haben, sind sie nicht in AFIS registriert.« Wardlaw griff nach der Fernbedienung und drückte die Stopptaste.

»Halt«, sagte Gabriel, den Blick starr auf den Bildschirm gerichtet.

»Was?«

»Spulen Sie noch mal zurück.«

»Wie weit?«

»Etwa zehn Sekunden.«

Wardlaw sah ihn stirnrunzelnd an, offensichtlich rätselte er, was Gabriel wohl aufgefallen sein könnte. Er reichte Gabriel die Fernbedienung. »Bitte sehr.«

Gabriel drückte REWIND und dann PLAY. Die Kamera war wieder auf das Wohnzimmer gerichtet und wiederholte nun ihren Schwenk über die abgenutzte Couch und den Teppich. Dann fuhr sie in die Diele und schwang unvermittelt zur Haustür herum. Draußen glitzerten die vereisten Zweige der Bäume im Sonnenlicht. Zwei Männer standen im Vorgarten und unterhielten sich. Einer der beiden drehte sich zum Haus um.

Gabriel drückte rasch auf PAUSE, und das Bild des Mannes erstarrte, sein Gesicht von der offenen Tür gerahmt. »Das ist John Barsanti«, sagte er.

»Sie kennen ihn?«, fragte Wardlaw.

»In Boston ist er auch aufgetaucht«, sagte Gabriel.

»Tja, der scheint wirklich überall aufzukreuzen, wie? Wir waren kaum eine Stunde dort im Haus, da stand Barsanti auch schon mit seinem Team auf der Matte. Sie haben versucht, uns ins Handwerk zu pfuschen, und wir sind richtig aneinander geraten, dort vor dem Haus. Bis wir dann einen Anruf aus dem Justizministerium bekamen und angewiesen wurden zu kooperieren.«

»Wie hat das FBI so schnell Wind von der Sache bekommen?«, fragte Jane.

»Auf die Frage haben wir nie eine überzeugende Antwort bekommen.« Wardlaw ging zum Videorekorder, nahm die Kassette heraus und drehte sich zu Jane um. »Jetzt wissen Sie, womit wir es zu tun haben. Fünf tote Frauen, und von keiner sind Fingerabdrücke registriert. Niemand hat sie als vermisst gemeldet. Allesamt Jane Does.«

»Illegal eingewandert«, sagte Gabriel.

Wardlaw nickte. »Ich vermute, dass sie aus Osteuropa stammten. Im unteren Schlafzimmer lagen ein paar russische Zeitungen herum. Und ein Schuhkarton mit Fotos von Moskau. In Anbetracht dessen, was wir sonst noch im Haus gefunden haben, fällt es nicht schwer zu erraten, womit sie ihr Geld verdient haben. In der Kammer neben der Küche war ein Vorrat an Penicillin. Antibabypillen für danach. Und ein Karton voller Kondome.« Er nahm die Mappe mit den Autopsieberichten vom Tisch und drückte sie Gabriel in die Hand. »Sehen Sie sich mal die DNA-Analyse an.«

Gabriel blätterte gleich vor zu den Laborergebnissen. »Häufig wechselnde Sexualpartner«, sagte er.

Wardlaw nickte. »Und jetzt setzen Sie das alles zusammen. Eine Gruppe junger, attraktiver Frauen, die zusammen unter einem Dach leben. Und dort von zahlreichen Männern besucht werden. Das Haus war jedenfalls kein Nonnenkloster, so viel steht fest.«

27

Der Privatweg schlug eine Schneise durch einen Wald aus Eichen, Kiefern und Hickorys. Durch das Laubdach blitzte das Sonnenlicht und sprenkelte die Straße. Doch zwischen den tiefen Baumreihen drang kaum Licht durch, und im schattigen Grün des wuchernden Unterholzes kämpften die jungen Triebe ums Überleben.

»Kein Wunder, dass die Nachbarn in dieser Nacht nichts gehört haben«, meinte Jane mit einem Blick auf den dichten Wald. »Ich kann überhaupt keine Nachbarn sehen.«

»Ich glaube, es ist gleich da vorn, hinter diesen Bäumen.«

Nach weiteren dreißig Metern verbreiterte sich plötzlich die Straße, und der Wagen tauchte in den Schein der Nachmittagssonne ein. Vor ihnen ragte ein zweistöckiges Haus auf. Trotz seines jetzigen heruntergekommenen Zustands war immer noch zu erkennen, dass es solide gebaut war: eine Fassade aus rotem Backstein, eine breite Veranda. Doch nichts an diesem Haus wirkte einladend. Ganz bestimmt nicht die schmiedeeisernen Gitterstäbe vor den Fenstern oder die Schilder mit der Aufschrift ZUTRITT VERBOTEN, die an die Geländerpfosten genagelt waren. Das Unkraut hatte die Auffahrt bereits kniehoch überwuchert, die erste Invasionswelle des heranrückenden Waldes. Wardlaw hatte ihnen erzählt, dass schon ein Versuch unternommen worden war, das Haus zu renovieren. Vor zwei Monaten jedoch waren die Arbeiten abrupt eingestellt worden, nachdem die Geräte des Bautrupps einen kleinen Brand ausgelöst hatten und ein Schlafzimmer im Obergeschoss beschädigt worden war. Die Flammen hatten schwarze Spuren an einem Fensterrahmen hinterlassen, und die zerbrochene Scheibe war noch immer mit Sperrholz abgedeckt. Vielleicht war das

Feuer eine Warnung, dachte Jane. *Dieses Haus ist nicht freundlich.*

Sie und Gabriel stiegen aus ihrem Mietwagen. Sie waren mit eingeschalteter Klimaanlage gefahren, und die Hitze hier draußen überraschte sie. Jane blieb in der Auffahrt stehen, und sofort traten ihr Schweißperlen auf die Stirn, als sie die schwüle, drückende Luft einatmete. Obwohl sie die Stechmücken nicht sehen konnte, hörte sie ihr Sirren, und als sie sich auf die Wange schlug, erblickte sie frisches Blut auf ihrer Hand. Das war alles, was sie hören konnte: nur das Summen der Insekten. Kein Verkehr, kein Vogelgezwitscher; nicht das leiseste Rauschen in den Baumwipfeln. Es kribbelte in ihrem Nacken, doch es war nicht die Hitze, sondern der plötzliche dringende Wunsch, diesen Ort zu verlassen. Wieder in den Wagen zu steigen, die Türen zu verriegeln und davonzufahren. Sie wollte nicht hineingehen.

»Na, dann lass uns mal sehen, ob Wardlaws Schlüssel noch passt«, sagte Gabriel und ging auf die Veranda zu.

Widerstrebend folgte sie ihm die knarrenden Stufen hinauf, wo Grashalme durch die Fugen zwischen den Brettern wuchsen. In Wardlaws Video war es Winter gewesen, die Auffahrt frei von jeglicher Vegetation. Jetzt schlangen sich Ranken um die Geländerpfosten, und eine Pollenschicht lag auf der Veranda wie gelber Schnee.

An der Tür hielt Gabriel inne und musterte kritisch die Überreste eines Riegels, der offenbar einmal durch ein Vorhängeschloss gesichert gewesen war. »Das ist schon eine ganze Weile hier«, sagte er und deutete auf das verrostete Metall.

Gitter vor den Fenstern. Ein Vorhängeschloss an der Tür. Nicht als Schutz vor Eindringlingen, dachte sie; dieses Schloss hatte dazu gedient, die Menschen im Haus einzusperren.

Gabriel steckte den Schlüssel ins Schloss, ruckelte ein

wenig herum und stieß gegen die Tür. Mit einem Quietschen gab sie nach, und der Geruch von altem Rauch wehte ihnen entgegen – eine Hinterlassenschaft des Feuers bei den Bauarbeiten. Man kann ein Haus reinigen, die Wände neu streichen, Vorhänge, Möbel und Teppiche ersetzen, aber der durchdringende Brandgeruch bleibt. Gabriel trat ein.

Nach kurzem Zögern folgte sie ihm. Sie war überrascht, kahle Holzdielen zu erblicken; im Video war ein hässlicher grüner Teppich zu sehen gewesen, der wohl im Zuge der Renovierung entfernt worden war. Das Treppengeländer war kunstvoll geschnitzt, und das Wohnzimmer hatte eine drei Meter hohe Decke mit Stuckleisten – Details, die ihr beim Betrachten des Tatortvideos nicht aufgefallen waren. Die Decke war mit Wasserflecken verunziert, die an dunkle Wolken erinnerten.

»Das hat jemand gebaut, der Geld hatte«, sagte Gabriel.

Sie trat an ein Fenster und blickte durch die Gitterstäbe auf den Wald hinaus. Der Nachmittag ging allmählich in den Abend über; es blieb ihnen höchstens noch eine Stunde, dann würde das Tageslicht schwinden. »Es muss ein sehr schönes Haus gewesen sein, als es gebaut wurde«, sagte sie. Aber das war lange her. In einer Zeit vor den grünen Florteppichen und den Gitterstäben. Vor den Blutflecken.

Sie durchquerten ein Wohnzimmer, aus dem alle Möbel entfernt worden waren. An der Blumentapete hatte der Zahn der Zeit auch schon genagt; sie war fleckig, hing an den Ecken herunter und war vergilbt vom Zigarettenrauch vieler Jahrzehnte. Sie gingen weiter durch das Esszimmer und blieben schließlich in der Küche stehen. Tisch und Stühle waren verschwunden; sie sahen nur noch das abgestoßene Linoleum, rissig und an den Rändern gewellt. Die Nachmittagssonne fiel schräg durch das vergitterte Fenster. Hier ist die ältere Frau gestorben, dachte Jane. In der Mitte dieses Zimmers hat sie gesessen, an einen Stuhl gefesselt, die empfindlichen Finger den Schlägen des Hammers ausgesetzt. Obwohl Jane nur eine leere Küche anstarrte, legte ihre Fantasie das Bild darüber, das sie in dem Video gesehen hatte. Ein Bild, das durch die im Sonnenlicht wirbelnden Staubkörnchen schimmerte und nicht mehr weichen wollte.

»Gehen wir nach oben«, sagte Gabriel.

Sie verließen die Küche und hielten am Fuß der Treppe inne. Janes Blick ging zum oberen Treppenabsatz, und sie dachte: Hier ist eine andere gestorben, auf diesen Stufen. Die Frau mit den braunen Haaren. Jane ergriff das Geländer, ihre Finger schlossen sich um geschnitztes Eichenholz, und sie spürte das Pochen ihres eigenen Pulsschlags in den Fingerspitzen. Sie wollte nicht nach oben gehen. Aber da war wieder diese Stimme, die ihr zuflüsterte: *Mila weiß Bescheid.*

Da oben ist irgendetwas, das ich sehen soll, dachte sie. Etwas, zu dem die Stimme mich führt.

Gabriel stieg vor ihr die Treppe hinauf. Jane folgte mit zögerndem Schritt, den Blick nach unten auf die Stufen gerichtet, ihre Handfläche kalt und feucht auf dem Geländer. Sie blieb stehen und starrte auf eine Stelle, wo das Holz heller war als anderswo. Als sie in die Hocke ging, um die erst vor kurzem abgeschmirgelte Oberfläche zu befühlen, spürte sie, wie sich die Härchen in ihrem Nacken aufstellten. Würde man das Treppenhaus abdunkeln und diese Stufen mit Luminol besprühen, dann würde die Maserung des Holzes gewiss in gespenstischem Grün aufleuchten. Der Reinigungstrupp hatte sich bemüht, die Flecken zu entfernen, so gut es eben ging, aber die Spuren waren immer noch vorhanden, hier, wo das Blut des Opfers vergossen worden war. Hier war sie gestorben, ausgestreckt auf diesen Stufen, genau an der Stelle, die Jane jetzt berührte.

Gabriel war schon oben und machte einen Rundgang durch die Zimmer im ersten Stock.

Sie folgte ihm und hielt am oberen Treppenabsatz inne.

Hier war der Rauchgeruch stärker. Jane erblickte einen Flur mit olivgrüner Tapete und dunklem Eichenparkett, auf das durch halb offene Zimmertüren Rechtecke aus Licht fielen. Sie trat durch die erste Tür zur Rechten und sah ein leeres Zimmer mit geisterhaften Umrissen an den Wänden, wo einst Bilder gehangen hatten. Es hätte ein beliebiges leeres Zimmer in irgendeinem leer stehenden Haus sein können, so gründlich waren alle Spuren der einstigen Bewohnerinnen verwischt worden. Sie ging zum Fenster und schob es hoch. Die Eisenstäbe waren fest verschweißt. Kein Entkommen, wenn es brennt, dachte sie. Selbst wenn es möglich gewesen wäre hinauszuklettern, ging es hier vier oder fünf Meter steil in die Tiefe, und keine Büsche hätten den Sturz auf den harten Kiesboden abgebremst.

»Jane«, hörte sie Gabriel rufen.

Sie folgte seiner Stimme und ging durch den Flur in ein anderes Schlafzimmer.

Gabriel stand vor einem offenen Wandschrank. »Hier«, sagte er leise.

Sie trat neben ihn und ging in die Hocke, um das Parkett zu befühlen, das auch hier abgeschmirgelt worden war. Wieder drängte sich ihr unwillkürlich ein anderes Bild aus dem Video auf. Die beiden Frauen, ihre schlanken Arme umeinander geschlungen wie zwei Liebende. Wie lange hatten sie hier gekauert? Der Wandschrank war nicht groß, und der Geruch der Angst musste die dunkle Kammer erfüllt haben.

Unvermittelt stand sie auf. Das Zimmer kam ihr plötzlich zu warm, zu stickig vor; sie ging hinaus auf den Flur, ihre Beine taub vom langen Verharren in der Hocke. Dies ist ein Haus des Schreckens, dachte sie. Wenn ich aufmerksam genug lausche, werde ich das Echo der Schreie hören.

Am Ende des Flurs war noch ein letztes Zimmer – dort hatten die Bauarbeiter das Feuer ausgelöst. Sie blieb zögernd auf der Schwelle stehen, abgestoßen von dem Brandgeruch, der hier noch viel stärker war. Beide Fenster waren zu Bruch gegangen und mit Sperrholz vernagelt worden, das kein Tageslicht durchließ. Jane zog ihre Stablampe aus der Tasche und ließ den Strahl durch das düstere Zimmer wandern. Die Flammen hatten Wände und Decke geschwärzt und an manchen Stellen alles bis auf die verkohlten Balken verzehrt. Sie leuchtete in alle Ecken, und der Lichtkegel strich an einem Wandschrank ohne Türen vorbei. In diesem Moment blitzte etwa Ellipsenförmiges an der Rückwand des Schranks auf und war gleich darauf wieder verschwunden. Jane runzelte die Stirn und leuchtete die Stelle erneut an.

Da war sie wieder, diese helle Ellipse, die kurz an der Rückwand aufflackerte.

Sie ging hin, um sich den Wandschrank genauer anzusehen, und entdeckte eine Öffnung, groß genug, um einen Finger hindurchstecken zu können. Vollkommen rund und glatt. Irgendjemand hatte ein Loch in die Schrankrückwand gebohrt.

Über ihr ächzten die Balken. Erschrocken blickte sie nach oben, als plötzlich knarrende Schritte über der Zimmerdecke zu hören waren. Gabriel war auf dem Dachboden.

Sie ging wieder auf den Flur hinaus. Das Tageslicht schwand jetzt rapide, und das Haus füllte sich mit grauen Schatten. »He!«, rief sie. »Wo ist denn die Luke zum Dachboden?«

»Schau mal ins zweite Schlafzimmer.«

Sie fand die Leiter und erklomm die Sprossen. Als sie den Kopf durch die Öffnung steckte, sah sie den Strahl von Gabriels Maglite die Dunkelheit durchschneiden.

»Gibt's hier oben irgendwas?«, fragte sie.

»Ein totes Eichhörnchen.«

»Ich meine, irgendwas Interessantes?«

»Nicht allzu viel.«

Sie stieg auf den Dachboden und hätte sich fast den Kopf an einem niedrigen Dachsparren gestoßen. Gabriel konnte sich nur geduckt bewegen; die langen Beine angewinkelt, schritt er den Raum im Entengang ab und leuchtete mit der Stablampe in die dunkelsten Winkel.

»Bleib von der Ecke dort weg«, warnte er sie. »Die Dielen sind verkohlt; ich bin mir nicht sicher, ob der Boden trägt.«

Sie ging ans andere Ende des Dachbodens, wo ein einzelnes Fenster das letzte graue Tageslicht einließ. Dieses Fenster war nicht vergittert; das war hier auch nicht nötig. Als sie es hochschob und den Kopf hinausstreckte, blickte sie über ein schmales Sims hinweg in die Tiefe. Bei einem Sturz aus diesem Fenster würde man sich sämtliche Knochen brechen. Als Fluchtweg nur für Selbstmordkandidaten geeignet. Sie schob das Fenster wieder zu und blickte schweigend auf die Bäume hinaus.

Draußen im Wald blitzte ganz kurz ein Licht auf wie ein vorbeihuschendes Glühwürmchen.

»Gabriel.«

»Hier ist schon wieder ein totes Eichhörnchen. Wie nett.«

»Da draußen ist jemand.«

»Was?«

»Dort im Wald.«

Er kam an ihre Seite und starrte in die heranrückende Dämmerung hinaus. »Wo?«

»Ich habe es gerade eben gesehen.«

»Vielleicht war es nur ein vorbeifahrendes Auto.« Er wandte sich vom Fenster ab und murmelte: »Verdammt. Meine Batterie gibt den Geist auf.« Er schlug ein paar Mal kräftig gegen seine Lampe. Der Lichtstrahl wurde kurz heller und gleich darauf wieder schwächer.

Sie starrte immer noch aus dem Fenster auf den Wald, der von allen Seiten näher zu rücken, der sie in diesem Geisterhaus einzuschließen schien. Ein kalter Schauer lief ihr über den Rücken. Sie drehte sich zu ihrem Mann um.

»Ich will hier weg.«

»Hätte ich bloß neue Batterien eingelegt, bevor wir aufgebrochen sind …«

»Jetzt gleich. Bitte.«

Plötzlich bemerkte er die Beklemmung in ihrer Stimme. »Was ist denn?«

»Ich glaube nicht, dass es ein vorbeifahrendes Auto war.«

Er wandte sich wieder zum Fenster um und verharrte reglos. Seine breiten Schultern schoben sich zwischen sie und den letzten schwachen Lichtschein des Tages. Es war sein Schweigen, das sie nervös machte, ein Schweigen, das den Trommelwirbel ihres Herzschlags nur noch stärker anschwellen ließ.

»Also schön«, sagte er. »Gehen wir.«

Sie stiegen die Leiter hinunter und gingen den Weg zurück, den sie gekommen waren, hinaus auf den Flur, vorbei an dem Schlafzimmer, wo der Wandschrank noch Spuren von Blut barg. Und weiter die Treppe hinunter, wo das blank gescheuerte Holz noch immer von Gräueltaten flüsterte. Fünf Frauen waren bereits in diesem Haus gestorben, und niemand hatte ihre Schreie gehört.

Und unsere würde auch niemand hören.

Sie stießen die Haustür auf und traten auf die Veranda.

Und erstarrten, als ein starker Lichtstrahl sie urplötzlich blendete. Jane hob den Arm, um sich vor dem grellen Schein zu schützen. Sie hörte knirschende Schritte auf dem Kies und konnte mit Mühe erkennen, wie drei dunkle Gestalten auf sie zukamen.

Gabriel trat vor sie – so behände, dass sie überrascht war, als seine Schultern plötzlich den Lichtstrahl abblockten.

»Bleiben Sie, wo Sie sind«, befahl eine Stimme.

»Könnte ich vielleicht sehen, mit wem ich spreche?«, fragte Gabriel.

»Identifizieren Sie sich.«

»Wenn Sie erst mal ihre Taschenlampen runternehmen könnten.«

»Ihre Ausweise.«

»Okay. Okay, ich greife jetzt in meine Tasche«, sagte Gabriel mit ruhiger Stimme. Die Vernunft in Person. »Ich bin nicht bewaffnet und meine Frau auch nicht.« Langsam zog er seine Brieftasche heraus und hielt sie hoch. Sogleich wurde sie ihm aus der Hand gerissen. »Mein Name ist Gabriel Dean. Und das ist meine Frau Jane.«

»Detective Jane Rizzoli«, verbesserte sie. »Boston PD.« Sie kniff die Augen zusammen, als der Strahl der Taschenlampe sich unvermittelt auf ihr Gesicht richtete. Obwohl sie keinen der Männer sehen konnte, spürte sie, wie die drei sie eingehend musterten. Spürte, wie ihre Wut anschwoll, während ihre Angst zugleich verflog.

»Was hat das Boston PD hier verloren?«, fragte der Mann.

»Was haben *Sie* hier verloren?«, versetzte sie.

Sie hatte keine Antwort erwartet, und sie bekam keine. Der Mann gab Gabriel seine Brieftasche zurück, dann schwenkte er den Strahl seiner Taschenlampe in Richtung einer dunklen Limousine, die hinter ihrem Mietwagen parkte. »Einsteigen. Sie müssen mit uns kommen.«

»Wieso?«, fragte Gabriel.

»Wir müssen Ihre Identität überprüfen.«

»Aber dann verpassen wir unseren Rückflug nach Boston«, sagte Jane.

»Stornieren Sie ihn.«

28

Jane saß allein in dem Vernehmungsraum, starrte ihr eigenes Spiegelbild an und dachte sich: Ganz schön beschissen, wenn man auf der falschen Seite des venezianischen Spiegels hockt. Sie war jetzt schon eine Stunde hier. Immer wieder war sie aufgestanden, um nachzusehen, ob die verschlossene Tür sich nicht vielleicht in der Zwischenzeit auf wundersame Weise entriegelt hatte. Natürlich hatten sie sie von Gabriel getrennt; so machte man das nun einmal, und so ging sie selbst bei ihren Vernehmungen auch vor. Aber alles andere an dieser Situation war absolutes Neuland für sie. Die Männer hatten sich bis jetzt nicht identifiziert, hatten weder Marken vorgezeigt noch Namen, Dienstgrade oder Dienstnummern genannt. Man hätte ihr auch erzählen können, dass sie die berüchtigten *Men in Black* waren und den Auftrag hatten, die Erde vor Weltraumbanditen zu schützen. Sie hatten ihre Gefangenen durch eine Tiefgarage in das Gebäude geführt, so dass sie noch nicht einmal sagen konnte, für welche Behörde sie arbeiteten; sie wusste nur, dass dieser Vernehmungsraum sich irgendwo auf dem Stadtgebiet von Reston befinden musste.

»He!« Jane trat vor den Spiegel und klopfte an das Glas. »Sie haben vergessen, mir meine Rechte vorzulesen, wissen Sie das? Und mein Handy haben Sie mir auch weggenommen, so dass ich keinen Anwalt anrufen kann. Junge, Junge, da werden Sie ganz schön Ärger kriegen.«

Sie hörte keine Antwort.

Ihre Brüste begannen aufs Neue zu schmerzen, und sie kam sich wieder vor wie eine Kuh, die dringend gemolken werden musste, aber sie dachte nicht daran, vor diesem Spiegel ihr T-Shirt hochzuziehen. Wieder klopfte sie an die

Scheibe, fester diesmal. Sie hatte jetzt keine Angst mehr; sie wusste genau, dass sie es mit Regierungstypen zu tun hatte, die sich einfach nur absichtlich viel Zeit ließen, um sie einzuschüchtern. Sie kannte ihre Rechte – als Cop hatte sie schon zu viel Zeit damit verschwendet, auf die Einhaltung der Rechte von Tätern zu achten; da würde sie verdammt noch mal auch auf ihre eigenen pochen.

Sie stand da und betrachtete ihr Spiegelbild in der Glasscheibe. Ihr Haar war ein wuscheliger brauner Kranz, ihr kantiger Unterkiefer trotzig vorgereckt. Seht nur ganz genau hin, Jungs, dachte sie. Wer immer ihr seid, dort hinter der Scheibe, was ihr hier seht, ist eine stinksaure Polizistin, die von Minute zu Minute weniger Lust verspürt, mit euch zusammenzuarbeiten.

»He!«, rief sie und schlug mit der flachen Hand gegen den Spiegel.

Plötzlich ging die Tür auf, und sie war überrascht, eine Frau eintreten zu sehen. Ihr Gesicht war noch recht jugendlich – sie konnte nicht älter als fünfzig sein –, doch ihr Haar hatte bereits einen glänzenden Silberton angenommen, der in auffallendem Kontrast zu ihren dunklen Augen stand. Wie ihre männlichen Kollegen trug auch sie einen konservativen dunklen Anzug; die bevorzugte Tracht von Frauen, die in einem Männerberuf bestehen müssen.

»Detective Rizzoli«, sagte die Frau. »Tut mir Leid, dass Sie so lange warten mussten. Ich bin gekommen, so schnell ich konnte. Sie wissen ja, der Verkehr in Washington ...« Sie streckte die Hand aus. »Freut mich, Sie endlich kennen zu lernen.«

Jane schlug den Händedruck aus und fixierte die Frau unverwandt. »Sollte ich Sie kennen?«

»Helen Glasser, Justizministerium. Und ich pflichte Ihnen übrigens bei; Sie haben allen Grund, sauer zu sein.« Wieder streckte sie die Hand aus, ein zweiter Versuch, das Kriegsbeil zu begraben.

Diesmal ergriff Jane sie und registrierte einen männlich festen Händedruck. »Wo ist mein Mann?«, fragte sie.

»Er wird oben zu uns stoßen. Ich wollte zuerst die Gelegenheit nutzen, mit Ihnen Frieden zu schließen, bevor wir dann zur Sache kommen. Was heute Abend passiert ist, war lediglich ein Missverständnis.«

»Was passiert ist, ist eine Verletzung unserer Rechte.«

Glasser deutete auf die Tür. »Bitte, lassen Sie uns nach oben gehen, dann können wir darüber reden.«

Sie gingen den Flur entlang zu einem Fahrstuhl, wo Glasser eine Chipkarte in einen Schlitz einführte und den obersten Knopf drückte. Eine kurze Fahrt brachte sie direkt vom Verlies in die Chefetage. Die Fahrstuhltür glitt auf, und sie betraten einen Raum mit großen Fenstern und Panoramablick über die Dächer von Reston. Er war in jenem einfallslosen Stil eingerichtet, der so typisch für Regierungsbüros ist. Jane sah eine graue, um einen unauffälligen Kelim herum arrangierte Sitzgruppe, einen Beistelltisch mit einer Kaffeekanne und einem Tablett mit Tassen und Untertassen. An einer Wand hing ein einsames modernes Kunstwerk, ein abstraktes Gemälde, das eine verschwommene orangefarbene Kugel mit unscharfen Umrissen zeigte. Wenn man das Teil in irgendeinem Polizeirevier aufhängen würde, dachte sie, könnte man darauf wetten, dass binnen kürzester Zeit irgendein oberschlauer Cop eine Zielscheibe draufmalen würde.

Als sie das Zischen der Fahrstuhltür hinter sich vernahm, drehte sie sich um und sah Gabriel heraustreten. »Geht's dir gut?«, fragte er.

»Na, die Elektroschocks waren nicht ganz so nach meinem Geschmack. Aber sonst ...« Sie hielt verblüfft inne, als sie den Mann erkannte, der gerade hinter Gabriel aus dem Aufzug gekommen war. Den Mann, dessen Gesicht sie erst an diesem Nachmittag in dem Tatortvideo gesehen hatte.

John Barsanti tippte sich zur Begrüßung an den nicht vorhandenen Hut. »Detective Rizzoli.«

Jane sah ihren Mann an. »Weißt *du*, was hier gespielt wird?«

»Setzen wir uns doch«, sagte Glasser. »Es wird Zeit, dass wir ein paar Missverständnisse ausräumen.«

Immer noch misstrauisch, nahm Jane neben Gabriel auf der Couch Platz. Niemand sprach ein Wort, während Glasser Kaffee einschenkte und die Tassen verteilte. Nach der Behandlung, die ihnen an diesem Abend hier zuteil geworden war, schien es wie eine verspätete Geste der Höflichkeit, und Jane war nicht bereit, ihren wohlverdienten Zorn für ein Lächeln und eine Tasse Kaffee aufzugeben. Ohne einen Schluck zu trinken, setzte sie die Tasse gleich wieder ab, eine stumme Absage an den Versuch dieser Frau, einen Waffenstillstand zu erreichen.

»Dürfen wir Fragen stellen?«, ergriff Jane das Wort. »Oder wird das hier ein einseitiges Verhör?«

»Ich wünschte, wir *könnten* alle Ihre Fragen beantworten. Aber wir dürfen die laufenden Ermittlungen nicht gefährden«, erwiderte Glasser. »Das ist nicht gegen Sie persönlich gerichtet. Wir haben Erkundigungen über Sie und Agent Dean eingeholt. Sie haben sich beide im Dienst der Verbrechensbekämpfung ausgezeichnet.«

»Und doch trauen Sie uns nicht.«

Der Blick, den Glasser ihr zuwarf, war wie Stahl. »Wir können es uns nicht leisten, irgendwem zu trauen. Nicht in einer so vertraulichen Angelegenheit. Agent Barsanti und ich haben uns alle erdenkliche Mühe gegeben, so unauffällig wie möglich zu operieren, und dennoch ist offenbar jeder unserer Schritte beobachtet worden. Jemand hat sich heimlich an unseren Computern zu schaffen gemacht, in mein Büro wurde eingebrochen, und ich bin mir nicht sicher, ob mein Telefon nicht abgehört wird. Irgendjemand spioniert unsere Ermittlungen aus.« Sie stellte ihre Kaffeetasse ab. »Und jetzt muss ich wissen, was *Sie* hier tun und warum Sie in diesem Haus waren.«

»Wahrscheinlich aus demselben Grund, aus dem Sie es observiert haben.«

»Sie wissen, was dort passiert ist.«

»Wir haben Detective Wardlaws Akten gesehen.«

»Sie sind hier weit weg von zu Hause. Weshalb interessieren Sie sich für den Ashburn-Fall?«

»Warum beantworten Sie uns nicht zuerst einmal eine Frage?«, versetzte Jane. »Wieso interessiert sich das Justizministerium so für den Tod von fünf Prostituierten?«

Glasser schwieg, ihre Miene war unergründlich. Ganz ruhig, als ob Jane die Frage gar nicht gestellt hätte, nahm sie einen Schluck von ihrem Kaffee. Jane konnte sich eine gewisse Bewunderung für diese Frau nicht verkneifen, die bisher noch nicht das geringste Anzeichen von Verwundbarkeit gezeigt hatte. Glasser war ganz eindeutig diejenige, die hier das Kommando führte.

»Ihnen ist bekannt, dass die Identität der Opfer nie geklärt wurde«, sagte sie.

»Ja.«

»Wir glauben, dass es sich um illegale Einwanderinnen handelt. Wir bemühen uns herauszufinden, wie sie ins Land gelangt sind. Wer sie eingeschleust hat, auf welchem Weg sie unsere Grenzen passiert haben.«

»Wollen Sie damit sagen, dass es hier ausschließlich um die nationale Sicherheit geht?« Jane konnte die Skepsis in ihrer Stimme nicht verbergen.

»Das ist nur ein Teil des Problems. Die meisten Amerikaner gehen wie selbstverständlich davon aus, dass wir nach dem 11. September unsere Grenzen dichtgemacht haben, dass wir der illegalen Einwanderung einen Riegel vorgeschoben haben. Das ist keineswegs der Fall. Im schwarzen Grenzverkehr zwischen Mexiko und den USA geht es immer noch zu wie auf einem viel befahrenen Highway.

Wir haben hunderte von Meilen unbewachter Küsten. Eine Grenze zu Kanada, an der es kaum Patrouillen gibt. Und die Menschenschmuggler kennen sämtliche Schleichwege, sämtliche Tricks. Mädchen wie diese ins Land zu schaffen, ist ein Kinderspiel. Und wenn sie einmal hier sind, ist es auch kein Problem, sie für sich arbeiten zu lassen.« Glasser stellte ihre Tasse auf dem Couchtisch ab. Sie beugte sich vor; ihre Augen waren wie poliertes Ebenholz. »Wissen Sie, wie viele unfreiwillige Sexarbeiterinnen es in diesem Land gibt? In unserem angeblich so zivilisierten Land? Mindestens fünfzigtausend. Und ich spreche nicht von Prostituierten. Das sind Sklavinnen, die gegen ihren Willen Freier bedienen müssen. Tausende von Mädchen, die in die USA verschleppt werden, wo sie einfach verschwinden. Sie werden zu unsichtbaren Frauen. Und doch sind sie überall um uns herum, in den großen Metropolen wie in den Kleinstädten. Versteckt in Bordellen, eingesperrt in Apartments. Und kaum jemand weiß überhaupt von ihrer Existenz.«

Jane erinnerte sich an die Gitter vor den Fenstern und dachte an die isolierte Lage des Hauses. Kein Wunder, dass es sie an ein Gefängnis erinnert hatte. *Denn genau das war es.*

»Diese Mädchen haben große Angst davor, mit den Behörden zu kooperieren. Die Konsequenzen, wenn sie von ihren Zuhältern erwischt werden, sind zu furchtbar. Und selbst wenn es ihnen gelingt zu fliehen und in ihre Heimat zurückzukehren, können sie dort immer noch aufgespürt werden. Und dann wäre es besser für sie, wenn sie tot wären.« Sie machte eine Pause. »Sie haben den Obduktionsbericht über das fünfte Opfer gesehen? Die ältere Frau?«

Jane schluckte. »Ja.«

»Was mit ihr passiert ist, war eine sehr deutliche Botschaft. *Wer uns in die Quere kommt, wird genauso enden wie diese Frau.* Wir wissen nicht, womit sie diese Leute so verärgert hat, welche Grenze sie überschritten hat. Vielleicht hatte sie Geld eingesteckt, das ihr nicht gehörte. Vielleicht hatte sie Privatgeschäfte gemacht. Offensichtlich war sie die Aufseherin in diesem Haus, eine Autoritätsperson – aber das hat sie nicht retten können. Was immer sie falsch gemacht hat, sie hat dafür bezahlt. Und die Mädchen mit ihr.«

»Bei Ihren Ermittlungen geht es also gar nicht um Terrorismus«, sagte Gabriel.

»Was soll denn der Terrorismus mit alldem zu tun haben?«, fragte Barsanti.

»Illegale Einwanderer aus Osteuropa. Eine möglicher Zusammenhang mit dem Tschetschenienkonflikt.«

»Diese Frauen wurden aus rein kommerziellen Motiven ins Land geschafft, aus keinem anderen Grund.«

Glasser sah Gabriel stirnrunzelnd an. »Wer hat Ihnen gegenüber von Terrorismus gesprochen?«

»Senator Conway. Und auch der stellvertretende Direktor des Nationalen Geheimdienstes.«

»David Silver?«

»Er ist im Zusammenhang mit der Geiselnahme in der Klinik von Washington nach Boston geflogen. Zu diesem Zeitpunkt glaubte seine Behörde, es genau damit zu tun zu haben: mit einer Bedrohung durch tschetschenische Terroristen.«

Glasser schnaubte verächtlich. »David Silver ist auf Terroristen fixiert, Agent Dean. Er sieht sie an allen Ecken und Enden.«

»Er sagte, die Sorge werde von den höchsten Stellen geteilt. Deswegen habe Direktor Wynne ihn geschickt.«

»Der DNI wird dafür bezahlt, in diese Richtung zu denken. Das ist seine Existenzberechtigung. Für diese Leute ist *alles* Terrorismus, und zwar *immer*.«

»Senator Conway schien deswegen auch beunruhigt zu sein.«

»Sie trauen dem Senator?«

»Sollte ich das etwa nicht?«

Barsanti schaltete sich ein. »Sie hatten schon früher mit Conway zu tun, nicht wahr?«

»Senator Conway gehört dem Geheimdienstausschuss an. Wir sind uns im Rahmen meiner Tätigkeit in Bosnien ein paarmal begegnet. Da ging es um die Aufklärung von Kriegsverbrechen.«

»Aber wie gut kennen Sie ihn *wirklich*, Agent Dean?«

»Sie wollen andeuten, dass ich ihn nicht gut genug kenne.«

»Er ist inzwischen in der dritten Legislaturperiode Senator«, sagte Glasser. »Um so lange politisch zu überleben, muss man sich im Lauf der Zeit auf so manchen Handel einlassen und so manchen Kompromiss schließen. Geben Sie Acht, wem Sie vertrauen. Mehr sagen wir nicht. Wir haben diese Lektion schon vor langer Zeit gelernt.«

»Es ist also gar nicht der Terrorismus, der Sie beschäftigt«, sagte Jane.

»Was mich beschäftigt, sind fünfzigtausend verschwundene Frauen. Es geht um Sklaverei innerhalb unserer Landesgrenzen. Es geht um Menschen, die missbraucht und ausgebeutet werden von Freiern, die an nichts anderem als einer scharfen Nummer interessiert sind.« Sie hielt inne und atmete tief durch. »Nur darum geht es hier«, schloss sie mit leiser Stimme.

»Das klingt nach einer persönlichen Kampagne, die Sie da betreiben.«

Glasser nickte. »So ist es, und das schon seit vier Jahren.«

»Und warum haben Sie diese Frauen in Ashburn dann nicht gerettet? Sie müssen doch gewusst haben, was in diesem Haus ablief.«

Glasser erwiderte nichts; das musste sie auch nicht. Ihre niedergeschlagene Miene bestätigte, was Jane bereits vermutet hatte.

Jane wandte sich an Barsanti. »Deswegen sind Sie so

schnell am Tatort aufgetaucht. Praktisch gleichzeitig mit der Polizei. Sie wussten schon, was dort vor sich ging. Sie müssen es gewusst haben.«

»Wir hatten den Tipp erst ein paar Tage vorher bekommen«, sagte Barsanti.

»Und Sie haben nicht sofort eingegriffen? Sie haben diese Frauen nicht gerettet?«

»Wir hatten noch keine Abhörvorrichtungen installiert. Und somit keine Möglichkeit zu überprüfen, was da drin wirklich vorging.«

»Aber Sie wussten doch, dass es sich um ein Bordell handelte. Sie wussten, dass die Mädchen dort gefangen gehalten wurden.«

»Es stand mehr auf dem Spiel, als Sie wissen können«, sagte Glasser. »Weit mehr als das Schicksal dieser fünf Frauen. Wir waren an einer viel größeren Sache dran und durften die Ermittlungen nicht gefährden. Durch ein verfrühtes Eingreifen hätten wir uns die Chance verstellt, weiter im Geheimen zu ermitteln.«

»Und jetzt sind fünf Frauen tot.«

»Glauben Sie, ich *weiß* das nicht?« Glassers betroffene Reaktion überraschte sie alle. Unvermittelt stand sie auf und trat ans Fenster, wo sie stehen blieb und auf die Lichter der Stadt hinausblickte. »Wissen Sie, was der übelste Exportartikel war, den unser Land je nach Russland ausgeführt hat? Das eine Geschenk von uns an sie, von dem ich wünsche, es wäre nie gemacht worden? Das ist dieser Film *Pretty Woman*. Sie wissen schon, der mit Julia Roberts. Die Prostituierte als Aschenputtel. Das russische Publikum liebt diesen Film. Die Mädchen sehen ihn und denken: Wenn ich nach Amerika gehe, werde ich Richard Gere kennen lernen. Er wird mich heiraten, ich werde reich sein, ich werde glücklich und zufrieden sein bis ans Ende meiner Tage. Und so mag das Mädchen vielleicht anfangs misstrauisch sein und bezweifeln, dass in den USA wirklich ein seriöser Job auf sie wartet, aber sie denkt sich, dass sie nur ein paar Freier bedienen muss, und dann wird irgendwann Richard Gere auftauchen und sie retten. Also wird das Mädchen in eine Maschine beispielsweise nach Mexiko City gesetzt. Von dort reist sie per Schiff nach San Diego. Oder aber die Menschenschmuggler fahren mit ihr über einen stark frequentierten Grenzübergang, und wenn sie blond ist und Englisch spricht, wird man sie einfach durchwinken. Und manchmal lassen sie sie auch einfach zu Fuß über die Grenze gehen. Sie denkt, dass ein Leben als *Pretty Woman* auf sie wartet. Stattdessen wird sie gekauft und verhökert wie ein Stück Fleisch.« Glasser drehte sich um und sah Jane an. »Wissen Sie, wie viel ein gut aussehendes Mädchen einem Zuhälter einbringen kann?«

Jane schüttelte den Kopf.

»Dreißigtausend Dollar pro Woche. Pro *Woche.*« Glassers Blick ging wieder zum Fenster. »Es gibt nicht viele Villen, in denen ein Richard Gere darauf wartet, Sie zu heiraten. Viel eher landen Sie als Gefangene in einem Haus oder einem Apartment, bewacht von den wahren Ungeheuern in diesem Geschäft. Den Menschen, die Sie anlernen, zur Disziplin zwingen, die Ihren Widerstand brechen – und das sind immer andere Frauen.«

»Das fünfte Opfer«, sagte Gabriel.

Glasser nickte. »Die Puffmutter, wenn Sie so wollen.«

»Ermordet von denselben Leuten, für die sie gearbeitet hat?«, fragte Jane.

»Wenn Sie mit den Haien schwimmen, dürfen Sie sich nicht wundern, wenn Sie gebissen werden.«

Oder wenn einem, wie in diesem Fall, die Hände zerschmettert und alle Knochen einzeln zermalmt werden, dachte Jane. Die Strafe für irgendein Vergehen, irgendeinen Verrat.

»Fünf Frauen sind in diesem Haus gestorben«, sagte

Glasser. »Aber da draußen sind noch fünfzigtausend weitere verlorene Seelen, gefangen im ›Land der Freien‹. Missbraucht von Männern, die nur Sex wollen und sich einen Dreck darum scheren, ob die Hure dabei schluchzt. Männer, die keinen Gedanken an das menschliche Wesen verschwenden, das sie gerade benutzt haben. Vielleicht geht der Mann danach heim zu Frau und Kindern, spielt den guten Ehemann. Aber ein paar Tage oder Wochen später ist er wieder im Bordell, um ein Mädchen zu vögeln, das vielleicht so alt ist wie seine Tochter. Und wenn er morgens in den Spiegel schaut, käme er nie auf die Idee, dass er in das Gesicht eines Ungeheuers blickt.« Glassers Stimme war zu einem angespannten Flüstern geworden. Sie holte tief Luft und rieb sich den Nacken, als wollte sie ihre Wut wegmassieren.

»Wer war Olena?«, fragte Jane.

»Ihr voller Name? Den werden wir vermutlich nie erfahren.«

Jane sah Barsanti erstaunt an. »Sie sind ihr bis Boston gefolgt, und Sie haben die ganze Zeit nicht einmal ihren Namen gekannt?«

»Aber wir wussten etwas anderes über sie«, sagte Barsanti. »Wir wussten, dass sie eine Zeugin war. Sie war in diesem Haus in Ashburn.«

Das ist es, dachte Jane. Das ist die Verbindung zwischen Ashburn und Boston. »Woher wissen Sie das?«, fragte sie.

»Fingerabdrücke. Die Spurensicherung hat buchstäblich Dutzende unidentifizierter Abdrücke in diesem Haus sichergestellt. Sie stammten von keinem der Opfer. Manche dürften von Freiern dort hinterlassen worden sein. Aber ein Satz dieser unidentifizierten Abdrücke stimmte mit denen Olenas überein.«

»Augenblick mal«, warf Gabriel ein. »Das Boston PD hat sofort eine AFIS-Suche zu Olenas Fingerabdrücken angefordert. Ohne Erfolg – es gab keinen einzigen Treffer. Und Sie erzählen mir jetzt, ihre Fingerabdrücke seien im Januar an einem Tatort gefunden worden? Wieso hat AFIS uns diese Information nicht geliefert?«

Glasser und Barsanti tauschten einen raschen Blick. Einen beunruhigten Blick, der Gabriels Frage eindeutig beantwortete.

»Sie haben ihre Abdrücke gar nicht in AFIS eingegeben«, sagte er. »Das war eine Information, die das Boston PD gut hätte gebrauchen können.«

»Andere Beteiligte hätten sie ebenso gut gebrauchen können«, entgegnete Barsanti.

»Wer zum Teufel sind diese *anderen*, von denen Sie reden?«, fuhr Jane dazwischen. »Ich war diejenige, die in der Klinik mit dieser Frau festsaß. Ich war diejenige, der eine Pistole an den Kopf gehalten wurde. Waren Ihnen die Geiseln eigentlich vollkommen egal?«

»Selbstverständlich nicht«, erwiderte Glasser. »Aber wir wollten *alle* lebend dort herausholen. Einschließlich Olena.«

»Vor allem Olena«, sagte Jane. »Sie war schließlich Ihre Zeugin.«

Glasser nickte. »Sie hatte mit angesehen, was in Ashburn passiert war. Deswegen sind diese beiden Männer in ihrem Krankenzimmer aufgetaucht.«

»Wer hat sie geschickt?«

»Das wissen wir nicht.«

»Sie haben die Fingerabdrücke des Mannes, den sie erschossen hat. Wer war er?«

»Auch das wissen wir nicht. Ob er ein Exsoldat war, will das Pentagon uns nicht verraten.«

»Sie sind vom Justizministerium, und nicht einmal *Sie* haben Zugang zu dieser Information?«

Glasser kam auf Jane zu, nahm auf einem Sessel Platz und sah sie an. »Jetzt verstehen Sie, welche Hürden wir zu überwinden haben. Agent Barsanti und ich müssen diese Ermittlung so unauffällig und diskret wie möglich durchführen. Wir haben verdeckt gearbeitet, weil *die anderen* auch hinter ihr her waren. Wir hatten gehofft, sie vor ihnen zu finden. Und wir waren so dicht dran. Von Baltimore über Connecticut bis nach Boston – Agent Barsanti war ihr immer ganz dicht auf den Fersen.«

»Wie haben Sie es geschafft, an ihr dranzubleiben?«, fragte Gabriel.

»Anfangs war es recht einfach. Wir folgten einfach den Spuren, die Joseph Roke mit seiner Kreditkarte hinterließ, wenn er an einem Automaten Geld abhob.«

Barsanti sagte: »Ich habe immer wieder versucht, mit ihm Kontakt aufzunehmen. Ich habe auf die Mailbox seines Handys gesprochen. Ich habe sogar eine Nachricht bei seiner alten Tante in Pennsylvania hinterlassen. Dann endlich rief Roke mich zurück, und ich versuchte, ihn zu einem Treffen zu überreden. Aber er traute mir nicht. Dann erschoss er diesen Polizisten in New Haven, und danach verloren wir ihn ganz aus den Augen. Das war, wie ich vermute, der Moment, als sie sich trennten.«

»Woher wissen Sie, dass sie zusammen unterwegs waren?«

»In der Nacht der Morde von Ashburn«, sagte Glasser, »hat Joseph Roke an einer Tankstelle nicht weit von dem Haus getankt. Er bezahlte mit seiner Kreditkarte, und dann fragte er den Kassierer, ob die Werkstatt einen Abschleppwagen hätte; er habe nämlich zwei Frauen auf der Straße aufgelesen, die eine Autopanne hätten.«

Es war eine Weile still. Gabriel und Jane sahen einander an.

»*Zwei* Frauen?«, fragte Jane.

Glasser nickte. »Die Überwachungskamera der Tankstelle hat Rokes Wagen gefilmt, als er an der Zapfsäule stand. Durch die Windschutzscheibe kann man auf dem Beifahrersitz eine Frau erkennen: Olena. Das war der Abend, an dem ihre Lebenslinien sich schnitten, der Abend, an dem

Joseph Roke in die Sache verwickelt wurde. Von dem Augenblick an, als er diese Frauen in seinen Wagen einsteigen ließ, als er sich mit ihnen einließ, stand er auf der Abschussliste. Wenige Stunden nach diesem Tankstopp ging sein Haus in Flammen auf. Da muss ihm klar geworden sein, was für einen gewaltigen Haufen Ärger er sich da eingehandelt hatte.«

»Und die zweite Frau? Sie sagten, er hätte zwei Frauen auf der Straße aufgelesen.«

»Wir wissen nichts über sie. Nur, dass sie noch bis New Haven mit den beiden unterwegs war. Das war vor zwei Monaten.«

»Sie sprechen von dem Video aus dem Streifenwagen. Von dem Mord an diesem Polizisten.«

»Auf dem Video ist zu sehen, wie auf dem Rücksitz ganz kurz ein Kopf auftaucht. Nur der Hinterkopf – ihr Gesicht ist nie zu sehen. Und das heißt, dass wir praktisch keinerlei Informationen über sie haben. Nur ein paar rote Haare auf dem Sitzpolster. Vielleicht ist sie ja auch schon tot.«

»Aber wenn sie noch lebt«, sagte Barsanti, »dann ist sie unsere letzte Zeugin. Die einzige überlebende Augenzeugin der Vorfälle in Ashburn.«

»Ich kann Ihnen sagen, wie sie heißt«, flüsterte Jane.

Glasser sah sie stirnrunzelnd an. »Was?«

»Das ist der Traum.« Jane sah Gabriel an. »Das ist es, was Olena mir sagen will.«

»Sie hat immer wieder diesen Albtraum«, erklärte Gabriel. »Von der Befreiungsaktion.«

»Und was passiert in dem Traum?«, fragte Glasser, die dunklen Augen auf Jane geheftet.

Jane schluckte. »Ich höre Männer an die Tür hämmern, in das Zimmer eindringen. Und dann beugt sie sich über mich. Um mir etwas zu sagen.«

»Sie sprechen von Olena?«

»Ja. Sie sagt: ›Mila weiß Bescheid.‹ Das ist alles. ›Mila weiß Bescheid.‹«

Glasser starrte sie an. »Mila *weiß* Bescheid? Präsens?« Sie sah Barsanti an. »Unsere Zeugin ist noch am Leben.«

29

»Ich bin überrascht, Sie hier zu sehen, Dr. Isles«, sagte Peter Lukas. »Am Telefon habe ich Sie ja nicht erreichen können.« Er begrüßte sie mit einem kühlen, geschäftsmäßigen Händedruck – durchaus verständlich, denn schließlich hatte sie auf seine Anrufe nicht reagiert. Er führte sie durch die Empfangshalle der *Boston Tribune* zur Anmeldung, wo der Pförtner Maura einen orangefarbenen Besucherausweis überreichte.

»Den müssen Sie wieder abgeben, bevor Sie gehen, Ma'am«, sagte der Pförtner.

»Und das will ich Ihnen auch geraten haben«, fügte Lukas hinzu, »sonst wird der gute Mann hier Sie hetzen wie ein Bluthund.«

»Danke für die Warnung«, erwiderte Maura, während sie den Ausweis an ihre Bluse heftete. »Sie haben ja hier schärfere Sicherheitsmaßnahmen als das Pentagon.«

»Haben Sie eine Vorstellung davon, wie vielen Leuten eine Zeitung Tag für Tag auf den Schlips tritt?« Er drückte den Knopf, um den Aufzug zu holen, und bemerkte ihre todernste Miene. »O je, ich fürchte, Sie gehören auch dazu. Ist das der Grund, weshalb Sie nicht zurückgerufen haben?«

»Es gibt noch mehr Leute, die von Ihrem Artikel über mich nicht gerade begeistert waren.«

»Nicht begeistert von Ihnen oder von mir?«

»Von mir.«

»Habe ich Sie falsch zitiert? Habe ich Ihre Aussagen entstellt?«

Sie zögerte. Und gestand dann: »Nein.«

»Und warum sind Sie dann böse auf mich? Denn dass Sie es sind, ist nicht zu übersehen.«

Sie sah ihn an. »Ich bin Ihnen gegenüber zu offen gewesen. Das war ein Fehler.«

»Nun, mir hat es Spaß gemacht, eine Frau zu interviewen, die kein Blatt vor den Mund nimmt«, sagte er. »Das war mal eine erfreuliche Abwechslung.«

»Wissen Sie, wie viele Anrufe ich bekommen habe? Wegen meiner Theorie über die Auferstehung Christi?«

»Ach – diese Geschichte.«

»Sogar aus Florida haben Leute angerufen, die sich über meine Blasphemie aufgeregt haben.«

»Sie haben nur gesagt, was Sie denken.«

»Wenn man durch den Beruf so in der Öffentlichkeit steht wie ich, kann das manchmal gefährlich sein.«

»Das gehört aber doch mehr oder weniger zum Geschäft, Dr. Isles. Sie sind eine Person des öffentlichen Lebens, und wenn Sie etwas Interessantes sagen, wird es abgedruckt. Wenigstens hatten Sie etwas Interessantes zu sagen, im Gegensatz zu den meisten Leuten, die ich interviewe.«

Die Fahrstuhltür ging auf, und sie traten ein. Allein mit ihm auf so engem Raum war ihr plötzlich intensiv bewusst, dass sein Blick auf ihr ruhte. Seine körperliche Nähe bereitete ihr Unbehagen.

»Also, wieso haben Sie mich angerufen?«, fragte sie. »Wollen Sie mich vielleicht in noch größere Schwierigkeiten bringen?«

»Ich wollte etwas über die Obduktionen von Joe und Olena erfahren. Sie haben noch keinen Bericht herausgegeben.«

»Ich habe die Obduktionen nicht abschließen können. Die Leichen sind ins Labor des FBI überführt worden.«

»Aber Ihr Institut hatte sie doch wenigstens zeitweise in Gewahrsam. Ich kann nicht glauben, dass Sie die Leichen einfach so in Ihrem Kühlraum liegen lassen würden, ohne sie irgendwie zu untersuchen. Das passt nicht zu Ihrem Charakter.«

»Wie ist denn mein Charakter?« Sie sah ihn herausfordernd an.

»Sie sind neugierig. Anspruchsvoll.« Er lächelte »Hartnäckig.«

»Wie Sie?«

»Mit Hartnäckigkeit erreiche ich bei Ihnen offenbar gar nichts. Und ich dachte schon, wir könnten Freunde sein. Nicht, dass ich irgendeine Vorzugsbehandlung erwartet hätte.«

»Was haben Sie denn von mir erwartet?«

»Essen gehen? Tanzen? Oder wenigstens Cocktails?«

»Machen Sie Scherze?«

Er beantwortete ihre Frage mit einem verlegenen Schulterzucken. »Man kann's ja mal versuchen.«

Die Fahrstuhltür öffnete sich. Sie traten hinaus.

»Sie wurde durch Schüsse in die Seite und in den Kopf getötet«, sagte Maura. »Ich denke, das war es, was Sie wissen wollten.«

»Wie viele Schussverletzungen? Wie viele verschiedene Schützen?«

»Wollen Sie sämtliche blutigen Details wissen?«

»Ich will genau sein. Und das heißt, dass ich mich direkt an die Quelle wenden muss, auch wenn es bedeutet, dass ich der Quelle damit auf die Nerven falle.«

Sie betraten die Nachrichtenredaktion und gingen vorbei an eifrig tippenden Journalisten, bis sie zu einem Schreibtisch kamen, der bis auf den letzten Quadratzentimeter mit Papieren und Notizzetteln bedeckt war. Nicht ein einziges Foto von einem Kind, einer Frau oder auch nur einem Hund war zu sehen. Dieser Platz war ausschließlich der Arbeit gewidmet – wenngleich sie sich fragte, wie es eigentlich möglich war, in einem derartigen Chaos vernünftig zu arbeiten.

Er beschlagnahmte einen Stuhl vom Schreibtisch seines Nachbarn und rollte ihn für Maura heran. Der Stuhl quietschte laut, als sie sich darauf niederließ.

»Also, Sie weigern sich, mich zurückzurufen«, sagte er, indem er ebenfalls Platz nahm. »Aber Sie kommen zu mir in die Redaktion. Könnte man da vielleicht sagen, dass Sie widersprüchliche Signale aussenden?«

»Dieser Fall hat sich als sehr kompliziert erwiesen.«

»Und jetzt brauchen Sie etwas von mir.«

»Wir versuchen alle zu verstehen, was an diesem Abend passiert ist. Und warum es passiert ist.«

»Falls Sie Fragen an mich haben, hätten Sie doch nur zum Telefon greifen müssen.« Er fixierte sie eindringlich. »*Ich* hätte zurückgerufen, Dr. Isles.«

Und dann schwiegen sie beide. An den anderen Schreibtischen klingelten Telefone, die Tastaturen klapperten, aber Maura und Lukas sahen einander nur an, und die Luft zwischen ihnen knisterte geradezu – es lag Gereiztheit darin, aber auch noch etwas anderes, was sie sich nur ungern eingestehen wollte. Ein Hauch von gegenseitiger Anziehung. *Oder bilde ich mir das nur ein?*

»Es tut mir Leid«, sagte er schließlich. »Ich benehme mich wie ein Idiot. Ich meine, Sie sind schließlich gekommen. Wenn auch nur aus egoistischen Motiven.«

»Sie müssen auch meine Position verstehen«, sagte sie. »In meinem öffentlichen Amt bekomme ich ständig Anrufe von Reportern. Manche – nein, viele von ihnen nehmen nicht die geringste Rücksicht auf die Privatsphäre von Opfern oder die Gefühle trauernder Angehöriger, und es ist ihnen gleich, wenn sie laufende Ermittlungen gefährden. Ich habe gelernt, vorsichtig zu sein und meine Worte sorgfältig abzuwägen. Weil ich schon zu viele schlechte Erfahrungen mit Journalisten gemacht habe, die mir geschworen hatten, meine Äußerungen vertraulich zu behandeln.«

»Das also hat Sie davon abgehalten, mich zurückzurufen? Berufliche Diskretion?«

»Ja.«

»Und es gibt keinen anderen Grund, warum Sie sich nicht gemeldet haben?«

»Welchen Grund sollte es noch geben?«

»Ich weiß nicht. Ich dachte, dass Sie mich vielleicht nicht leiden können.« Sein Blick war so intensiv, dass es ihr schwer fiel, ihm weiter in die Augen zu sehen, so groß war das Unbehagen, das sie in seiner Nähe empfand.

»Sie sind mir nicht unsympathisch, Mr. Lukas.«

»Autsch. Jetzt ist mir endlich klar, was man unter einem zweischneidigen Kompliment zu verstehen hat.«

»Ich dachte immer, Journalisten hätten ein dickeres Fell.«

»Wir alle wollen doch nur geliebt werden, und ganz besonders von Menschen, die wir bewundern.« Er neigte sich zu ihr herüber. »Und übrigens, Mr. Lukas ist falsch. Ich heiße Peter.«

Wieder trat eine Pause ein, weil sie nicht wusste, ob er mit ihr flirtete oder sie nur manipulierte. Bei diesem Mann mochte das durchaus aufs Gleiche hinauslaufen.

»Das war ja wohl ein Schuss in den Ofen«, sagte er.

»Es ist schön, Komplimente zu bekommen, aber mir wäre es lieber, wenn Sie einfach nur offen wären.«

»Ich dachte, ich *wäre* offen.«

»Sie wollen Informationen von mir. Ich will das Gleiche von Ihnen. Ich wollte nur nicht am Telefon darüber sprechen.«

Er nickte verständnisvoll. »Okay. Es handelt sich also nur um ein schlichtes Tauschgeschäft.«

»Was ich wissen muss, ist …«

»Wir kommen gleich zur Sache? Darf ich Ihnen nicht wenigstens vorher noch eine Tasse Kaffee anbieten?« Er stand auf und steuerte eine Kaffeemaschine an.

Sie warf einen Blick auf die Kanne und die teerschwarze Brühe, die darin herumschwappte, und sagte rasch: »Für mich nicht, danke sehr.«

Lukas schenkte sich selbst eine Tasse ein und nahm wieder Platz. »Also, wieso wollten Sie die Sache nicht am Telefon besprechen?«

»Es sind gewisse … Dinge passiert.«

»Dinge? Wollen Sie mir erzählen, dass Sie nicht einmal mehr Ihrem eigenen Telefon vertrauen?«

»Wie ich Ihnen bereits sagte, der Fall ist recht kompliziert.«

»Einmischung durch Bundesbehörden. Konfisziertes ballistisches Beweismaterial. FBI im Clinch mit dem Pentagon. Eine Geiselnehmerin, die nach wie vor nicht identifiziert ist.« Er lachte. »Doch, ich würde sagen, der Fall ist inzwischen *sehr* kompliziert.«

»Sie wissen das alles schon?«

»Genau deswegen schimpft man unsereins Reporter.«

»Mit wem haben Sie gesprochen?«

»Glauben Sie wirklich, dass ich Ihnen diese Frage beantworten werde? Sagen wir einfach, dass ich gute Bekannte bei den Strafverfolgungsbehörden habe. Und ich habe meine Theorien.«

»Worüber?«

»Über Joseph Roke und Olena. Und die wahren Hintergründe dieser Geiselnahme.«

»Niemand kennt die wahre Antwort.«

»Aber ich weiß, was die Polizei denkt. Ich kenne ihre Theorien.« Er setzte seine Kaffeetasse ab. »John Barsanti hat rund drei Stunden mit mir verbracht – wussten Sie das? Er hat mich nach allen Regeln der Kunst gelöchert, um herauszukriegen, warum ich der einzige Reporter war, mit dem Roke reden wollte. Das ist das Bemerkenswerte an so einem Verhör – der Befragte kann allein anhand der Fragen, die ihm gestellt werden, eine ganze Menge in Erfahrung bringen. Ich weiß, dass Olena und Joe vor zwei Monaten zusammen in New Haven waren, wo er einen Polizisten tötete. Vielleicht waren sie ein Paar, vielleicht haben sie nur die gleichen Wahnideen geteilt, aber nach einem Vorfall wie diesem müssen sie beschlossen haben, sich zu trennen. Jedenfalls dann, wenn sie klug waren – und ich glaube nicht, dass diese Leute dumm waren. Aber sie müssen eine Möglichkeit gehabt haben, in Kontakt zu bleiben. Eine Möglichkeit, sich bei Bedarf wieder zusammenzufinden. Und sie haben Boston als Treffpunkt gewählt.«

»Warum Boston?«

Sein Blick war so direkt, dass sie ihm nicht ausweichen konnte. »Der Grund sitzt vor Ihnen.«

»Sie?«

»Sie denken jetzt vielleicht, ich bin eingebildet, aber ich sage Ihnen nur, was Barsanti zu glauben scheint: dass Joe und Olena aus irgendeinem Grund in mir einen Helden gesehen haben, den sie für ihren Kreuzzug einspannen wollten. Dass sie nach Boston gekommen waren, um sich mit mir zu treffen.«

»Und das bringt uns zu der Frage, die mich hierher geführt hat.« Sie beugte sich zu ihm vor. »Warum Sie? Die haben Ihren Namen doch nicht aus dem Hut gezogen. Joe war vielleicht psychisch labil, aber er war intelligent. Ein besessener Leser von Zeitungen und Zeitschriften. Irgendetwas aus Ihrer Feder muss seine Aufmerksamkeit erregt haben.«

»Ich kenne die Antwort auf diese Frage. Barsanti hat praktisch die Katze aus dem Sack gelassen, als er mich nach einem Artikel fragte, den ich Anfang Juni geschrieben habe. Über die Ballentree Company.«

Sie verstummten beide, als eine Mitarbeiterin auf dem Weg zur Kaffeemaschine an ihnen vorbeikam. Während sie warteten, bis sie ihre Tasse gefüllt hatte, wendeten sie den Blick nicht voneinander. Erst als die Frau wieder außer Hörweite war, sagte Maura: »Zeigen Sie mir den Artikel.«

»Er müsste in LexisNexis sein. Ich werde mal rasch reingehen.«

Er schwang seinen Stuhl zum Computer herum, rief die

Pressesuchmaschine auf, gab seinen Namen ein und klickte auf SUCHEN.

Der Bildschirm füllte sich mit Einträgen.

»Jetzt muss ich nur noch das richtige Datum finden«, sagte er, während er über die Seite scrollte.

»Ist das alles, was Sie je geschrieben haben?«

»Ja, da ist wahrscheinlich sogar noch das Zeug aus meinen Bigfoot-Tagen drin.«

»Wie bitte?«

»Nach der Journalistenschule musste ich einen Riesenberg an Studiendarlehen zurückzahlen. Da hab ich alles angenommen, was ich kriegen konnte, unter anderem auch den Auftrag, über einen dieser Yeti-Kongresse drüben in Kalifornien zu berichten.« Er sah sie an. »Ich geb's zu, ich war ein erbärmlicher Lohnschreiberling. Aber ich hatte schließlich Rechnungen zu bezahlen.«

»Und inzwischen sind Sie ein seriöser Journalist?«

»Na ja, *so* weit würde ich nun auch wieder nicht gehen …« Er hielt inne und klickte einen Eintrag an. »Okay, das ist der Artikel«, sagte er. Er stand auf und bot ihr seinen Stuhl an. »Das habe ich damals über Ballentree geschrieben.«

Sie setzte sich auf seinen Platz und konzentrierte sich auf den Text, der auf dem Monitor erschienen war.

Krieg ist Profit: Bombengeschäft für Ballentree.

Trotz der allgemeinen Flaute in der US-Wirtschaft gibt es eine Branche, die noch immer satte Gewinne einfährt. Der Rüstungsriese Ballentree angelt sich einen Auftrag nach dem anderen, als ob der Markt sein privater Forellenteich wäre …

»Ich muss wohl nicht eigens betonen«, sagte Lukas, »dass Ballentree über diesen Artikel nicht gerade hocherfreut war. Aber ich bin nicht der Einzige, der so etwas schreibt. Die gleiche Kritik wurde auch von anderen Journalisten geäußert.«

»Aber Joe hat sich für Sie entschieden.«

»Vielleicht lag es am Zeitpunkt meiner Veröffentlichung. Vielleicht hat er rein zufällig an diesem Tag die *Tribune* gekauft, und da war er – mein Artikel über den bösen Riesen Ballentree.«

»Darf ich sehen, was Sie sonst noch so geschrieben haben?«

»Bitte sehr.«

Sie wandte sich wieder der Liste seiner Artikel auf der LexisNexis-Seite zu. »Sie sind ja sehr produktiv.«

»Ich schreibe seit über zwanzig Jahren, und ich habe von Bandenkriegen bis hin zur Schwulenehe schon so ziemlich jedes Thema abgedeckt.«

»Nicht zu vergessen Bigfoot.«

»Erinnern Sie mich nicht daran.«

Sie scrollte über die erste und die zweite Seite mit Einträgen und ging dann weiter zur dritten. Dort hielt sie inne. »Diese Artikel sind aus Washington.«

»Habe ich Ihnen das nicht erzählt? Ich war auch mal als Korrespondent für die *Tribune* in Washington. Hab's da aber nur zwei Jahre ausgehalten.«

»Warum?«

»Es hat mir dort überhaupt nicht gefallen. Und ich geb's zu, ich bin ein geborener Yankee. Nennen Sie mich einen Masochisten, aber mir haben die neuenglischen Winter gefehlt, also bin ich letzten Februar wieder nach Boston gezogen.«

»Was war Ihr Ressort in Washington?«

»Alles. Hintergrundartikel. Politik, Verbrechen.« Er hielt inne. »Ein Zyniker würde vielleicht sagen, dass zwischen den beiden Letzteren kein Unterschied besteht. Ich schreibe allemal lieber über einen richtig spannenden Mordfall, als dass ich den ganzen Tag hinter irgendeinem geschniegelten Senator herlaufe.«

Sie sah ihn über die Schulter an. »Hatten Sie je mit Senator Conway zu tun?«

»Natürlich. Er ist schließlich einer unserer beiden Senatoren hier aus Massachusetts.« Er schwieg einen Moment. »Wieso fragen Sie nach ihm?« Als sie keine Antwort gab, beugte er sich zu ihr und legte beide Hände auf die Rückenlehne des Stuhls. »Dr. Isles«, sagte er. Seine Stimme war plötzlich ganz leise, seine Lippen dicht an ihren Haaren. »Möchten Sie mir nicht verraten, was Sie denken?«

Ihr Blick war starr auf den Monitor gerichtet. »Ich versuche nur, die Zusammenhänge zu begreifen.«

»Spüren Sie schon das Kribbeln?«

»Was?«

»So nenne ich das, wenn ich plötzlich merke, dass ich an einer interessanten Sache dran bin. Auch als außersinnliche Wahrnehmung oder sechster Sinn bekannt. Sagen Sie mir, wieso Sie bei Senator Conway plötzlich aufmerken und ganz große Augen bekommen.«

»Er sitzt im Geheimdienstausschuss.«

»Ich habe ihn letztes Jahr im November oder Dezember interviewt. Der Artikel ist da irgendwo.«

Sie überflog die Überschriften – über Anhörungen im Kongress, Terrorwarnungen und die Verhaftung eines Kongressabgeordneten aus Massachusetts wegen Alkohols am Steuer, bis sie schließlich den Artikel über Senator Conway gefunden hatte. Dann aber fiel ihr Blick auf eine andere Überschrift, datiert auf den fünfzehnten Januar.

Bostoner auf Yacht tot aufgefunden. Geschäftsmann wurde seit 2. Januar vermisst.

Es war dieses Datum, das sie aufmerken ließ: der zweite Januar. Sie klickte den Eintrag an, und der Bildschirm füllte sich mit Text. Gerade erst hatte Lukas über *das Kribbeln* gesprochen. Jetzt spürte sie es.

Sie drehte sich zu ihm um. »Erzählen Sie mir von Charles Desmond.«

»Was wollen Sie über ihn wissen?«

»Alles.«

30

Wer bist du, Mila? Wo bist du?

Irgendwo musste doch eine Spur von ihr zu finden sein. Jane schenkte sich Kaffee nach, setzte sich an den Küchentisch und sah noch einmal alle Akten durch, die sie angesammelt hatte, seit sie aus dem Krankenhaus zurückgekommen war. Da waren Obduktionsberichte und die Ergebnisse der Laboruntersuchungen des Boston PD, die Akten der Kollegen aus Leesburg über das Massaker von Ashburn, Moores Unterlagen über Joseph Roke und Olena. Sie hatte diese Akten schon mehr als einmal nach Hinweisen auf Mila durchforstet, jener Frau, deren Gesicht niemand kannte. Der einzige konkrete Beweis dafür, dass Mila je existiert hatte, stammte aus dem Innenraum von Joseph Rokes Wagen: mehrere menschliche Haupthaare, die auf dem Rücksitz gefunden worden waren und weder von Roke noch von Olena stammten.

Jane nippte an ihrem Kaffee und griff noch einmal nach der Akte über den Wagen, den Joseph Roke in Boston abgestellt hatte. Sie hatte inzwischen gelernt, ihre Arbeitszeit mit Reginas Schlafphasen zu synchronisieren, und jetzt, nachdem ihre Tochter endlich eingeschlafen war, verlor sie keine Zeit und stürzte sich sofort in die Suche nach Mila. Wieder studierte sie die Liste der im Wagen gefundenen Gegenstände, nahm sich noch einmal die Aufstellung seiner armseligen Sammlung materieller Besitztümer vor. Eine Reisetasche voll mit schmutziger Wäsche und gestohlenen Handtüchern von einer Motelkette. Eine Tüte mit schimmligem Brot, ein Glas Erdnussbutter und ein Dutzend Dosen Wiener Würstchen. So ernährte sich ein Mann, der nie zum Kochen kam. Ein Mann auf der Flucht.

Sie blätterte weiter zum Bericht der Spurensicherung und konzentrierte sich auf die Resultate der Haar- und Faseranalyse. Das Auto war ungewöhnlich stark verschmutzt gewesen, und sowohl die Vordersitze als auch die Rückbank hatten eine reiche Ernte an Fasern geliefert, sowohl natürlichen als auch künstlichen Ursprungs, dazu zahlreiche Haare. Es waren die Haare vom Rücksitz, die sie besonders interessierten, und sie studierte den Bericht eingehend.

Menschlich. A02/B00/C02 (7cm)/D42

Kopfhaar. Leicht gebogen, Schaft sieben Zentimeter lang, Pigmentierung mittelrot.

Das ist bis jetzt alles, was wir über dich wissen, dachte Jane. Dass du kurze rote Haare hast.

Sie wandte sich den Fotos vom Wagen zu. Auch diese kannte sie schon, aber noch einmal sah sie sich die leeren Red-Bull-Dosen und die zerknüllten Schokoriegelverpackungen genau an, die zusammengefaltete Decke und das schmutzige Kopfkissen. Ihr Blick verharrte auf dem Boulevardblatt, das auf dem Rücksitz lag.

Die *Weekly Confidential.*

Wieder einmal fiel ihr auf, wie fehl am Platz diese Zeitschrift im Auto eines Mannes wirkte. War es wirklich denkbar, dass Joe sich für Melanie Griffiths Problemchen interessiert hatte oder dafür, wessen geschäftlich verreister Ehemann sich mit Stripperinnen vergnügte? Die *Confidential* war ein Frauenblättchen; nur Frauen interessierten sich wirklich für die Alltagsprobleme von Filmstars.

Sie stand auf und warf einen Blick ins Zimmer ihrer Tochter. Regina schlief noch – einer jener seltenen Momente, der allzu schnell wieder vorbei sein würde. Lautlos schloss sie die Tür des Kinderzimmers, und dann schlich sie sich zur Wohnung hinaus und ging den Flur entlang zur Tür der Nachbarwohnung.

Es dauerte ein Weilchen, bis Mrs. O'Brien ihr öffnete, aber

sie war sichtlich erfreut, dass jemand sie besuchte. Ganz egal, wer.

»Entschuldigen Sie bitte die Störung«, sagte Jane.

»Kommen Sie rein, kommen Sie rein!«

»Ich kann nur ganz kurz bleiben. Ich habe Regina in ihrem Bettchen liegen lassen, und ...«

»Wie geht's ihr? Letzte Nacht hab ich sie wieder weinen hören.«

»Das tut mir wirklich Leid. Sie schläft einfach nicht durch.«

Mrs. O'Brien beugte sich vor und flüsterte: »Whiskey.«

»Wie bitte?«

»Auf einem Schnuller. So hab ich's immer bei meinen Jungs gemacht, und sie haben geschlafen wie die Engel.«

Jane kannte die beiden Söhne ihrer Nachbarin. Als *Engel* konnte man sie heute nicht mehr unbedingt bezeichnen. »Mrs. O'Brien«, sagte sie rasch, ehe sie sich noch mehr Rabenmuttertipps anhören musste, »Sie haben doch die *Weekly Confidential* abonniert, nicht wahr?«

»Ich hab die neue gerade heute bekommen. ›Hollywoods verwöhnte Vierbeiner!‹ Haben Sie gewusst, dass Sie in manchen Hotels ein eigenes Zimmer nur für Ihren Hund kriegen?«

»Haben Sie noch irgendwelche Nummern von letztem Monat? Ich brauche die mit Melanie Griffith auf dem Titel.«

»Ich weiß genau, welche Sie meinen.« Mrs. O'Brien winkte sie in ihre Wohnung. Jane folgte ihr ins Wohnzimmer und starrte verblüfft auf die Stapel von Zeitschriften, die sich dort türmten. Das mussten mindestens zehn Jahrgänge von *People, Entertainment Weekly* und *US* sein.

Mrs. O'Brien steuerte schnurstracks auf den richtigen Stapel zu, ging einen Packen *Weekly Confidentials* durch und zog die Nummer mit Melanie Griffith heraus. »O ja, ich erinnere mich, die war *richtig* gut«, sagte sie. ›Pannen und Patzer bei Schönheits-OPs!‹ Falls Sie je darüber nachgedacht haben, sich liften zu lassen, sollten Sie den Artikel lesen. Danach werden Sie es sich garantiert anders überlegen.«

»Könnte ich mir die mal ausleihen?«

»Sie bringen Sie mir aber doch wieder, ja?«

»Ja, natürlich. Nur für ein oder zwei Tage.«

»Ich möchte sie nämlich schon gerne wiederhaben. Ich lese so gerne in den alten Nummern.«

Vermutlich erinnerte sie sich auch an jedes Detail.

Zurück an ihrem eigenen Küchentisch warf Jane einen Blick auf das Erscheinungsdatum der Zeitschrift: 20. Juli. Sie war nur eine Woche, bevor man Olena aus der Hingham Bay gefischt hatte, herausgekommen. Jane schlug das Heft auf und begann zu lesen. Erstaunt stellte sie fest, dass es ihr Spaß machte, und sie dachte: Mein Gott, das ist wirklich Käse, aber es ist *amüsanter Käse*. Ich wusste gar nicht, dass *der* schwul ist und dass *die* schon seit vier Jahren keinen Sex mehr hatte. Und seit wann sind Darmspülungen eigentlich der letzte Schrei? Sie nahm sich einen Moment Zeit, um die Desaster der Schönheitschirurgie zu bewundern, und blätterte dann weiter, überflog Artikel zu Themen wie »Erste Hilfe in Modefragen«, »Ich habe einen Engel gesehen« oder »Mutige Katze rettet Familie«. Hatte Joseph Roke sich mit diesem Klatsch befasst, mit den Modetorheiten der Stars? Hatte er die von Schönheitschirurgen entstellten Gesichter betrachtet und sich gedacht: *Ohne mich. Ich will in Würde alt werden?*

Nein, natürlich nicht. Joseph Roke war nicht der Mann gewesen, der so etwas las.

Und wie ist die Zeitschrift dann in sein Auto gelangt?

Sie wandte sich den Kleinanzeigen auf den beiden letzten Seiten zu. Hier fanden sich spaltenweise Inserate von spiritistischen Medien, Geistheilern und obskuren Firmen, die Heimarbeit anboten. Gab es tatsächlich Leute, die auf so etwas antworteten? Glaubte irgendjemand im Ernst, man könne »bis zu $250 am Tag« verdienen, indem man zu Hause Prospekte in Umschläge steckte? In der Mitte der Seite begannen die privaten Kleinanzeigen, und ihr Blick blieb plötzlich an einem Inserat hängen, das nur aus zwei Zeilen bestand. Vier wohlbekannte Worte sprangen ihr ins Auge.

Die Würfel sind gefallen.

Darunter eine Uhrzeit, ein Datum und eine Telefonnummer mit der Vorwahl 617. Boston.

Die wörtliche Übereinstimmung konnte reiner Zufall sein, dachte sie. Es konnte der Code eines Liebespaares sein, das ein heimliches Stelldichein vereinbarte. Oder eine Drogenübergabe. Höchstwahrscheinlich hatte es nicht das Geringste mit Olena, Joe und Mila zu tun.

Mit pochendem Herzen griff sie nach dem Telefon und wählte die Nummer aus dem Inserat. Es läutete. Dreimal, viermal, fünfmal. Kein Anrufbeantworter sprang an, keine Stimme meldete sich. Es läutete einfach weiter, bis sie mit dem Zählen nicht mehr mitkam. *Vielleicht ist es der Anschluss einer Toten.*

»Hallo?«, sagte eine Männerstimme.

Sie erstarrte, die Hand schon ausgestreckt, um den Hörer einzuhängen, und riss ihn sofort wieder ans Ohr.

»Ist da jemand?«, fragte der Mann. Er klang ungeduldig.

»Hallo?«, sagte Jane. »Wer ist dort?«

»Sagen Sie erst mal, wer *Sie* sind. Sie haben doch angerufen.«

»Es tut mir Leid. Ich, äh – man hat mir diese Nummer gegeben, aber ohne einen Namen dazu.«

»Na, zu diesem Anschluss gibt's auch keinen Namen«, erwiderte der Mann. »Das ist ein Münztelefon.«

»Wo sind Sie?«

»In einer Telefonzelle in der Faneuil Hall. Ich kam gerade hier vorbei, als ich es läuten hörte. Also, wenn Sie jemand

Bestimmten sprechen wollen, kann ich Ihnen leider nicht helfen. Auf Wiedersehen.« Er legte auf.

Jane starrte die Anzeige an. Diese vier Worte.

Die Würfel sind gefallen.

Erneut griff sie zum Telefon und wählte.

»*Weekly Confidential*«, meldete sich eine Frau. »Anzeigenannahme.«

»Hallo«, sagt Jane. »Ich möchte ein Inserat aufgeben.«

»Du hättest zuerst mit mir reden sollen«, sagte Gabriel. »Ich kann nicht glauben, dass du das einfach auf eigene Faust gemacht hast.«

»Ich hatte keine Zeit mehr, dich anzurufen«, erwiderte Jane. »Der Anzeigenschluss war heute um siebzehn Uhr. Ich musste mich auf der Stelle entscheiden.«

»Du weißt ja nicht, wer sich melden wird. Und jetzt wird deine Handynummer in der Zeitung erscheinen.«

»Das Schlimmste, was passieren kann, ist, dass ich ein paar Anrufe von Spinnern kriege.«

»Oder dass du in etwas hineingezogen wirst, was viel gefährlicher ist, als uns bewusst ist.« Gabriel warf die Zeitschrift auf den Küchentisch. »Wir müssen uns an Moore wenden. Das Boston PD kann die Anrufe filtern und überwachen. So etwas muss gründlich durchdacht sein.« Er sah sie an. »Zieh die Anzeige zurück.«

»Das kann ich nicht. Ich sagte dir doch, es ist zu spät.«

»Mein Gott. Da schaue ich mal für ein paar Stunden im Büro vorbei, und wenn ich nach Hause komme, muss ich feststellen, dass meine Frau in der Küche gefährliche Telefonspielchen spielt.«

»Gabriel, es ist doch bloß eine zweizeilige private Kleinanzeige. Entweder beißt jemand an oder eben nicht.«

»Und was ist, wenn tatsächlich jemand anruft?«

»Dann lasse ich Moore das machen.«

»Du *lässt* ihn?« Gabriel lachte auf. »Das ist sein Job, nicht deiner. Du bist noch im Mutterschaftsurlaub, schon vergessen?«

Wie um seine Worte zu bekräftigen, brach im Kinderzimmer plötzlich lautes Geheul los. Jane ging hin, um ihre Tochter zu holen, und stellte fest, dass Regina sich wie üblich aus der Decke freigestrampelt hatte und mit den Fäustchen fuchtelte, hellauf empört, dass ihre Forderungen nicht augenblicklich erfüllt wurden. Heute kann ich's keinem recht machen, dachte Jane, als sie Regina aus ihrem Bettchen hob. Sie führte den hungrigen Mund des Babys an ihre Brust und zuckte zusammen, als die zahnlosen Kiefer zubissen. Ich versuche ja, eine gute Mutter zu sein, dachte sie, ich gebe mir wirklich Mühe, aber ich habe es allmählich satt, immer nach saurer Milch und Babypuder zu riechen. Ich habe es satt, ständig müde zu sein.

Früher hab ich mal böse Buben gejagt, ob du's glaubst oder nicht.

Sie trug Regina in die Küche und wiegte sie im Stehen, immer bemüht, sie bei Laune zu halten, auch wenn ihr selbst fast der Kragen platzte.

»Auch wenn ich könnte, würde ich das Inserat nicht zurückziehen«, sagte sie trotzig. Sie sah zu, wie Gabriel zum Telefon ging. »Wen rufst du an?«

»Moore. Wir überlassen alles Weitere ihm.«

»Es ist mein Handy. Meine Idee.«

»Aber es ist nicht dein Fall.«

»Ich sage ja gar nicht, dass ich das Kommando haben muss. Ich habe eine bestimmte Uhrzeit und ein bestimmtes Datum genannt. Wie wär's, wenn wir uns an dem Abend alle drei hier zusammensetzen und abwarten, wer anruft? Du, ich und Moore. Ich will nur *dabei* sein, wenn es klingelt.«

»Du musst dich aus der Sache raushalten, Jane.«

»Ich stecke doch schon mittendrin.«

»Du hast Regina. Du bist jetzt Mutter.«

»Aber ich bin nicht tot. Hast du gehört? Ich – bin – nicht – *tot.*«

Ihre Worte schienen in der Luft zu hängen, und das Echo ihres Wutausbruchs hallte nach wie ein Beckenschlag. Regina hörte plötzlich auf zu trinken und starrte ihre Mutter mit weit aufgerissenen Augen an. Der Kühlschrank ratterte einmal und verstummte.

»Das habe ich auch nie behauptet«, sagte Gabriel leise.

»Aber ich könnte ebenso gut tot sein, wenn man dich so reden hört. *Oh, du hast schließlich Regina. Du hast jetzt eine viel wichtigere Aufgabe. Du musst zu Hause bleiben und Milch produzieren und dein Gehirn vergammeln lassen.* Ich bin Polizistin, und ich muss wieder arbeiten dürfen. Die Arbeit fehlt mir. Herrgott, mir fehlt schon das Geräusch meines verdammten Piepsers!« Sie holte tief Luft, setzte sich an den Küchentisch und ließ die Luft in einem frustrierten Schluchzer entweichen. »Ich bin Polizistin«, flüsterte sie.

Er setzte sich ihr gegenüber. »Das weiß ich doch.«

»Das glaube ich kaum.« Sie wischte sich mit der Hand übers Gesicht. »Dir ist überhaupt nicht klar, wer ich eigentlich bin. Du glaubst, du hast jemand anderen geheiratet – die perfekte Mama.«

»Ich weiß genau, wen ich geheiratet habe.«

»Das Leben ist manchmal ganz schön fies, wie? Und ich auch.«

»Na ja.« Er nickte. »Manchmal schon.«

»Du kannst nicht sagen, dass ich dich nicht gewarnt hätte.« Sie stand auf. Regina war immer noch merkwürdig still und starrte Jane an, als fände sie Mama plötzlich doch interessanter als das Fläschchen. »Du weißt, wer ich bin, und du hast von Anfang an gewusst, dass du mich so nehmen musst, wie ich bin – oder eben gar nicht.« Sie ging zur Tür.

»Jane.«

»Regina braucht eine neue Windel.«

»Verdammt, du läufst vor einem Streit davon.«

Sie wandte sich zu ihm um. »Ich bin noch nie vor irgendeiner Auseinandersetzung davongelaufen.«

»Dann setz dich her zu mir. Denn ich laufe nicht vor dir weg, und ich habe es auch nicht vor.«

Einen Moment lang sah sie ihn einfach nur an. Und sie dachte: Das ist so schwer. Verheiratet zu sein, ist so schwer, und es macht mir Angst. Er hat Recht. Ich würde wirklich am liebsten davonlaufen. Irgendwohin flüchten, wo niemand mir wehtun kann.

Sie zog den Stuhl unter dem Tisch hervor und setzte sich.

»Es *hat* sich etwas geändert, weißt du«, sagte er. »Es ist nicht mehr so wie früher, als du Regina noch nicht hattest.«

Sie gab keine Antwort, immer noch verärgert, weil er ihr bestätigt hatte, dass sie fies sei. Auch wenn es die Wahrheit war.

»Wenn dir jetzt etwas zustößt, bist du nicht die Einzige, die darunter leidet. Du hast eine Tochter. Du musst auf andere Menschen Rücksicht nehmen.«

»Ich habe mich für die Mutterschaft entschieden, nicht für einen Hausarrest.«

»Willst du etwa sagen, du bereust, dass wir sie bekommen haben?«

Sie sah Regina an. Ihre Tochter starrte mit großen Augen zu ihr auf, als verstünde sie jedes Wort, das gesprochen wurde. »Nein, natürlich nicht. Es ist nur …« Sie schüttelte den Kopf. »Ich bin mehr als nur ihre Mutter. Ich bin auch noch *ich*. Aber ich verliere mich, Gabriel. Jeden Tag habe ich das Gefühl, ein Stückchen mehr zu verschwinden. Wie die Grinsekatze in *Alice im Wunderland*. Von Tag zu Tag fällt es mir schwerer, mich daran zu erinnern, wer ich einmal war. Und dann kommst du heim und gehst gleich in die Luft, weil ich dieses Inserat aufgegeben habe. Was, wie du zugeben musst, eine geniale Idee ist. Und ich denke: Okay, jetzt bin ich wirklich endgültig verloren. Sogar mein eigener Mann hat vergessen, wer ich bin.«

Er beugte sich vor, und sein Blick durchbohrte sie wie ein Laserstrahl. »Weißt du, wie es mir gegangen ist, als du dort im Krankenhaus gefangen gehalten wurdest? Hast du irgendeine Vorstellung davon? Du hältst dich für so tough. Aber wenn dir etwas zustößt, bist du nicht die Einzige, die bluten muss, Jane. Sondern ich auch. Denkst du *überhaupt* auch mal an mich?«

Sie schwieg.

Er lachte, doch es klang eher wie der Klagelaut eines verwundeten Tieres. »Ja, ich bin schon eine Nervensäge; dauernd versuche ich, dich vor dir selbst zu schützen. Aber irgendjemand muss es schließlich tun, denn du bist selbst deine schlimmste Feindin. Du versuchst am laufenden Band, dich zu beweisen. Du bist immer noch Frankie Rizzolis verachtete kleine Schwester. *Ein Mädchen*. Du bist immer noch nicht gut genug, um mit den Jungs spielen zu dürfen, und du wirst es auch nie sein.«

Jane starrte ihn nur stumm an. Sie nahm es ihm übel, dass er sie so gut kannte. Ärgerte sich über die Zielgenauigkeit, mit der er so exakt ihre empfindlichste Stelle getroffen hatte.

»Jane.« Er streckte die Hand nach ihr aus, und bevor sie ihre zurückziehen konnte, hatte er sie ergriffen und schien sie nicht wieder loslassen zu wollen. »Du musst dich weder vor mir noch vor Frankie noch vor sonst irgendwem beweisen. Ich weiß, es ist nicht leicht für dich im Moment, aber ehe du dich's versiehst, wirst du schon wieder im Dienst sein. Also gönne deinem Adrenalin mal eine Ruhepause. Gönne *mir* eine Ruhepause. Lass es mich einfach nur eine Weile genießen, dass ich meine Frau und meine Tochter sicher bei mir zu Hause habe.«

Er hatte sie noch immer nicht losgelassen. Jane blickte

auf seine Hand, die ihre eigene umfasste, und dachte: Dieser Mann wankt und weicht nicht von der Stelle. Ganz gleich, wie sehr ich ihm zusetze, er ist immer für mich da. Ob ich es verdient habe oder nicht. Langsam verschränkten sich ihre Finger in einem wortlosen Friedensschluss.

Das Telefon klingelte.

Regina greinte.

»Tja.« Gabriel seufzte. »Die Ruhepause war nicht von langer Dauer.« Kopfschüttelnd stand er auf und ging ans Telefon. Jane wollte Regina eben aus der Küche tragen, als sie Gabriel sagen hörte: »Du hast Recht. Das sollten wir nicht am Telefon besprechen.«

Sofort war sie hellwach und fuhr herum, um in seiner Miene nach dem Grund zu forschen, weshalb er so plötzlich die Stimme gesenkt hatte. Doch er stand mit dem Gesicht zur Wand, und sie sah nur seine angespannten Nackenmuskeln.

»Wir warten auf dich«, sagte er und legte auf.

»Wer war das?«

»Maura. Sie ist auf dem Weg hierher.«

31

Maura kam nicht allein. Neben ihr auf dem Flur stand ein attraktiver Mann mit dunklem Haar und einem gepflegten Bart. »Das ist Peter Lukas«, sagte sie.

Jane warf Maura einen ungläubigen Blick zu. »Du hast einen Reporter mitgebracht?«

»Wir brauchen ihn, Jane.«

»Seit wann brauchen wir die Hilfe von Reportern?«

Lukas winkte ihnen freundlich zu. »Freut mich, Sie kennen zu lernen, Detective Rizzoli. Hallo, Agent Dean. Dürfen wir reinkommen?«

»Nein, lassen Sie uns woanders miteinander reden«, erwiderte Gabriel und trat mit Jane, die Regina auf dem Arm trug, hinaus auf den Flur.

»Wo gehen wir hin?«, fragte Lukas.

»Folgen Sie mir.«

Gabriel führte sie zwei Treppen hinauf und durch eine Tür hinaus auf das Dach des Wohnblocks. Hier hatten die Hausbewohner mit Topfpflanzen einen üppigen Garten angelegt. In der Hitze des Großstadtsommers jedoch, die von den Asphaltfliesen auch noch gespeichert und abgestrahlt wurde, begann diese kleine Oase schon zu verwelken. Die Tomatenpflanzen verkümmerten in ihren Töpfen, und die Ranken der Winden, deren Blätter in der sengenden Hitze braun geworden waren, klammerten sich wie verdorrte Finger an das Spalier. Jane setzte Regina in ihr Stühlchen im Schatten des Sonnenschirms, und das Baby, dessen Wangen rosig glühten, schlief prompt ein. Von hier oben konnten sie andere Dachgärten sehen, weitere willkommene grüne Oasen in der Betonwüste.

Lukas legte eine Mappe auf den Tisch neben das schlummernde Baby. »Dr. Isles dachte, das würde Sie vielleicht interessieren.«

Gabriel schlug die Mappe auf. Sie enthielt einen Zeitungsausschnitt mit dem Foto eines lächelnden Mannes und der Überschrift: *Leichenfund an Bord von Yacht. Geschäftsmann wurde seit 2. Januar vermisst.*

»Wer war Charles Desmond?«, fragte Gabriel.

»Ein Mann, den nur wenige wirklich kannten«, antwortete Lukas. »Allein das hat schon mein Interesse geweckt. Das war ursprünglich der Grund, weshalb ich mich mit der Story beschäftigt habe. Auch wenn der Gerichtsmediziner als Todesursache praktischerweise Selbstmord erkannte.«

»Sie zweifeln diese Einschätzung an?«

»Es lässt sich unmöglich nachweisen, dass es kein Selbstmord war. Desmond wurde im Bad seiner Motoryacht gefunden, die in einem Hafen am Potomac lag. Er starb in der Wanne, die Pulsadern an beiden Handgelenken waren aufgeschlitzt, und in der Kabine lag ein Abschiedsbrief. Als sie Desmond fanden, war er schon ungefähr zehn Tage tot. Von der Gerichtsmedizin wurden keinerlei Fotos veröffentlicht, aber Sie können sich denken, dass die Obduktion nicht gerade das reinste Vergnügen war.«

Jane verzog das Gesicht. »Das stelle ich mir lieber nicht so genau vor.«

»Der Abschiedsbrief, den er hinterließ, war nicht sonderlich erhellend. *Ich bin deprimiert, das Leben ist beschissen, ich halte es keinen Tag länger aus.* Es war bekannt, dass Desmond ein starker Trinker war, und er war seit fünf Jahren geschieden. Es war also keineswegs abwegig anzunehmen, dass er unter Depressionen gelitten hatte. Alles sehr überzeugende Argumente für die Selbstmordthese, finden Sie nicht?«

»Aber Sie klingen nicht überzeugt. Wieso?«

»Ich spüre dieses gewisse Kribbeln. Mein sechster Reportersinn sagt mir, dass da etwas ganz anderes dahintersteckt, etwas, das zu einer noch viel größeren Story führen könnte. Ein reicher Typ, Yachtbesitzer, und er bleibt zehn Tage lang verschwunden, ehe irgendwer auf die Idee kommt, nach ihm zu suchen. Das genaue Datum konnten sie nur deswegen ermitteln, weil sein Wagen auf dem Parkplatz des Yachthafens stand und der Stempel auf dem Parkschein auf den zweiten Januar lautete. Seine Nachbarn sagen, er sei so oft im Ausland unterwegs gewesen, dass sie sich nichts dabei gedacht hätten, wenn sie ihn einmal eine Woche lang gar nicht sahen.«

»Im Ausland?«, fragte Jane. »Wieso?«

»Das konnte mir niemand sagen.«

»Oder wollte man es Ihnen nicht sagen?«

Lukas lächelte. »Sie sind ja ganz schön misstrauisch, Detective. Aber ich auch. Das hat mich nur noch neugieriger gemacht. Ich habe mich gefragt, ob hinter diesem Desmond-Fall nicht noch mehr steckt. Wissen Sie, genauso hat nämlich die Watergate-Affäre angefangen. Ein Allerweltseinbruch, der über Nacht zu einer ganz, ganz großen Sache wurde.«

»Und was ist das Große an dieser Story?«

»Wer dieser Typ war. Dieser Charles Desmond.«

Jane betrachtete das Foto von Desmonds Gesicht. Er lächelte freundlich, seine Krawatte war akkurat gebunden. Ein Foto, wie man es im Geschäftsbericht einer x-beliebigen Firma finden mochte. Ganz der erfolgreiche Manager, die personifizierte Kompetenz.

»Je mehr Fragen ich über ihn stellte, desto mehr interessante Einzelheiten kamen ans Licht. Charles Desmond hatte nie ein College besucht. Er diente zwanzig Jahre lang in der Army, wurde vorwiegend beim Militärgeheimdienst eingesetzt. Fünf Jahre nach seiner Entlassung aus der Army hatte er plötzlich eine tolle Yacht und ein großes Haus in Reston. Und da muss man doch die nahe liegende Frage stellen: Was hat er getan, um zu so einem fetten Bankkonto zu kommen?«

»In Ihrem Artikel schreiben Sie, er habe bei einem Unternehmen namens Pyramid Services gearbeitet«, sagte Jane. »Was ist das für eine Firma?«

»Das habe ich mich auch gefragt. Habe eine Weile gebraucht, um die Info auszugraben, aber ein paar Tage später fand ich heraus, dass Pyramid Services die Tochtergesellschaft eines Konzerns ist – dreimal dürfen Sie raten, wie er heißt.«

»Sagen Sie nichts«, entgegnete Jane. »Ballentree.«

»Erraten, Detective.«

Jane sah Gabriel an. »Der Name taucht immer wieder auf, nicht wahr?«

»Und sehen Sie sich mal das Datum seines Verschwindens an«, sagte Maura. »Das ist mir sofort aufgefallen. Der zweite Januar.«

»Einen Tag vor dem Massaker von Ashburn.«

»Ein interessanter Zufall, finden Sie nicht?«

»Erzählen Sie uns mehr über Pyramid«, forderte Gabriel den Journalisten auf.

Lukas nickte. »Es handelt sich um eine Abteilung von Ballentree, die auf Transport und Sicherheit spezialisiert ist, ein Teil der Dienstleistungen, die das Unternehmen in Kriegsgebieten anbietet. Was immer unsere Truppen im Ausland brauchen – Bodyguards, Geleitschutz für Transporte, private Polizeieinheiten –, Ballentree kann es liefern. Sie arbeiten auch in Weltgegenden, wo es keine funktionierende Regierung gibt.«

»Kriegsgewinnler«, meinte Jane.

»Nun ja, warum auch nicht? Im Krieg lassen sich immer gute Profite machen. Während des Kosovo-Konflikts haben Ballentrees Privatsoldaten dort unten Bautrupps beschützt. Jetzt stellen sie private Polizeikräfte in Kabul, in Bagdad und in Orten rings um das Kaspische Meer. Alles mit amerikanischen Steuergeldern bezahlt. So hat Charles Desmond seine Yacht finanziert.«

»Mist, ich arbeite wohl bei der falschen Polizeitruppe«, sagte Jane. »Vielleicht sollte ich mich mal nach Kabul schicken lassen, dann könnte ich mir auch eine Yacht leisten.«

»Für diese Leute willst du bestimmt nicht arbeiten, Jane«, sagte Maura. »Nicht, wenn du hörst, um was es bei deren Geschäften geht.«

»Du meinst die Tatsache, dass sie in Kriegsgebieten aktiv sind?«

»Nein«, sagte Lukas. »Sondern die Tatsache, dass sie mit einigen ziemlich zwielichtigen Partnern verbündet sind. Wenn Sie in einem Kriegsgebiet Geschäfte machen, müssen Sie immer auch mit der örtlichen Mafia zusammenarbeiten. Es ist einfach praktischer, wenn man Partner vor Ort hat, und so kommt es, dass Gangster aus diesen Ländern schließlich für Ballentree arbeiten. Für jede Ware gibt es einen Schwarzmarkt – Drogen, Waffen, Alkohol, Frauen. Jeder Krieg bedeutet neue Chancen, einen neuen Markt, und jeder will sich ein Stück vom Kuchen sichern. Deswegen ist der Konkurrenzkampf um Aufträge aus dem Verteidigungsministerium so heftig. Es geht nicht nur um den Auftrag selbst, sondern auch um die Chance, sich an dem entsprechenden Schwarzmarktgeschäft zu beteiligen. Ballentree hat letztes Jahr mehr Aufträge an Land gezogen als irgendein anderes Rüstungsunternehmen.« Er hielt inne. »Was zum Teil daran lag, dass Charles Desmond in seinem Job so verdammt gut war.«

»Und was genau war sein Job?«

»Er war ihr Dealmaker, ihr Strippenzieher. Ein Mann mit Freunden im Pentagon und vermutlich auch an anderen Stellen.«

»Hat ihm am Ende nicht viel genützt«, sagte Jane, während sie Desmonds Foto betrachtete. Das Foto eines Mannes, dessen Leiche zehn Tage lang unentdeckt auf seiner

Yacht gelegen hatte. Eine so geheimnisvolle Gestalt, dass keiner seiner Nachbarn auf die Idee gekommen war, ihn als vermisst zu melden.

»Die Frage ist«, sagte Lukas, »warum musste er sterben? Haben seine Freunde im Pentagon sich gegen ihn gewandt? Oder steckt jemand anderes dahinter?«

Eine Zeit lang sagte niemand etwas. Das Dach flimmerte in der Hitze wie Wasser, und von der Straße wehte Abgasgeruch herauf. Plötzlich sah Jane, dass Regina wach war und das Gesicht ihrer Mutter fixierte. *Fast schon unheimlich, wie viel Intelligenz ich in den Augen meiner Tochter sehe.* Von ihrem Platz aus konnte Jane beobachten, wie eine Frau sich auf einem anderen Dach sonnte. Sie hatte ihr Bikinioberteil aufgebunden, und ihr nackter Rücken glänzte ölig. Jane sah einen Mann auf einem Balkon stehen und mit einem Handy telefonieren sowie ein Mädchen, das an einem Fenster saß und Geige übte. Über ihr am Himmel markierte ein weißer Kondensstreifen die Flugbahn eines Jets. Wie viele Menschen können uns sehen?, fragte sie sich. Wie viele Kameras oder Satelliten sind in diesem Moment auf unser Dach gerichtet? Boston war zu einer Stadt der tausend Augen geworden.

»Ich bin sicher, dass uns allen schon derselbe Gedanke gekommen ist«, sagte Maura. »Charles Desmond hat früher für den Militärgeheimdienst gearbeitet. Der Mann, den Olena im Krankenhaus erschossen hat, war mit ziemlicher Sicherheit ein Exsoldat, aber seine Fingerabdrücke sind aus dem Archiv gelöscht worden. Jemand hat sich Zugang zu vertraulichen Daten in meinem Institut verschafft. Denken wir da nicht alle an Spionage? Vielleicht sogar an die ›Company‹?«

»Ballentree und die CIA haben schon immer Hand in Hand gearbeitet«, sagte Lukas. »Das ist auch nicht weiter verwunderlich. Sie sind in denselben Ländern aktiv, lassen die gleiche Art von Leuten für sich arbeiten. Nutzen die gleichen Informationen.« Er sah Gabriel an. »Und inzwischen tauchen sie sogar schon hier auf, im eigenen Land. Es muss nur irgendjemand behaupten, dass eine terroristische Bedrohung vorliegt, und schon kann die US-Regierung jede beliebige Aktion rechtfertigen, jede beliebige Ausgabe. Immense Geldmittel werden in verdeckte Operationen gepumpt. So kommen Leute wie Desmond zu ihren Yachten.«

»Oder aber zu Tode«, meinte Jane.

Die Sonne war weitergewandert und brannte nun schräg unter dem Sonnenschirm hindurch auf Janes Schulter. Der Schweiß rann ihr über die Brust. Es ist zu heiß für dich hier oben, Baby, dachte sie, als sie Reginas rosiges Gesicht betrachtete.

Zu heiß für uns alle.

32

Detective Moore warf einen Blick auf die Uhr. Es ging auf acht zu. Das letzte Mal, als Jane im Besprechungsraum der Mordkommission gesessen hatte, war sie im neunten Monat schwanger gewesen, müde und gereizt und mehr als reif für den Mutterschaftsurlaub. Jetzt fand sie sich in demselben Raum wieder, mit denselben Kollegen, nur dass diesmal alles anders war. Eine Spannung war zu spüren, die mit jeder Minute, die verstrich, noch weiter anstieg. Sie saß mit Gabriel gegenüber von Moore, während die Detectives Frost und Crowe am Kopfende des Tisches Platz genommen hatten. In der Mitte lag der Gegenstand der allgemeinen Aufmerksamkeit: Janes Handy, angeschlossen an eine Lautsprecheranlage. »Es ist bald so weit«, sagte Moore. »Ist das wirklich okay für Sie? Wir können auch Frost die Anrufe annehmen lassen.«

»Nein, ich muss es tun«, sagte Jane. »Wenn ein Mann sich meldet, könnte sie das abschrecken.«

Crowe zuckte mit den Achseln. »Falls dieses geheimnisvolle Mädchen überhaupt anruft.«

»Wenn Sie glauben, dass das Ganze reine Zeitverschwendung ist«, entgegnete Jane gereizt, »dann können Sie ja gehen.«

»Ach, ich bleibe lieber hier; ich will doch mitkriegen, was passiert.«

»Wir möchten Sie doch nicht langweilen.«

»Drei Minuten, Leute«, warf Frost ein, wie üblich bemüht, zwischen Jane und Crowe Frieden zu stiften.

»Vielleicht hat sie das Inserat ja gar nicht gesehen«, meinte Crowe.

»Die Nummer ist seit fünf Tagen am Kiosk«, sagte Moore.

»Sie hatte durchaus die Möglichkeit, es zu sehen. Wenn sie nicht anruft, dann deshalb, weil sie sich bewusst dagegen entschieden hat.«

Oder weil sie tot ist, dachte Jane. Ein Gedanke, der sicherlich allen durch den Kopf geschossen war, auch wenn niemand ihn aussprach.

Janes Handy klingelte, und sofort richteten sich alle Blicke auf sie. Das Display zeigte eine Nummer aus Fort Lauderdale. Es war nur ein Telefonanruf, und doch klopfte Janes Herz wie in panischer Angst.

Sie holte tief Luft und sah Moore an, worauf dieser nickte.

»Hallo?«, meldete sie sich.

Eine Männerstimme mit breitem texanischem Akzent dröhnte aus dem Lautsprecher. »Also, was hat das jetzt eigentlich zu bedeuten?« Im Hintergrund war Gelächter zu hören, als hätte jemand einen wirklich guten Witz erzählt.

»Wer sind Sie?«, fragte Jane.

»Wir fragen uns hier nämlich alle, was das eigentlich heißen soll – ›Die Würfel sind gefallen‹?«

»Sie rufen an, um mich das zu fragen?«

»Klar. Ist das so 'ne Art Spiel? Sollen wir raten?«

»Ich habe jetzt keine Zeit, mit Ihnen zu reden. Ich erwarte einen anderen Anruf.«

»Hey. Hey, Lady! Wir bezahlen hier extra für ein Ferngespräch, verdammt!«

Jane legte auf und sah Moore an. »Was für ein Idiot.«

»Wenn das der typische Leser der *Confidential* war«, sagte Crowe, »dann kann das ja noch ein lustiger Abend werden.«

»Wir werden vermutlich mehr solcher Anrufe bekommen«, warnte Moore.

Das Handy klingelte wieder. Diesmal kam der Anruf aus Providence.

Ein neuer Adrenalinschub brachte Janes Puls zum Rasen. »Hallo?«

»Hi«, meldete sich eine muntere Frauenstimme. »Ich habe Ihre Anzeige in der *Confidential* gelesen. Ich arbeite an einer wissenschaftlichen Studie über private Kleinanzeigen und wollte fragen, ob Ihr Inserat eher romantische Motive hat oder ob es sich um ein kommerzielles Unternehmen handelt.«

»Weder – noch«, antwortete Jane knapp und beendete das Gespräch. »Mein Gott, was haben die nur alle?«

Um fünf nach acht Uhr klingelte es erneut. Ein Anrufer aus Newark fragte: »Ist das so 'ne Art Wettbewerb? Krieg ich jetzt einen Preis?«

Um sieben nach acht: »Ich wollte nur wissen, ob da wirklich jemand drangeht.«

Um viertel nach acht: »Sind Sie 'ne Geheimagentin oder so was?«

Gegen halb neun hörten die Anrufe auf. Zwanzig Minuten lang starrten sie das stumme Telefon an.

»Ich glaube, das war's«, sagte Crowe. Er stand auf und streckte sich. »Selten einen Abend so *sinnvoll* genutzt.«

»Warte«, sagte Frost. »Gleich haben wir acht Uhr Central Time.«

»Was?«

»In Rizzolis Inserat ist keine Zeitzone genannt. In Kansas City ist es jetzt gleich acht Uhr abends.«

»Er hat Recht«, sagte Moore. »Üben wir uns noch ein wenig in Geduld.«

»Alle Zeitzonen? Dann hocken wir ja bis Mitternacht hier«, stöhnte Crowe.

»Sogar noch länger«, bemerkte Frost. »Wenn man Hawaii mit dazunimmt.«

Crowe schnaubte. »Vielleicht sollten wir erst mal Pizza bestellen.«

Was sie schließlich auch taten. Während der ruhigen Phase zwischen zehn und elf zog Frost los und kam mit zwei großen Salamipizzas vom Italiener um die Ecke zurück. Coladosen wurden aufgerissen und Servietten herumgereicht, und dann saßen alle wieder da und starrten das stumme Telefon an. Jane war nun seit einem Monat nicht mehr im Dienst, an diesem Abend aber hatte sie das Gefühl, nie weg gewesen zu sein. Sie saß am selben Tisch, zusammen mit denselben erschöpften Kollegen, und wie immer brachte Darren Crowe sie mit seinen Bemerkungen zur Weißglut. Bis auf die Tatsache, dass Gabriel nun mit im Team war, hatte sich nichts verändert. Es hat mir gefehlt, dachte sie. Trotz Crowe und alldem. Es hat mir gefehlt, so mittendrin im Geschehen zu sein.

Das Klingeln des Telefons überraschte sie, als sie gerade ein Stück Pizza zum Mund führte. Sie schnappte sich eine Serviette, um sich das Fett von den Fingern zu wischen, und warf einen Blick auf die Uhr. Punkt elf. Das Display zeigte eine Bostoner Nummer an. Dieser Anruf kam drei Stunden zu spät.

»Hallo?«, meldete sie sich.

Die Antwort war Schweigen.

»Hallo?«, wiederholte Jane.

»Wer sind Sie?« Es war eine weibliche Stimme, ein kaum hörbares Flüstern.

Jane schrak zusammen. Sie starrte Gabriel an und sah, dass ihm das Gleiche aufgefallen war wie ihr. Die Anruferin spricht mit einem Akzent.

»Ich bin eine Freundin«, sagte Jane.

»Ich kenne Sie nicht.«

»Olena hat mir von Ihnen erzählt.«

»Olena ist tot.«

Sie ist es. Jane blickte sich am Tisch um und sah in verblüffte Gesichter. Sogar Crowes Oberkörper war nach vorn geschnellt, und seine Miene verriet angespannte Erwartung.

»Mila«, sagte Jane. »Sagen Sie mir, wo wir uns treffen können. Bitte, ich muss mit Ihnen reden. Ich verspreche Ihnen,

Sie haben absolut nichts zu befürchten. Wo immer Sie wollen.« Sie hörte ein Klicken, als der Hörer eingehängt wurde. »*Mist!*« Jane sah Moore an. »Wir brauchen ihren Standort!«

»Habt ihr es schon?«, fragte er Frost.

Frost legte den Hörer des Festnetzapparats auf. »West End. Es ist eine Telefonzelle.«

»Auf geht's«, sagte Crowe. Er war aufgesprungen und eilte schon zur Tür.

»Bis Sie dort ankommen, ist sie doch längst weg«, sagte Gabriel.

»Eine Streife könnte in fünf Minuten da sein«, meinte Moore.

Jane schüttelte den Kopf. »Keine Uniformen. Wenn sie die sieht, weiß sie sofort, dass es eine Falle ist. Und ich werde nie mehr eine Chance bekommen, mit ihr Kontakt aufzunehmen.«

»Und was sollen wir Ihrer Meinung nach tun?«, fragte Crowe, der in der Tür stehen geblieben war.

»Ihr die Gelegenheit geben, darüber nachzudenken. Sie hat meine Nummer. Sie weiß, wie sie mich erreichen kann.«

»Aber sie weiß nicht, wer Sie sind«, sagte Moore.

»Und das macht ihr natürlich Angst. Sie will nur auf Nummer Sicher gehen.«

»Aber es kann auch gut sein, dass sie gar nicht mehr anruft«, sagte Crowe. »Das ist vielleicht unsere einzige Chance, sie zu schnappen. Wir sollten keine Zeit verlieren.«

»Er hat Recht«, sagte Moore an Jane gewandt. »Es könnte unsere einzige Chance sein.«

Nach einer Weile nickte Jane. »Also gut. Fahren Sie.«

Frost und Crowe verließen den Raum. Während die Minuten verstrichen, starrte Jane das stumme Telefon an und dachte: Vielleicht hätte ich mit ihnen fahren sollen. Ich sollte da draußen sein und nach ihr suchen. Sie stellte sich vor, wie Frost und Crowe das Labyrinth von Straßen im

West End abfuhren, auf der Suche nach einer Frau, deren Gesicht sie nie gesehen hatten.

Moores Handy klingelte, und er griff sofort danach. Schon an seiner Miene konnte Jane ablesen, dass die Neuigkeiten nicht gut waren. Er beendete das Gespräch und schüttelte den Kopf.

»Sie war nicht da?«, fragte Jane.

»Sie haben die Spurensicherung gerufen, um das Telefon nach Fingerabdrücken abzusuchen.« Er sah die bittere Enttäuschung in ihrem Gesicht. »Na ja, immerhin wissen wir jetzt, dass es sie wirklich gibt. Sie lebt.«

»Ja, noch«, sagte Jane.

Auch Cops müssen ab und zu mal Milch und Windeln einkaufen.

Jane stand vor dem Regal des Lebensmittelladens, Regina in ihrem Tragetuch fest an ihre Brust geschmiegt, und ließ den müden Blick über die Dosen mit Babymilchpulver wandern. Sorgfältig verglich sie die Angaben zum Nährstoffgehalt der verschiedenen Marken. Alle versprachen, den täglichen Bedarf eines Säuglings von A bis Zink hundertprozentig zu decken. Jede davon wäre vollkommen in Ordnung, dachte sie, wieso habe ich dann eigentlich ein schlechtes Gewissen? Regina *mag* Fertigmilch. Und ich muss mir dringend wieder den Piepser an den Gürtel klemmen und an die Arbeit gehen. Ich kann nicht ewig nur auf der Couch herumhängen und mir eine Krimiwiederholung nach der anderen reinziehen.

Und ich muss raus aus diesem Laden.

Sie schnappte sich zwei Sechserpacks der erstbesten Babymilchmarke, ging noch rasch zum Regal mit den Windeln und steuerte die Kasse an.

Draußen auf dem Parkplatz war es so heiß, dass ihr schon beim Verstauen ihrer Einkäufe im Kofferraum der Schweiß ausbrach. An den Autositzen hätte man sich den Hintern versengen können. Bevor sie Regina in ihren Kindersitz schnallte, ließ Jane die Türen eine Weile offen stehen, um den Innenraum auszulüften. Einkaufswagen ratterten vorüber, geschoben von schwitzenden Käufern. Eine Hupe ertönte, und ein Mann schrie: »He, pass doch auf, wo du hinläufst, du Idiot!« Niemand von diesen Leuten wollte zu dieser Jahreszeit in der Stadt sein. Sie hätten alle lieber mit einem Eis in der Hand am Strand gelegen, als sich hier ihren Weg durch Scharen von anderen genervten Bostonern zu bahnen.

Regina begann zu weinen; die dunklen Löckchen klebten an ihrer verschwitzten Stirn. Noch so eine genervte Bostonerin. Sie schrie immer lauter, während Jane sie auf den Rücksitz bugsierte und festschnallte, und sie schrie auch noch, als Jane den Wagen schon mehrere Häuserblocks weiter durch den stockenden Verkehr steuerte, mit der Klimaanlage auf höchster Stufe. Wieder musste sie vor einer roten Ampel halten, und sie dachte: Lieber Gott, hilf mir, diesen Nachmittag zu überstehen.

Ihr Handy klingelte.

Sie hätte es einfach weiterläuten lassen können, aber schließlich fischte sie es doch aus der Tasche und las eine örtliche Nummer vom Display ab, die ihr nicht bekannt vorkam.

»Hallo?«, meldete sie sich.

Wegen Reginas lautstarker Unmutsäußerungen konnte sie die Frage kaum verstehen: »Wer sind Sie?« Die Stimme war leise, und sie erkannte sie sofort wieder.

Janes ganzer Körper spannte sich an. »Mila? Legen Sie nicht auf! Bitte legen Sie nicht auf! Reden Sie mit mir!«

»Sie sind von der Polizei.«

Die Ampel sprang auf Grün, und hinter ihr hupte jemand. »Ja«, gab sie zu, »ich bin Polizistin. Ich versuche nur, Ihnen zu helfen.«

»Woher kennen Sie meinen Namen?«

»Ich war bei Olena, als ...«

»Als die Polizei sie tötete?«

Der Fahrer hinter ihr drückte wieder auf die Hupe, eine unerbittliche Aufforderung, doch bitte den Verkehr nicht länger aufzuhalten. *Arschloch*. Sie trat das Gaspedal durch und schoss über die Kreuzung, das Handy immer noch ans Ohr gepresst.

»Mila«, sagte sie. »Olena hat mir von Ihnen erzählt. Es waren ihre letzten Worte – sie wollte, dass ich Sie finde.«

»Gestern Abend haben Sie Polizisten losgeschickt, die mich fangen sollten.«

»Ich habe sie nicht ...«

»Zwei Männer. Ich habe sie gesehen.«

»Das waren Freunde von mir. Wir versuchen alle nur, Sie zu schützen. Es ist gefährlich für Sie da draußen, so ganz allein.«

»Sie wissen gar nicht, wie gefährlich.«

»O doch, das weiß ich!« Sie hielt inne. »Ich weiß, warum Sie auf der Flucht sind, warum Sie solche Angst haben. Sie waren in diesem Haus, als Ihre Freundinnen erschossen wurden. Nicht wahr, Mila? Sie haben alles mit angesehen.«

»Ich bin die Einzige, die noch übrig ist.«

»Sie könnten vor Gericht aussagen.«

»Vorher bringen sie mich um.«

»Wer?«

Schweigen war die Antwort. Bitte, leg nicht wieder auf, dachte Jane. Bleib am Apparat. Sie entdeckte eine Parklücke und lenkte den Wagen abrupt an den Straßenrand. Dann saß sie da, das Handy ans Ohr gedrückt, und wartete darauf, dass die Frau etwas sagte. Auf dem Rücksitz schrie Regina unermüdlich weiter, von Minute zu Minute ungehaltener darüber, dass ihre Mutter es wagte, sie zu ignorieren.

»Mila?«

»Welches Baby weint da?«

»Das ist meine Tochter. Sie ist bei mir im Auto.«

»Aber Sie sagten, Sie sind von der Polizei.«

»Ja, das bin ich auch. Das *habe* ich Ihnen doch schon erklärt. Mein Name ist Jane Rizzoli. Ich bin bei der Kriminalpolizei. Sie können das überprüfen, Mila. Rufen Sie beim Boston Police Department an, und fragen Sie nach mir. Ich war bei Olena, als sie starb. Ich wurde mit ihr in diesem Gebäude gefangen gehalten.« Nach einer Pause fügte sie hinzu: »Ich konnte sie nicht retten.«

Wieder trat Schweigen ein. Die Klimaanlage arbeitete auf Hochtouren, und Regina schrie immer noch, offenbar fest entschlossen, graue Haare aus dem Kopf ihrer Mutter sprießen zu lassen.

»Im Stadtpark«, sagte Mila.

»Was?«

»Heute Abend. Neun Uhr. Warten Sie am Teich.«

»Werden Sie dort sein? Hallo?«

Die Leitung war tot.

33

Die Dienstpistole an Janes Hüfte fühlte sich schwer und merkwürdig fremd an. Einst wie eine alte Freundin hatte sie die letzten Wochen unbeachtet in einer abgeschlossenen Schublade gelegen. Nur widerstrebend hatte Jane sie geladen und in ihr Holster gesteckt. Zwar hatte sie ihre Waffe stets mit der gesunden Portion Respekt betrachtet, die einem Gegenstand gebührte, der einem Menschen ein Loch in die Brust reißen konnte, doch nie zuvor hatte sie gezögert, danach zu greifen. Das muss ein Effekt der Mutterschaft sein, dachte sie. Wenn ich jetzt eine Waffe sehe, muss ich immer gleich an Regina denken. Daran, dass ein Zucken des Fingers am Abzug, eine verirrte Kugel, sie mir wegnehmen könnte.

»Du musst doch nicht selbst hingehen«, sagte Gabriel.

Sie saßen in Gabriels Volvo, der in der Newbury Street stand, wo die schicken Läden nun jeden Moment schließen würden. Elegant gekleidete Paare kamen nach ihrem samstäglichen Restaurantbesuch vorbeigeschlendert, gesättigt und vom Wein beschwingt. Anders als Jane, die vor Nervosität nur ein paar Bissen von dem Schmorbraten hinuntergebracht hatte, den Angela vorbeigebracht hatte.

»Sie können doch irgendeine andere Polizistin schicken«, fuhr Gabriel fort. »Du kannst ruhig auch mal jemand anders ranlassen.«

»Mila kennt meine Stimme. Sie kennt meinen Namen. Ich muss es tun.«

»Du bist jetzt seit einem Monat nicht mehr dabei.«

»Und es wird allmählich Zeit, dass ich wieder einsteige.« Sie sah auf ihre Uhr. »Vier Minuten«, sagte sie in ihr Sprechfunkgerät. »Ist alles bereit?«

Im Ohrknopf vernahm sie Moores Stimme: »Wir sind auf unseren Posten. Frost steht an der Ecke Beacon und Huntington und ich vor dem Four Seasons.«

»Und ich werde hinter dir sein«, sagte Gabriel.

»Okay.« Sie stieg aus und zog ihre leichte Jacke straff, damit die Waffe sich darunter nicht abzeichnete. Als sie die Newbury Street in westlicher Richtung hinunterging, musste sie sich ihren Weg durch Scharen von Touristen und Wochenendausflüglern bahnen. Menschen, die es nicht nötig hatten, eine Waffe am Gürtel mit sich herumzuschleppen. An der Arlington Street blieb sie stehen und wartete, bis die Fußgängerampel auf Grün sprang. Auf der anderen Straßenseite begann der Stadtpark, und zu ihrer Linken war die Beacon Street, wo Frost postiert war, doch sie sah nicht in seine Richtung. Und sie wagte es auch nicht, einen Blick über die Schulter zu werfen, um sich zu vergewissern, dass Gabriel hinter ihr war. Sie wusste, dass er da war.

Sie überquerte die Arlington und betrat den Stadtpark.

Während auf der Newbury Street reges Treiben geherrscht hatte, waren hier nur wenige Touristen zu sehen. Auf einer Bank am Teich saß ein Pärchen, eng umschlungen und ohne einen Gedanken an irgendetwas oder irgendjemanden außerhalb ihres eigenen aufregenden Universums. Ein Mann beugte sich über einen Abfallbehälter, fischte Getränkedosen heraus und ließ sie scheppernd in den Sack fallen, den er in der Hand hielt. Auf dem Rasen, durch die Bäume vom Schein der Straßenbeleuchtung abgeschirmt, hockten ein paar Jugendliche im Kreis zusammen und klimperten abwechselnd auf einer Gitarre. Jane blieb am Ufer des Teichs stehen und blickte sich suchend im Halbdunkel des Parks um. *Ist sie hier? Beobachtet sie mich vielleicht schon?*

Niemand kam auf sie zu.

Langsam ging sie einmal um den Teich herum. Am Tag dümpelten hier die traditionellen Bostoner Schwanenboote im Wasser umher, Familien schlenderten Eis essend am Ufer entlang, und Bongospieler sorgten für die musikalische Umrahmung. Aber heute Abend war das Wasser still, nur ein schwarzes Loch, in dem nicht einmal ein schwacher Widerschein der Großstadtlichter zu sehen war. Sie ging weiter bis zum Nordende des Teichs und blieb stehen, im Ohr den Verkehr auf der Beacon Street. Durch die Büsche sah sie einen Mann scheinbar müßig unter einem Baum stehen. Barry Frost. Sie wandte sich ab und setzte ihren Rundgang um den Teich fort, bis sie im Lichtkegel einer Laterne stehen blieb.

Hier bin ich, Mila. Schau mich in aller Ruhe an. Du siehst, ich bin allein.

Nach einer Weile setzte sie sich auf eine Bank. Sie kam sich vor wie der Star eines Einpersonenstücks, die Laterne wie ein Scheinwerfer, der auf ihren Kopf gerichtet war. Sie spürte Augen, die sie beobachteten, die ihre Privatsphäre verletzten.

Hinter ihr ertönte ein schepperndes Geräusch. Sie fuhr herum und griff automatisch nach ihrer Waffe. Mit der Hand am Holster hielt sie abrupt inne, als sie sah, dass es nur der abgerissen aussehende Mann mit seinem Müllsack voller klappernder Weißblechdosen war. Mit pochendem Herzen ließ sie sich wieder auf die Parkbank sinken. Ein leichter Wind wehte jetzt durch den Park, kräuselte die Oberfläche des Teichs und überzog sie mit einem Netz von glitzernden Pailletten. Der Dosenmann schleppte seinen Sack zu einem Abfallbehälter neben der Bank, auf der sie saß, und begann, im Müll herumzustochern. Er ließ sich Zeit beim Ausgraben seiner Schätze, und ein blechernes Scheppern folgte jedem einzelnen Fund. Wurde sie den Kerl denn gar nicht mehr los? Frustriert stand sie auf, um ihm zu entfliehen.

Ihr Handy klingelte.

Rasch griff sie in die Jackentasche, zog das Telefon hervor und klappte es auf. »Hallo? *Hallo?*«

Schweigen.

»Ich bin hier«, sagte Jane. »Ich sitze am Teich und warte auf Sie, wie Sie es mir gesagt haben. Mila?«

Sie hörte nur das Wummern ihres eigenen Herzschlags. Die Verbindung war abgebrochen.

Jane wirbelte herum und ließ den Blick ringsum durch den Park schweifen, sah aber nur die Menschen, die vorher schon da gewesen waren. Das knutschende Pärchen auf der Bank, die Jugendlichen mit der Gitarre. Und den Mann mit dem Sack voller Dosen. Er stand regungslos da, über den Abfallbehälter gebeugt, als hätte er gerade in dem Haufen von alten Zeitungen und Lebensmittelverpackungen einen winzigen Edelstein entdeckt.

Er hat mitgehört.

»He, Sie!«, sagte Jane.

Der Mann richtete sich sofort auf. Er begann davonzugehen, wobei er den Sack mit den scheppernden Dosen hinter sich herzog.

Sie lief ihm nach. »Ich will mit Ihnen reden!«

Der Mann blickte sich nicht um. Er ging einfach weiter, beschleunigte aber seinen Schritt, weil er wusste, dass er verfolgt wurde. Sie sprintete hinter ihm her und holte ihn ein, als er gerade den Gehsteig erreicht hatte, bekam den Kragen seiner Windjacke zu fassen und riss ihn herum. Im hellen Schein der Straßenlampe starrten sie einander an. Jane sah eingesunkene Augen und einen ungepflegten Bart mit grauen Strähnen. Roch seinen Atem, einen säuerlichen Brodem aus Alkohol und faulen Zähnen.

Er schlug ihre Hand weg. »Was machen Sie denn da? Was soll das, Lady?«

»Rizzoli?«, blaffte Moores Stimme in ihrem Ohrhörer. »Brauchen Sie Verstärkung?«

»Nein. Nein, ich komme schon zurecht.«

»Mit wem reden Sie 'n da?«, wollte der Penner wissen.

Ärgerlich winkte sie ab. »Los, machen Sie, dass Sie verschwinden.«

»Für wen halten Sie sich eigentlich, dass Sie mich hier so rumkommandieren?«

»*Verschwinden* Sie einfach.«

»Ja doch, ja.« Er schnaubte verächtlich und schlurfte mit seinem Sack voller Dosen davon. »Laufen denn hier nur noch Spinner rum …«

Sie drehte sich um und stellte plötzlich fest, dass sie umzingelt war. Gabriel, Moore und Frost waren bis auf wenige Schritte an sie herangetreten und bildeten einen schützenden Ring um sie. »Oh, Mann«, stöhnte sie. »Hab ich vielleicht Hilfe angefordert?«

»Wir wussten nicht, was los ist«, sagte Gabriel.

»Jetzt haben wir es vermasselt.« Sie blickte sich im Park um, und er schien verlassener als je zuvor. Das Pärchen war von der Bank aufgestanden und schlenderte davon; nur das Lachen der Jugendlichen mit der Gitarre schallte ihr noch aus dem Halbdunkel entgegen. »Wenn Mila alles mit angesehen hat, dann weiß sie jetzt, dass es eine Falle war. Sie wird sich bestimmt nicht mehr in meine Nähe wagen.«

»Es ist Viertel vor zehn«, sagte Frost. »Was denkt ihr?«

Moore schüttelte den Kopf. »Machen wir Schluss. Heute Abend wird nichts mehr passieren.«

»Es lief doch gut«, sagte Jane. »War wirklich nicht nötig, die Kavallerie zu schicken.«

Gabriel fuhr auf den Parkplatz hinter ihrem Wohnblock und stellte den Motor ab. »Wir wussten nicht, was da passierte. Wir sahen dich hinter diesem Mann herlaufen, und dann sah es so aus, als ob er zum Schlag ausholte.«

»Er wollte sich nur losreißen.«

»Das wusste ich ja nicht. Ich dachte …« Er brach ab und sah sie an. »Ich habe nur spontan reagiert. Das ist alles.«

»Dir ist schon klar, dass wir sie wahrscheinlich verloren haben.«

»Dann haben wir sie eben verloren.«

»Das scheint dich ja ziemlich kalt zu lassen.«

»Weißt du, was mich nicht kalt lässt? Die Sorge, dass dir etwas zustoßen könnte. Das ist mir wichtiger als alles andere.« Er stieg aus, und sie folgte ihm.

»Hast du etwa vergessen, womit ich meine Brötchen verdiene?«, fragte sie.

»Ich versuche, lieber nicht daran zu denken.«

»Jetzt ist also plötzlich mein Job nicht mehr okay.«

Er schlug die Wagentür zu und fing ihren Blick über das Dach hinweg auf. »Ich geb's zu. Im Moment habe ich so meine Probleme damit.«

»Verlangst du, dass ich kündige?«

»Das würde ich tun, wenn ich glauben würde, dass ich damit durchkomme.«

»Was soll ich denn stattdessen tun?«

»Da hätte ich eine ganz originelle Idee. Du könntest zu Hause bei Regina bleiben.«

»Seit wann hast du denn diese vorgestrige Denke drauf? Ich kann's nicht fassen, dass du so etwas sagst.«

Er seufzte und schüttelte den Kopf. »Ich kann auch nicht glauben, dass ich es sage.«

»Du hast gewusst, wer ich bin, als du mich geheiratet hast, Gabriel.« Sie drehte sich um und ging ins Haus. Als sie schon im ersten Stock angelangt war, hörte sie Gabriel von unten sagen: »Aber vielleicht habe ich nicht gewusst, wer *ich* bin.«

Sie sah zu ihm hinunter. »Was soll das heißen?«

»Du und Regina, ihr seid alles, was ich habe.« Langsam kam er die Stufen hinauf, bis sie einander Auge in Auge gegenüberstanden. »Ich habe mir vorher nie um irgendeinen anderen Menschen Sorgen machen müssen, um das, was ich verlieren könnte. Ich wusste nicht, dass es mir solche Angst machen würde. Jetzt habe ich diese große, empfindliche Achillesferse, und ich kann an nichts anderes mehr denken als daran, wie ich sie schützen kann.«

»Das kannst du nicht«, erwiderte sie. »Das ist etwas, womit du einfach leben musst. So ist das nun mal, wenn man eine Familie hat.«

»Der Gedanke, das alles wieder zu verlieren – das ist einfach zu viel für mich.«

Plötzlich ging die Wohnungstür auf, und Angela steckte den Kopf auf den Flur hinaus. »Ich dachte doch, dass ich euch zwei da draußen gehört habe.«

Jane drehte sich um. »Hallo, Mom.«

»Ich habe sie gerade hingelegt, also seid bitte leise.«

»Wie hat sie sich aufgeführt?«

»Ganz genau wie du in ihrem Alter.«

»Echt, so schlimm?« Als Jane die Wohnung betrat, war sie verblüfft, wie sauber und ordentlich alles war. Das Geschirr war gespült und weggeräumt, die Arbeitsflächen blitzblank gewischt. Ein Spitzendeckchen zierte den Esstisch. Wann hatte sie je ein Spitzendeckchen besessen?

»Ihr zwei habt gerade gestritten, nicht wahr?«, sagte Angela. »Das sehe ich euch doch an.«

»Wir hatten einen enttäuschenden Arbeitstag, das ist alles.« Jane zog ihre Jacke aus und hängte sie an die Garderobe. Als sie sich wieder zu ihrer Mutter umdrehte, sah sie, dass Angelas Blick auf ihre Waffe gerichtet war.

»Du schließt das Ding doch hoffentlich weg, oder?«

»Das tu ich immer.«

»Denn kleine Kinder und Waffen …«

»Okay, okay.« Jane nahm die Pistole vom Gürtel und legte sie in eine Schublade. »Regina ist doch noch keinen Monat alt.«

»Sie ist frühreif, genau wie du, als du klein warst.« Angela sah Gabriel an. »Hab ich dir schon mal erzählt, was Jane gemacht hat, als sie drei Jahre alt war?«

»Mom, die Geschichte will er bestimmt nicht hören.«

»Doch, das will ich«, sagte Gabriel.

Jane seufzte. »Es hatte etwas mit einem Feuerzeug und

den Vorhängen im Wohnzimmer zu tun. Und die Feuerwehr von Revere kommt auch darin vor.«

»Ach, *die* Geschichte«, sagte Angela. »Die hatte ich ganz vergessen.«

»Warum erzählst du sie mir nicht, während ich dich nach Hause fahre?«, schlug Gabriel vor und nahm Angelas Weste aus der Garderobe.

Nebenan war plötzlich ein lautes Heulen zu hören – Regina ließ sie wissen, dass für sie die Nachtruhe noch nicht begonnen hatte. Jane ging ins Kinderzimmer und hob ihre Tochter aus dem Bettchen. Als sie ins Wohnzimmer zurückkam, waren Gabriel und ihre Mutter schon gegangen. Sie ging in die Küche und schuckelte Regina auf einem Arm, während sie Wasser in einen Topf laufen ließ, um das Fläschchen anzuwärmen. Plötzlich schrillte die Haustürklingel.

»Janie?«, ließ sich Angelas Stimme durch die Sprechanlage vernehmen. »Machst du mir noch mal auf? Ich hab meine Brille vergessen.«

»Komm rauf, Mom.« Jane drückte auf den Türöffner und stand schon mit der Brille in der Hand in der Wohnungstür, als ihre Mutter die Treppe hinaufkam.

»Ohne die kann ich nicht lesen«, sagte Angela. Sie nutzte die Gelegenheit, um ihrer quengeligen Enkelin ein letztes Küsschen zu geben. »Jetzt muss ich aber los. Er hat den Motor laufen lassen.«

»Tschüs, Mom.«

Jane ging zurück in die Küche und stellte die Flasche in das heiße Wasser. Während sie wartete, bis die Milch warm war, ging sie mit ihrer weinenden Tochter auf und ab.

Wieder ertönte die Klingel.

Ach, Ma. Was hast du denn jetzt wieder vergessen?, fragte sie sich, während sie den Türöffner betätigte.

Inzwischen war die Milch warm. Jane wollte Regina den Sauger in den Mund stecken, aber ihre Tochter wischte ihn einfach mit dem Händchen weg, als ekelte sie sich davor. Was willst du denn, Schätzchen?, dachte sie frustriert, während sie mit ihrer Tochter wieder ins Wohnzimmer ging. Wenn du mir doch bloß sagen könntest, was du willst!

Sie öffnete die Tür, um ihre Mutter hereinzulassen.

Aber es war nicht Angela, die draußen stand.

34

Wortlos schob das Mädchen sich an Jane vorbei in die Wohnung und schloss die Tür hinter sich ab. Dann lief sie zu den Fenstern und zog rasch hintereinander alle Jalousien zu, während Jane nur verdutzt zuschauen konnte.

»Was soll das denn werden?«

Die ungebetene Besucherin wirbelte zu ihr herum und hob den Finger an die Lippen. Sie war klein und zierlich, mehr Kind als Frau, und ihr dürrer Körper ging in ihrem weiten, unförmigen Sweatshirt fast unter. Die Hände, die aus den zerschlissenen Ärmeln hervorschauten, hatten Knochen so zart wie die eines Vogels, und die prall gefüllte Tragetasche, die das Mädchen mit sich schleppte, schien ihre schmächtige Schulter nach unten zu ziehen. Ihre roten Haare waren zu einer schiefen und unregelmäßigen Ponyfrisur geschnitten, als hätte sie selbst die Schere geführt und blind daran herumgeschnippelt. Ihre Augen waren von einem blassen, unwirklichen Grau, transparent wie Glas. Es war das Gesicht eines wilden, ausgehungerten Tiers, mit hohen, spitzen Wangenknochen und einem Blick, der auf der Suche nach verborgenen Fallen unruhig im Zimmer umherzuckte.

»Mila?«, sagte Jane.

Wieder schnellte der Finger des Mädchens zum Mund hoch. Die Miene, mit der sie Jane ansah, sprach eine deutliche Sprache.

Sei still. Sei auf der Hut.

Sogar Regina schien zu verstehen. Das Baby verstummte plötzlich und lag reglos in Janes Armen, die Augen weit aufgerissen und wachsam.

»Hier sind Sie sicher«, sagte Jane.

»Ich bin nirgendwo sicher.«

»Lassen Sie mich meine Freunde anrufen. Wir sorgen dafür, dass Sie so schnell wie möglich Polizeischutz bekommen.«

Mila schüttelte den Kopf.

»Ich kenne diese Männer. Ich arbeite mit ihnen zusammen.« Jane griff nach dem Telefon.

Das Mädchen machte einen Satz auf sie zu und schlug die Hand auf den Hörer. *»Keine Polizei!«*

Jane starrte in die Augen des Mädchens, in denen jetzt Panik loderte. »Okay«, murmelte sie und trat vom Telefon zurück. »Ich bin auch Polizistin. Wieso trauen Sie mir?«

Milas Blick richtete sich auf Regina, und Jane dachte: Deshalb hat sie es riskiert, mich aufzusuchen. Sie weiß, dass ich eine Mutter bin. Das ändert irgendwie alles.

»Ich weiß, warum Sie auf der Flucht sind«, sagte Jane. »Ich weiß Bescheid über Ashburn.«

Mila ging zur Couch und sank auf die Kissen nieder. Plötzlich wirkte sie noch kleiner, schien unter Janes Augen dahinzuschwinden. Sie zog die Schultern ein und stützte den Kopf in die Hände, als sei sie zu erschöpft, um ihn noch länger hochzuhalten. »Ich bin so müde«, flüsterte sie.

Jane trat näher, bis sie direkt vor dem Mädchen stand und auf ihren gesenkten Kopf, das unsauber geschnittene Haar hinabblickte. »Sie haben die Mörder gesehen. Helfen Sie uns, sie zu identifizieren.«

Mila sah mit ihren eingesunkenen, gehetzten Augen zu ihr auf. »Ich werde nicht mehr lange genug leben.«

Jane ließ sich in die Hocke fallen, bis ihre Augen auf gleicher Höhe mit denen des Mädchens waren. Auch Regina starrte Mila an, fasziniert von dieser exotischen, unbekannten Kreatur. »Warum sind Sie hier, Mila? Was wollen Sie von mir?«

Mila griff in die schmutzige Tragetasche, die sie mitgebracht hatte, und wühlte in Bergen von zerknitterten Kleidern, Schokoriegeln und zusammengeknüllten Papiertaschentüchern herum. Schließlich zog sie eine Videokassette hervor und hielt sie Jane hin.

»Was ist das?«

»Ich habe Angst, sie noch länger zu behalten. Ich gebe sie Ihnen. Sagen Sie ihnen, dass es außer der keine mehr gibt – das ist die letzte Kopie.«

»Wo haben Sie sie her?«

»*Nehmen* Sie sie einfach!« Sie hielt die Kassette mit ausgestrecktem Arm, als wäre sie vergiftet, als wollte sie sich das Ding so weit wie möglich vom Leib halten. Als Jane sie ihr endlich abnahm, seufzte sie erleichtert auf.

Jane setzte Regina in ihre Babytrage und ging zum Fernseher. Sie schob die Kassette in den Videorekorder, nahm die Fernbedienung und drückte auf PLAY.

Auf dem Bildschirm tauchte ein Messingbett auf, ein Stuhl, ein mit schweren Vorhängen verdecktes Fenster. Aus dem Off näherten sich knarrende Schritte, und eine Frau kicherte. Dann hörte man eine Tür ins Schloss fallen, und nun erschienen ein Mann und eine Frau auf der Bildfläche. Die Frau hatte eine wallende blonde Mähne, und ihre tief ausgeschnittene Bluse ließ ein üppiges Dekolletee erkennen. Der Mann trug ein Polohemd und eine Khakihose.

»Oh, yeah«, stöhnte der Mann, als die Frau ihre Bluse aufknöpfte. Sie schälte sich mit lasziven Bewegungen aus ihrem Rock und zog ihren Slip herunter. Dann gab sie dem Mann einen spielerischen Schubs, so dass er rücklings aufs Bett fiel. Er ließ alles widerstandslos über sich ergehen und blieb reglos liegen, als sie seinen Gürtel aufschnallte und ihm die Hose über die Hüften herunterzog. Dann beugte sie sich über ihn und nahm seinen erigierten Penis in den Mund.

Das ist ja nur ein Pornofilm, dachte Jane laut. Wieso schaue ich mir das an?

»Das ist es nicht«, sagte Mila und nahm Jane die Fernbedienung aus der Hand. Sie spulte das Band vor. Der Kopf der Blondine zuckte wild hin und her, als sie in Rekordgeschwindigkeit einen Blowjob absolvierte. Dann wurde der Bildschirm dunkel. Nun flimmerte ein neues Pärchen durchs Bild. Als Jane das lange schwarze Haar der Frau sah, hielt sie betroffen inne. Es war Olena.

Kleider verschwanden wie durch einen Zaubertrick, nackte Körper wälzten sich im Schnelldurchlauf auf der Matratze. Dieses Schlafzimmer habe ich schon einmal gesehen, ging es Jane urplötzlich auf. Sie erinnerte sich an den Wandschrank mit dem Loch in der Rückwand. So ist diese Aufnahme entstanden – mit einer Kamera, die in diesem Schrank montiert war. Und nun fiel ihr auch ein, wer die Frau in dem ersten Ausschnitt war – das zweite unbekannte Opfer aus Detective Wardlows Tatortvideo; die Frau, die in ihrem Feldbett gestorben war, wo sie sich ängstlich unter der Decke zu verstecken versucht hatte.

Alle Frauen auf diesem Video sind inzwischen tot.

Wieder wurde der Bildschirm dunkel.

»Hier«, sagte Mila leise. Sie drückte auf STOP, dann auf PLAY.

Es war dasselbe Bett, dasselbe Zimmer, aber mit anderer Bettwäsche: ein Blumenmuster mit nicht dazu passenden Kopfkissenbezügen. Ein älterer Mann trat ins Bild. Er hatte schütteres Haar und trug eine Nickelbrille, ein weißes Hemd und eine rote Krawatte. Er band die Krawatte auf und warf sie auf den Stuhl, und als er das Hemd aufknöpfte, kamen ein bleicher Hängebauch und speckige Hüften zum Vorschein. Er stand frontal zur Kamera, von deren Existenz er offensichtlich nichts ahnte, denn als er nun ein Hemd auszog, tat er dies ohne das geringste Anzeichen von Befangenheit und ließ ungeniert seine hängenden Schultern und seinen herausgestreckten Bauch sehen. Aber plötzlich straffte er sich und richtete seine Aufmerksamkeit abrupt auf etwas, was die Kamera noch nicht sehen konnte. Es war ein Mädchen. Ihre Schreie waren zu hören, bevor sie selbst ins Bild trat; schrille Proteste in einer Sprache, die wie Russisch klang. Sie wollte dieses Zimmer nicht betreten. Ein schallender Schlag und ein strenges Kommando aus dem Mund einer Frau, und das Schluchzen verstummte jäh. Dann taumelte das Mädchen ins Bild, als ob jemand sie gestoßen hätte, und sank vor den Füßen des Mannes zu Boden. Die Tür knallte zu, und klappernde Schritte entfernten sich.

Der Mann sah auf das Mädchen hinunter. Unter dem grauen Stoff seiner Hose zeichnete sich bereits eine Erektion ab. »Steh auf«, sagte er.

Das Mädchen rührte sich nicht.

Wieder: »Steh auf!« Er stieß sie mit dem Fuß an.

Schließlich hob das Mädchen den Kopf. Langsam, als ob allein die Last der Schwerkraft sie schon völlig erschöpfte, rappelte sie sich auf. Ihr blondes Haar war zerzaust.

Ohne es zu wollen, rückte Jane näher an den Fernseher heran. Sie war zu entsetzt, als dass sie hätte wegschauen können, und zugleich schwoll ihre Wut an. Das Mädchen war noch nicht einmal ein Teenager. Sie trug eine kurze pinkfarbene Bluse und einen Jeansminirock, der ihre erschreckend dünnen Beine sehen ließ. Ein leuchtend roter Fleck auf der Wange zeigte an, wo die Frau sie geschlagen hatte. Verblassende Blutergüsse an ihren nackten Armen zeugten von anderen Schlägen, anderen Grausamkeiten. Obwohl der Mann sie um einiges überragte, blickte sie ihm nun mit stiller, trotziger Verachtung in die Augen. »Zieh die Bluse aus.«

Das Mädchen sah ihn nur an.

»Was denn, bist du blöd? Verstehst du kein Englisch?«

Mit einem Ruck richtete das Mädchen sich kerzengerade auf und reckte das Kinn in die Höhe. *Jawohl, sie versteht dich. Und sie sagt dir, dass du dich verpissen sollst, du Arschloch.*

Der Mann trat auf sie zu, packte die Bluse mit beiden Händen und riss sie auf. Ein Hagel von Knöpfen prasselte herab. Das Mädchen schnappte erschrocken nach Luft und versetzte ihm eine schallende Ohrfeige. Seine Brille flog durch die Luft und landete scheppernd auf dem Boden. Einige Sekunden lang starrte der Mann sie nur verblüfft an. Dann verzerrte ein Ausdruck von derart blinder Wut seine Züge, dass Jane vom Fernseher zurückwich, weil sie genau wusste, was als Nächstes passieren würde.

Der Schlag traf das Mädchen am Kinn, und das mit solcher Wucht, dass ihre Füße vom Boden abzuheben schienen. Sie fiel der Länge nach hin. Er fasste sie um die Taille, schleppte sie zum Bett und warf sie auf die Matratze. Mit ein paar heftigen Bewegungen riss er ihr den Rock herunter, dann schnallte er seine Hose auf.

Obwohl der Schlag sie vorübergehend betäubt hatte, war der Widerstand des Mädchens noch nicht gebrochen. Mit einem Mal war sie wieder hellwach; sie schrie und hämmerte mit den Fäusten auf ihn ein. Er packte ihre Handgelenke und warf sich auf sie, drückte sie auf die Matratze hinunter. So eilig hatte er es, sich zwischen ihre Beine zu manövrieren, dass ihre rechte Hand seinem Griff entglitt. Sie krallte nach seinem Gesicht, und ihre Fingernägel zerkratzten seine Haut. Er fuhr zurück und hielt sich die verletzte Wange. Starrte ungläubig auf seine Finger. Auf das Blut aus der Wunde, die sie ihm beigebracht hatte.

»Du Schlampe. Du mieses kleines Stück *Scheiße.*«

Er versetzte ihr einen Faustschlag an die Schläfe. Das dumpfe Geräusch ließ Jane zusammenzucken. Übelkeit stieg in ihr auf.

»Ich hab für dich bezahlt, verdammt!«

Das Mädchen stemmte sich gegen seine Brust, doch ihre Kräfte schwanden bereits. Ihr linkes Auge schwoll rapide an, aus ihrem Mundwinkel sickerte Blut, und doch hörte sie nicht auf, sich zu wehren. Ihr Widerstand schien ihn nur noch mehr zu erregen. Geschwächt wie sie war, konnte sie das Unvermeidliche nicht verhindern. Als er in sie hineinstieß, schrie sie auf.

»Sei still.«

Sie hörte nicht auf zu schreien.

»Sei still!« Er schlug sie wieder. Und wieder. Schließlich legte er ihr die Hand auf den Mund, um ihre Schreie zu ersticken, während er sein Glied ein ums andere Mal in sie hineinrammte. Er schien nicht zu merken, dass sie endlich aufgehört hatte zu schreien, dass sie plötzlich vollkommen reglos dalag. Die einzigen Geräusche waren jetzt das rhythmische Quietschen des Betts und die tierischen Grunzlaute, die seiner Kehle entstiegen. Ein letztes Mal stöhnte er auf und drückte in den Zuckungen des Orgasmus den Rücken durch. Dann brach er mit einem Seufzer auf dem Mädchen zusammen.

Einige Augenblicke lang lag er nur schwer atmend da, sein ganzer Körper schlaff vor Erschöpfung. Dann schien ihm langsam zu dämmern, dass irgendetwas nicht stimmte. Er sah auf sie hinunter.

Sie regte sich nicht.

Er schüttelte sie. »Hey.« Er schlug ihr ein paar Mal leicht auf die Wange, und seine Stimme bekam einen besorgten Unterton. »Wach auf. Verdammt noch mal, wach endlich *auf!*«

Das Mädchen bewegte sich nicht.

Er wälzte sich von ihr herunter, stieg aus dem Bett und starrte sie einen Moment lang stumm an. Dann tastete er an ihrem Hals nach einem Puls. Alle Muskeln in seinem Körper schienen sich anzuspannen. Er wich vom Bett zurück, und die Panik ließ seinen Atem schneller gehen.

»O Gott«, flüsterte er.

Er blickte sich Hilfe suchend um, als ob die Lösung seines Problems irgendwo im Zimmer zu finden wäre. In heller Aufregung griff er nach seinen Kleidern und begann, sich hastig anzuziehen; seine Hände zitterten, während er sich mit Schnallen und Knöpfen abmühte. Er bückte sich, um seine Brille aufzuheben, die unter das Bett gerutscht war, und setzte sie auf. Warf einen letzten Blick auf das Mädchen und fand seine schlimmsten Befürchtungen bestätigt.

Kopfschüttelnd wich er zurück und verschwand aus dem Blickfeld der Kamera. Eine Tür wurde knarrend geöffnet, fiel ins Schloss, und eilige Schritte entfernten sich. Eine Ewigkeit verging, während die Kamera weiter auf das Bett mit dem leblosen Körper gerichtet blieb.

Andere Schritte näherten sich. Es klopfte an der Tür, eine Stimme rief etwas auf Russisch. Jane erkannte die Frau, die nun ins Zimmer trat. Es war die Aufseherin, die an den Küchenstuhl gefesselt gestorben war.

Ich weiß, was mit dir passieren wird. Was sie mit deinen Händen machen werden. Ich weiß, dass du schreiend sterben wirst.

Die Frau ging auf das Bett zu und schüttelte das Mädchen. Blaffte sie im Kommandoton an. Das Mädchen reagierte nicht. Die Frau trat einen Schritt zurück und schlug die Hand vor den Mund. Dann wandte sie sich unvermittelt um und starrte direkt in die Kamera.

Sie weiß, dass sie da ist. Sie weiß, dass sie in diesem Moment aufnimmt.

Sofort ging sie darauf zu, und man hörte, wie eine Schranktür geöffnet wurde. Dann wurde der Bildschirm schwarz.

Mila schaltete den Videorekorder aus.

Jane brachte kein Wort heraus. Sie sank auf die Couch und saß in benommenem Schweigen da. Auch Regina war still, als sei ihr bewusst, dass dies nicht der passende Augenblick war, sich durch Quengeln bemerkbar zu machen. Dass ihre Mutter im Moment zu erschüttert war, als dass sie sich um sie hätte kümmern können. Gabriel, dachte Jane. Ich brauche dich hier. Ihr Blick ging zum Telefon, und dabei sah sie, dass er sein Handy auf dem Tisch hatte liegen lassen. Sie konnte ihn im Wagen nicht erreichen.

»Er ist ein wichtiger Mann«, sagte Mila.

Jane fuhr herum und sah sie an. »Was?«

»Joe sagt, der Mann muss einen wichtigen Posten in der Regierung haben.« Mila deutete auf den Fernseher.

»Joe hat dieses Video gesehen?«

Mila nickte. »Er gab mir eine Kopie, bevor er ging. Damit wir alle eine hätten für den Fall, dass …« Sie hielt inne. »Für den Fall, dass wir uns nie wiedersehen würden«, schloss sie leise.

»Wo kommt das her? Wie sind Sie an dieses Video gekommen?«

»Die Mutter hatte es in ihrem Zimmer. Wir wussten nichts davon. Wir wollten nur das Geld.«

Das ist das Motiv für das Massaker, dachte Jane; das ist der Grund, weshalb all die Frauen in dem Haus sterben mussten. Und dieses Video ist der Beweis.

»Wer ist er?«, fragte Mila.

Jane starrte den leeren Fernsehbildschirm an. »Ich weiß es nicht. Aber ich kenne jemanden, der es wissen könnte.« Sie ging zum Telefon.

Mila sah sie entsetzt an. »Keine Polizei!«

»Ich rufe nicht die Polizei an. Ich werde einen Freund von mir bitten herzukommen. Einen Reporter. Er kennt Leute in Washington. Er hat dort gelebt. Er wird wissen, wer dieser Mann ist.« Sie blätterte im Telefonbuch, bis sie den Eintrag für Peter Lukas gefunden hatte. Er wohnte in Milton, einem südlichen Vorort von Boston. Während sie wählte, konnte sie spüren, wie Mila sie beobachtete. Offenbar war sie immer noch nicht so weit, dass sie Jane vertrauen konnte. Wenn ich *eine* falsche Bewegung mache, dachte Jane, wird dieses Mädchen davonlaufen. Ich muss aufpassen, dass ich sie nicht verschrecke.

»Hallo?«, meldete sich Peter Lukas.
»Können Sie sofort zu mir kommen?«
»Detective Rizzoli? Was ist passiert?«
»Ich kann am Telefon nicht darüber reden.«
»Das klingt ernst.«
»Das könnte Ihnen den Pulitzerpreis einbringen, Lukas.« Sie brach ab.
Jemand klingelte an der Haustür.
Mila warf Jane einen Blick voll schierer Panik zu. Sie schnappte sich ihre Tasche und rannte zum Fenster.
»Warten Sie. Mila, nicht…«
»Rizzoli?«, sagte Lukas. »Was ist da los bei Ihnen?«
»Ich rufe Sie gleich zurück«, sagte Jane und legte auf.
Mila lief inzwischen von einem Fenster zum anderen und suchte verzweifelt die Feuertreppe.
»Es ist alles okay!«, sagte Jane. »Beruhigen Sie sich.«
»Sie wissen, dass ich hier bin!«
»Wir wissen ja gar nicht, wer an der Tür ist. Sehen wir doch erst mal nach.« Sie drückte auf den Knopf der Sprechanlage. »Ja?«
»Detective Rizzoli, John Barsanti hier. Kann ich raufkommen?«
Milas Reaktion ließ keine Sekunde auf sich warten. Sie sprintete gleich los in Richtung Schlafzimmer, auf der Suche nach einem Fluchtweg.
»Warten Sie!«, rief Jane und lief ihr durch den Flur nach. »Sie können diesem Mann vertrauen!«
Das Mädchen schob bereits das Schlafzimmerfenster hoch.
»Sie dürfen jetzt nicht weglaufen!«
Wieder hörten sie die Klingel. Sofort kletterte Mila durchs Fenster auf die Feuerleiter. Wenn sie jetzt wegläuft, werde ich sie nie wiedersehen, dachte Jane. *Dieses Mädchen hat bis jetzt überlebt, und das nur dank ihres untrüglichen Instinkts. Vielleicht sollte ich auf sie hören.*

Sie packte Mila am Handgelenk. »Ich komme mit, okay? Wir gehen zusammen. Laufen Sie nur nicht ohne mich weg!«

»Schnell!«, flüsterte Mila.

Jane drehte sich um. »Das Baby.«

Mila ging mit ihr zurück ins Wohnzimmer und warf immer wieder nervöse Blicke in Richtung Wohnungstür, während Jane die Kassette aus dem Rekorder nahm und in die Windeltasche warf. Dann schloss sie die Waffenschublade auf, zog die Pistole heraus und steckte sie ebenfalls in die Windeltasche. *Man kann nie wissen…*

Es klingelte wieder.

Jane nahm Regina in den Arm. »Gehen wir.«

Mila kletterte die Feuerleiter hinunter, behände wie ein Affe.

Früher hätte Jane ihr mühelos folgen können, früher war sie genauso waghalsig gewesen. Aber jetzt war sie gezwungen, auf jede Bewegung Acht zu geben, denn sie hielt Regina im Arm. Armes Baby, dachte sie, aber ich habe einfach keine Wahl. Ich muss dich in dieses Abenteuer mit hineinziehen. Schließlich setzte sie den Fuß auf das Pflaster der Seitengasse und ging voran zu ihrem Wagen. Als sie die Fahrertür aufschloss, konnte sie durch das offene Schlafzimmerfenster noch immer Barsantis hartnäckiges Läuten hören.

Während sie auf der Tremont Street in Richtung Westen fuhr, behielt sie den Rückspiegel im Auge, doch sie konnte kein Anzeichen dafür erkennen, dass sie verfolgt wurden, keine Scheinwerfer, die sich nicht abschütteln ließen. Jetzt muss ich nur noch einen sicheren Ort finden, wo Mila nicht ausflippen wird, dachte sie. Wo sie keine Polizeiuniformen zu sehen bekommt. Und vor allem einen Ort, wo Regina absolut sicher ist.

»Wohin fahren wir?«, fragte Mila.

»Ich überlege noch, ich überlege.« Sie sah auf ihr Handy

hinunter, aber sie wagte es nicht, ihre Mutter jetzt anzurufen. Im Moment wagte sie niemanden anzurufen.

Unvermittelt bog sie nach Süden ab, auf die Columbus Avenue. »Ich weiß einen sicheren Ort«, sagte sie.

35

Peter Lukas sah schweigend und mit starrem Blick zu, wie die Bilder der brutalen Vergewaltigung über seinen Fernsehbildschirm flimmerten. Als das Video zu Ende war, verharrte er reglos. Auch nachdem Jane den Rekorder ausgeschaltet hatte, saß Lukas noch wie versteinert da und fixierte den Bildschirm, als könne er noch immer den misshandelten Körper des Mädchens sehen, die blutbefleckten Laken. Es war ganz still im Zimmer. Regina schlummerte auf der Couch; Mila stand am Fenster und spähte auf die Straße hinaus.

»Mila hat den Namen des Mädchens nie erfahren«, sagte Jane. »Es ist durchaus denkbar, dass die Leiche irgendwo im Wald hinter dem Haus verscharrt wurde. Es ist sehr einsam dort, und es gibt viele Stellen, wo man eine Leiche verschwinden lassen könnte. Der Himmel weiß, wie viele andere Mädchen da draußen noch begraben sind.«

Lukas ließ den Kopf sinken. »Mir ist speiübel.«

»Da geht es Ihnen genau wie mir.«

»Warum sollte irgendjemand so etwas auf Video aufnehmen?«

»Diesem Mann war offensichtlich nicht klar, dass er gefilmt wurde. Die Kamera war in einem Wandschrank montiert, wo die Freier sie nicht sehen konnten. Vielleicht war es einfach nur eine zusätzliche Einkommensquelle. Man lässt die Mädchen anschaffen, nimmt sie dabei auf und bietet die Videos anschließend auf dem Pornomarkt an. Aus allem lässt sich irgendwie Profit schlagen. Dieses Bordell war schließlich nur eines ihrer Subunternehmen.« Nach einer Pause setzte sie trocken hinzu: »Ballentree scheint ein überzeugter Anhänger der Diversifikation zu sein.«

»Aber das ist ein Snuff-Movie – ein Film, der einen echten Mord zeigt! Ballentree würde es nie wagen, so etwas zu verkaufen.«

»Nein, das ist wirklich zu explosiv. Und das hat die Aufseherin mit Sicherheit auch gewusst. Sie hat das Video in der Tasche versteckt. Mila sagt, sie haben die Tasche monatelang mit sich herumgeschleppt, ohne zu wissen, was auf dem Video zu sehen war. Bis Joe es eines Tages auf dem Videorekorder eines Motelzimmers abspielte.« Jane sah zum Fernseher. »Jetzt wissen wir, warum diese Frauen in Ashburn ermordet wurden. Warum Charles Desmond ermordet wurde. Weil Sie diesen Freier kannten; sie hätten ihn identifizieren können. Deshalb mussten sie alle sterben.«

»Es ging also in Wirklichkeit darum, eine Vergewaltigung und einen Mord zu vertuschen.«

Sie nickte. »Joe erkennt plötzlich, dass er eine Zeitbombe in der Hand hält. Was tun mit dem Beweisstück? Er wusste nicht, wem er trauen konnte. Und wer würde einem Typen zuhören, der schon seinen Ruf als paranoider Spinner weghatte? Das muss es gewesen sein, was er Ihnen damals schicken wollte. Eine Kopie dieses Videos.«

»Nur, dass ich es nie bekommen habe.«

»Und zu diesem Zeitpunkt hatten sie sich bereits getrennt, um der Verhaftung zu entgehen. Aber sie nahmen je eine Kopie mit. Olena haben sie erwischt, ehe sie ihre Kassette zur *Tribune* bringen konnte. Joes Kopie wurde vermutlich nach dem Sturm auf die Klinik einkassiert.« Sie deutete auf den Fernseher. »Das da ist die letzte Kopie.«

Lukas wandte sich zu Mila um, die sich in der anderen Ecke des Zimmers herumgedrückt hatte wie ein nervöses Tier, das sich nicht näher an die Menschen heranwagt. »Haben Sie diesen Mann auf dem Video selbst gesehen, Mila? War er dort in dem Haus?«

»Auf dem Boot«, antwortete sie, und sie konnten sehen,

wie ein Schauer sie überlief. »Ich habe ihn bei der Party auf dem Boot gesehen.«

Lukas sah Jane an. »Ob sie damit Charles Desmonds Yacht meint?«

»Ich glaube, so hat Ballentree seine Geschäfte abgewickelt«, sagte Jane. »Desmonds Welt war ein einziger Herrenclub. Rüstungsaufträge, Beziehungen zum Pentagon. Wenn die großen Jungs mit großen Geldsummen hantieren, können Sie wetten, dass auch Sex mit im Spiel ist. Als Möglichkeit, ein Geschäft zum Abschluss zu bringen.« Sie ließ die Kassette auswerfen und sah Lukas an. »Wissen Sie, wer dieser Mann ist? Der auf dem Video?«

Lukas schluckte krampfhaft. »Tut mir Leid. Irgendwie fällt es mir schwer zu glauben, dass das Video echt ist.«

»Der Mann muss ein ganz großes Tier sein. Überlegen Sie doch einmal, was er alles fertig gebracht hat – welche Mittel er zur Verfügung hatte, um an dieses Video heranzukommen.« Sie stellte sich vor Lukas. »Wer ist er?«

»Sie erkennen ihn nicht?«

»Sollte ich das?«

»Nur, wenn Sie letzten Monat die Anhörungen im Kongress mitverfolgt haben. Das ist Carleton Wynne. Der neue Direktor des Nationalen Geheimdiensts.«

Jane stieß die Luft durch die Zähne aus und sank auf einen Stuhl gegenüber von ihm. »Mein Gott. Sie sprechen von dem Mann, dem sämtliche Nachrichtendienste in diesem Land unterstehen?«

Lukas nickte. »Das FBI. Die CIA. Der Militärgeheimdienst. Insgesamt fünfzehn Behörden, darunter Abteilungen des Heimatschutz- und des Justizministeriums. Das ist jemand, bei dem alle Fäden zusammenlaufen. Dass Sie Wynne nicht erkannt haben, liegt daran, dass er kaum im Blick der Öffentlichkeit steht. Er ist eine dieser unscheinbaren Gestalten in grauen Anzügen. Vor zwei Jahren ist er aus der CIA ausgeschieden, um die Leitung des neu geschaffenen *Strategic*

Support Branch des Pentagons zu übernehmen. Nachdem der letzte Geheimdienstkoordinator gezwungen wurde, seinen Hut zu nehmen, ernannte das Weiße Haus Wynne zu seinem Nachfolger. Seine Nominierung ist erst vor kurzem bestätigt worden.«

»Bitte«, meldete sich Mila zu Wort. »Ich muss auf die Toilette.«

»Ganz am Ende des Flurs«, murmelte Lukas. Er blickte nicht einmal auf, als Mila zur Wohnzimmertür hinausschlüpfte. Sein Blick blieb auf Jane gerichtet. »Es ist nicht leicht, einen Mann wie ihn zu Fall zu bringen«, sagte er.

»Mit diesem Video könnte man sogar King Kong zu Fall bringen.«

»Wynne hat ein ganzes Netzwerk von Kontakten im Pentagon und bei der CIA. Dieser Mann ist der handverlesene Kandidat des *Präsidenten.*«

»Jetzt gehört er mir. Und ich werde ihn zur Strecke bringen.«

Es klingelte an der Tür. Jane blickte erschrocken auf.

»Entspannen Sie sich«, sagte Lukas, indem er aufstand. »Das ist wahrscheinlich bloß mein Nachbar. Ich habe ihm versprochen, an diesem Wochenende seine Katze zu füttern.«

Trotz seiner beschwichtigenden Worte saß Jane gespannt auf der Stuhlkante und lauschte, als Lukas die Tür öffnete. Seine Begrüßung war zwanglos: »Hallo, kommen Sie rein.«

»Alles in Ordnung?«, fragte der andere Mann.

»Ja, wir haben uns gerade ein Video angeschaut.«

In diesem Moment hätte Jane begreifen müssen, dass irgendetwas nicht stimmte, aber Lukas' entspannter Ton hatte sie besänftigt, hatte sie in dem Gefühl gewiegt, dass sie in seinem Haus, in seiner Gegenwart sicher wäre. Der Besucher trat ins Wohnzimmer. Er hatte kurz geschorenes blondes Haar und mächtige Muskelpakete an den Armen. Selbst als Jane die Pistole sah, die er in der Hand hielt, wollte sie noch nicht recht wahrhaben, was da soeben passierte. Langsam erhob sie sich; das Herz schlug ihr bis zum Hals. Sie wandte sich zu Lukas um, und auf ihren bestürzten Blick angesichts dieses Vertrauensbruchs reagierte er mit einem bloßen Schulterzucken. Seine Miene schien zu sagen: *Sorry, aber so läuft das nun mal.*

Der blonde Mann sah sich rasch im Zimmer um, und sein Blick heftete sich auf Regina, die friedlich zwischen den Sofakissen schlief. Sofort richtete er die Waffe auf das Baby, und die Panik fuhr Jane ins Herz wie ein Messerstich. »Kein Wort«, sagte er zu Jane. Er wusste genau, wie er sie in Schach halten, wie er eine Mutter an ihrem empfindlichsten Punkt treffen konnte. »Wo ist die Hure?«, fragte er Lukas.

»Auf dem Klo. Ich hole sie.«

Es ist zu spät, um Mila zu warnen, dachte Jane. Ich könnte schreien, aber sie hätte trotzdem keine Chance zu entkommen.

»Also, Sie sind diese Polizistin, von der ich gehört habe«, sagte der blonde Mann.

Die Polizistin. Die Hure. Kannte er noch nicht einmal die Namen der beiden Frauen, die zu töten er im Begriff war?

»Ich heiße Jane Rizzoli«, sagte sie.

»Falsche Zeit, falscher Ort, Detective.« Er kannte also doch ihren Namen. Natürlich, ein Profi musste so etwas wissen. Er wusste auch, dass er besser einen respektvollen Abstand einhielt, weit genug von ihr entfernt, um reagieren zu können, sollte sie eine plötzliche Bewegung machen. Doch auch ohne Waffe wäre er ein Mann, mit dem sie es nicht so leicht hätte aufnehmen können. Seine Haltung, die nüchterne, abgeklärte Art, wie er die Kontrolle übernommen hatte, verrieten ihr, dass sie gegen ihn auch dann keine Chance gehabt hätte, wenn er nicht bewaffnet gewesen wäre.

Aber er war bewaffnet …

Sie blickte auf den Boden. Wo hatte sie nur die Windeltasche abgestellt? War sie hinter dem Sofa? Sie konnte sie nicht sehen.

»Mila?«, rief Lukas durch die geschlossene Toilettentür. »Alles in Ordnung da drin?«

Regina erwachte mit einem Ruck und ließ ein nervöses Wimmern vernehmen, als ob sie spürte, dass etwas nicht stimmte. Dass ihre Mutter in Schwierigkeiten war.

»Lassen Sie mich das Kind auf den Arm nehmen«, sagte Jane.

»Es ist ganz gut da aufgehoben, wo es ist.«

»Wenn ich sie nicht auf den Arm nehme, wird sie anfangen zu schreien. Und vom Schreien versteht sie etwas.«

»Mila?« Lukas klopfte jetzt an die Toilettentür. »Machen Sie schon auf! Mila!«

Wie Jane vorausgesagt hatte, begann Regina zu heulen. Jane sah den Mann an, und schließlich nickte er. Sie hob das Baby auf, aber ihre Nähe schien Regina nicht trösten zu können. *Sie kann spüren, wie mein Herz klopft. Sie kann meine Angst spüren.*

Im Flur waren laute Schläge zu hören, dann ein Krachen, als Lukas die Tür aufbrach. Sekunden später kam er mit hochrotem Kopf wieder ins Wohnzimmer gestürzt. »Sie ist weg!«

»Was?«

»Das Klofenster ist offen. Sie muss rausgeklettert sein.«

Der blonde Mann zuckte nur mit den Achseln. »Dann werden wir sie eben ein andermal schnappen. Worauf es ihm ankommt, ist vor allem das Video.«

»Wir haben es.«

»Sind Sie sicher, dass es die letzte Kopie ist?«

»Es ist die letzte.«

Jane starrte Lukas an. »Sie wussten schon von dem Video.«

»Haben Sie eine Ahnung, wie viel Schrott man als Journalist jeden Tag zugeschickt bekommt, ohne dass man darum gebeten hätte?«, fragte Lukas. »Wie viele Verschwörungstheoretiker und paranoide Spinner da draußen rumlaufen, die unbedingt die Welt von ihren Wahnideen überzeugen wollen? Ich habe diesen einen Artikel über Ballentree geschrieben, und plötzlich war ich der beste Freund sämtlicher Joseph Rokes in diesem Land. Diese Psychopathen glauben alle, wenn sie mir von ihren albernen Wahnideen erzählen, werde ich eine große Story daraus machen. Ich soll für sie die Rolle von Woodward und Bernstein im Watergate-Skandal übernehmen.«

»So sollte es aber funktionieren. Das ist doch eigentlich die Aufgabe eines Journalisten.«

»Kennen Sie vielleicht irgendeinen reichen Reporter? Wie viele Namen von Zeitungsjournalisten können Sie aufzählen, wenn Sie einmal von den wenigen Superstars absehen? Die Wahrheit ist den Leuten letztlich scheißegal – so sieht es aus. Ja, ein paar Wochen lang kann man das Interesse der Öffentlichkeit vielleicht wach halten. Ein paar Titelstorys, ein paar Schlagzeilen wie *Direktor des Nationalen Geheimdiensts unter Mordanklage*. Das Weiße Haus würde sich angemessen entsetzt zeigen, Carleton Wynne würde sich schuldig bekennen, und dann würde die Sache den Weg aller Skandale gehen, die Washington bisher erlebt hat. Nach ein paar Monaten hätten die Leute die ganze Geschichte vergessen. Und ich würde mir weiter meine Kolumne aus den Fingern saugen, würde weiter meine Hypothek abbezahlen und weiter denselben verbeulten alten Toyota fahren.« Er schüttelte den Kopf. »Als ich mir das Video ansah, das Olena für mich abgegeben hatte, wusste ich sofort, dass da sehr viel mehr für mich drinsteckte als ein Pulitzerpreis. Ich wusste, wer mich dafür bezahlen würde.«

»Dieses Video, das Joe ihnen geschickt hat – Sie haben es also doch bekommen.«

»Beinahe hätte ich es allerdings in den Müll geworfen.

Und dann dachte ich mir, ach, was soll's, wollen doch mal sehen, was da drauf ist. Ich habe Carleton Wynne sofort erkannt. Er wusste nicht einmal von der Existenz des Videos, bis ich zum Telefon griff und ihn anrief. Er dachte, er müsste nur ein paar Huren aus dem Weg räumen. Mit einem Mal war die Sache sehr viel ernster geworden. Und teurer.«

»Er war tatsächlich bereit, mit Ihnen einen Deal zu machen?«

»Wären Sie das nicht auch? Wenn Sie wüssten, was dieses Video Ihnen antun könnte? Wenn Sie wüssten, dass noch weitere Kopien im Umlauf sind?«

»Glauben Sie ernsthaft, dass Wynne Sie am Leben lassen wird? Jetzt, nachdem Sie ihm Joe und Olena ans Messer geliefert haben? Er hat jetzt alles von Ihnen, was er braucht.«

Der Blonde unterbrach sie: »Ich brauche eine Schaufel.«

Aber Lukas sah immer noch Jane an. »Ich bin schließlich nicht dumm«, sagte er. »Und Wynne weiß das.«

»Die Schaufel?«, wiederholte der Blonde.

»In der Garage steht eine«, antwortete Lukas.

»Holen Sie sie mir.«

Als Lukas sich auf den Weg zur Garage machte, rief Jane ihm nach: »Sie sind ein Vollidiot, wenn Sie glauben, Sie würden lange genug leben, um Ihr Schweigegeld genießen zu können.« Regina lag stumm in Janes Arm, eingeschüchtert vom Zornesausbruch ihrer Mutter. »Sie haben gesehen, wie diese Leute vorgehen. Sie wissen, wie Charles Desmond gestorben ist. Und Sie wird man irgendwann auch mit aufgeschnittenen Pulsadern in ihrer eigenen Badewanne finden. Oder Sie kriegen eine Packung Barbiturate verabreicht und werden in der Bucht über Bord geworfen, wie sie es mit Olena gemacht haben. Oder vielleicht wird Ihnen dieser Kerl da auch ganz schlicht und einfach eine Kugel in den Kopf jagen.«

Lukas kam ins Haus zurück, in der Hand einen Spaten, den er dem blonden Mann übergab.

»Wie tief ist der Wald dort hinter dem Haus?«, fragte der Mann.

»Der gehört zur Blue Hills Reservation. Der Streifen ist mindestens eine Meile breit.«

»Wir müssen weit genug reingehen mit ihr.«

»Hören Sie, damit will ich nichts zu tun haben. Dafür bezahlt er Sie schließlich.«

»Dann müssen Sie sich um ihr Auto kümmern.«

»Warten Sie.« Lukas griff hinter das Sofa und holte die Windeltasche hervor. Er hielt sie dem Blonden hin. »Ich will keine Spuren von ihr in meinem Haus haben.«

Gib sie mir, dachte Jane. Gib mir meine verdammte Tasche.

Doch der Blonde hatte sie schon über die Schulter geworden und sagte: »Machen wir einen Spaziergang in den Wald, Detective.«

Jane wandte sich zu Lukas um. Sie konnte sich eine letzte bissige Bemerkung nicht verkneifen. »Sie kriegen auch noch Ihr Teil, Lukas. Sie sind ein toter Mann.«

Draußen hing ein bleicher Halbmond am sternenübersäten Himmel. Mit Regina auf dem Arm stolperte Jane durch Unterholz und Strauchwerk, nur der schwache Lichtstrahl der Taschenlampe des Killers wies ihr den Weg. Er achtete sorgfältig darauf, ihr in ausreichendem Abstand zu folgen, um ihr keine Gelegenheit zu geben, sich plötzlich auf ihn zu stürzen. Mit Regina im Arm hätte sie das sowieso nicht fertig gebracht. Mit Regina, die doch erst ein paar kurze Wochen auf der Welt war.

»Mein Baby kann Ihnen nichts tun«, sagte Jane. »Sie ist doch noch keinen Monat alt.«

Der Mann sagte nichts. Nur das Geräusch ihrer Schritte hallte durch den Wald. Das Knacken von Zweigen; das Rascheln des Laubs. So deutlich zu hören – nur, dass niemand in der Nähe war, der es hätte hören können. *Wenn eine Frau im Wald umfällt und niemand sie hört…*

»Sie könnten sie einfach mitnehmen«, sagte Jane. »Und sie irgendwo ablegen, wo man sie finden wird.«

»Das Kind ist nicht mein Problem.«

»Sie ist doch noch ein *Baby*!« Janes Stimme versagte plötzlich. Sie blieb unter den Bäumen stehen und drückte ihre Tochter an die Brust, während ihr die Tränen in die Augen stiegen und es ihr die Kehle zuschnürte. Regina gurrte leise, wie um sie zu trösten, und Jane schmiegte ihr Gesicht an den Kopf ihrer Tochter, atmete den süßen Duft ihrer Haut ein, spürte die Wärme ihrer samtweichen Wangen. Wie konnte ich dich in diese Sache hineinziehen?, dachte sie. Einen schlimmeren Fehler kann eine Mutter nicht machen. Und jetzt wirst du mit mir sterben.

»Weitergehen«, sagte der Mann.

Ich habe mich früher schon gewehrt und habe überlebt. Ich kann es wieder schaffen. Ich *muss* es wieder schaffen. *Für dich*.

»Oder soll ich es gleich hier an Ort und Stelle erledigen?«, fragte er.

Sie holte tief Luft, sog den Geruch der Bäume und des feuchten Laubs in ihre Lungen. Sie dachte an die Skelette, die sie letzten Sommer im Stony-Brook-Naturreservat untersucht hatte. An die Ranken, die sich durch die leeren Augenhöhlen geschlängelt und den Schädel mit ihren gierigen Fingern umschlungen hatten. An die fehlenden Hände und Füße, abgenagt und verschleppt von Aasfressern. Sie spürte ihren eigenen Puls, das Pochen in ihren Fingerspitzen, und dachte daran, wie klein und zerbrechlich die Knochen in einer Menschenhand waren. Wie leicht sie auf dem Waldboden verstreut werden konnten.

Sie setzte sich wieder in Bewegung, drang tiefer in den Wald ein. Behalte bloß einen klaren Kopf, sagte sie sich. Wenn du in Panik gerätst, hast du keine Chance mehr, ihn zu überraschen. Keine Chance mehr, Regina zu retten. Ihre Sinne schärften sich. Sie konnte das Blut spüren, das durch ihre Waden gepumpt wurde, konnte beinahe jedes einzelne Molekül der Luft fühlen, die über ihr Gesicht strich. Jetzt wirst du erst so richtig lebendig, dachte sie, jetzt, da du jeden Moment sterben wirst.

»Ich glaube, das ist weit genug«, sagte der Mann.

Sie standen auf einer kleinen Lichtung. Ein Ring von Bäumen umstand sie wie stumme Zeugen. Die Sterne funkelten kalt am Himmel. Nichts von alldem wird sich ändern, wenn ich tot bin. Die Sterne sind gleichgültig. Die Bäume sind gleichgültig.

Er warf ihr den Spaten vor die Füße. »Los, fangen Sie an zu graben.«

»Was ist mit meinem Baby?«

»Legen Sie es ab, und fangen Sie an zu graben.«

»Der Boden ist so hart.«

»Das ist ja wohl jetzt nicht so wichtig.« Er ließ die Windeltasche vor ihren Füßen fallen. »Legen Sie das Kind da drauf.«

Jane kniete sich auf den Boden. Ihr Herz hämmerte jetzt so wild, dass sie glaubte, es müsse ihren Brustkorb sprengen. Ich habe eine einzige Chance. In die Tasche greifen, die Waffe fassen. Herumfahren und losballern, ehe er weiß, wie ihm geschieht. Keine Gnade – puste ihm einfach das Gehirn weg.

»Armes Baby«, murmelte sie, als sie sich über die Tasche beugte. Als sie unauffällig die Hand hineinschob. »Mommy muss dich jetzt hinlegen ...« Ihre Finger tasteten ihre Geldbörse, ein Babyfläschchen, Windeln. *Meine Waffe. Wo ist meine verdammte Waffe?*

»Nun legen Sie schon das Baby hin.«

Sie ist nicht da. Ihr angehaltener Atem entlud sich in einem Schluchzer. *Natürlich hat er sie an sich genommen. Er ist doch nicht dumm. Ich bin Polizistin; er konnte sich denken, dass ich bewaffnet bin.*

»Graben Sie.«

Sie beugte sich hinab, um Regina noch einmal zu küssen, dann legte sie sie auf den Waldboden, mit der Windeltasche als Kissen. Sie nahm den Spaten und stand langsam auf. Ihre Beine waren kraftlos, die ganze Hoffnung, die sie aufrecht gehalten hatte, war geschwunden. Er stand zu weit weg, als dass sie ihn mit dem Spaten hätte treffen können. Selbst wenn sie damit nach ihm warf, konnte sie ihn nur für ein paar Sekunden außer Gefecht setzen. Nicht genug Zeit, um Regina aufzuraffen und davonzulaufen.

Sie blickte auf den Boden hinunter. Im Schein der Mondsichel sah sie Moos und eine lockere Laubschicht. Ihre Ruhestätte für die Ewigkeit. *Gabriel wird uns hier nie finden. Er wird es nie erfahren.*

Sie rammte den Spaten in die Erde und spürte, wie ihr die ersten Tränen über die Wangen liefen, als sie zu graben begann.

36

Die Wohnungstür war nur angelehnt.

Gabriel blieb im Flur stehen, instinktiv alarmiert. Von drinnen hörte er Stimmen und Schritte. Er stieß die Tür ganz auf und trat ein. »Was tun Sie hier?«

John Barsanti, der am Fenster stand, drehte sich zu ihm um. Seine erste Frage verblüffte Gabriel. »Wissen Sie, wo Ihre Frau ist, Agent Dean?«

»Ist sie denn nicht hier?« Er fuhr herum, als eine zweite Person aus dem Kinderzimmer kam. Es war Helen Glasser vom Justizministerium. Ihr silbernes Haar war straff zu einem Pferdeschwanz gebunden, was die Sorgenfalten in ihrem Gesicht noch deutlicher hervortreten ließ.

»Das Schlafzimmerfenster ist weit offen«, sagte sie.

»Wie sind Sie beide hier hereingekommen?«

»Ihr Hausverwalter hat uns hineingelassen«, antwortete Glasser. »Wir konnten nicht länger warten.«

»Wo ist Jane?«

»Das möchten wir auch gerne wissen.«

»Sie müsste eigentlich hier sein.«

»Wie lange waren Sie weg? Wann haben Sie Ihre Frau zuletzt gesehen?«

Er starrte Glasser an, beunruhigt durch den eindringlichen Ton ihrer Stimme. »Ich war ungefähr eine Stunde lang weg. Ich habe ihre Mutter nach Hause gefahren.«

»Hat Jane Sie angerufen, seit Sie das Haus verlassen haben?«

»Nein.« Er ging auf das Telefon zu.

»Sie geht nicht an ihr Handy, Agent Dean«, sagte Glasser. »Wir haben schon versucht, sie zu erreichen. Wir *müssen* sie erreichen.«

Er wandte sich zu ihr um. »Was zum Teufel geht hier vor?«

Glasser fragte leise: »Ist Mila bei ihr?«

»Das Mädchen ist nicht an dem vereinbarten …« Er hielt inne. »Sie haben das schon gewusst. Sie haben den Park auch observiert.«

»Dieses Mädchen ist unsere letzte Zeugin«, sagte Glasser. »Wenn Sie bei Ihrer Frau ist, müssen Sie es uns sagen.«

»Jane war mit dem Baby allein, als ich die Wohnung verließ.«

»Und wo sind die beiden jetzt?«

»Ich weiß es nicht.«

»Ihnen ist doch klar, Agent Dean, dass Jane in großer Gefahr ist, sollte Mila bei ihr sein.«

»Meine Frau kann sehr gut auf sich selbst aufpassen. Sie würde sich nie auf irgendetwas einlassen, ohne sich verdammt gründlich vorzubereiten.« Er ging zu der Schublade, in der Jane normalerweise ihre Waffe aufbewahrte, und fand sie unverschlossen. Er riss sie auf und starrte auf das leere Holster hinunter.

Sie hat ihre Waffe mitgenommen.

»Agent Dean?«

Gabriel knallte die Schublade zu und lief ins Schlafzimmer. Wie Glasser bereits vermeldet hatte, stand das Fenster weit offen. Jetzt bekam er es mit der Angst zu tun. Er ging zurück ins Wohnzimmer und spürte, wie Glasser ihn forschend ansah. Sie las die Panik in seiner Miene.

»Wo könnte sie hingegangen sein?«, fragte Glasser.

»Auf jeden Fall hätte sie vorher *mich* angerufen.«

»Nicht, wenn sie glaubte, dass das Telefon angezapft wird.«

»Dann würde sie zur Polizei gehen. Sie würde auf dem schnellsten Weg ins Präsidium fahren.«

»Wir haben schon beim Boston PD angerufen. Sie ist nicht dort.«

»Wir müssen dieses Mädchen finden«, warf Barsanti ein. »Und zwar lebend.«

»Lassen Sie es mich noch mal auf ihrem Handy versuchen. Vielleicht hat das alles ja nichts zu bedeuten. Vielleicht ist sie nur zum Laden um die Ecke gegangen, um Milch zu kaufen.« *Klar. Und dazu hat sie ihre Waffe mitgenommen.* Er nahm den Hörer ab und wollte eben die erste Ziffer eintippen, als er plötzlich innehielt und stirnrunzelnd das Tastenfeld anstarrte. Wahrscheinlich bringt es nichts, dachte er. Aber vielleicht ja doch ...

Er drückte die Wahlwiederholungstaste.

Nach dem dritten Läuten meldete sich ein Mann. »Hallo?«

Gabriel antwortete nicht sofort; er versuchte die Stimme zuzuordnen, von der er wusste, dass er sie schon einmal gehört hatte. Dann fiel es ihm ein. »Ist dort ... Peter Lukas?«

»Ja.«

»Hier spricht Gabriel Dean. Ist Jane zufällig bei Ihnen?«

Eine lange Pause trat ein. Eine verdächtige Pause. »Nein. Wieso?«

»Ihre Nummer ist in unserer Wahlwiederholung gespeichert. Sie muss Sie angerufen haben.«

»Ach, das meinen Sie.« Lukas lachte. »Sie wollte alle meine Unterlagen über die Ballentree-Story haben. Ich habe ihr versprochen, sie rauszusuchen.«

»Wann war das?«

»Lassen Sie mich nachdenken. Vor etwa einer Stunde.«

»Und das war alles? Sonst hat sie nichts gesagt?«

»Nein. Wieso?«

»Dann werde ich mal weiter herumtelefonieren. Danke.« Er legte auf und starrte noch eine Weile auf das Telefon. Dachte über diese ominöse Pause nach, als Lukas seine Frage nicht gleich beantwortet hatte. *Irgendetwas stimmt da nicht.*

»Agent Dean?«, sagte Glasser.

Er drehte sich um und sah sie an. »Was wissen Sie über Peter Lukas?«

Das Loch war inzwischen knietief. Jane lud einen weiteren Haufen Erde auf den Spaten und warf ihn auf den stetig wachsenden Haufen neben der Grube. Ihre Tränen waren versiegt, an ihre Stelle war Schweiß getreten. Sie arbeitete schweigend. Bis auf das schürfende Geräusch des Spatens und das Rieseln der Steinchen war alles still. Auch Regina war verstummt, als ob sie eingesehen hätte, dass es keinen Sinn mehr hatte, länger zu schreien und zu weinen. Dass ihr Schicksal, wie das ihrer Mutter, bereits besiegelt war.

Nein, das ist es nicht. Verdammt, hier ist noch gar nichts besiegelt.

Jane rammte den Spaten in den steinigen Boden, und obwohl ihr Rücken wehtat und ihre Arme vor Anstrengung zitterten, fühlte sie, wie der glühende Strom der Wut durch ihre Muskeln floss und ihr neue Kraft gab. Du wirst meinem Baby nichts antun, dachte sie. Eher reiße ich dir den Kopf ab. Sie wuchtete die Erde auf den Haufen. Schmerzen und Erschöpfung waren jetzt vollkommen vergessen; alle ihre Gedanken waren nur auf das gerichtet, was sie als Nächstes tun musste. Der Killer war nicht mehr als eine Silhouette am Rand der Lichtung. Sie konnte sein Gesicht nicht sehen, doch sie wusste genau, dass er sie beobachtete. Aber sie grub jetzt schon seit fast einer Stunde, behindert durch den felsigen Untergrund, und irgendwann musste er in seiner Aufmerksamkeit nachlassen. Was konnte eine total erschöpfte Frau schon gegen einen bewaffneten Mann ausrichten? Nichts, gar nichts sprach für sie.

Nur das Überraschungsmoment. Und die Wut einer Mutter.

Den ersten Schuss würde er überhastet abfeuern. Er würde zuerst auf den Rumpf zielen, nicht auf den Kopf. Was auch passiert, bleib in Bewegung, attackiere weiter. Eine Kugel ist selten sofort tödlich, und auch ein fallender Körper kann einen Mann umreißen.

Sie bückte sich, um eine weitere Ladung Erde auszuheben. Der Spaten tauchte tief in den Schatten der Grube ein, vom Strahl seiner Taschenlampe abgeschirmt. Er konnte nicht sehen, wie sie die Muskeln anspannte, wie sie einen Fuß am Rand der Grube abstützte. Er konnte nicht hören, wie sie Luft holte, während ihre Hände sich fest um den Spatenstiel schlossen. Sie ging in die Hocke, spannte alle Muskeln zum Sprung.

Das tue ich für dich, mein kleiner Schatz. Alles nur für dich.

Mit einer einzigen Bewegung riss sie den Spaten hoch und schleuderte dem Mann die Erde ins Gesicht. Er taumelte zurück und stieß einen kehligen Überraschungslaut aus, als sie aus der Grube sprang. Und ihm den Kopf mit voller Wucht in den Bauch rammte.

Sie gingen beide zu Boden, Zweige brachen unter dem Gewicht ihrer Körper. Jane wollte sich auf seine Waffe stürzen. Ihre Hände schlossen sich schon um sein Handgelenk, als sie plötzlich merkte, dass er sie gar nicht mehr in der Hand hielt. Sie musste ihm im Fallen entglitten sein.

Die Pistole! Du musst die Pistole finden!

Sie wand sich los und tastete hektisch im Unterholz nach der Waffe.

Der Schlag warf sie zur Seite. Sie landete auf dem Rücken, und der Aufprall raubte ihr die Luft. Anfangs spürte sie keinen Schmerz, nur einen dumpfen Schock, als ihr klar wurde, dass der Kampf so bald schon entschieden war. Ihr Gesicht begann zu prickeln, und dann erst explodierte der eigentliche Schmerz in ihrem Schädel. Sie sah, dass er über ihr stand; sein Kopf verdeckte die Sterne. Sie hörte Regina weinen, die letzten Schreie ihres kurzen Lebens. *Armes Baby. Du wirst nie erfahren, wie sehr ich dich geliebt habe.*

»Los, rein in das Loch«, sagte er. »Es ist schon tief genug.«

»Nicht mein Baby«, flüsterte sie. »Sie ist noch so klein …«

»Rein mit dir, Miststück!«

Der Tritt traf sie voll in die Rippen, und sie rollte auf die Seite, unfähig zu schreien, weil allein schon das Atmen so höllisch wehtat.

»Los, beweg dich«, befahl er.

Langsam rappelte sie sich auf und kroch zu Regina. Spürte, wie es ihr warm und feucht aus der Nase rann. Sie nahm das Baby in den Arm, drückte die Lippen auf die zarten Locken und wiegte den Oberkörper vor und zurück, während ihr Blut auf den Kopf des Kindes tropfte. *Mommy hält dich ganz fest. Mommy lässt dich nie mehr los.*

»Es ist Zeit«, sagte er.

37

Gabriel starrte durch die Fenster von Janes Wagen, der vor dem Haus parkte, und sein Herz krampfte sich schmerzhaft zusammen. Ihr Handy steckte in der Halterung am Armaturenbrett, und der Babysitz war auf der Rückbank festgeschnallt. Er drehte sich um und leuchtete Peter Lukas mit der Taschenlampe ins Gesicht.

»Wo ist sie?«

Lukas' Blick zuckte zu Barsanti und Glasser, die ein paar Schritte entfernt standen und die Auseinandersetzung schweigend verfolgten.

»Das ist ihr Auto«, sagte Gabriel. »Wo ist sie?«

Lukas hob die Hand, um seine Augen vor dem grellen Lichtstrahl zu schützen. »Sie muss an die Tür geklopft haben, als ich unter der Dusche war. Ich hatte gar nicht gesehen, dass ihr Wagen draußen stand.«

»Zuerst ruft sic Sie an, und dann kommt sie zu Ihnen ins Haus. Warum?

»Ich weiß es nicht...«

»Warum?«, wiederholte Gabriel.

»Sie ist *Ihre* Frau. Wissen Sie es denn nicht?«

Gabriels Hand war so schnell an Lukas' Kehle, dass diesem keine Zeit blieb, um zu reagieren. Er taumelte rückwärts gegen Barsantis Wagen und knallte mit dem Hinterkopf auf die Motorhaube. Während er nach Luft rang, zerrte er an Gabriels Händen, konnte sich aber nicht befreien und ruderte hilflos mit Armen und Beinen wie eine auf den Rücken gedrehte Schildkröte.

»Dean«, rief Barsanti. »Dean!«

Endlich ließ Gabriel von Lukas ab und trat schwer atmend ein paar Schritte zurück. Er versuchte, sich nicht von

Panik übermannen zu lassen, doch sie hatte ihn schon gepackt, schnürte ihm ebenso gnadenlos die Kehle zu, wie er es eben bei Lukas getan hatte, der nun hustend und keuchend am Boden kniete. Gabriel wandte sich ab und lief zum Haus, sprang die Stufen hinauf und stieß die Haustür auf. Wie im Taumel rannte er von Zimmer zu Zimmer, riss Türen auf, sah in Schränken nach. Erst als er wieder ins Wohnzimmer zurückkam, entdeckte er, was ihm beim ersten Durchgang entgangen war: Janes Autoschlüssel – sie lagen auf dem Teppich hinter dem Sofa. Er starrte sie an, und aus Panik wurde eiskalte Angst. Ihr wart also in diesem Haus, dachte er. Du und Regina …

Das Geräusch von fernen Schüssen ließ seinen Kopf hochschnellen.

Er stürzte hinaus auf die Veranda.

»Das kam aus dem Wald«, sagte Barsanti.

Sie alle erstarrten, als der dritte Schuss fiel.

Gabriel verlor keine Sekunde und sprintete los, hinein in den Wald, ohne auf Zweige und Schösslinge zu achten, die sein Gesicht und seine Hände peitschten. Der Strahl seiner Taschenlampe tanzte wild über den mit totem Laub und umgestürzten Birkenstämmen übersäten Waldboden. Wohin nur, wohin? Lief er überhaupt in die richtige Richtung?

Sein Fuß verfing sich in einem Gewirr von Ranken, und er stürzte vornüber, landete auf den Knien. Hastig rappelte er sich auf und rang nach Luft.

»Jane?«, rief er. Seine Stimme versagte, und ihr Name kam nur als Flüstern über seine Lippen: »Jane …«

Hilf mir, dich zu finden. Zeig mir den Weg.

Er stand da und horchte, inmitten der Bäume, die ringsum aufragten wie die Gitterstäbe einer Gefängniszelle. Jenseits des Lichtkegels seiner Taschenlampe umschloss ihn die stockfinstere Nacht wie eine massive, undurchdringliche Mauer.

Irgendwo knackte ein Zweig.

Er wirbelte herum, konnte aber außerhalb des Strahls seiner Lampe nichts erkennen. Er schaltete sie aus und stand mit pochendem Herzen da, während er angestrengt versuchte, in der Dunkelheit irgendetwas zu erkennen. Jetzt erst sah er den funkelnden Lichtpunkt, so schwach, dass man ihn für ein Glühwürmchen hätte halten können, das zwischen den Bäumen tanzte. Wieder knackte ein Zweig. Der Lichtpunkt kam auf ihn zu.

Er zog seine Waffe. Hielt sie auf den Boden gerichtet, während er sah, wie das Licht immer heller wurde. Er konnte nicht erkennen, wer die andere Taschenlampe hielt, doch er hörte die Schritte, die immer näher kamen, das Rascheln des Laubs, nur noch wenige Meter entfernt.

Er hob seine Waffe. Schaltete die Taschenlampe ein.

Gefangen im Lichtkegel von Gabriels Lampe zuckte die Gestalt zusammen wie ein zu Tode erschrockenes Tier und blinzelte in den grellen Strahl. Er starrte in das blasse Gesicht, sah die kurzen, stachelig abstehenden roten Haare. Nur ein Mädchen, dachte er. Nur ein verängstigtes, spindeldürres Mädchen.

»Mila?«, fragte er.

Dann bemerkte er die andere Gestalt, die direkt hinter dem Mädchen aus dem Dunkel trat. Noch ehe er ihr Gesicht sehen konnte, erkannte er bereits den Gang, die Silhouette des widerspenstigen Haarschopfs.

Er ließ die Taschenlampe fallen und stürzte auf seine Frau und seine Tochter zu, die Arme ausgebreitet, begierig, sie an sich zu drücken. Sie sank an seine Brust, Regina fest im Arm. Eine Umarmung in der Umarmung, die ganze Familie wie eine kleine Welt.

»Ich habe Schüsse gehört«, sagte er. »Ich dachte …«

»Das war Mila«, flüsterte Jane.

»Was?«

»Sie hat meine Waffe an sich genommen. Sie ist uns gefolgt …« Janes Muskeln spannten sich plötzlich an, und sie blickte zu ihm auf. »Wo ist Peter Lukas?«

»Barsanti passt auf ihn auf. Der kann nirgendwo hin.«

Jane blickte sich zum Wald um. »Es wird nicht lange dauern, bis die ersten Tiere sich an der Leiche zu schaffen machen. Wir müssen die Spurensicherung holen.«

»Wessen Leiche?«

»Ich zeig's dir.«

Gabriel stand am Rand der Lichtung, wo er den Detectives und dem Spurensicherungsteam nicht im Weg war, den Blick starr auf das Loch im Boden gerichtet, das fast zum Grab für seine Frau und seine Tochter geworden wäre. Der Ort des Geschehens war mit Absperrband eingefasst, und batteriebetriebene Scheinwerfer tauchten die Leiche des Mannes in grelles Licht. Maura Isles, die vor dem Toten gekauert hatte, richtete sich auf und wandte sich zu den Detectives Moore und Crowe um.

»Ich erkenne drei Einschusswunden«, sagte sie. »Zwei in der Brust und eine in der Stirn.«

»Das stimmt mit dem überein, was wir gehört haben«, sagte Gabriel. »Drei Schüsse.«

Maura sah ihn an. »In welchem Abstand?«

Gabriel dachte darüber nach, und erneut wallte Panik in ihm auf. Er erinnerte sich daran, wie er in den Wald gestürzt war, wie mit jedem Schritt die Angst vor dem, was er vorfinden würde, mehr von ihm Besitz ergriffen hatte. »Die ersten zwei Schüsse fielen kurz hintereinander«, sagte er. »Der dritte folgte fünf oder zehn Sekunden später.«

Maura schwieg, während ihr Blick sich wieder auf die Leiche richtete. Sie starrte auf das blonde Haar des Mannes hinunter, seine massigen Schultern. Eine SIG Sauer lag neben seiner rechten Hand.

»Tja«, meinte Crowe, »sieht nach einem klaren Fall von Notwehr aus.«

Niemand sagte etwas, niemand erwähnte die Schmauchspuren im Gesicht des Toten oder die längere Zeitspanne zwischen dem zweiten und dem dritten Schuss. Aber alle wussten Bescheid.

Gabriel drehte sich um und ging zum Haus zurück.

Die Einfahrt war inzwischen mit Fahrzeugen verstopft. Er hielt inne, vorübergehend geblendet vom flackernden Blaulicht der Streifenwagen. Dann entdeckte er Helen Glasser, die das Mädchen gerade auf den Beifahrersitz ihres Wagens verfrachtete.

»Wohin bringen Sie sie?«

Glasser wandte sich zu ihm um, und ihr Haar reflektierte das Rundumlicht wie bläulich glänzende Metallfolie. »An einen sicheren Ort.«

»Gibt es so einen Ort für sie?«

»Glauben Sie mir, ich werde einen finden.« Glasser blieb an der Fahrertür stehen und blickte sich zum Haus um. »Wissen Sie, dieses Video ändert alles. Und wir können Lukas umkrempeln. Er hat jetzt keine Wahl; er muss mit uns kooperieren. Sie sehen also, es bleibt nicht alles an dem Mädchen hängen. Sie ist wichtig, aber sie ist nicht die einzige Waffe, die wir haben.«

»Trotzdem – wird es ausreichen, um Carleton Wynne zu Fall zu bringen?«

»Niemand steht über dem Gesetz, Agent Dean.« Glasser sah ihn an, und ihre Augen blitzten wie kalter Stahl. »Niemand.« Sie schlüpfte hinter das Lenkrad.

»Warten Sie«, rief Gabriel. »Ich muss mit dem Mädchen sprechen.«

»Und wir müssen los.«

»Es wird nur eine Minute dauern.« Gabriel ging um den Wagen herum zur Beifahrerseite, öffnete die Tür und sah zu Mila hinein. Sie hatte die Arme um den Leib geschlungen und schmiegte sich ängstlich in den Sitz, als traute sie seinen Absichten nicht. Sie ist fast noch ein Kind, dachte er, und doch ist sie zäher als wir alle. Wenn man ihr auch nur den Hauch einer Chance lässt, wird sie immer auf die Füße fallen.

»Mila«, sagte er sanft.

Sie erwiderte seinen Blick mit Augen voller Misstrauen. Vielleicht würde sie nie wieder einem Mann vertrauen – und warum sollte sie auch? *Sie hat das Schlimmste erlebt, wozu wir fähig sind.*

»Ich wollte Ihnen danken«, sagte er. »Dafür, dass Sie mir meine Familie wiedergegeben haben.«

Da war er – der leiseste Hauch eines Lächelns. Es war mehr, als er erwartet hatte.

Er schlug die Tür zu und nickte Glasser zu. »Bringen Sie ihn zur Strecke«, rief er.

»Dafür zahlt man mir schließlich das fette Gehalt«, erwiderte sie lachend und fuhr davon, gefolgt von einem Wagen des Boston PD als Geleitschutz.

Gabriel stieg die Stufen zum Haus hinauf. Drinnen fand er Barry Frost im Gespräch mit Barsanti, während Mitarbeiter des FBI-Erkennungsdiensts Lukas' Computer und Kartons mit seinen Akten hinaustrugen. Der Fall war nun offensichtlich eine Angelegenheit der Bundesbehörden, und das Boston PD würde die Leitung der Ermittlungen an das FBI abgeben müssen. Und dennoch, dachte Gabriel – wird es ihnen gelingen, an die wahren Verantwortlichen heranzukommen? Dann sah Barsanti ihn an, und Gabriel erkannte in seinen Augen die gleiche Entschlossenheit, die er bei Glasser bemerkt hatte. Und er sah, dass Barsanti die Videokassette in den Händen hielt. Und sie eifersüchtig bewachte, als sei es der Heilige Gral selbst, der ihm anvertraut worden war.

»Wo ist Jane?«, fragte er Frost.

»In der Küche. Das Baby hatte Hunger.«

Seine Frau saß mit dem Rücken zur Tür. Sie sah ihn nicht hereinkommen. Er blieb hinter ihr stehen und beobachtete, wie sie Regina zärtlich im Arm hielt, sie an ihre Brust legte und dazu unmelodisch vor sich hin summte. Jane hat noch nie den Ton halten können, dachte er mit einem Lächeln. Regina schien sich nicht daran zu stören; ruhig lag sie in den Armen ihrer Mutter, die sie nun schon viel sicherer hielt als zu Anfang. Die Liebe ist das Einzige, was ganz von selbst kommt, dachte Gabriel. Alles andere braucht seine Zeit. Alles andere müssen wir erst lernen.

Er legte die Hände auf Janes Schultern und beugte sich herab, um ihr Haar zu küssen. Sie blickte zu ihm auf, und ihre Augen leuchteten.

»Lass uns nach Hause fahren«, sagte sie.

38

Mila

Die Frau ist gut zu mir gewesen. Jetzt, während das Auto die ungeteerte Straße entlangrumpelt, nimmt sie meine Hand und drückt sie. Ich fühle mich sicher in ihrer Nähe, auch wenn ich weiß, dass sie nicht immer da sein wird, um meine Hand zu halten. Es gibt noch so viele andere Mädchen, an die sie denken muss, andere Mädchen, die noch immer in den dunklen Winkeln dieses Landes verschollen sind. Aber im Moment ist sie hier bei mir. Sie ist meine Beschützerin, und ich lehne mich an sie und hoffe, dass sie den Arm um mich legen wird. Aber sie ist abwesend, blickt nur starr zum Autofenster hinaus in die Wüstenlandschaft. Eines ihrer Haare ist auf meinen Ärmel gefallen, es glitzert wie ein Silberfaden. Ich zupfe es ab und stecke es in meine Tasche. Es wird vielleicht das einzige Andenken an sie sein, das mir bleibt, wenn unsere gemeinsame Zeit zu Ende geht.

Der Wagen rollt aus und bleibt stehen.

»Mila«, sagt sie und stößt mich an. »Sind wir auf dem richtigen Weg? Kommt Ihnen die Gegend hier bekannt vor?«

Ich hebe den Kopf, der auf ihrer Schulter geruht hat, und starre aus dem Fenster. Wir halten neben einem ausgetrockneten Flussbett, wo verkümmerte Bäume mit verkrüppelten Ästen wachsen. Im Hintergrund sind braune, mit Felsbrocken übersäte Hügel zu sehen. »Ich weiß nicht«, sage ich zu ihr.

»Sieht das aus, als könnte es die Stelle sein?«

»Ja, aber...« Ich starre weiter aus dem Fenster, zwinge

mich, an das zu denken, was ich mit aller Kraft zu vergessen versucht habe.

Einer der Männer, die vorn sitzen, dreht sich zu uns um. »Hier haben sie den Schleichweg gefunden, auf der anderen Seite dieses Flussbetts«, sagt er. »Letzte Woche haben sie eine Gruppe von Mädchen geschnappt, die hier durchkamen. Vielleicht sollte sie mal aussteigen und sich umschauen, ob sie da unten irgendetwas wiedererkennt.«

»Kommen Sie, Mila.« Die Frau öffnet die Tür und steigt aus, aber ich bleibe reglos sitzen. Sie beugt sich zu mir in den Wagen. »Das ist unsere einzige Chance«, sagt sie leise. »Sie müssen uns helfen, die Stelle zu finden.« Sie streckt die Hand aus. Widerstrebend ergreife ich sie.

Einer der Männer führt uns durch ein Labyrinth von Gestrüpp und Bäumen und dann über einen schmalen Pfad hinunter in das ausgetrocknete Flussbett. Dort bleibt er stehen und sieht mich an. Er und die Frau beobachten mich, warten auf meine Reaktion. Ich blicke zur Uferböschung und starre einen alten Schuh an, der dort in der prallen Sonne liegt, staubig und rissig. Eine Erinnerung steigt wie durch Nebel auf und steht dann schlagartig vor mir, scharf und klar. Ich drehe mich um und blicke zum anderen Ufer, das mit Plastikflaschen übersät ist, und ich sehe einen Fetzen einer blauen Zeltplane an einem Ast hängen.

Das ist die Stelle, wo er mich geschlagen hat. Hier hat Anja gestanden, mit ihrem blutenden Fuß in dem offenen Schuh.

Wortlos mache ich kehrt und steige wieder die Uferböschung hinauf. Mein Herz rast, und die Angst drückt mir mit kalten Fingern die Kehle zu, aber jetzt habe ich keine Wahl mehr. Ich sehe ihren Geist, er schwebt direkt vor mir. Eine Haarsträhne, vom Wind zerzaust. Ein trauriger Blick über die Schulter.

»Mila?«, ruft die Frau.

Ich gehe immer weiter, kämpfe mich durch die Büsche

voran, bis ich die Schotterpiste erreiche. Hier, denke ich. Hier haben die Busse geparkt. Hier haben die Männer auf uns gewartet. Die Erinnerungen rattern jetzt schneller vorüber, wie Visionen aus einem schrecklichen Albtraum. Die lüsternen Blicke der Männer, als wir uns ausziehen. Die Schreie des Mädchens, als es gegen den Bus gedrückt wird. Und Anja. Ich sehe Anja regungslos auf dem Rücken liegen, während der Mann, der sie gerade vergewaltigt hat, seinen Reißverschluss zuzieht.

Anja kommt zu sich, rappelt sich schwankend auf wie ein neugeborenes Kalb. So blass, so dünn, nur der Schatten eines Mädchens.

Ich folge ihr, folge Anjas Geist. Der Wüstenboden ist mit spitzen Steinen übersät. Dornengestrüpp rankt sich aus der Erde, und Anja läuft darüber, stolpert mit blutigen Füßen dahin, schluchzend, die Freiheit schon dicht vor Augen, wie sie glaubt.

»Mila?«

Ich höre Anjas panisches Keuchen, sehe ihr blondes Haar um ihre Schultern wallen. Vor ihr dehnt sich die menschenleere Wüste aus. Wenn sie nur schnell genug läuft, weit genug …

Der Schuss kracht.

Ich sehe sie vornüberstürzen; ihr Atem stockt, und ihr Blut ergießt sich in den warmen Sand. Doch sie rafft sich noch einmal auf und kriecht auf Händen und Knien über die Dornen hinweg, über Steine, scharf wie Glasscherben.

Der zweite Schuss hallt donnernd durch die Wüste.

Ich sehe Anja zusammenbrechen, ihre weiße Haut zeichnet sich vor dem braunen Sand ab. War es hier, wo sie gefallen ist? Oder war es dort drüben? Ich bewege mich jetzt im Kreis, suche verzweifelt die richtige Stelle. *Wo bist du, Anja? Wo?*

»Mila, sprechen Sie mit uns.«

Plötzlich bleibe ich stehen, den Blick starr auf den Boden

gerichtet. Die Frau sagt etwas zu mir; ich kann sie kaum hören. Ich kann nur unentwegt das anstarren, was zu meinen Füßen liegt.

Die Frau spricht mit sanfter Stimme: »Kommen Sie, Mila. Schauen Sie nicht hin.«

Aber ich kann mich nicht rühren. Ich stehe wie angewurzelt da, während die beiden Männer in die Hocke gehen, während einer von ihnen Handschuhe anzieht und den Sand wegwischt, bis lederartige Rippen und die braune Wölbung eines Schädels zum Vorschein kommen.

»Scheint sich um eine weibliche Leiche zu handeln«, sagt er.

Eine Zeit lang spricht niemand. Ein heißer Wind wirbelt uns Sand ins Gesicht, es brennt, und ich kneife die Augen zusammen. Als ich sie wieder aufschlage, sehe ich noch mehr von Anjas Überresten aus dem Sand hervorschauen. Die geschwungene Linie ihres Hüftknochens, den braunen Schaft des Oberschenkels. Die Wüste hat beschlossen, sie wieder herzugeben, und nun taucht sie nach und nach aus der Erde auf.

Manchmal kehren die Verschwundenen zu uns zurück.

»Kommen Sie, Mila. Gehen wir.«

Ich blicke zu der Frau auf. Sie steht so aufrecht da, so unerschütterlich. Ihr silbernes Haar glänzt wie der Helm einer Kriegerin. Sie legt den Arm um mich, und zusammen gehen wir zu ihrem Wagen.

»Es ist Zeit, Mila«, sagt die Frau ruhig. »Zeit, mir alles zu erzählen.«

Wir sitzen an einem Tisch in einem fensterlosen Raum. Mein Blick fällt auf den Schreibblock, der vor ihr auf dem Tisch liegt. Er ist leer, wartet auf die Berührung ihres Stifts. Auf die Worte, die ich bis jetzt nicht auszusprechen gewagt habe.

»Ich habe Ihnen schon alles gesagt.«

»Das glaube ich nicht.«

»Ich habe alle Ihre Fragen beantwortet.«

»Ja, Sie haben uns schon sehr geholfen. Sie haben uns gegeben, was wir brauchten. Carleton Wynne *wird* ins Gefängnis kommen. Er *wird* dafür bezahlen. Die ganze Welt weiß jetzt, was er getan hat, und das haben wir Ihnen zu verdanken.«

»Ich weiß nicht, was Sie sonst noch von mir wollen.«

»Ich will das, was da drin eingesperrt ist.« Sie streckt die Hand über den Tisch aus und tippt sanft auf meine Brust. »Ich will die Dinge hören, die Sie sich nicht zu erzählen trauen. Das wird mir helfen zu verstehen, wie diese Leute vorgehen, es wird mir helfen, sie zu bekämpfen. Es wird mir helfen, noch mehr Mädchen wie Sie zu retten. Sie *müssen* es tun, Mila.«

Ich blinzle die Tränen weg. »Sonst werden Sie mich zurückschicken.«

»Nein. *Nein.*« Sie beugt sich weiter vor, und ihre Augen sind voller Mitgefühl. »Das hier ist jetzt Ihre Heimat – wenn Sie bleiben möchten. Sie werden nicht abgeschoben. Ich gebe Ihnen mein Wort.«

»Auch wenn …« Ich stocke. Ich kann ihr nicht länger in die Augen sehen. Die Schamröte schießt mir ins Gesicht, und ich starre auf die Tischplatte hinunter.

»Nichts von dem, was passiert ist, war Ihre Schuld. Was immer diese Männer Ihnen angetan haben – was auch immer sie von Ihnen verlangt haben –, sie haben Sie dazu gezwungen. Das haben sie Ihrem Körper angetan. Es hat nichts mit Ihrer Seele zu tun. Ihre Seele, Mila, ist immer noch rein.«

Ich kann es nicht ertragen, wie sie mich ansieht. Ich halte den Blick weiter gesenkt und sehe meine eigenen Tränen auf die Tischplatte tropfen; und ich habe das Gefühl, dass es mein Herz ist, das blutet, dass jede einzelne Träne ein Teil von mir ist, der davonrinnt.

»Warum haben Sie Angst, mich anzuschauen?«, fragt sie mit sanfter Stimme.

»Ich schäme mich«, flüstere ich. »All diese Sachen, die ich Ihnen erzählen soll …«

»Würde es Ihnen helfen, wenn ich nicht hier im Zimmer wäre? Wenn ich Ihnen dabei nicht zusehen würde?«

Immer noch schaue ich sie nicht an.

Sie stößt einen Seufzer aus. »Also schön, Mila, ich mache jetzt Folgendes.« Sie stellt ein Tonbandgerät auf den Tisch. »Ich schalte das Ding hier jetzt ein und gehe hinaus. Dann können Sie alles sagen, was Sie sagen wollen. Alles, woran Sie sich erinnern. Sagen Sie es auf Russisch, wenn es Ihnen dann leichter fällt. Ihre Gedanken, Ihre Erinnerungen, alles. Alles, was Sie erlebt haben. Sie sprechen nicht mit einem Menschen, Sie sprechen nur mit einer Maschine. Und die kann Ihnen nichts tun.«

Sie steht auf, drückt auf die Aufnahmetaste und geht aus dem Zimmer.

Ich starre auf das rote Licht, das an dem Apparat glimmt. Das Band dreht sich leise, es wartet auf meine ersten Worte. Auf meine Schmerzen. Ich hole tief Luft und schließe die Augen, Und ich beginne zu erzählen.

Ich heiße Mila, und dies ist meine Geschichte.

Danksagung

Mein tief empfundener Dank gilt Meg Ruley, meiner Agentin und Inspiration, Jane Berkey und Don Cleary von der Jane Rotrosen Agency, Linda Marrow und Gina Centrello von Ballantine Books und Selina Walker von Transworld. Ihr alle habt dieses Buch möglich gemacht.